天帝のやどりなれ華館

古野まほろ
Mahoro Furuno

幻冬舎

天帝のやどりなれ華館

装丁　bookwall
装画　usi

ディナークルーズの、潮風に——

天帝シリーズ仮主演、古野まほろです。

僕は現在までに、音楽ホール／寝台列車／孤島／正規空母／政府専用機をそれぞれ舞台とする五の本格探偵劇を、演じてきました。

今般の舞台は、東京駅赤煉瓦駅舎。

これまで同様、特徴的なクローズド・サークルにおける連続殺人を、伏線とロジックにより解決してゆく本格探偵劇の、はずです。

またこれまで同様、御見物各位の実世界とは異なる世界での——敗戦をへてもなお華族が健在で軍人が闊歩する、昭和戦前期の諸制度を色濃く残した九〇年代の『日本帝国』における物語の、はずです。

さらにこれまで同様、第一の探偵劇『天帝のはしたなき果実　*The Keisoukan High School Murder Case*』において連続首斬り殺人に巻きこまれ、それ以降、数多の探偵劇を演ずることになった僕等——『勁草館高等学校吹奏楽部』の主要メンバーが活躍する物語の、はずです。

はずです、と申し上げたのは。

僕はこの物語には、出演しないから――

よって今般の台詞回しは、これまでの五の探偵劇とは、著しく異なっているでしょう。

いまひとつ。

何故僕が出ないかというと、この物語は、僕が海外逃亡していた時季――第一の探偵劇と第二の探偵劇のあいだの時季における、第一・五の物語だからです。

したがって。

これまでの五の探偵劇を観ておく必要はまず、ありません。第一・五からというのが気持ち悪い、という方は、先に述べた第一の探偵劇だけ御覧頂ければ充分ですが、そうしなくとも問題はないと聴いています。

では御一緒に、観客として楽しみましょう。どうやら物語は、勁草館吹奏楽副部長・修野子爵令嬢の帝都訪問から始まるようです――

御静聴有難うございました。

目次

出演者（順不同）

勁草館高等学校吹奏楽部関係】

野まり……首席トランペット。英国公爵令嬢。実は白面外道金毛九尾だとか。

葉実香……次席トランペット。ショパニスト志望。実は物語のヒロインだったり。

木照穂……首席チューバ。テニス・ゴルフもこなす粋人。実はスキゾイド人格障害か。

巣由香里…元三席ホルン。勁草館妹にしたい娘コンテスト優勝者。実はコスプレ好き。


………………………………………………………………………………………………

東京鉄道ホテル宿泊客関係】

ロリー・ロダム・ベルモント……合衆国第六一代国務長官。大統領候補のひとり。実はシカゴ大好き。

頭忠道……日本帝国元帥陸軍大将。軍務大臣経験者。実は神保町を愛する楽隠居。

保糊道……いわゆるミステリ作家。昔の名前で売ってます。実は新人つぶしが趣味。

月鳴海……西海銀行頭取。葉月コンツェルンの女総帥。実はひとり娘の名が茉莉衣。

伊勢師実…清華家・今伊勢家の当代侯爵。和歌、独文学の宗匠。実は帝陛下の寵臣。


………………………………………………………………………………………………

東京鉄道ホテル臨場者関係】

鯉鮒五郎…東北帝大病院助教授。心臓血管外科の第一人者。実は白い巨塔が好き。
岡崎 裕…警視庁特高部特高総務課警視。NBC対策管理官。実は後厄は終えている。

………………………………………………………………………………………………

帝国陸軍近衛騎兵連隊関係】

縣良子……帝国陸軍中佐。近衛騎兵連隊連隊長。実は九〇式戦車を愛する公爵令嬢。

田尚久……帝国陸軍少佐。近衛騎兵連隊大隊長。実はイラクで戦功を立てた戦車乗り。

尾唯花……帝国陸軍曹長。近衛騎兵連隊連隊書記。実はネルフへの転職を考えている。


………………………………………………………………………………………………

非出演者】

野まほろ…初めて語り手の地位を喪失する。「衒学はどうなった!!」「ルビが少ないぞ!!」

東京鉄道ホテル　メゾネット・エリア部屋割り

隔離前

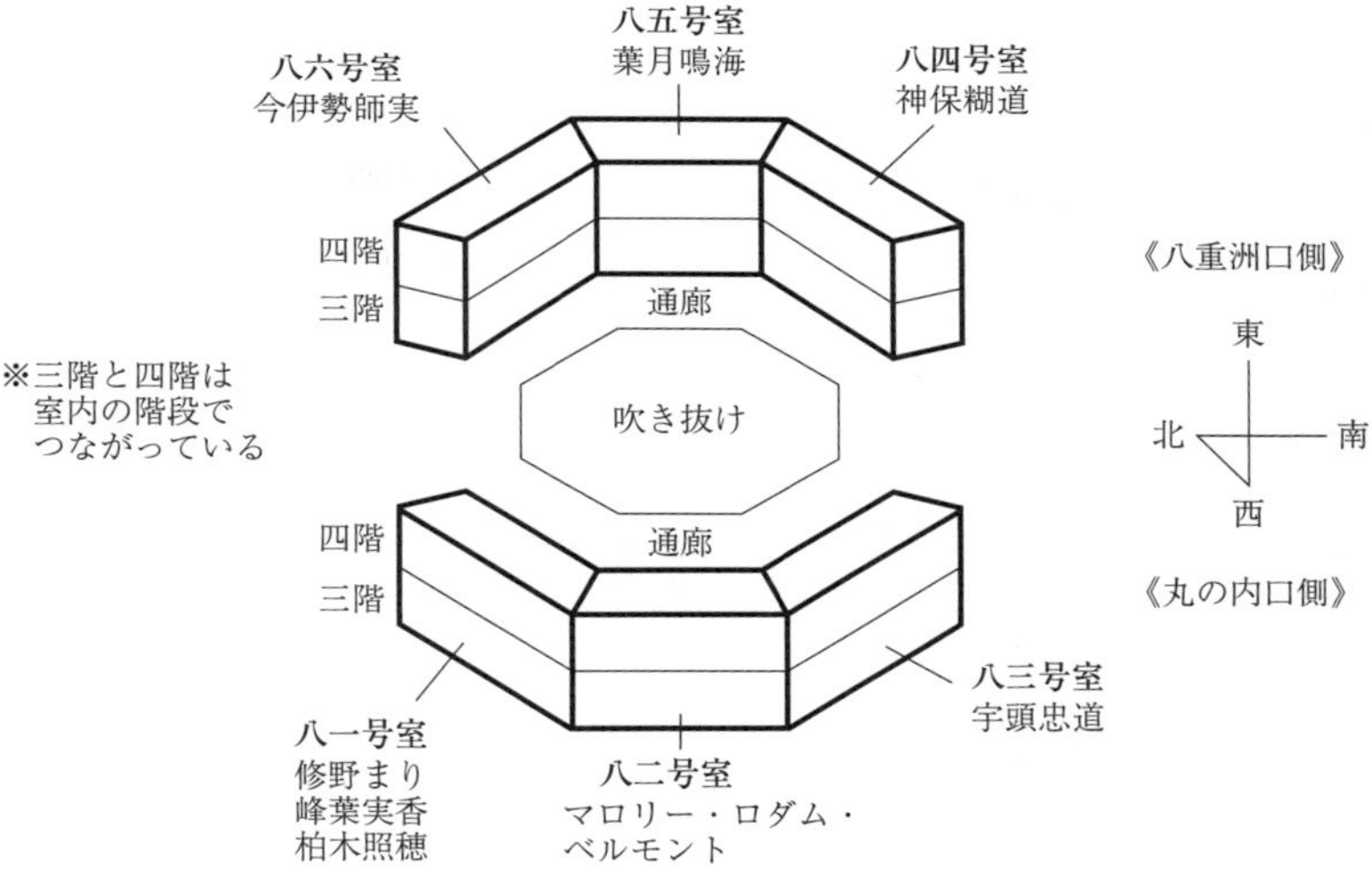

隔離後

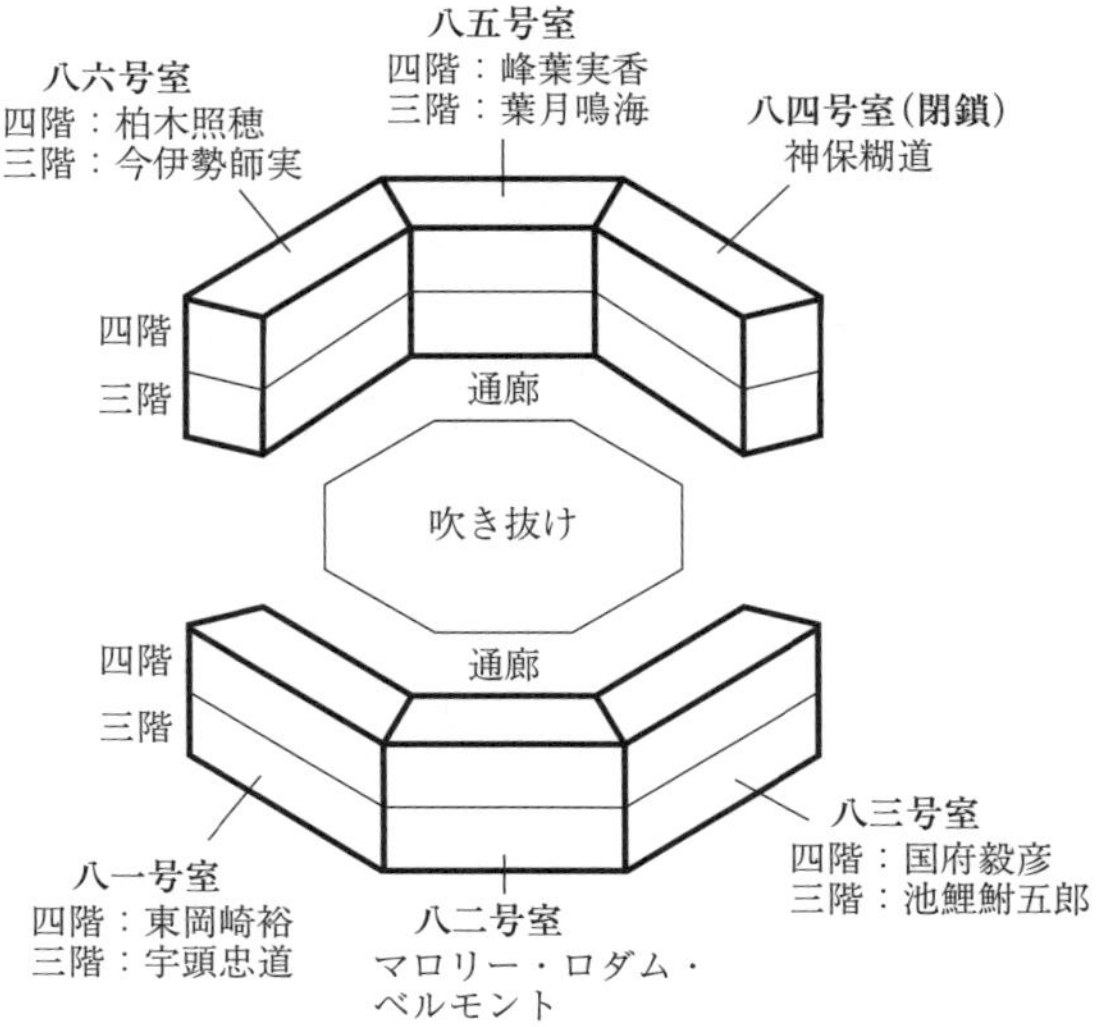

この対話不能な攻撃的な存在から身を守り
人類が存続する方法は　ただ一つ
——小林艦長

序章

吉祥寺カントリー倶楽部、六月八日、土曜日。
華族孔球会。

梅雨の御目溢しか、どこまでも麗らかな初夏の日射し。カートから見遣る松の小枝は、時折素直な追風が微笑むことを教えている。私はセーラーカラーとスカートが青いギンガムチェックになっているセーラー服の盛夏服で、ティグラウンドに降り立った。別段、学校の制服という訳ではない。ゴルフの為に仕立てたものだ。如何にもというゴルフウェアは、何故か美意識に障る。

「見目麗しい修野子爵令嬢」と島津奔虎公爵・大蔵大臣。「そろそろ老人にも先行を譲ってもらえませんかな」

「まったくです」わはは、と穂積陳憲男爵・医師。「もう十五番ホール——残り四ホールもこの調子で飛ばされたら、来年からは出入り禁止にしてもらわにゃならん、なあ池鯉鮒くん？」

「特別招待の私は本来、このような晴れがましい会には御邪魔できない身でございますので……」と池鯉鮒医師。「……ただ個人的には、修野子爵令嬢に是非、是非お願いしたいところですね、リヴェンジの機会を賜りたいと」

「池鯉鮒助教授といえば」と島津公爵。「東北帝国大学病院・心臓血管外科のエース。先の陛下の冠動脈バイパス手術でも、わざわざ東京帝国大学から請われて執刀医を務めた、『神の手』の持ち主——ゴルフのハンデもシングル」

「閣下」と穂積男爵。「片手シングル——三ですわ」

「ほお、それは……御多忙と拝察しますが、よくぞそこまで」

「いえいえ、修野嬢のアンダーパーを目の当たりにして」と池鯉鮒医師。「井のなかの蛙ぶりを猛省しております」

「勝負事は最後まで分かりませんわ。それに、来年もお越しになる」

「さすが修野嬢、御耳がはやい」と島津公爵。「主上の手術の勲功により、男爵叙爵が内定しております。池鯉鮒くん、おめでとう」

「おめでとうございます」

「わはは、うん、めでたいめでたい、わはは」

「これからも御指導御鞭撻のほど」ギリシア彫刻の様に均整のとれた池鯉鮒医師は、九〇度ほども腰を折った。「お願い申し上げます」

「シャーロキアンの論文もいいが、池鯉鮒君、心臓心筋心尖部の収縮力に関する例の論文、是非に頼むよ、わははは、あれさえあれば教授選も確実だ」

「ジュヴナイル以来、すっかりシャーロック・ホームズ教の洗礼を受けておりまして。もちろん例の論文は完成させます。


が、此処では修野嬢のティショット、その完成美を研究したい」

「では」


私はキャディを顧みた。

「柏木君、十五番ホール三九五ヤード、パー四。どう攻める？」


それまで徹底して武蔵野の緑に擬態していた柏木照穂は、どこまでも忠実な帯同キャディを演じながら、微かに名門ゴルフ場の丘陵を見遣った。大きな、くりくりとした瞳に柔らかい微笑み。美容院に執拗(こだわ)るという手触りよさそうな髪。薄すぎず、しかし亶(あつ)すぎない快活な頰(ほお)。ある意味参加者の誰よりも貴族的といえる。昭和十二年からその歴史を刻む吉祥寺カントリー倶楽部によく映えるおとこのこだ。戦前からのコースだから、当然重機など用いずにデザインされたフラットなものばかり。しかし小さな砲台グリーンをガードする顎(あご)のたかいバンカー群がオーソドクスで、自然な地形を活かした縦横の起伏の絶妙さは攻めごたえ抜群である。ここ数年、真面目にゴルフをしたことなど無かったのだけれど——

「フェアウェイが右流れに傾いてるから」

その実自分で打ちたくてたまらない柏木君は、腕を肩をむずむずさせながら。

「少し右目にスタンスを。君ならそこからウッドで——って聴いちゃいない!!」

私のドライバーは追風を見逃すほど迂闊(うかつ)ではない。クラブヘッドが空を斬る。

「行った!!」穂積男爵が叫ぶ。「今日一番だッ!!」

「二三〇……いや二四〇」島津公爵が呟(つぶや)く。「これが若さか……」

島津公爵が一九〇ヤード、穂積男爵が一七〇ヤード、池鯉鮒医師が二〇〇ヤードのティショットをそれぞれ放つと、私達はカートに乗りこんだ。運転は柏木君である。

「修野嬢は」と穂積男爵。「ゴルフ場で歩いたことが、無いんでしょうなあ」

「健康の為には、歩いた方がよいのですけれど」

「贅沢(ぜいたく)なことを仰有(おつしや)る」と島津公爵。「まあ、二四〇ヤードも飛ばせれば無理もないでしょうが——御領地は愛知でよろしかったですな?」

「愛知は三河(みかわ)の、姫山なる片田舎でございます。三河犬(みかわけん)が野に放たれて喧騒(はしや)いでいる、とお嘲(わら)いくださいませ」

「三河犬の牙は鋭いというが……修野嬢といい、女傑(じょけつ)に恵まれている様ですな」

「そういえばこのたびは。

大臣の御力添えを賜りまして、地元・西海（さいかい）銀行と関西の雄・五和（いつわ）銀行との合併をお認め頂きましたこと、一族の奥平（おくだいら）伯爵に成り代わりまして、御礼（おんれい）申し上げます。この様な機会でなければ、大臣に直接お会いすることも難しく、御礼の遅れましたこと、深くお詫び致しますわ」

「いやいや……しかし奥平伯爵は兎（と）も角（かく）」と島津公爵。「鯱（しゃち）が鯨（くじら）を呑むというか……葉月（はづき）女史の牙は、鋭すぎる」

「葉月鳴海（なるみ）女史は、都市銀行において唯一のオーナー頭取であり、かつ、女性頭取です。牙を鋭くしなければ、生き残ってはこられなかった……しかし身上（しんしょう）が変わればまた器（うつわ）も変わりましょう。東海政財界人として、奥平からも意見させておきます」

「それも有難いが、修野嬢、あなたにバンカーの楽しみを知っていただければなお有難い」

「銀行家になる予定はございませんが、吉祥寺カントリー倶楽部のバンカーならば、是非体験しておくべきかも知れませんね」

アンダーパーで回っている私を別論とすれば、同伴者三人は激しいデッド・ヒートを演じている。ということは、池鯉鮒さんが徹底して無気力ぶりを発揮しているということだ。それも処世（しょせい）か。カートを下りる華族たちと医師。私はもう少しカートを進めることにした。

「運転、代わりましょうか」と私。「さぞかし退屈でしょう」

「いや、僕の方から頼んだ訳だから」と柏木君。「一度、来てみたいコースだった」

「今度は、プレイヤーとしてね」

「君を観ていて、自分を知ったよ」

「御謙遜（ごけんそん）を」

「そういえば峰葉(みねば)さんは？」

「実香(みか)なら神保町(じんぼうちょう)めぐりをしている。あの娘(こ)の運動神経に鑑(かんが)み、それが最適解よ——どれだけ練習しても、一五〇乃至(ないし)一七〇は叩くでしょうから」

私、実香、柏木君は、愛知県立勁草館(けいそうかん)高等学校三年の同級生だ。この冬に日本帝国を震撼(しんかん)させた首斬(くびき)り殺人事件で有名になった学校だが、人の噂(うわさ)も七十五日、もう地元・三河人の興味すら惹起(じゃっき)しなくなっている。私達にすれば有難かった。私も実香も柏木君も、三人が所属する勁草館吹奏楽部も、当該事件の濃密な当事者だったから——

「さっきのドラコン」と柏木君。「二〇〇ヤード弱しか飛ばさなかったの、故意(わざ)とだろ？」

「どうして？」

「トップでのひと呼吸が、四分音符はやかった」

「子爵ごとき、おんなごときが不穏当に目立つのは、日本帝国では歓迎されない」

「充分、不穏当に目立ってると思うけどね。五十人以上は参加してるんだろ？」

「最終十八番ホールで挽回(ばんかい)するわ。勝負事は、最後まで分からない」

柏木君にカートを止めてもらう。

無難に刻んで来た島津公爵、ウッドで叩いてバンカーに転がせてしまった穂積男爵、ロングアイアンで確実に寄せている池鯉鮒さんたちを確認してから、私は自分のボールに接近した。二四五ヤードは飛んだようだ。

「四番アイアン？」と柏木君。

「六番」

「へいへい」

私はスタンスをオープンにし、クラブフェイスをやや開いた。手首を使ってオープンフェイスのままトップへ持ってゆき。

即座に振り抜く——

ピッチショットのボールはグリーンに乗り、余勢（よせい）を駆って旗竿（ピン）の根元に当たると、そのままカップから十五センチの位置に止まった。

ナイスオン!!　ナイスオン!!

そろそろ称讃（しょうさん）に疲れてきた人々から声が掛かる。

私はまたカートに隠遁（いんとん）した。なるほど、確かに歩いていない。

「恐るべきちからだね」

「淑女（しゅくじょ）に対する言葉遣いではないし、実香のパワーピアノには圧倒差で負ける」

「穂積男爵は、ちょっと冒険し過ぎじゃないかなあ」

「もともと学者華族の出だから。それに医学部の教授様とあっては、接待ゴルフしか経験していない。定義上ＯＢだのバンカーだのが想定されない態様の接待ね」

「何処の医学部？」

「杏仁（あんにん）大学。外科の教授よ。

　でも来年にはわざわざ、定年を繰り上げて退官される。当然教授選挙がある訳だけれど、自らの後継候補に推（お）しているのが、あの池鯉鮒さん。わざわざこんな華族の会に特別招待したのも当然、様々な下心あってのこと」

「ヘッドハンティングってことかい？　杏仁大学生（は）え抜（ぬ）きの助教授とかを推さないで？」

「その生え抜きの助教授と何やら揉（も）めている。叛逆（はんぎゃく）した血族より柔順な他人という判断らしい。もっともそんなことをしたら医局自体が東北帝国大学――池鯉鮒さんの大学――の植民地にされかねないから、現役教授の権謀術数を盡くしてもなお、相当程度の利益誘導が必要でしょう」

「具体的には？」

「実弾」

「淑女にふさわしい言葉遣いだね。

他方で……島津公爵は老獪というか、手堅いというか、僕あれほど九番アイアンが好きな人、見たこと無い」

「それはあの戦国古豪・島津家宗家の当代だもの、一絡縄でゆく御仁ではない。関ヶ原で負けて唯一、減封も移封も免除してもらった外交能力を有するあの島津家のね。今般の参加者でいえば徳川宗家公爵家、毛利公爵家と列んで武家系華族の雄。そうはいっても武家系だから、公家系華族独特のあの嫌らしさ、隠花植物的な粘着性は無い」

「武家系の公爵家ってそれくらい？」

「まさか。著名なところでは水戸徳川家、徳川慶喜家、伊藤家それに山縣家がある。その宮内大臣山縣公はお見えでないはずだけれど」

「何故」

「大蔵大臣島津公と犬猿の仲だから。それでも島津公爵は帝陛下の御信任あつい御方だから、来るべき内閣改造では山縣公が閣外へ出られて、島津公が宮内大臣に就任されると宮中雀の噂――今般の孔球会が盛況なのは、その所為もある――余程のことが無ければね。勝負事は、最後まで分からない」

「修野さんとこは、ええと」

「うちは武家系。姫山藩奥平家家老、一万石の大名待遇――実はとても島津公爵と直接お話しできる身分ではない」

「平民の僕はどうなるんだ」柏木君は苦笑して。「あっ、全員グリーンに乗ったよ」

「御各位のパターお願い、キャディさん」

「へいへい」


——修野さんは、お先に失礼します、とパットを終わらせた。そりゃそうだ。あの距離なら吹奏楽部二大運痴(うんち)の峰葉さんでも沈めるだろう。しかしこんな完璧なゴルフ、やったことが無いから解らないけど面白いのかしらん。

十六番ホール、一三〇ヤード、パー三。

グリーン前に、恐ろしく深いガードバンカー。後背もバンカーでブロックされている。ただ距離が無いので、下手に二〇〇前後あるよりは攻略しやすい——高い球をコントロールできれば、だが。

もちろん先行(オナー)の修野さんは八番アイアンであざやかに一二五ヤード飛ばし、1オン。島津公爵は何とサンドウェッジで刻んで来た。2オン狙い、アプローチのよろしきをえてパーか。手堅い。穂積男爵、池鯉鮒先生はいずれも無意識にバンカーを嫌ったか左に流れたものの、グリーン至近のラフに救われて砂には喰われずに済んでいる。

予想どおり。

ランニングアプローチで距離感を狂わせた穂積男爵が2オン2パットでボギー。戦略どおり得意の刻みとピッチエンドランで島津公爵が2オン1パットのパー。傾斜の悪戯(いたずら)でグリーンエッジとラフの境界から転がさなければならなくなった池鯉鮒先生は、そう、それしかないサンドウェッジで見事ボールの芯(しん)を捕らえ旗竿(ピン)に当て、2オン1パットのパー。

十七番ホール、三六五ヤード、パー四で修野さん以外の全員がボギーとなり、いよいよ勝負は十八番ホール、四九五ヤード、パー五の締め括りをむかえた。

「修野嬢」と島津公爵。「どうです、風も丁度よい、三〇〇ヤードショットをお願いできませんか」

「御冗談を。おんなの悲しさ、もう腕が腱鞘炎を起こしそうですわ」

「御心配無く、此処には外科の名医がふたり、おりますからな」

修野さんは自分のことを子爵令嬢風情と自嘲していたけれど。

島津公爵のこの丁寧な物腰。当然知っているのだ。彼女が英国系のクォータであることを。この黒髪が濡れる様なお姫様カットのロングロングストレート令嬢、日本人形のイデアの如き修野まり子爵令嬢とは日本帝国における彼女の名、大英帝国にゆけば彼女はホウルダーネス公爵家——女王陛下の藩屏の首座たる十二イングランド公爵家がひとつ——の長女、メアリ・ホウルダーネス公爵令嬢なのである。島津公爵家なるものが顕現する遥か以前からの貴種なのだ。しかし彼女の物語をこれ以上語るには、この原稿用紙の余白は余りにも少な過ぎる。

僕が此処で書けることは、彼女のささやかな謀みごとだけだ。

修野さんはここまでの十七ホールちゅう八ホールでバーディ、他はすべてパーだから（絶対に故意である。誰が呼んだか彼女は『氷の聖女』、字義どおり感情が——ほとんど——無い機械だ）詰まるところ八アンダーである。この不穏当な成績を、穏当な態様まで抑制するには——

「あら柏木君」

「さあ来た」

「なにか？」

「ううん、何？」

「私、ウェッジを四本、入れてしまった気がするわ」

「うわっそれは大変」ほとんど太郎冠者・次郎冠者だ。「本当だ、十五本あるよ」

「皆様、大変な御無礼を致しました。デュアルウェッジの不使用宣言をします」

「そうすると……」と島津公爵。

「……四打罰ですなあ、御愁傷様です」と穂積男爵。「ま、修野嬢なら御愛嬌ですよ、それくらいのハンデは頂戴しませんとな、わはは」

本当の御愁傷様は、これからの同伴者御一行なのだが……

「修野さん大変だ」

「あらまたどうしたの」

「御愛用のドライバーを、十七番ホールのティグラウンドに置き忘れた。急いで採って来るよ」

「どうぞ島津公爵、御順にティショットを。重ねての非礼、お詫びの仕様もございません」

これで二打罰。

ティショットをあざやかに六時の方面へOBして一打罰。

やり直しのティショットをどスライスで二五四ヤード先の森に叩きこんで一打罰。

つまりバーディで稼いだ貯金をすべて計画的に費消すると——

空振り、池ポチャ、シャンク、チョロ。ダフリ、トップ、プルフック。

コースのすべてのバンカーを総嘗め。

とうとう修野嬢は最終ホール、ペナルティを入れて二十二打を叩き——

さすがに惘れ果てる同伴者に、悪びれもせずいってのけた。

「名門吉祥寺カントリー倶楽部のバンカー、堪能しました。

勝負事は真実、最後まで分かりませんわね」

第1章

1　東京鉄道ホテルにて

帝都東京の街道にすっかり溶けこんでいた、何の変哲（へんてつ）も無い緑のタクシーは。

五十分ほど疾駆（しっく）した後、帝都中央停車場・東京駅丸の内口のロータリーに行き着いた。そらはゆっくりと藍（あい）に染まり、噂に聴く薔薇煉瓦（ばられんが）の中央停車場では、グラデーションが優しく美しいライトアップが始まっている。荘厳（そうごん）な、華麗なパール・オレンジの間接照明。

「七、八二〇円になります」

「へいへい」

「柏木君」と修野さん。「私が支払います」

「……了解」

我等が勁草館高校にいるのと同様、超然冷然としている修野まりだが、言葉の紡（つむ）ぎ方がアッチェレランドしている。居館・柘榴館（ざくろかん）の家令（かれい）である鍛冶（かじ）さんの瞳（め）を離れて、同級生と――僕はどうでもよいのだろうが峰葉（みねば）実香と――自由な旅行をするのが余程（よほど）嬉しいのだろう。修野子爵家がその東京邸に準備しているロールスロイス・ファントムⅣリムジンを使わず、敢えて平々凡々たる帝国無線のタクシーに乗ったのも、運賃の精算などを手ずから行おうとするのも、その彼女には似つかわしくないハイテンションの顕現（けんげん）だ。確かに公爵令嬢・子爵令嬢としての東京訪問は、彼女を真実憮然（ぶぜん）とさせる儀礼と虚礼そして束縛に充ち満ちているだろうから、修野さんの解放感は――よほど親しい者しか識別できない微かな変調でしかないが——平民の僕にもよく理解できる。地位は、ヒトを不自由にする。

緑のタクシーは、中央停車場の南すなわち左翼側、丸の内南口ドームと丸の内中央ピラミッドのほぼ中央に停車している。先に乗車した僕は、修野さん越しに、ささやかなアーケードを確認した。城館とも いえる中央停車場の規模からして、あまりにささやかな、あまりに可憐なアーケードだ。

「有難うございました!! お荷物はこちらに!! 御嬢様、よい御旅行を!!」

「ありがとう」

……運賃七、八二〇円、チップ一万二、一八〇円を支払った修野さんは、夏は白と黒のモノトーンが一段と耀しい勁草館のセーラー服姿を、窮屈なドアからすっと降臨させる。彼女自身、お気に入りの制服。その刹那、僕は土曜の夜の雑踏が、子爵令嬢の姿態へあざやかに視線を集束させるのを感じた。

無理もない。

この七十七年を生きた中央停車場の典雅にして威風堂々たる美に対峙できる存在があるとするならば、それは修野の血を継ぐ者を措いて他に無いだろう。この邂逅を目の当たりにして、筆を採る衝動に駆られない画家がいるとするならば、それは芸術的不能者だ。

そして。

アーケードのたもとに佇立していた人物もまた、たちどころに彼女の何人たるかを理解したようで。ささやかなアーチの近傍から疾駆ともいえる態様でこちらへ接近して来た。修学旅行で行った京都駅の様にプロムナードがひろく確保されているので、僕等がタクシーを下りた位置までそこそこの距離がある。先様があまりに必死なので、少なくとも僕はこちらからも駆けたくなった。修野さんはタクシーのレシートを観察して微笑んでいる。はじめてのおつかい、だなこりゃ……

「ホウルダーネス公爵令嬢!! 修野子爵令嬢でいらっしゃいますね!!」

「ええ」

「お待ち致しておりました御嬢様、東京鉄道ホテル総支配人の安城確麿（あんじょうかくまろ）でございます」

――後裾のながい純黒のフロックにパンツ、濃密に織られた白のウエストコート、首をすべて蔽（おお）うスタンドカラーのシャツに白い蝶ネクタイ。胸許（むなもと）からは正式にスリーピークスとした絹のポケットチーフが典雅にのぞいている。これを要するに、これから正餐（せいさん）にでも舞踏会にでも出られそうな、マーラーの第九の指揮でもできそうな完璧な燕尾服（ホワイトタイ）、二〇世紀初頭のオペラ座大通り（アヴニュ・ド・ロペラ）から忽然（こつぜん）とトンネル効果で零（こぼ）れ出てきた在りし日の幽霊か。僕は堀口大學（ほりぐちだいがく）が好きだから、シルクハットとマントオとステッキとモノクルを是非加えてアルセーヌ・ルパンにしたいところだ――年齢的な問題はあるが（ルパンは青年紳士なので）。ここで、安城総支配人は側頭部と後頭部の銀髪を残して禿頭（とくとう）、誠実な威厳を感じさせる老紳士である。

「わざわざのお出迎えを？　到着時刻はお知らせしておりませんが」

「御嬢様に御宿泊頂けるのは、我々にとってこの上ない名誉でございますので」

僕はホテルを予約する際、幾度も到着予定時刻を確認されたことを黙っていた。じわりと悪化している修野さんの機嫌をこれ以上刺激することもない。

「御旅行に孔球会、さぞお疲れでございましょう。さっそくお部屋に御案内致します」

「同伴者はもう？」

「峰葉実香様でいらっしゃいますね。散策に出るから時間が惜しい、ということで、お荷物だけお預かりし、お部屋にお搬（はこ）び致しました。まだお帰りはございません」

「峰葉さん、神保町（じんぼうちょう）かい」

「でしょうね、歌舞伎町（かぶきちょう）でないことは確かよ――余程（よほど）嬉しいんでしょう」

ふと顧(かえり)みると制服のポーターが幾人も僕等の荷物を搬送してゆく。

「なりません(ユウニードアウエイクアップコール)」あ、修野さん、怒ったな。「自分で搬(はこ)びます」

「修野さん」彼女の庶民ごっこを躾(しつ)けるのも、僕の任務だ。「公爵令嬢ともあろう者が、しかも純然たる高校生でありながら、真っ当な職業人からその仕事を奪うのも如何(いかが)かと思うけど、どうかな」

「けれど」

「君が我意(がい)をどうしても押し透(とお)すというのなら、ポーターさん達は総支配人御自(おんみずか)らの強い譴責(けんせき)を受けることになる。給与や賞与を削減されるかも知れない。それについて君は何らの責任も執(と)れないと思うけど、どうかな」

「けれど」

鍛冶さんから頼まれた任務は取り敢えず達成した。何故なら僕が駄弁(だべん)を展開しているうちに、問題の荷物はすべて搬び去られてしまったからである。そして安城総支配人も僕の役割を察知したようだ。

「柏木様、ゴルフバッグは御館(おやかた)へ宅配の手続を執りましょうか」

「是非そう願います」

「承りました。本日の集荷は終了しておりますので、取り敢えず一階ベル・デスクでお預かり致します。それではどうぞホテル内へ。お部屋に御案内させて頂きます」

僕は絶対零度を感じさせる視線を無視しながら、安城総支配人に続いた。

薔薇煉瓦の巨城のただなかに、ぽつんと咲いた白いアーケード。正面から見ればアーチの馬蹄形(ばていけい)に金で

TOKYO RAILWAY HOTEL

とあり、最初のOとEを結ぶ細いプレートに

ルテホ道鉄京東

とあるのが分かる。中央停車場――東京駅駅舎の規模からすれば、花屋か喫茶店かと思えるほど謙虚なエントランスだ。普段から東京駅を使っている人々すら、その存在を知らないこともあるという話も納得できる。七十七年続いた名門ホテルのはずだけれど。

一階エントランスを過ぎ越すと、純粋に受付の用務しか果たさない――つまり、ロビーも無ければカフェも無い――フロントが。しかもフロントデスクは、ホテルクラークが三人も列べば満員御礼となる質朴ぶり。しかし絨毯はしっとりしたローズマダー、壁は優しいオフホワイト、フロントやベル周りの調度はボルドーと、それ自体の格調と、東京駅駅舎との調和がとても美しく心に残る。駅舎ゆえか、とてもたかい天棚からは不思議な雫型をしたシェードを持つシャンデリアがすらすらりと身を垂れて、なんともいえない興趣があった。おそらく浪漫、と漢字で書きたい興趣だろう。

と。

安城支配人はフロントデスクを左手に見ながらあざやかに無視し、そのまま奥のエレベータへ赴かった。いや、エレベータじゃない、昇降機だ。かしゃかしゃと閉じる内鉄柵に、匣の上下するのが見えるシースルーの典雅な鉄枠。扉の左右にはこれまた瀟洒なアール・デコ風の金飾り。パリのアパルトマンにありそうな。ケイト・ウィンスレットが溺れかけそうな。その昇降機は現在、三階にいる。

「お部屋は三階・四階のメゾネットでございますので」と安城総支配人。「三階でお下りくださいますよう、お願い申し上げます」

「総支配人」と修野さん。また来たな。「所謂チェック・インというのは」

「はい、旅館業法に基づきまして」安城総支配人もコツが解ってきた様だ。「宿泊者名簿を作成する為に行う、受付業務でございます」

「定義は結構——それはフロントにおいて実施されるもの、と側聞(そくぶん)しておりますが」

「滅相(めっそう)もございません。既にお部屋で夕方茶(ハイ・テイー)の準備が整っておりますので、お口汚しの暇(いとま)に、担当の者がいちおう確認の上記載させて頂きます」

「なりません。

自分で書きます、フロントにおいて」

「修野さん。最高責任者である総支配人自ら命じたことを君が撤回させれば、総支配人の善意はもとより部下職員に対する権威を著しく傷付けることになると思うけど、どうかな」

「けれど」

「君がまた我意(がい)を曲げないとなれば、せっかくの紅茶が冷めてしまうし、その場合総支配人は接遇(せつぐう)上また紅茶を淹(い)れ直させなければならず、したがって無用の人件費と物件費を総支配人に負担させることになると思うけど、どうかな」

「けれど」

ちーん!!

昇降機はやっと到着し、もこもこと着飾った極めて体格のよい黒い帽子の女性を下ろす。僕は総支配人とともに、英国公爵令嬢(マーショネス)に対し礼儀を欠かないぎりぎりの態様で彼女を昇降機に押しこめ、三階のボタンを押した——

僕と修野さんが勁草館吹奏楽の部長と副部長として縁(えにし)深くなければ、僕は姫山に強制送還、東京鉄道ホテルはホウルダーネス公爵家から敵対的株式買付を仕掛けられていただろう。修野さんは峰葉さん以外に本質的な関心を有しないおんなだが、僕にも一応、友情の欠片(カケラ)くらいは感じてくれている様だ。ま、家令の鍛冶さんに、帝都では僕のいうことを聴かないと懲罰する——弁当が天敵の南瓜(かぼちゃ)ばかりになる

——と釘を刺されたことの方が大きいのだろうが。

しかし。

金持ちっていうのは、どうしてわざわざ貧乏人のやることに興味を持つんだろうな!!

2　八一号室にて

青銅の扇の上を律儀に金の針が運動し。

ちーん!!

古式ゆかしいソネットの音とともに、僕等は東京鉄道ホテル三階の絨毯を踏んだ。三階分しか無いのだから古風な階数表示は必要あるまいと思っていたら、地下の調理室等々とも連絡しているとのこと。

そして、三階。

通廊がとてもひろい。人が五、六人、横隊で闊歩できそうな。刑事ドラマかと。

絨毯は濃い桜色で、両端の梅色がアクセントになっている。壁はフロントのオフホワイトから濃いベージュに変わり、シャンデリアのサフランと落ち着いた和のアンサンブルを奏でている。年季の入ったセピアのドアが、また渋い。

「どうぞ、左にお搬び願います」

安城総支配人の言葉に、僕は脳内地図を確認してみた。南北に延びる東京駅駅舎に正面……西側から入り、そのまま昇降機へ直行し、昇降機を下りた。この段階でまた西側を赴いている。そして左手へ侵攻し始めたということは、南を目標としているということだ。すなわち、東京駅丸の内南口ドーム方面を目指している。

昇降機から客室を六つ七つ過ぎ越したろうか。

通廊はにわかに明るくなった。光の注(そそ)ぎ方がはっきりと異なる。

正面に幾つもの窓が見えてきた。セピアの窓枠に、晴れやかなスノウホワイトのカーテン。レースの美しさを誇りながら、優雅なカーブを描きつつ段差を付けて釣り上げられ、窓の外が誰にでも見えるように配意されている。

そして其処(そこ)から、通廊が八角形に——

「おもしろい(ブラッディグッド)」

「丸の内南口ドーム、だね」

修野さんが無意識に俗語で感心したのは、庶民の生き様(よう)が観察できるからなのか、このホテルならではの差配(さはい)に興趣を感じたからなのか、それはよく解らない。いずれにせよ、御機嫌が麗(うるわ)しくなったのは慶賀(けいが)の至りだ。安城総支配人も畳(たた)み掛ける。

「こちらの窓からは、東京駅丸の内改札所(かいさつじょ)ドームが御覧頂けます。無論、一階が改札所でございますので、過ぎゆく旅客の方々を見下ろす形になりますが——ホテルでは私どものみが御提供しております趣向でございます」

「二階からも？」

「御嬢様御指摘のとおりでございます、が、御宿泊頂きますメゾネットの四階から、すなわち御嬢様のお部屋からも改札所ドームが御覧頂けます」

土曜日の夜、だからだろうか。丸の内南口ドーム一階は、少なからぬ人々が改札へ入り、人を待ち、あるいは切符を買っている。ホテル自身、格式はともかく謙虚(けんきょ)にたたずんでいるからだろうか、こちらの窓を見上げる人はまずいない。誰かが言ってたな、ヒトは特定の目的が無いかぎり、二階以上の部分については関心を持たないものだと——

特段、スペクタクルというべきシーンではない。そこにあるのは何処までもヒトの日常、昨日とおなじ今日、今日とおなじであろう明日、その、いち断面に過ぎない。

しかし、面白い。

日常の断面だからといって陳腐だということにはならない。ヒトは、他のヒトの日常をそんなに凝視している訳でも、熟知している訳でもないから――

修野さんも、自室で見られると保証されたにもかかわらず、名残惜しそうに八角形の南口ドーム三階の窓から離れ。

「丸の内北口ドームでも、同様のことが？」

「いえ御嬢様、私どもは東京駅駅舎の南半分強での営業が認められているに過ぎませんので、このようなことができるのは南口、改札所ドームだけでございます。丸の内集札所ドーム、所謂北口ドームを含む東京駅駅舎の北半分弱は、ＪＲ東日本さんが駅事務舎として使っておられます」

「ちょっと疑問なのだけれど、改札所と集札所はどう違うの？」

「ああ、御嬢様の御立場ではあまり御関心を払われないのが当然でございますね。帝都中央停車場、すなわち東京駅駅舎ですが、出入口は三――すなわち丸の内改札所、丸の内集札所、そして皇室専用口がございます。このうち中央のピラミッド口――皇室専用口は別格と致しまして、丸の内北口ドームが集札所、すなわち降車客の切符を集めチェックすることに特化した、いわば降車口でございます。反対に、丸の内南口ドームは改札所、すなわち乗車客の切符を検めチェックすることに特化した、いわば乗車口でございます。

このように、東京駅駅舎では乗車の為の入口と、降車の為の出口とを明確に分離しておりまして、これは大正帝の御代からの伝統でございます」

「なるほど。それで眼下では、列車に乗ろうとする人々がほとんどという訳ね」

「それでは右にお搬び頂きましてすぐ、こちらの八一号室が御嬢様のメゾネットとなります」

　確かに右へ折れてすぐだった。上から見たときの、八角形のドームの左下斜線上に扉がある。

　安城総支配人は自ら持参していた古風な金鍵でセピアのドアをがちゃりと開けた。そのまま僕等に入室をうながす。僕は当然、公爵令嬢に先を譲った――

「うわ、ひろっ」

「こちらが当館に三室しかございません、インペリアル・メゾネットでございます」

　思わず叫んでしまったが、それだけのことはあると思う。二〇〇平米以上はあるから。

　壁は唐草文様の入った穏やかな金、天棚はジャスミン。窓を飾るのは渋味のあるモスグリーンのドレープカーテンと、内側のそれは精緻なレースカーテン。鐘型のシンプルなシェードがオーソドックスなシャンデリアや、巧みに隠された間接照明で、客室は夢幻のようなライムライトに染まっている。絨毯は大人しいローズピンクだ。ベッドの類は故意と撤去してもらってあるから、三階部分は純粋なリビング・ダイニングとなる。寝室たる四階部分へは、やや奥手の壁添いにある緩やかなカーブを描いた階段でゆくようだ。テーブル、バーカウンタ等々の調度は基本的にはチョコレート、艶やかで美しい。しかし白にしろ紅梅色にしろ葡萄色にしろ、よくもまあこれだけソファやダイニングチェアが入るものだ。それに聴いたところでは、CDは無論DVDプレイヤをも、三階四階、ともに標準装備しているらしい。

　おまけに、グランドピアノまで……

「御嬢様、ピアノはスタインウェイと承っておりましたが、よろしかったでしょうか」

「ありがとう。友人がスタインウェイを好んでいるので。無理をお願いしたわね」

「どうぞこちらのソファで。ちょうど夕方茶が入っております」

ソファテーブルの近傍には、若い女性の客室掛さんが直立不動でかしこまっている。彼女が淹れたのだろう、葡萄のように清冽で芳潤な香りがするオールドノリタケの紅茶杯が、二脚。お茶請けは夕方茶としては簡素ながら、クリスチャン・コンスタンのチョコレートだ。僕はとある親友と違って紅茶は全然解らないが、子供の頃をフランスで過ごしたこともあり、チョコレートは解る。確か、これは日本帝国では銀座でしか買えないはずだ。

「やはりチーズやハムの方がよろしかったでしょうか？」

「晩餐もある。無理に英国風にすることはないわ。お気遣い感謝します」

彼女は紅茶をひと口、含み――

目蓋で微かに頷いた。すさまじいまでの御満足ぶり。僕はそれを横目で確認しつつ、客室掛さんの差し出した宿泊カードをとっとと書いてしまった。峰葉さんの住所なんて知らないけど、まあいいや（修野さんの柘榴館は、『姫山市姫翔山　柘榴館』で完全に特定される。山ごと御領地だからだ）。

「御出発は明日日曜日午後六時、でよろしゅうございますか」

「ええ。それまでお部屋を使わせて頂戴。少し怠惰に過ごしたい」

「もちろんでございます。すべて御精算頂いております」

「……誰に？」

「は、はあ、修野子爵家の家令さまから頂戴しております」

かちゃり――

紅茶杯がピアニシモの音とともに置かれる。すさまじいまでの御不興である。僕は慌てて言った。

「修野さん、日本帝国では、可憐な乙女が一八一万七、〇〇〇円も身に帯びないんです」

「クレジットカードがある」

「そりゃブラック・カード――アメリカン・エクスプレスのセンチュリオンを持ってる修野さんは限度額無制限かも知れないけど、フロントさんが悩るよ。そもそもそのお気にのセーラー服姿も可憐な、社会通念上の高校三年生なんだから」

「高校三年生がクレジットカードを使ったらおかしいかしら」

「桁がふたつ、違うと思いますね」

「けれど」

そこへ時の氏神か。

吹奏楽部生活二年半で見たことも無いほど御機嫌な峰葉実香嬢が帰って来た。

やはり勁草館の夏セーラー服である。ややながい、しとやかなシャギーボブ。白く細い鼻梁に首。イヴニングローズとライチを頬で練ったような香り。しかも身長一五〇センチない。だからガーリーと表現してもよいはずの彼女は、しかし徹底して理知的な瞳から全身に拡散する知性のプレッシャー……小賢しい莫迦は死ねばいいというフィールドを全開にしており、修野まりとはまた異なる恐ろしさと、そう、愛嬌があった。

「まり、お待たせ……って何か問題でも？」

「別段。お帰りなさい実香」

「お帰りなさいませ、峰葉様。帝都御散策は如何でございましたか」

「おんなの浅はかさ、ショッピングで散財しましたわ」

「どうぞお紅茶の準備が整っております」

「有難うございます、総支配人さん。柏木君、まりの保護者御苦労様。まり、また我が儘言って関係者各位を悩らせてないでしょうね」

修野さんは瞑目し、そのままカップの紅茶を飲み乾してしまった。日本帝国で修野まりを御することのできる者がいるとすれば、それは家令の鍛冶さんと、そして大親友の峰葉さん以外に無い。なんでも修野さんが英国の大学院から日本帝国の中学校へ転入してきたとき以来の友情らしいが（何かのテロで一緒に人質になった御縁らしい）、ふたりとも高校三年生の現在に至るまでずっとトランペッターであり続けたこともまた、その友誼を深めたに違いない。楽器を演奏することほど、ヒトを裸にするものは無いからだ。

そんな訳で。

修野さんは紅茶杯を無音でソーサーに載せると、峰葉さん以外には絶対にしないこと、すなわち話題の誤魔化しを展開し始めた。

「何冊買ったの」

「数は分からないわ。三十冊とまではゆかないはずよ。帝都はやっぱりすごいわね、一万円以上で送料全国無料だなんて。それに親切な軍人さんがエスコートしてくれて――あ、大丈夫です、自分でやりますから」

峰葉さんは客室掛さんをそっと制すると、ティーストレーナーを楚々と使って、紅茶壺から三脚目のオールドノリタケに琥珀の玉露を注いだ。

「あら、素敵」

「実香、何処のダージリン？」

「グームティ・マスカテル・ヴァレイ。夏摘みダージリン最高峰のひとつね。セカンドフラッシュの葡萄香が此処までタフなのは稀しいのよ」

「古野君の御訓育？」

峰葉さんの彼氏——友達以上恋人未満、が正確か——は、上に莫迦(ばか)がつく紅茶ソラシド（キィ違い）である。仔細(しさい)あってこの物語には出演しない様だが。この物語が過剰な当て字とルビから逃避できているのは、趣味人(ディレッタント)である彼の不在によるが、まあどうでもいい。

　どうでもよくないのは——

　途端にキッと光る峰葉さんの瞳(め)だ。

「それを話題にするなら、まり、あなたがどれだけ総支配人さんに御迷惑を掛けたか、一切合切(いっさいがっさい)鍛冶さんに報告するわよ」

「御遠慮なさらず、瞳(め)に余る所業(しょぎょう)があればあたしに通報してください」

「いえ峰葉様、修野の御嬢様はなにひとつ」

「は、はあ……

　あ、御嬢様、晩餐はどのように致しましょうか」

「静かに頂きたいので、ルームサーヴィスでお願い」

「当館からでよろしゅうございますか、それとも何処(どこ)か御希望がございましたら」

「東京鉄道ホテルのメインダイニング『ばら』は、築地精養軒嫡流(つきじせいようけんちゃくりゅう)とか」

「御指摘のとおり、特にドゥミグラスソースは秘伝の絶品を自負しております」

「ならばビーフシチュー、ロールキャベツ、チキンライス、ポテトサラダを人数分」

「御飲物は如何(いかが)致しますか」

「未成年者ばかりですから、ハイランド・スプリングをカラフで適当に」

「食後に何か」

「軽いデザートと、温かい飲物を」

「何時にお持ち致しましょう」

「二〇時で」

「承りました。

それでは私ども、これで一旦御無礼致しますが、御用命等ございましたら何時なりともあちらにございます黒電話でお申し付けくださいますよう。メゾネット・ルーム専属デスク二十四時間直通となっております。また、客室間の内線としても機能いたします」

「メゾネット・ルームは何室あるの」

「六室ございます。うち西側、すなわち皇居側の三室がインペリアル・メゾネット、うち東側、すなわち八重洲側の三室がレイルウェイ・メゾネットとなりまして、この六室だけで丸の内南口ドームの三階・四階部分すべてを使っております」

「満室かしら」

「メゾネットは御陰様で満室です」

「まり、総支配人さんも客室掛さんも御多忙なのよ――

どうも有難うございました。また解らないことがあれば教えてください」

「最後に。

当東京鉄道ホテルは大正時代より続くいわば老舗でございますので、オートロック方式を採用してはおりません。外出なさるときは、御鍵を掛けられますよう。

それではどうぞごゆっくりおくつろぎくださいませ」

安城総支配人たちは八一号室を離れ。

峰葉さんの手には一万円札が。きっと修野さんが渡そうとしたチップだろう……

3　寝室にて

まりは鍛冶さんへの電話を終えた。

あたしは天蓋附きのベッドで、夏セーラー服のまま大の字になっている。スノウホワイトの薄い絹が天蓋から淫靡に下りて、わくわくすることこの上ない。モスグリーンのドレープカーテンとレースカーテンは全開だが、ドーム四階のたかさでは、誰にも見られる心配がない。反対に、三重になったガラス窓をそれぞれ開放すれば、たちまち駅と夜汽車の喧騒がたのしめる。中央線、山手線、京浜東北線……ホームに響く発車のメロディ。

「御機嫌ね実香」

「何の電話？」

「すぐに解る」

「柏木君、ちょっと可哀想だわ」

「彼は天蓋附きのベッドに寝るくらいなら自死するひとよ。わざわざ撤去させたくらいだもの」

柏木君にかぎって誤りは無い。あたしも吹奏楽部員として彼をよく知っている。しかし彼の恋人の手前、寝室をともにする訳にもゆかない。必然的にメゾネット二階は男子禁制となった。いずれにせよ彼は、東京駅見物に出てしまっているが。

「しかもコルビジェのシェーズ・ロングなら、むしろ私が寝てみたい。それにバスと洗顔所なら下にもある。特段の不都合は無い」

あたしはまりの酷薄な言葉に苦笑しながら、自分自身が三人は寝られそうなベッドの上を転がって、駅舎ドーム内のパノラマとは反対側の窓を見遣った。すごく大きな、すらりとした窓が三。真白い木枠で八に分割されたガラス窓からは、明治風のノスタルジックな煉瓦ビル街と並木道、そして厳かな皇居が微かに見える。街並みはライトアップされていてとても瀟洒だ。けれど、この八一号室は最上級の室ながら皇居に正対してはいない。正対しているのは隣、八二号室だ。わざわざ総支配人が自ら接遇するホウルダーネス公爵家の令嬢に、敢えて（わずかながら）格式の落ちる室を準備したのは何故なんだろう。

　あたしは細い脚に据えられたタイルホワイトの洗面器に、そして窓の下へ配されたアコーデオン型のラジエータに改めて恐ろしいほどのレトロさを感じながらまりに訊いた。

「どうして此処にしたの？」

「実香も以前、使ったでしょ。お気に召した様だから。それに用務といえば華族孔球会だけ。ならば新幹線へのアクセスに最も優れるところが最適解になる」

「あたしからすれば、吃驚するほどの散財だわ……こんな素敵な室に泊まれて素直に嬉しいけれど。でも塵界ではシングル一泊五、〇〇〇円、なんて稀しくないのよ。

　それに率直にいえば、東京鉄道ホテルは名門ではあるけれど……」

「一流ではない、なんて批評があるわね。一流ではないが名門、の方が綺麗な表現でしょうけれど」

「大正浪漫の雰囲気なら一流よ。七十七年の歴史が熟成した極渋の伝統もある。だからあたしは大好き。けれどやっぱり、水回りは厳しいわね。立地上、大修繕もできない。平成の御代にラグジュアリーなホテルライフを、と望む旅客には、陰鬱で旧式で機能的でない客室……と見えるでしょうね。川端康成や松本清張の幽霊が出るという都市伝説も莫迦にできないもの。わざわざ其処で御大尽様やらなくたって……」

「七十七年の伝統を誇る日本帝国の名門華館が、外資系の、そうね、フォーシーズンズだのペニンシュラだのマンダリンオリエンタルだのの様に燦然と耀しい現代的なヨーロピアン・テイストになってしまう方が、私には残酷に思える。それはもう明治最後の子、明治の夢を載せた東京鉄道ホテルではないわ。

それに。

私はどう自己弁護しようと有閑華族には違い無いから。だったらバブル崩壊で失血状態にある日本経済に、いささかなりとも無駄遊びの金子を輸血することが遊民の務めよ。それに帝都へ来れば、望むと望まないとにかかわらず雑多な御客様もいらっしゃる。シングルという訳にはゆかない」

「バブル崩壊、か……数年でせめて常態に恢復すればいいけど……」

「あら実香、あなた経済に関心があったの」

「結構な御言葉ね。あたしは出版業界のパイが縮小して、文芸がファストフードや一発芸ばかりになるのが嫌なの。コンテンツに適正な対価が保証される、それが商業芸術のシネクワノンじゃない？」

「是非ゴッホやロートレックに聴かせてあげたい言葉ね」

その刹那、ベッドサイドテーブルのアンティーク電話が鳴り。

もしもし、と左手で受話器を採ったまりは、右手で備附けのメモとペンを準備した。

「ええ結構、絡いで下さい――有難う鍛冶さん、迅かったわね――成程――わざわざ此処に？――あら――ええお会いした。それは奇遇ね――そちらは御遠慮したいけれど――

よく解ったわ。はい。はい。はい解っています」

まりはピアニシモの嘆息とともに受話器を置く。あたしはベッドをごろりと転がり彼女のメモを見た。中学校からの親友だから改めては驚かないが、ひょっとしたらアルファベットより上手いんじゃないかと疑いたくなる流麗な草書だ。かるた職人としても食べてゆけるだろう。彼女の祖父・先代ホウルダーネス公爵もまたそうだったと聴いたが……

「鍛治さん？」

「ちょっとした調査を頼んだの」

「それがそのメモ？」

「ホテル側に訊いても絶対に教えてくれないから――最上級メゾネット六室の宿泊客よ」

「まりのちから、使わなかったのね」

「思念にしてくれなければ読めない。それに滅多なことでは使うなと禁じたのは実香、あなたよ」

「柏木君、知らないしね――それで結果は？」

「とても興味深い(ブラッディウィキッド)。

まず脳内地図を描いて頂戴。八角形がある。底辺が東京駅正面、上辺が八重洲側。これが丸の内南口ドーム三階、メゾネットの第一層があるところ。極めてスキーマティックに単純化すると、この八角形の縦線二本、これらはドームから翼を左右に展(ひろ)げる東京鉄道ホテルが通路の用に供しているから、これらを入口とする室は無い。したがって、八角形残余の六辺を入口とする室が六、ある。

私達の八一号室からゆきましょうか。

八一号室は八角形の左下斜線――八時の方向――にある。これは外から南口ドームを見上げたとき、正面左側になるわね。この室の旅客は三人、峰葉実香、柏木照穂、私よ。

隣の八二号室。

八二号室は八角形のまさに底辺、六時の方向にある。これは南口ドームの真正面、皇居に正対する最も格式のたかい室。この室の旅客はマロリー・ロダム・ベルモントという合衆国人女性」

「……何処(どこ)かで聴いたことある名前ね」

「たぶん正解。属性を附加すれば、アメリカ合衆国第六一代国務長官だとか」

「外務大臣じゃない、アメリカの!!　何の御縁で東京鉄道ホテルなのよ。そういうひとって帝国ホテルでしょ?」

「お忍びらしいわ。報道発表されていれば、わざわざ鍛冶さんに調査させるまでもなかったのだけれど」

「だから大英帝国公爵令嬢に最上級（プリーマ・クラッセ）の室をまわせなかったのね」

「どうでもいいことよ」

「それで何の御用務?」

「引き続き鍛冶さんに調査させてはいるけど、湾岸戦争（わんがんせんそう）の後始末」

「今歳（ことし）の二月にクウェートからイラク軍を蹴散（けち）らしたあれ?」

「まさしく。日本帝国も虎の子の制式空母『三河』を湾岸に展開したし、近衛師団（このえしだん）から虎の子の戦車中隊を派兵したりしたんだけど――これが合衆国のプレッシャーに帰因することは、いうまでもないわね――国際貢献としてはまったく too little, too late ということで、戦費と復興費用の追加負担を求められているのよ。ただ日本帝国の地上部隊は華々しい戦果を挙げていたから、市ヶ谷の軍務省も霞ヶ関の外務省もさすがに閉口してしまって」

「だから国務長官さんが、町内会への寄付金を強要にいらしたと」

　まりは唇の端を微かに、微かに上げる。これは彼女のシニフィアンとしては『莫迦受け』である。

「それも帝国の象徴にね」

「……帝陛下（みかどへいか）に!?　直接!?」

「拝謁（はいえつ）の御題目（おだいもく）は『日本帝国の国際貢献に対する御礼言上（おんれいごんじょう）』らしい。松岡（まつおか）総理や杉山（すぎやま）軍相では埒（らち）が明かないと見たようね。まさかハル・ノートは謹呈（きんてい）しないでしょうけれど。

しかも二週間前に、率然と拝謁の要望がなされたそうで、強硬派の山縣宮内相は無論、穏健派の東郷外相も怒り心頭だそうよ。最低でも一箇月前に申請するのがならわしとか。

　こんなことが帝国国民に知れたら騒擾になりかねないから、内務省が徹底的に報道規制を掛けている。だからお忍び。だから帝国ホテルは不具合。しかも、ベルモント国務長官は拝謁に関して馬車での送迎を要求なさった」

「……あの、外国大使が信任状捧呈式でやる様な？　儀装馬車の？　皇宮警察の騎馬隊が儀装馬車列で警護する？」

「みたいね。あれは東京駅発だから、ゆえに東京鉄道ホテルという訳よ。総理・閣僚は当然のこと、帝陛下に強烈なプレッシャーを掛けて、合衆国外交上大きな利益を獲たい。何故ならば来年一九九二年、平成四年十一月には大統領選挙があるから。実は戦争に勝利したにもかかわらず、ブッシュ大統領と共和党の支持率は下がっているのよ。現代人は、地上戦で国民の血が流れるのを極端に嫌うから――戦争に勝って選挙に負ける、なんて莫迦な話にもなりかねない。そしてもしブッシュ大統領が二期目を断念するのなら、俄然、共和党の才媛烈女であるカリスマ・ベルモント国務長官のそこは出場となる、かも知れない。合衆国は初の女性大統領を戴くことになる、かも知れない。その自負と自尊たるや、壮烈なものよ」

「無邪気を過ぎ越して幼稚ね……

　あまり警護の人とかいなかった様だけど」

「お忍びだから。八二号室では鉄壁の警護が為されているんでしょう」

「ベルモント国務長官といったら、ブッシュ大統領の義理の従妹じゃなかった？」

「そのとおり」とまり。「マーガレットから聴いた処では――」

「――何処のマーガレットよ」

「御免なさい。マーガレット・ヒルダ・ハーミス男爵夫人・前英国宰相」

「英国公爵令嬢のまりのお友達という訳ね」

まったく、はふうだわ。

「そう、そのお友達がいうには彼女、名門ウェルズリー女子大で卒業生総代演説をし、イェール大学法科大学院で法学の博士号を獲った才媛らしい。それ以来『合衆国の弁護士ベスト一〇〇』に幾度も撰ばれているブルドーザ法律家。その剛腕を買われてホワイトハウス入りし、国家安全保障担当補佐官をへて国務長官つまり伝統ある国家でいう外務大臣、大統領権限継承順位第四位の首席閣僚にまで抜擢されたと、こういう話」

「如何にもタフ・ネゴシエイターね」

「ある意味ではそうね。米語しか話せないらしいから。おまけに無趣味で料理音痴の運動音痴、ホワイトハウスに勤めるまでの海外経験は実にナイアガラの滝のカナダ側だけ、それどころか地元シカゴ以外をほとんど知らないというから、非公式なコミュニケーションが極めて難しいという意味でのタフ・ネゴシエイターだわ。実際、リアリストとして軍事介入より外交交渉に重きを置いてきた実績のあるタフ・ネゴシエイターではある」

「随分と経歴のドメスティックな外務大臣もあったものだわ……でもそんなキャリア・ウーマンならむしろ民主党左派っぽいけど、其処はブッシュ家だから共和党政権入りしたのね」

「縁戚も理由だけれど、思想信条が超保守だから。小さな政府、規制緩和、積極外交、自由貿易、反共――当然プロテスタント右派でもあるから、同性愛や中絶などもってのほか。ただし内政には関心が深くて、国民皆保険にも銃器規制にも――」

「もういいわまり、あまり愉快なトピックになりそうもないから――

国務長官閣下には御退場願って、他のメゾネットはどうなの？」

「八二号室の隣、八三号室。

八三号室は八角形の右下斜辺、四時の方向にある。これは南口ドームの正面右側になる。

この室の旅客は宇頭忠道という公務員の方」

「公務の詳細を知りたいわね。まさか市役所の係長がインペリアル・メゾネットでもないでしょう」

「陸軍元帥」

「はい？」

「日本帝国元帥陸軍大将、元軍務大臣閣下よ」

「バカンス？」

「まさか。ベルモント国務長官の我が儘が生んだささやかな犠牲者のひとりよ。杉山軍務大臣以下軍務省こぞって所謂ヤンキー女の随員となるのを拒否したから、人格者で帝陛下の忠臣である宇頭元帥が乗り出さざるをえなかったの。随員無しでは非礼、おまけに共和党保守派のタフ・ネゴシエイターだから、帝陛下に莫迦なことを奏上しないようにすべく、誰かが最後の砦にならなければならなかった、という訳。相手方は大臣だから、大臣級である必要もあった」

「うとう……善知鳥かあ。確かに人格者っぽい。

それじゃあベルモント国務長官と御一緒されると。拝謁って何時なの？」

「月曜日の早朝だと聴いているわ。祝祭日は目立つから――

この人々がインペリアル・メゾネット三室、すなわち駅舎正面皇居側の三室の旅客」

「あとはレイルウェイ・メゾネットだったかしら、駅舎背面、八重洲口側に三室あるのよね？」

「まさしく。逆時計回りにゆくと、八角形の右上斜辺、二時の方向に八四号室がある。これは南口ドームの背面右側になる。この室の旅客は神保糊道（じんぼのりみち）という民間人らしいけど、私も鍛冶さんも詳細は未把握」

「やっとあたしがお役に立てるわね。そのひとは作家よ、ミステリ作家。若手を恣（ほしいまま）に潰（つぶ）すのが趣味という下世話な俗物（ぞくぶつ）。初期作品群が光っていたからちやほやされているけど。今は業界遊泳術で勲章にした幾許（いくばく）かの無名文学賞をちらつかせながら、ファストフード文学を大量生産して一億総愚民化（ぐみんか）に貢献している、そう言葉の厳密な意味において売文者（ばいぶんしゃ）よ」

「手厳しいわね」

「潰された新人を見てきたからよ、あたしの大好きな新人さん……この神保の嫌らしい書評……X君などは恐くない、私にはX君が何を目的として何を書いているのかさっぱり解らない……端的にいえば、どこかの穴が極限まで縮小した莫迦ね」

「此処（ここ）で殺人事件を起こさないで頂戴――

その俗物さんの隣八五号室、これは八角形の上辺零時の方向にある。南口ドームの背面中央、レイルウェイ・メゾネットの内では最もひろい。この室の旅客は、葉月鳴海（はづきなるみ）女史」

「あの葉月鳴海？」

「そう。実は先刻、昇降機まえで行き違ったのだけれど」

「あのひとが!!　でも解るわ、いかにもよ」

「詳細は不要よね」

「東海財界人の雄――不沈戦艦（ふちんせんかん）葉月鳴海、葉月コンツェルンの女総帥（そうすい）。

愛知県三河（みかわ）は岡崎（おかざき）に生まれ、三重県志摩（しま）の真珠養殖業に嫁ぐや、斬新なブランド化戦略と養殖技術の高度化を主導、新規顧客を開拓するとともに、ダイヤモンドのデビアス社から原石購入権者と認められて総合宝飾企業に脱皮させた――葉月宝飾の祖。

それだけじゃない。

御主人に先立たれた後も、先々代が東海三県の弱小銀行を吸収して設立した地方銀行をさらに発展させ、都市銀行たる西海銀行を誕生させた。そのオーナー頭取となった彼女は、名古屋に本店を置くこの現在預金順位第六位の西海銀行を葉月コンツェルンの中核とし、今や葉月製鋼、葉月不動産、葉月商事、葉月食品――といった関連会社ともども精力的に事業を展開している。もちろんルーツの葉月宝飾も健在、女総帥自ら南アフリカへ飛んでプラチナ鉱脈の権益を確保したり、コンゴへ飛んでコルタン鉱山を押さえたり、ジンバブエに飛んでリチウムに手を出したりしていると聴くわね。もっともコルタンとかリチウムとか、あたしには価値がさっぱり解らないけど」

まりは。

此処でそっと微笑んだ。それは永劫を生きる何かが時代を見透す瞳のようで。

「彼女はね実香、産業革命の次を知る女性なのよ……

合併話は知ってる?」

「もちろんよ、すごい騒動だったもの」

「預金順位シングルの内でも、一位乃至五位と、六位乃至一〇位とでは格式が違う。六位の西海銀行――都市銀行とはいえ実質は『東海三県銀行』でしかない地方＝都市銀行と、その一・六倍の規模を有する預金順位四位・全国一、〇〇〇店舗の五和銀行とでは、誰がどう考えても五和が西海を呑む合併になるし、事実そうなることは確実だった――

葉月鳴海頭取がいなければね。

もともと財閥系ではない五和銀行は人材確保に難があった。だから優秀な新入行員の獲得に血道を上げていたのだけれど、おもしろいわね、それぞれの獲得者が学閥をつくるようになったのよ。会長と頭取が、役員相互が人事抗争を仕掛ける、報復する。上層部は閥をおなじくする側用人を重用する。そもそも他行から乗ぜられる土壌はあった。

其処へきて五和銀行日比谷支店の不正融資事件。不動産業を名乗る総会屋に、無担保で実に一〇億五、〇〇〇万円を、副頭取の特別命令で融資していたあれ」

「確か、副頭取の女性問題が端緒で、その総会屋に恐喝されていたらしいわね――どちらも恐ろしく下劣だわ」

「五和銀行がもっと下劣に、もっと俗物になることが、葉月頭取の狙い。天帝は彼女に微笑んだのでしょうね、そう考えないと汚穢過ぎるから……

立て続けに発生した五和銀行巨額横領事件。四十歳代の独身女性行員が、愛人――初めての恋人だそうよ――と共謀の上、新橋、虎ノ門、吹田、豊中の四支店に架空口座をつくって、総計九億九、〇〇〇万円の入金があった外観をオンラインシステムで作出、その脚ですぐさま各支店から小切手を回収して海外逃亡した。まず検挙されるでしょうけれど」

「哀れね。莫迦過ぎて」

「ここからが脚本家の――存在するとすればだけれど――あざやかな処よ。

バブルは弾けて超低金利、庶民が銀行に一〇〇万円預金しても金利は年に二〇〇円。それが暴力団だの若い愛人だのにさらりと一〇億円――衆院で野党はいうでしょうね、頭取を証人喚問しろ、監督官庁の大蔵省は何をやっていた、すぐに検査して処分しろ――

輿論も沸騰して、五和銀行からは御家芸の人事抗争も忘れるほどの預金が流出。

大蔵省の立入検査では情実融資、バーター融資、顧客資料の隠蔽等々が指摘され、いよいよ銀行法第二十六条の業務停止命令か、と騒がれたわ。

でも。

ここまでなら、まだ維った。仮に合併が不可避だとしても、吸収合併にできた。

五和銀行に死刑判決を下したのは、あれよ」

「あれ、とは」

「あなたの機嫌と羞恥心を不当に害するから」まりはしれっと。「直截にいいたくはないのだけれど、所謂ノーパンしゃぶしゃぶ刺し違え事件よ」

「コメントすらしたくない」

「大蔵省の異例なまでに厳格な検査に対抗して、怪文書が出た。大蔵官僚が恒常的に性風俗的な接待を銀行側から受けていると――原文は実例入り、店舗名入りのあざといものだったらしい。

これで大蔵省では自殺者が出たわ。東京地裁検事局特捜部も贈収賄被疑事件として捜査を開始した。

これで大蔵省はもとより他の銀行、例えば第三銀行、平和銀行からも逮捕者が出たのだけれど、大蔵省も莫迦ではない。違う意味では明白に莫迦なのかも知れないけれど。

徹底して怪文書の出処を、官衙の総力を挙げて追及した。それに協力した銀行もあった。その結果」

「……怪文書は五和銀行の御手製だったと」

「御明察」

「五和は潰す、となるわね」

「事実、そうなった。

死に体の五和銀行が自らの存続を考えるならば、合併しかない。スケール・メリット、店舗の相互補完性、そして地を舐めてきた非財閥系という矜持——花嫁転じて花婿となったのは、葉月頭取の西海銀行という訳。五和銀行は大蔵大臣の首と新銀行東京本店を獲ったけれど、頭取も存続会社も勘定系システムも、すべて西海銀行のものとなった——鯱が鯨を呑む吸収合併の血塗れ戦国絵巻ね。確かに鯱なら尾張名古屋の象徴ではある」

「卑劣」

「これからバブル華やかなりし頃のツケが回ってくる」とまり。「放漫融資による不良債権というツケが。どの銀行も満身創痍になる。単独では生き残れない。喰うか喰われるかの合従連衡が始まる——葉月女史は一万人従業員の為、やらなければならないことをやっただけよ」

「因果応報。ひとたびヒトを喰った者は、いつか必ずヒトに喰われる。必ず」

「確かに御後任の大蔵大臣、島津公爵も仰有ってたわ。三河犬の牙は鋭すぎると。新銀行は預金順位第二位のメガバンクになるけれど、陰湿な人事抗争癖や体育会系の積極融資癖は治癒されることなどないでしょう。すなわち不良債権問題が確実にガン化するということよ。そして、新銀行は始まりに過ぎない。他の上位銀行も当然、陸続と下位銀行を喰い始める——たちまち新銀行の順位は下がる。

十年後、新銀行がそのまま生存している蓋然性は、そう、三％未満ね」

「そうはいってもまり、西海銀行が生き残ることは愛知県を地盤とする奥平・修野両家にとって好ましいことなんでしょう？」

「どのような銀行であろうと、東海圏の為になる銀行が、よい銀行なのよ」

「それが西海銀行でなくとも？」

「尾張徳川侯爵家も、そうお考えのよう——

閑話が過ぎた様ね。

そのような三河烈女の葉月鳴海女史が、東京駅南口ドーム八角形の上辺、八重洲口に正対する八五号室の旅客なの。

最後に八角形の左上斜辺、十時の方向にある八六号室の旅客は、今伊勢師実（いまいせもろざね）侯爵。家格はたかくて十清華（せいが）家のひとつ。藤原北家（ほっけ）の流れを汲（く）み、世が世なら左大臣にまでは就任できるはずの御家（おいえ）。京都帝国大学文学部——ドイツ語学科だそうよ——を恩賜（おんし）の銀時計組で卒業された秀才。もっとも侯爵にあっては政治嫌い、静かに京都で暮らしていたいという笛（ふえ）と和歌の御師匠（おししょう）様でいらっしゃるわ。華族孔球会にも当然お出でにはならないし——確か私達と年端（としは）の近しい御嬢様がおられるはず。同志社大学の学生さん」

「……ひょっとして、今伊勢理世（りぜ）さんっていうんじゃない?」

「あら実香よく知ってるわね、私自身、記憶の検索に失敗したことを」

「大学三年生で文学賞を獲（と）ったひとなの。音楽的で前衛的で、不思議な文体。処女作『被疑者θ（シータ）の偽悪』が商業出版されたときは、随分な論争が、それは非道（ひど）い罵倒があったものよ、それも版元の雑誌まで が——だからかしら、続刊『茉莉衣（まりえ）、午後の手紙』が延び延びになってるの、待ち遠しくて仕方がないわ。手紙のトリックがそれはあざやかなそうで。まあ噂だけれど」

「今伊勢家は和歌の素養がおありになるから、源氏物語（ザテイルオブゲンジ）を愛する実香のお気に召したのね」

「まさしく。

ええと、これで丸の内南口ドームの六室ぜんぶが……」

4　東京駅外にて

八一号室、修野子爵令嬢（皇居側）。

八二号室、マロリー・ロダム・ベルモント合衆国国務長官（皇居側正面）。
八三号室、宇頭忠道元帥陸軍大将（皇居側）。
八四号室、神保糊道・ミステリ作家（八重洲側）。
八五号室、葉月鳴海西海銀行頭取（八重洲側正面）。
八六号室、今伊勢師実侯爵（八重洲側）。

柏木照穂は――

東京駅散策に出るついでにフロントへゆき、到着時から確認していた若い女性のフロントクラークがひとりであるのを見るや、くりっくりの愛らしい瞳を最大展開しつつ、親友をして『一〇〇万フランの媚笑』といわしめた無垢な顔色で彼女に急速接近した。ホテルのフロントが顧客の個人情報を漏らすはずはないのだが、天帝が欲するとあらば倫理も規範も脳内辞書から削除する柏木照穂である。そもそも彼は生来的にヴィヴィッドな感情になど恵まれてはいない。四分三十三秒で所要の情報を訊き出した柏木は、微塵の罪悪感も感じずに東京鉄道ホテルを出た。

晩餐は八時といってたな。

彼は愛用のタグ・ホイヤーで、若干は時間に余裕があるのを確認し。

中央のピラミッド口――皇室専用口から宮城側へ延びる、懐かしいシャンゼリゼほど余裕のある駅前通路を飄々と歩んだ。東京駅駅舎から垂直にどんどん離れてゆくことになる。そしてある地点で彼は脚を止めた。事前に目算してあった地点。

柏木はそこで顧いた。

その大きな両瞳に、東京駅駅舎の全貌がちょうど収まる。

彼はしなやかに腕と指を動かして――

（全長三三四・五メートルか、日本帝国最長の建築物だな……確か戦艦大和でさえ二六三メートルだったはずだ。棟のたかさは最高点で三八メートル。これが丸の内北口ドーム、丸の内南口ドームのたかさとなると、実に兜の頂点で四九・五メートルにもなる）

実戦的なおとこである柏木にとって、軀のみで測量をすることなど児戯に等しかった。そしてそれは、センチ単位で正確だった。

（すなわち現代のオフィスビルなら十三階建てのものに匹敵するだろう。

鉄筋コンクリートに化粧煉瓦。腰周りや窓枠、柱飾りの白は花崗石。なめらかな屋根瓦のグリーングレイは天然板状粘岩だろう。それらで地上三階、地下一階。東京鉄道ホテルの廊下幅から類推すれば、駅舎の面積は概算七、七二五・三平米と出るが……

それにしても、不思議な意匠だ。

設計者は――東京帝大工科の辰野金吾工学博士。博士いわく『ルネーサンス式』とのことだが、ルネサンス様式のみならずビクトリアン様式も、バロック様式も見て採れる。少なくともルネサンス様式というには雄姿荘厳に過ぎるな。微かなアシンメトリーが悪戯っぽいが、それでも武が勝ち過ぎている。

そういえば着工は一九〇八年、明治だ。日露戦争が一九〇五年。誰も設計時や着工時に明治が終わるとは分からなかったのだから、『明治最後の建築』となる。そしてもちろん飛行機が無いから、羽田も成田も無い。欧州の巨獣ロシアを破った日本帝国が、世界に披露する帝都の顔――）

彼は駅前通路を駅舎方面へ帰ると、クラシカルな白亜の帝都中央郵便局に面した東京駅駅舎の南端から、合衆国の摩天楼を思わせる日本生命丸の内ビルに面した駅舎北端まで、ゆっくりと歩み始めた。南口ドームに行き当たっては色彩を観、北口ドームに行き当たっては内装を観る。

（よく平成まで生き残ったものだ）

第二次世界大戦では帝都がまるごと灰燼（かいじん）に帰した。B–二九の焼夷弾（しょういだん）『モロトフの麵麭（パン）籠』は、東京すべてを焼け野原にしたはずである。終戦の歳の五月二十五日深夜、丸の内北口に無数の焼夷弾が落ちた。その紅蓮（ぐれん）の炎を東京駅員総出の消火作業で鎮火させていなかったら、この明治最後の子はひょっとしたら橋上駅か、百貨店入りの駅ビルにされていたかも知れないのだ。

（そして、解りやすい）

柏木は思う。感じなかったが、理解する。この薔薇煉瓦（ばられんが）の帝都の顔には、夢がある。明治の夢が。それは極東の狭隘（きょうあい）な貧乏国家がいよいよ一等国として世界に雄飛しようとする夢だ。すべてはこれからだというバフチン的な夢、天真爛漫（てんしんらんまん）なナショナリズム。鹿鳴館（ろくめいかん）のような卑屈さも、関東軍司令部のような傲慢もない。開放的で解りやすいナショナリズムが、瞳（め）に解りやすい建築へあざやかに映えている。そして専門家は別論、人々は解りやすいものを好む。七十七年後、平成の御代（みよ）に至りなおこの駅舎が愛され続けているのは、そこに底意（ていい）が無いからだ。

（先見の明もある）

柏木は商工省の顕官（けんかん）だった父親の在外公館勤務にともない、フランスに遊んだことがある。彼は東京以上にパリを知っていた。リヨン駅、モンパルナス駅、サン＝ラザール駅、北駅、東駅。歴史があり、旅情がある。しかしターミナル駅なのだ。確かに日本にも、東京駅とならんで新宿駅、池袋駅、品川駅、上野駅等々がある。しかしこれらは、基本的に通過式——パス・スルー式であって、厳密な意味における『ターミナル』ではない。欧州の『ターミナル』は原義のとおり『終着駅』であり、線路がそこで行き止まる頭端（とうたん）式を採用しているのだ。どういうことになるか。パリでいえば、リヨン駅からモンパルナス駅へ、あるいはサン＝ラザール駅から北駅へ——その他でもいい——鉄路でゆくことはできないのである。山手線のように、これらを連結する路線は無いのだ。到着した列車はスイッチ・バックしなければならないし、駅から駅へは徒歩・バス・地下鉄・タクシーによるしかない。喩(たと)えるなら、新幹線で東京駅に着いた柏木が長野へ行く為、新宿駅までバスに揺られなければならない様なもので、非合理なことこの上ない。

もっともこれには事情がある。

欧米列強は文明の最先端にいすぎたのだ。鉄道などというものが敷設(ふせつ)される遥(はる)か以前に、整然たる中心市街地をつくりあげてしまった。其処(そこ)には『駅』なるものの存立しうる余地など既に無かった。必然的に駅舎は中心市街地の外に建設されることとなり、また必然的に鉄路は中心市街地以外で展開されることとなる。欧州の都市であれば、その旧城壁内は、鉄道にとって真空地帯とならざるをえなかったのだ。

日本帝国は、違う。

文明開化は蒸気機関をともなった。つまり近代的な中心市街地、メトロポリス帝都大東京市は都市計画の段階から鉄道というファクターを顧慮(こりょ)――いや重視することができたのである。日本帝国において、主要駅が都市の中心部に所在することがむしろ通例なのは、西欧文明を後発的に輸入したことのハッピーな帰結といえよう。それに、南北にも東西にもながい日本列島の地理的条件を踏まえれば、列車は行き止まりに悩まされることなく自在に駅を過ぎ越せるべきであって、頭端駅など土地と時間の無駄遣いでしかない。

このことを象徴しているのが、この東京駅駅舎だ。

三三四・五メートルの巨大な城翼でプラットホーム群を支配するとともに、それが北にも南にも開放され延びていることで、『日本帝国すべての鉄路の始発駅』の地位を不動のものとしたのだから――もっとも柏木は、それが日本人の着想だとは思っていない。日本人が規範としたのは同盟国・七つの海を統べる大英帝国。しかし大英帝国こそターミナル式の元祖である。それが模倣されず、パス・スルー式が採用されたということは、おそらく欧米列強としては後発組であるドイツ人顧問あたりの入れ知恵ではないか――

（まあ、どうせ知識の無いことだ。ドイツの駅事情すら見てないし。協商に転じたロシアあたりかも知れないしな）

柏木は北口ドームに行き着くと、薔薇煉瓦の駅舎に絶妙なアクセントを添える鉛白色の丸い大時計を見遣った。

（南口ドームにもあった。画竜点睛というか、よい結節点だ。ローマ数字を使っているのもこの駅舎にふさわしい。確か服部時計店のものと聴いたが――

　地上二〇メートル、直径一・四メートル）

彼はそのままなかへ入った。こちらは大正帝の御代から検札口（降車口）である。そして土曜の夜。不思議な潮汐を見せながら、都心や近郊の列車を下りた無数の人々が自動改札を、そしてドームを過ぎ越してゆく――

　たかい。

丸の内北口ドームは四階建てになる。しかし四階を見上げれば首が痛みそうだ。白と黄水仙と赤銅色、そして青磁色が織り成すドームはまるで教会のごと壮麗。

（大伽藍だ――あれはアカンサス文様、あれは唐草。四階のさらに上には鷲がひい、ふう――八羽飛んでいる。両翼をいっぱいに展げたあの彫刻の両脚は何だ？　稲穂か？　何の寓意だろうか、まさかギリシア神話でもあるまい。

鷲のした、三階壁面の最もたかい処に白と青磁の精緻なレリーフがある。ドーム八角形の各辺ごと、八種類だ。青磁の円のなかには――動物――牛に猪、なるほど干支という訳だ。おそらく八角形が面している方角に対応しているのだろう。丑、寅、辰、巳、未、申、戌、亥。外観は曲がりなりにも西洋式だが、内装は和風の副旋律が強めにチューニングされている。誰の差配なのか、興味深いことだ）

柏木は群衆の潮に乗ってドームを出た。そのまま東京鉄道ホテルのアーケードへ赴かう。

（しかしこの巨城はおもしろい。これだけの威容を誇りながら、実際の用途といえば旅客用の改札口、券売所、旅行案内所そしてホテルだけ。あとはＪＲ東日本のオフィス――これらはどうとでも代替できる。極論、ＪＲ東日本をオミットするとすれば、まるで無くても支障は無い。最も遠い新幹線ホームは当然ながら、在来線の地上プラットホーム五本一〇番線、すべてこの東京駅駅舎からは独立している。おまけにここの地階は、地下改札口と全然リンクしていない。つまり中央停車場そのものは、鉄道の物理的な運行からは完全に分離することもできるのだ。

これだけ実際的でない駅舎というのも稀しい、が――）

歴史と伝統というのは、そういうものではない。

柏木はそのテーゼを完璧に理解した。理解してなお、共感はしなかった。いや、柏木には共感するという能力がゼロ近似といえるほど欠損していた。柏木は親友を思った。ここにはいない親友のことを。もし此処に奴がいたのなら、絶対にこう言うだろう。ねえ柏木、すごいよ、明治のひとって僕等とは違うんだねえ、頑晴って頑晴って背延びして――見てよこの赤煉瓦、こんなに湿度と温度を感じる煉瓦、僕見たことない。柏木綺麗だよ、触ってみようよ、本当に美しい――

美しい。

それは親友の言葉をあらかじめ再現できる柏木が、終にこの散策で零すことのなかった形容詞だった。彼は建築を理解し、スケイルを精緻に算出し、意匠を漏れなく観察した。実際上の観点から批評をした。

しかし、それだけだった。

誰が呼んだか、冷　血《クールブラッド》柏木——

（僕は、批評家だ。永遠の批評家だ。それだけのこと……そして、それだけでしかない）

何時《いつ》かまた、あの日の様に。

美しい、といえる日が、来るのなら——

彼は脚を止め。

薔薇煉瓦にそっと、触れてみた。

失われた技術。埼玉は深谷《ふかや》。そうか、澁澤栄一《しぶさわえいいち》の。

そこまで考えて、彼は考えるのを止めた。むしろ苦笑したかったから。

結論として。

柏木はこころの欠損と、擬態《ぎたい》の下手な私服警察官を九人まで確認し、東京鉄道ホテルに帰った。

5　概況説明にて

自分で自分の傷を舐《な》めるなんて、僕らしくもない。

さっと鼻梁《びりょう》を擦《こす》って東京鉄道ホテル八一号室の鍵を開ける。メゾネット一階（ドーム三階）のリビングフロアでは、修野・峰葉のトランペット・コンビがケルト＝ルネサンス様式の荘厳を極めたソファに列《なら》んで躯《からだ》を沈めており。

そして、聴きなれない声。

「……雑駁《ざっぱく》ではありますが、以上が中央停車場・東京駅丸の内駅舎の規模的な数字でございます。引き続き建材的な数字でございますが、概数で——

煉瓦八三三万二、〇〇〇個
セメント二万八、八四三樽、コンクリート六万九、〇〇一立方メートル
花崗岩八万三、四〇〇切、大理石一、六五九平方メートル
鉄三、五〇〇トン
木材五、五一五メートル、松丸太一万一、〇五〇本

――等々と開業時の工事報告書に残されております。建築に当たった人員は延べ七四万七、二九四人、地上駅舎の総重量七万トン、工期は三年二箇月、開業は一九一四年の十二月でございました」

「日本の元号でいうと？」と修野さん。

「御嬢様、大正三年でございます」

「総理大臣が開業式典の主賓だったそうね。第何代の誰？」

「第一七代日本帝国内閣総理大臣、大隈重信でございます。第二次大隈内閣の時代でございました。概略このような祝辞をしたそうです。すべてのものには中心がある、あたかも太陽が光線を四方に放つように、鉄道もまた、この東京駅を中心にいよいよ延びてゆくべきであると――」

「様式はともかく、徹底して外観は欧州風だけど、和風建築にしようとは思わなかったのかしら」

「実はむしろ外国人顧問が――所謂『お雇い外国人』でございますが――瓦葺きの御殿の如き原案を出したのです。が、なにせ日露戦争に勝ったばかりの頃。欧米列強に恥じないものをという意識が強く、改めて辰野金吾工学博士にゼロベースで設計させたという逸話が残っております。実際、建設途上の時期に鉄道院総裁をしておりましたあの後藤新平も、強露を破った日本帝国にふさわしい、世界を驚愕させる駅をつくれという旨の発破を掛けたそうでございます。極めつきは、桃山様式の御殿の如き原案を明治大帝に内奏したところ、『ステーションの如きは外国式がよい』との御勅裁をたまわりましたこ

とで、これで辰野博士のルネーサンス様式が採用されたと、こういう経緯がございます」

「アムステルダム中央駅をモデルにしたと聴きましたが」と峰葉さん。

「峰葉様、こちらの写真を御覧下さい。綺麗な左右対称であることと赤煉瓦仕上げであること以外、駅舎自体の類似点はまったくございません。出典不明の神話でございます」

「おそらく平成の御代に至ってなお」と修野さん。「これだけのながさを誇る建築物は無いはず。釣り橋その他は別論として」

「恐縮でございますが、確認してはおりません。しかし、御指摘のとおりと記憶します」

「巨額の予算を要したでしょう」

「そちらは確認できます。資料が残っておりますので。総計で二八二万二、〇〇五円でございます」

「現代の貨幣価値に換算すると」と峰葉さん。「どうなりますか」

「鉄道マンとしての独自の見解と思ってください。概算二三五億円＋α……しかし、例えば既にあの薔薇煉瓦を製造する技術は失われました。干支のレリーフでさえ、現代の職人では製(つく)りかねるでしょう。そうした金額に換算できない価値を除いた額でございます」

「さすがに重要文化財の指定を受けていることはありますね」

「どれくらいの人々が」と修野さん。「その重要文化(インポータントカルチャラルプロパティ)財の御世話になっているのかしら」

「御嬢様、実は帝都に『東京駅』は三駅ございまして――これは駅舎という意味ではなく、鉄道事業者に着目した分類でございますが――まずこの中央停車場そして八重洲駅舎を所有しておりますＪＲ東日本東京駅、そして丸の内地下改札口と連絡しております帝都営団地下鉄の丸ノ内線東京駅、最後に私どもの、新幹線ホーム三本六番線その他の附属施設を所有し、八重洲駅舎を共同所有しておりますＪＲ東海東京駅がございます。閑話(かんわ)でございますが、したがいまして所謂(いわゆる)『東京駅長』という職にある者もＪ

R東日本東京駅長、JR東海東京駅長、帝都営団地下鉄東京地域区長と三人おる訳でございます。三駅はそれぞれ独立のものでございますので、それぞれの一日平均乗車人員を概算しております。ところが先刻申し上げましたとおり、それぞれの鉄道事業者がそれぞれの駅舎を有しておるという単純な話ではございませんので、赤煉瓦の中央停車場自身の乗車人員を採り出して算出することは、実際上不可能です。

そこで三駅すべての一日平均乗車人員を総計しますと、昨年平成二年ならば概算五九万一、六〇〇人となります。この人々が、地上在来線一〇番線、地下在来線八番線、東海道新幹線六番線、帝都営団地下鉄二番線の鉄路を擁する世界最大のステーションにおいて、一日平均四、〇〇〇本超の列車に乗り、四、五〇〇以上のJR各駅等へ（理論上は）御旅行される訳でございます」

「六〇万人……」と峰葉さん。「……姫山市民と姫川市民すべて以上ね」

「後藤新平や大隈重信の大風呂敷も既にハンドタオル規模になった」と修野さん。「そしてまだまだ発展してゆく。例えば駅長のお勤め先が大望を有しておられるリニア新幹線」

「御嬢様、さすがにそれは平成の御代においてもいまだ大天幕ではございますが、今歳平成三年のまさに今月六月二十日、あと十日ほどで東北・上越新幹線がいよいよ東京駅に乗入れを開始します。この国鉄時代からの悲願が達成されれば、東京駅はさらに殷賑を極めることとなりましょう。来年には山形新幹線が、そして五、六年のうちには秋田新幹線、長野新幹線も開業し、やはり東京駅を起点とすることになるでしょう」

「それでもやはり」と修野さん。「東京駅といえば、赤煉瓦と東海道新幹線よ」

「ありがとうございます御嬢様。何よりの御督励、駅員すべてに伝達させて頂きます」

ここで修野さんはケルト＝ルネサンス様式のソファを起ち、ダイニングチェアに座っていた僕を視線にとらえた。そしていった。

「柏木君御免なさい。散策お疲れ様。御客様の話が興味深くて腰を折るのが嫌だったの」

「いや全然かまわない。謝罪してもらう様なことは無いよ」

「改めて御紹介するわ。こちら、ＪＲ東海の東京駅長をされておられる豊橋善一・ＪＲ東海執行役員さま」

「大変御無礼を致しました。ＪＲ東海第二代東京駅長の豊橋でございます。修野の御嬢様と御学友がおみえになると聴き、御挨拶に参上した次第でございます」

豊橋駅長は白い制帽を丁寧に携えたまま、僕に頭を垂れた。深すぎず、浅すぎず。格調ある白いダブルの盛夏服と、駅長の金徽章がまばゆい。背丈は低く、一六〇……いや一五九センチか。峰葉さんの一四六センチは別論として、修野さんより小柄となる。しかし、短く整えた髪に精悍な顎のライン、そしてぐっと存在感のある丸い鼻梁と人を直視する瞳は極めて印象的だ。僕は何処かで見た山本五十六を想起しており。しかし試みに握手を求めると、意外なほど柔らかな感触が残った。

「御丁寧に有難うございます」と僕。「とても勉強になりました」

「本来ならば、より国鉄東京駅長の血を継ぎ、この赤煉瓦駅舎で執務するＪＲ東日本の東京駅長が参上すべき処ながら……おそらく御案内のとおり、国外要人接遇の折からどうしても御挨拶することができない仕儀となりまして。先方の第十九代東京駅長に代わり、深くお詫び申し上げる次第でございます」

成程、確かに合衆国国務長官がこの中央停車場にいるというのは胃潰瘍もののプレッシャーだろうが、職務上当然、帝陛下の奉迎すらする東京駅長である。しかも確か、ＪＲ東日本の東京駅長は取締役とか。そこまでの者が、寸秒の暇すら裁量できないなど嘘話だ。しかも相手方は、自分の勤務地にいる。これらを要するに、ＪＲ東日本としては、愛知県の田舎華族、しかも高校生などに挨拶するつもりなど微塵もないということだ。

　他方で、ＪＲ東海の東京駅長は事情が異なる。

　ＪＲ東海は、いうまでもないが名古屋に本拠を置く東海圏の大企業。地元政財界とは好誼をつうじてつうじ過ぎるということはない。尾張徳川侯爵家は無論のこと、三河の奥平伯爵家、修野子爵家は貴族院議員という関係から政治的に、東海財界人という関係から財政的に、密接な連携を確保したいはずだ。ましてホウルダーネス公爵家をも噛ませれば、英国の旧植民地へ新幹線システムを輸出する絵も描ける。女王陛下訪日の折は、東海道新幹線にお乗り頂くことも夢物語ではない。大企業としての矜持は重要だが、嫡流を自慢するＪＲ東日本と違い、豊橋さんの役職は執行役員。修野さんを女王陛下やハーミス前総理への脚掛かりと考えれば、バランスがとれているといえなくもない。ＪＲ東海の東京駅長がＪＲ東日本の中央停車場の御進講を延々しているというのは、つまりそういうことだ。

「そういえば」と僕。「私服警官が丸の内南口近傍にたくさんいました」

「完全にお忍びなので、まさか制服警官やパトカーを動員する訳にはゆきません。湾岸戦争もまだ戦後処理のさなか、合衆国要人へのテロリズムは現実的に想定されます。東京駅は暗殺の舞台としても著名ですし……警察は無論のこと、ＪＲ東日本さんも大変でしょう。申し上げましたとおり、悲願の東北・上越新幹線東京乗入れが近い今日、絶対に不祥事は回避したいでしょうから。ここだけの話、もしベルモント国務長官が東海道新幹線に乗りたいなどと仰有ったら、あっは、どうしようかと思いました」

「そういえば修野さん、僕、さっき御本人に会ったよ」

「あら何処で？」

「此処の三階ドームの回廊。何処かからのお帰りの様だったけど……」

「けど？」

「主観的には美しいと思えない米語で何某（なにがし）かの質問をされたから、日本語しか喋（しゃべ）れませんので、って日本帝国の恥をさらしつつ撤退したよ」

「もちろんフランス語（ブラッディ・フレンチ）で、でしょう柏木君？」

「当　然（アブソリュマン）」

「実香、どうかしら、聴解（ヒアリング）の練習にでも」

「また非道（ひど）い嫌味ねまり。まずは標準米語を、センター試験の教材ででも勉強させて頂くわ」

「いずれにせよ柏木君も豊橋駅長も、御接遇の任からは解放されたと——東海道新幹線はともかく、儀装馬車列にはまたたいそう御執心（ごしゅうしん）の様だけれど？」

「あれは皇宮警察の管轄（かんかつ）ですから。あんなものにまで心砕（こころくだ）いていては、東京駅長はそれこそ首でも括（くく）らなければなりません——

　おっと忘れておりました。御質問等、ございますでしょうか？」

「いえ、御陰様で重々理解できました。実香、あなたはどう？」

「ありません。感想ですが、御自分が管轄しておられない駅舎について其処（そこ）まで御存知なのには、正直吃驚（びっくり）しました。ありがとうございました」

「ひとつだけ、すみません」と僕。「豊橋駅長は、中央停車場の駅舎、お好きですか？」

「好きです。

　これからもっと、好きになるでしょう」

6　晩餐にて

——午後八時、八一号室。

清冽な白いテーブルクロスと銀器に飾られたダイニングテーブルには、まりがオーダーしたとおりの質朴な洋食が列(なら)んでいる。ビーフシチュー、ロールキャベツ、チキンライス、ポテトサラダ。カラフでサーヴされたハイランド・スプリングは、柘榴館(ざくろかん)でもお馴染(なじ)み、まり御用達(ごようたし)の英国産ミネラルウォータである。

「修野さん、これ注文はしてないよね」

「メインダイニング『ばら』からの心盡(こころづ)くし。フォワ・グラのトーストサンドだとか」

「あたたかいうちに頂きましょう」とあたし。「確か精養軒嫡流っていってたわね」

いただきます。

あたしはビーフシチューを試した。

「すごい……煮込みね。これだけのドゥミグラスソース、初めて」

「精養軒は、日本帝国におけるフランス料理の本家だからね」

「フランスに遊んだ柏木君としては、もっとグランメゾン式のフルコースがよかったんじゃない？」

「此処(ここ)の大正浪漫には不調和だよ。料理って総合芸術だから、舞台装置との調和も重要」

「東京駅散策」とまり。「興味深いものは在って？」

「自分を再確認したよ」

「それは重畳(ちょうじょう)」

「よく解らないわ」

「柏木君はね実香、このビーフシチューを食べているこの刹那も、トマト、セロリ、胡瓜(きゅうり)、玉葱(たまねぎ)、人参、大蒜(にんにく)、林檎(りんご)——等々と思考しないではいられないヒトなのよ」

「素直に『美味しい』でいいじゃない。料理は総合芸術なんでしょ？　オペラ観るのに歌劇団員のプロフィールすべて記憶してどうするのよ」

「だからさ。そういう自分を再確認したの」

「実香、すべてのヒトがあなたの様にブラウニング風ではないのよ」

「可哀想ね」

「こころから賛成するよ――で、神保町はどうだったの？　例の今伊勢理世さん新刊出てた？」

「あんまり期待してはなかったわよ、配本事情なんて帝都も姫山もそうは変わらないから。新刊情報も出てないし。でも、ひょっとしたらっていうのが読書中毒者の宿痾ね」

「新刊情報出てたって嬉んでたよね、六月には出版だって」

「ああ、『茉莉衣、午後の手紙』ね」はふうだ。「あれは二月発売が四月に、四月発売が六月にえんえん延期されてるのよ。だから期待してないっていったの」

「新刊情報が出たならば、あらすじは公表されているのではなくて？」

「それは御指摘のとおりよ。それがまさに東京駅をクローズド・サークルにしたロジック重視の本格探偵小説らしいわ。手紙のトリックがあざやかな」

「それはまた結構な偶然ね」

「でしょう？　だからこの旅行で買えたら素敵だなって思ってたの」

「僕は処女作を読んでないんだけど、どういう作風なの」

「作風――とは違うけれど、リアリティが傑出してるのよ。本格探偵小説って、どうしても素人探偵をメインにする傾向がある。警察小説じゃないから。だからなのかしら、警察組織とか警察捜査とかの考証が緩いのよね。確かに現実をそのまま描写する必然性は無い。『納得のゆく』ものであればいいのよ。

でもその『納得のゆく』レベルに達している作品は圧倒的少数派だわ」

「まさか内務省が捜査手法を開示してくれるはずもない。警察なんて最も保秘に執拗る組織なのだから、実香のいう『納得のゆく』ものにすることすら理論的には困難でしょうね。まあ警察法や刑訴法を微塵も読んだことがない、という輩は論外として」

「今伊勢さんの探偵小説はそこが違うのよまり。『納得のゆく』レベルを超越して、『真実に違いない』ところまで肉薄しているの。警察組織に協力者でもいるのかしら」

「そういわれてみれば実香、今伊勢侯爵、理世さんの御父様。確か京都府警察部で、京都府公安委員会の委員長をしておられたはずよ」

「府県の公安委員会っていったら、府県警察部の管理機関よね」

「まさしく。管理機関だから、警察関係者は就任できない。所謂地元の名士が任命される名誉職なんだけれど、今伊勢侯爵は政治にまったく御関心が無いから撰ばれた。また同様に管理機関だから、府県警察部長を始めとする上級幹部から様々な報告やレクチャーを受けられるのよ。それと理世さんの探偵小説との関係は分からないけど、憶測で発言するなら、御父様こそが実香のいうリアリティの源泉じゃないかしら」

その刹那。

フォルテシシモで轟音が響いた。鉄の豪雨みたいな機械音。ばらばら、ばらばら。

まりは既にロールキャベツを食べ終えながら――

「さすがに地上四〇メートルだと、臨場感が違うわね」

「ヘリコプター?」とあたし。「それにしても低空飛行じゃない？　警察の警戒か何か?」

「峰葉さん、それはないよ。国務長官はお忍びなんだから。それにあのローター音はOH-五八カイオワ観測ヘリ、日本帝国では採用されていない――在日米軍のものだ」

「さすがは軍需にも圧倒的な存在感を有する千五百重工(ちいほ)の役員令息(れいそく)ね。ならその在日米軍が東京駅上空を何の御用で飛びまわって、あたしたちの鼓膜(こまく)をこうも嬲(なぶ)るの？」

「山王(さんのう)ホテルよ、実香」

「え？」

「ここ東京駅から二・五キロ先、国会議事堂裏手の溜池山王(ためいけさんのう)にとあるホテルがある。戦前は帝国ホテルに伍する名門で、二・二六事件の叛乱(はんらん)軍司令部ともなった山王ホテル。日本帝国敗戦後は合衆国軍に接収されて、現在に至るまで在日米軍・在日本合衆国大使館専用のホテルになっている。おそらく其処(そこ)に誰かそれなりの軍人を搬送するヘリでしょう、柏木君？」

「そうだね。帝都二十三区内にヘリが制(と)まれる在日米軍施設は他に無いからね」

「ここは宮城(きゅうじょう)の直近よ？　だから在日米軍は嫌われるのよ」

「私は英国人でもあるからほぼ中立的にいうけど」とまり。「幾ら優秀な軍事力を有していたところで、日本帝国の独立は合衆国の核兵器により維持されている。私が日本人としての感慨をすべてオミットしていうならば、それは保護国ということよ。宮城(きゅうじょう)にヘリコプターが墜落しないだけでも親切な配慮――と世界標準の輿論(よろん)はいうでしょう」

「それは」

「うん、やっぱり丹精(たんせい)こめた手製のポテトサラダは絶品だね。ジャガイモは茹(ゆ)で立てできちんと塩をしているから、味が引き締まってるし、隠し味の牛乳が絶妙だ」

　柏木君の言葉で我に帰った。楽しかるべき晩餐の席で政治と宗教を話題とするのは莫迦(ばか)のすることだ。と、まりがあたしのグラスにミネラルウォータを注いでくれる。ヘリコプターの轟音は消えていた。

「柏木君は」とあたし。「地下街も散策してきたの?」

「いや不案内だし、そこまでの余裕は無かったよ、田舎者なんで」

「地下街もまた東京駅といえばいえる」とまり。「著名なのは八重洲側の地下街だけれど、様々な地下回廊が言葉の厳密な意味においてダンジョンを織り成しているから、時間に余裕があれば是非迷い子になってみたい処ね」

「あの名古屋の地下街よりも規模が大きいの?」

「地下街の対比は難しい。連結状態、露出箇所、地上階併設施設の扱い等々に統一基準が無いから。ただ確たることとしていえるのは、東京駅に連結している地下箇所の総面積は、三〇万平方メートルを下らないということ。地下街をひとつのユニットとして考えるなら名古屋、大阪の方がひろい。他方で、地下街をある種のリゾームとして考えたときの三〇万平方メートルというのは、愛知県人としては残念ながら、他と圧倒差で日本帝国第一位」

「ひょっとして此処から神保町まで地下街を縫ってゆけるとか?」

まりは三秒瞑目した。ヒトだったなら失笑死する状態にあるということだ。あたしは思わず頬を赤らめて。絶妙のタイミングで会話を維持したのは、柏木君だった。

「峰葉さん、フォワ・グラのサンドイッチどう? 僕の分、食べてもらえると有難い」

「嫌いだったっけ?」

「梅雨時は食が細くてね……確かに地下街がながければ、この季節は嬉しいだろうな」

「傘が要らないものね」とまり。「東京駅・銀座エリアにとどまるのなら、そして脚への負担を厭わないのなら、梅雨時の不安はゼロ近似。此処から、そう、東銀座は歌舞伎座まで地下道だけでゆけるはず。三十分強は掛かるでしょうけど。

そういえば実香、あなたどうやって神保町まで？」

「それがね。地下鉄はよく解らないからＪＲを使ったの。東京駅から中央線の快速で二駅だって聴いたから。オレンジの列車。地上を見てゆく方が無難だし」

「御茶ノ水（おちゃのみず）ね。でも御茶ノ水で下りてからかなりの距離があるでしょう、針路も明瞭とはいいがたい」

「御指摘のとおりよ。それで御茶ノ水駅前の街路地図を睨（にら）んでたら、親切な軍人さんが救（たす）けてくれたの。見掛けないセーラー服を着ているし、迷い子だと思われたのね」

「あら迂闊（うかつ）」とまり。「あなた此処（ここ）へ帰りしなにそれ、言及してたわね。すっかり忘れていた」

「修野さんでも忘れることがあるんだね」

「これでも、いきものだから」

「チキンライスって中華料理屋でも出すよね、不思議だなあ。

で、峰葉さん、そのひとどんな軍人さんだったの？」

「隠居の身だから、っていってたから、六十歳代だと思うんだけど。でも脚腰はしゃんとして、四十歳代でもおかしくない挙措（きょそ）だったわ。髪は柏木君じゃないけど生え際が――」

「――その天然の嫌がらせ癖（へき）は直した方がいいよ」

「生え際が歳にふさわしい髪を丁寧に刈ってて、薄いけど整った口髭（くちひげ）があったわ」

「装（よそお）いは？」

「あたしが軍人さんだって解ったんだから、当然軍服よ」

「白？　緑？」

「緑。陸軍さんだって言ってた」

「軍装の襟（えり）に階級章――金属のプレートがあったはずだけど」

「ええあったわ。ゴールド金の地にゴールド金の星みっつ。西日に映えて耀しかったわ」

ここでまりと柏木君は顔を正対させ、視線で意思疎通を開始した。もっともこのふたりは勁草館吹奏楽の部長副部長、それにまりが彼の思考を理解するのに言語は必要ない。ふたりはたちどころに尋問内容を練り上げたようで。

「軍服なんだけど峰葉さん、飾緒――金色の飾り紐みたいなの、右肩に無かった？」

「ううん無かった」

「胸には何か着けてたかい？」

「そういえば左胸に、インディアンみたいな色彩のとても大きなバッジ、着けてらした」

「い、インディアン……どう転んでも問題発言だけれど、おそらくそれは尖った部位がおおくて、青・黄・赤がヴィヴィッドな、ＣＤほどもあろうかという大きさの」

「そうね。とても優しくて穏やかな方だったから、ちょっと悪趣味で残念に思ったわ」

「じゃあ右胸は？」

「あたし男性の胸部を好んで観察する癖は無いから」

「実香、右胸の下の方。小さなメダル」

「あたし所謂メダル王でもないんだけど……指摘されてみれば、あったかもね」

「それは比較的精緻で、金と赤が特徴的だった」

「断言はできないけど、そうね、七宝焼きみたいなものが」

「峰葉さん、最後の質問。刀を佩いて――刀をお持ちだったと、思うんだけど」

「ああ、それなら憶えてるわ。金と黒が素敵な、綺麗な鞘だったから」

柏木君は稀しく慌てた様にカトラリを置くと、偶然って恐ろしいなと嘆息をつき、そのまま席を離れた。上階のものとは意匠（いしょう）の異なるアンティーク電話のダイヤルを回す彼。

もしもし、私（わたくし）、八一号室の柏木と申します。そうです、東京鉄道ホテルの。このような夜分に御迷惑をお掛けして、大変恐縮しております——実は、でございますが、たったいま同室の学友から、はい女生徒でございますが、本日、神保町においてひとかたならぬ御厚誼（ごこうぎ）を賜（たまわ）ったと聴きまして——ああよかった、やっぱり——はあ——はあ——なるほど御趣味でたまたま。有難うございます。年端（としは）もゆかぬ田舎者ばかりでございますので、この時刻まで確認することができませず——いえいえこちらこそ。かえって御不興（ごふきょう）の段があったのではと——確かにこれも御縁でございます。えっ、私どもと。その様な御配慮を頂きましては、かえって。いえ滅相もございませんが。それならば私どもが訪問させて頂きます——三人です——ですからそれは御堪忍を。はい確かに父は千五百重工の。そうですか。よろしいのですか？　了解致しました、お待ちしております——私が柏木、御一緒させて頂いたのは峰葉、あと三河姫山の修野子爵令嬢でございます。はい、

失礼致します、どうも——


「柏木君」とあたし。「よくあの軍人さんの電話番号、分かったわね」

「お褒（ほ）め頂くほどでもないよ。八三号室の宇頭忠道元帥陸軍大将閣下だからね」

7　ピアノにて

ちょうど四脚の珈琲杯（コーヒーカップ）が給仕されている処（ところ）へ、宇頭元帥はやって来た。

「御免下さい」

「ようこそお越しを」行き掛かり上、僕が接遇をする。「こちらは御存知の峰葉実香嬢」

「また会えましたね、お嬢さん」

「神保町では、有難うございました。でも御意地が悪いですわ、そんなにお偉い方だなんてひとことも教えて下さらずに」

「偉いだなどと。古書捜しが趣味の楽隠居ですよ、あっは」

飾らない人だ。陸軍軍人の最元老とは思えない程に。そして物腰柔らかながら絶対にぶれない威厳がある。しかしそれはむしろ武威ではなく、ヒトの尊厳を理解し尊重する者だけが持つ、正義への希求の様で。

そして。

左胸に燦然と耀くのはやはり軍人最上等の勲章、功一級金鵄勲章の略章。右腹部の楕円七宝は元帥徽章である。さすがに女生徒を訪問するとあって、元帥刀の佩用は遠慮された様だ。しかし峰葉さんときたら――実父が軍需産業に天下っている僕や、華族として儀典栄典に明るい修野さんじゃないから、元帥刀・元帥徽章が理解できないのは仕方ない、むしろ当然だ。だけど襟許のベタ金階級章と星の数から、常識的に判断して尋常の軍人ではないことは察知してほしかった――

「こちらが修野子爵令嬢でございます」

「ああ、三河姫山一万石の修野まり子爵令嬢でいらっしゃいますね？

日本帝国元帥陸軍大将、宇頭忠道であります。かねてより是非にお会いしたいと願っておりました」

「帝陛下の元帥閣下に頭を垂れさせては修野子爵家の名折れ、どうぞお楽に。

そもそも宮中席次でいえば閣下は第五、私は第三十一でございます。閣下に謁する機会を賜りましたのは、まさに修野子爵家の誉れ」

修野まり子爵令嬢は英国公爵令嬢でもあるが、たとえ日本の公爵だったとしても、元帥よりは席次が下がる。そのような顕官が未成年者に礼儀を盡くすなど、異例も異例だ。

「子爵令嬢御案内のとおり」と宇頭元帥。「私は三河岡崎五万石、本多平八郎家の家臣筋――下級藩士の裔でございます。軍人といえども官吏ゆえ、ひさしく郷里の地を踏んでおりませんが、世が世なら子爵令嬢の轡をとらせて頂く身分。これまで公務にかまけ御挨拶すら怠っておりましたが、これを機会にどうぞお見知り置きくださいますよう――

峰葉さん、君の御陰だよ。改めて有難う」

ひととおりの儀礼が終わり、総員がテーブルに就く。エスプレッソにタルト・タタン。何か酒類でも、と訊くと、元帥閣下は微笑してスマートに手を翳した。

「秋山好古大将に倣った訳ではありませんが、水の代わり飯の代わりに酒ばかりやった報いでしょう、いよいよ脚でも切ろうかという死地にまで追い詰められまして――日本帝国では結構有名な話なので、お恥ずかしいかぎり――インスリン浸けの日々です、あっは」

それは重篤だ。また未成年者のまえで一人酒をしても野暮ったくなる。それに銀器のスマートな扱いを見るに、ながい欧米経験がありそうだ。

「実香がとても救けて頂いたそうで」

「困惑している可憐な乙女を救難するのは、帝国軍人の義務ですから」

「御茶ノ水へは何かの御公務で？」

「むしろプライヴェートですね。実は今日、九段の軍人会館で結婚式がございまして。山縣宮内大臣の御息女が、五菱銀行頭取の御令息と華燭の典をあげられたのです。やや距離はありますが、御茶ノ水から九段までなら坂を下りて曲がるだけですから、神保町で古書をひやかしながら軍人会館へ赴かおうと、まあそう思った訳でして。ところが」

「駅前で途方に暮れている少女を発見した」

「まさしく。それは美しい装(よそお)いにお綺麗な顔立ちだったものですから、ついお声を掛けてしまった。そうしたら軍装にも物怖(ものお)じせずに、神保町へゆきたい、と――それだったら自分もゆくから、袖(そで)振りあうも何とやら、是非御案内させて頂きたいと御提案した次第」

ふつうは元帥陸軍大将の軍装でかなり引くと思うのだが、実香さんはそもそも軍に興味が無いし、仮に所要の知識があって識別できたとしても、やはり卑屈になることはないだろう。軍服に威圧されるくらいなら自刃(じじん)するのが峰葉実香だから。

「宇頭さん、すごく御親切だったのよ。楽器のお店も御紹介くださったし、三省堂(さんせいどう)、書泉(しょせん)、東京堂(とうきょうどう)といった処(ところ)はもちろん、信頼できる古書店も教えていただいた」

「実香の書房めぐりなら、無闇な時間が掛かったでしょう。結婚式は大丈夫でしたか」

「急病ということで、欠席の連絡を入れました」

「まあ」

「いや私が望んだことなのです。そもそもこの結婚式自身、政略的に過ぎるもの」

「成程(なるほど)……島津大蔵大臣の華族孔球会に衝突させたと」

「まあ故意でしょうね。踏み絵です。長州(ちょうしゅう)系の山縣公爵、薩摩(さつま)系の島津公爵――御確執(ごかくしつ)は公然の秘密ですから。山縣公爵は結婚式で官界を、島津公爵は孔球会で貴族院を、それぞれ堅(かた)める意志があったのでしょう」

「山縣公爵の女婿(じょせい)は五菱銀行の……」

「頭取秘書室長です。当然、エリートコースですね」

「幾ら山縣コンツェルンのメインとはいえ、五菱銀行もまた大胆なことを」

「確かに。大蔵大臣は島津公爵ですから。ただ島津公爵は例の五和=西海の合併騒動を受け、大蔵官僚ひいては大蔵省の過大な影響力を削ぐ為に各種改革を断行してきたので、省内はむしろ敵方にまわっています。そこへ謀略に関しては天才的なＤＮＡをお持ちの山縣公爵が楔を打ったと、まあこういう絵図だと霞ヶ関雀は囁いてますね」

「女婿が大蔵官僚でなく、銀行員というのも意味深ね」

「五菱銀行がむしろ積極的に動いたとか」

「となるとやはり」

「この結婚式は、むしろ五菱銀行の来るべき結婚式への布石、でしょう」

「その花嫁は誰になるのか、都市銀行は戦々恐々でしょうね」

「そんな複雑な意志が錯綜する結婚式」と峰葉さん。「欠席しちゃって大丈夫なんですか?」

「私は長州閥ではないので、お飾りで呼ばれただけです。それなのに帝陛下の御恩情で元帥などにまでならせて頂きましたから、『陸の長州』を代表する山縣公爵にはそもそも疎んじられておりまして。これ以上嫌われることもありませんし。それに披露宴のフランス料理を食べるくらいなら、峰葉嬢と蕎麦を手繰る方がよほどわくわくしますね、あっは」

なるほど、披露宴の予定があった訳だ。この謙虚過ぎる軍人が軍装を整えて帝都を闊歩するなど面妖しいなと思ってはいたが――日本帝国において軍人が軍服で闊歩しているのは稀しいことではないが、宇頭元帥の趣味ではない気がする――元帥として礼装をする必要があったとあらば納得はゆく。

「あたし、申し訳ないんですけど宇頭さんの御仕事、まだよく解っていないんです」

「それはそうでしょう峰葉嬢、あれだけ文学と哲学の話ばかりしたのだから」

「実香、あなたまた何をお喋りしたの」

「そうね……コジェーヴのいうとおり歴史は終わったのかとか、リオタールのいう『大きな物語が終わった』というのは大きな物語ではないのかとか、プラトン主義の脚注、といった命題について、ホワイトヘッドとデリダはどう違うかとか……」

「ドン・ホセはカルメンの浮気をむしろ希求していたのではとか、ブルトンのエクリチュールに感じる速度であるとか、『こゝろ』では何故先生の奥さんが霧のむこうにいるのかとか、ドストエフスキイの展開する超人哲学のルーツは何処（どこ）にあるのかとか……」

「あら惘（あき）れた」と修野さん。「だったら実香十八番の、ホプキンズの『鷹（たか）』も出たわね。御立派な高等遊民だわ」

　僕には宇頭元帥と峰葉さんの喋っていることがザラブ語かヒッポリト語にしか聴こえなかった。しかし宇頭元帥、将官にまで位を極めたからには、当然陸軍士官学校から陸軍大学校へという軍事エリートコースを上ってきた、所謂天保銭（てんぽうせん）組なのだろう。陸軍大学校を出なければ、佐官で終わるのだから。そのような純粋培養の軍人がこんな趣味人（ディレッタント）的な教養を有しているのは、正直驚きである。その教養人軍人は呵々大笑（かかたいしょう）しながら――

「正確な御指摘です子爵令嬢、三河の赤味噌問屋（あかみそどんや）の楽隠居ですからね、あっはは、あっは」

「宇頭さん、普段はどのような御仕事を？」

「そうですねえ、軍人も公務員ですから、いちおう仕事は法令で決まっています。端的にいえば、帝陛下の軍事顧問でしょうか。アドヴァイザーですね。でもオフィスがあるわけでなく、部下職員もふたり……最近は例の、湾岸戦争の関係で若干の仕事はありましたが、普段はまさに峰葉さんと御一緒した、神保町を始めとする帝都山手線内をそぞろ歩きしています。できることなら正式に予備役（よびえき）となりたいのですが……」

「御引退は、できないんですか」

「できないですね、難しいです」

「実香、元帥というのはね、階級じゃなくて称号なの。だから『元帥陸軍大将』、つまり元帥という称号を有する大将の階級にある者、とお呼びする。そしてこの『元帥』は、帝陛下が直接下賜される称号。まさか臣下の側から返上するわけにはゆかない。おまけにひとたび元帥となったなら、死ぬまで現役武官、つまり終身大将で予備役にはなれないの」

　このあたりの機微は修野さんの方がより詳しい。何故かといって、爵位もそうだからだ。叙爵すなわち公侯伯子男の爵位を下賜されるとなれば、辞退することはできない。また不祥事で除族される、すなわち華族でなくなるという処分を宮内省からされないかぎり、臣下の側から返上することもできない。こうしたルールがあるので、例えば衆議院でうるさい議員がいれば、最下位の男爵にでも叙爵して処理するという裏技がある。華族になってしまえば、衆議院議員ではいられないからだ。あの原敬は、よい血脈を誇りながら（盛岡藩の家老の孫である）、平民宰相という『称号』と藩閥に対する政治力を確保する為、必死で叙爵回避の運動をして、衆院議員の地位を維持したくらいである。

「そうしたら」と実香さん。「軍人さんを率いて戦争で大暴れする訳ではないんですね」

「私を入れて総員三名では、あっは、戦争はできませんね」

「しかし元帥閣下」と僕。「元帥閣下は第二次満州戦争の英雄ではありませんか」

「英雄……かどうかはともかく、よく知ってますね柏木君」

「父親から幾度も聴かされて育ちました。

　確か当時、元帥閣下は陸軍大佐で。『無敗』歩兵第六連隊を率いて奉天防衛戦に臨み、市街南西を流れる渾河のまえで背水の陣を敷き、大挙来襲した西満州軍五個師団六万人を相手に三、〇〇〇人、戦車四〇輌、火砲二五〇門の少なきをもって死闘二百十九日。

終に奉天を譲ることなく、援軍による逆包囲・殲滅まで堪えきった名将」

「大勢の兵を失いました。まして無辜の市民まで。乃木大将が仰有っていたそうです。幾千の人命を命令ひとつで人を殺す、将たる者に名将などひとりもおらん――と。嗚呼兵は凶器なる哉、私は奉天でそれを刻みこまれました。軍隊は必要悪、自己否定に耐えて初めて軍人です」

「じゃああの刀は使わないんですか？」と峰葉さん。「拳銃も？」

「あっは、峰葉さん、あなたと話しているのはとても痛快です――あの刀はですね、夜会服のステッキみたいなものですよ。御覧になった元帥徽章と一緒に陛下から賜るもので、やはり称号を意味するガジェットです。もちろん本身の日本刀ではありますが、外国でいう『元帥杖』に相当するまあ御名刺で、それ以上でもそれ以下でもありません。私が他界すれば、帝陛下に謹んで返上するべきものですな。拳銃も　H&K　USPを携帯することもありますが、こちらは私物で元帥号とは無関係です。物騒ですので刀ともども外して、磨いた上ホルスターに入れ、そのまま御邪魔しました。きちんと磨いておかねば万一の際に不覚をとる可能性がありますからね。もっとも此処東京鉄道ホテルで拳銃を使用することなど、まず想定できません。ずっと磨いたままの状態でチェックアウトすることになるでしょう」

「軍人さんの拳銃って、私物なんですか？」

「はい、拳銃のみならず将校の軍装は私物です。プレタポルテもありますが。理論的にはそれを着て戦うハレの装束で、武運拙ければ死装束ですから。戦国武将が鎧兜に凝った様に、オーダーメイドする将校が圧倒的です。もっとも平成の御代になり、若手将校が傾き過ぎるので問題になっていますが。あの近衛師団ですら――いや、止めておきましょう。老人の愚痴ほど非生産的なものは無い。ところで何を今更なのですが、御三方はどのような御縁でこの東京鉄道ホテルに？」

「僕等は姫山にある勁草館高校の同級生、おなじ吹奏楽部の仲間なんです。

修野さんが華族孔球会のため帝都にゆくというので——しかもあの吉祥寺カントリー倶楽部でプレイするというので——是非見学してみたいと思い、キャディ役に志願しました。修野さんと峰葉さんはもともと親友で、もう元帥御案内のとおり峰葉さんは読書家ですから、是非神保町に遊んでみたいということで、じゃあ三人でゆこうかということになりました」

「子爵令嬢ほどの方であれば、帝国ホテルではないのですか」

「修野さんは極めて実際的なおんなのこで、どうせ往路復路いずれも新幹線になるから、新幹線ホームに最も近いホテルがよいと」

「なるほど実際的ですね、あっは。

その吹奏楽というのは、管弦楽ではない、軍楽隊（ぐんがくたい）の様なバンドのことですか？」

「そうですね、弦楽器がない所謂（いわゆる）ブラスバンドです。楽器の編成は多少違うと思いますが、そもそも日本帝国吹奏楽のルーツは軍楽隊にありますから、血族であることは確実です」

「では御三方みなさん楽器をなさると」

「はい」

「それを是非お聴きしてみたいが……まさか楽器までお持ちではないでしょう」

「残念ながら」

「宇頭元帥」と修野さん。「金管楽器は不可能ですが、もしピアノでよろしければ、座興ばかりに複数曲——実香をお救（たす）けいただいた御恩返しにしては、ささやかに過ぎますが」

「いや実は先刻来、八三号室には無いグランドピアノが鎮座しているのに驚いておりました。子爵令嬢はピアノもなさるのですか」

「私のピアノは遊戯に過ぎません。実香のピアノは藝術です——

ちょうどお腹もこなれたことだし、実香、ひさしぶりにあれをやってみましょう」

「……あれって……大丈夫かしら、練習もせずに。ほとんど即興ね」

「あなたとあれをするのは、今宵これからの分を算入して一五四度目だけど？」

「おお、それではおふたりで」

「御迷惑でなければ、ですが元帥」

「是非とも拝聴したい」

「それからプリーモは実香ね」

「あたしはセコンドが――」

「元帥の御恩義を受けたのはあなたであって私ではない。それに実香、私は真昼の草刈り遊びで腕が悲鳴を上げているの」

「大嘘ね」

それでも峰葉さんは。

嘆息とともにすとん、と華奢に過ぎる肩を落とすと、元帥にぺこりと礼をしてグランドピアノに赴かった。修野さんも悠然と頭を垂れると左側のピアノ椅子を整え始める。わざわざ搬入してくれる程だから、如何にクラシカルな大正浪漫のホテルといえど、防音は堅固なのだろう。

（柏木君は、おふたりの連弾を聴いたことがあるのですか）

（いいえ閣下、連弾どころかピアノそのものを聴くのが初めてです。峰葉さんについても、修野さんについても――少なくとも学校で彼女達がピアノを弾くことは滅多に無いので）

（それは貴重な機会を賜った）

（それだけ閣下のことが好きになったんでしょう。さもなくば峰葉さんがその指一本、動かすはずがあ

りません）

光の御使いよ世界を輝かしめよ（*Baruch*, 6.14）——

峰葉さんと修野さんはひと刹那、たがいの瞳と瞳を確認し——

峰葉さんが大きく息を吸った。声を出せないピアノ曲連弾のそれは号砲で。

セコンドを務める修野さんのたをやかな指が、鍵盤へいさぎよく落ちる。

四小節後に峰葉さんの細く小さな指が、鍵盤を愛しむように叩き始める。

連弾で最も大切なこと。それはふたりがシンクロすることだ。当然のようではあるが、そもそもピアノはひとりで解釈し弾きこんで歌う楽器である。あわせること。これは意外に、とても難しい——

四分の二拍子、アレグロ。

誰でも知っている、この著名に過ぎる連弾曲。嬰へ短調が加速してゆく。加速してゆく。

今夜一度もふたりで合奏してないとは思えない付点四分音符の揃い方。十六分音符の嘆息が出る指回し。ヴィヴァーチェの完璧な譜読み。アッチェレしたと思えばリット、リットと思えばまたアッチェレ。率然と全休符。この緩急自在なルバートの見事さ。この曲の難しさは、テンポの驚嘆すべき変化——潮の高低や満ち引きに喩えてもいい——のすべてにおいて、ふたりの呼吸を、鼓動をあわせることだ。それがあざやかに現前している。少なくとも、僕はこの曲の連弾で、これほどのシンクロを聴いたことが無い。

それでいて時折仕組まれたピアニシモが泣かせる。シンコペーションの絶妙な説得力も。そしてとにかく、速い!!

これだけのプレストを、ひとつのミスタッチも聴こえさせずに——

息と癖を、完璧にシンクロさせて。どちらが落としているのか分からないが、演奏レベルさえも。そう、演奏レベルが隔絶していたなら、そもそも連弾などできない。

そして僕は、今宵今晩まで知らなかった。

峰葉さんの、身長一四六センチの峰葉さんのあの小さな軀と手が、戦慄すべきパワーピアノを聴かせている。それだけではない。圧倒されるほど指が回る、回る。あんなに小さな手でこれだけの音域をきちんと響かせるとは。そして修野さんはセコンドの御者に徹しているのかも知れないが、こちらはこちらで峰葉さんのドラマチックなタッチの手綱をぐっと握って離さない。連弾でペダルを踏むのはセコンド。ところがメロディを奏でるのはプリーモ。つまり峰葉さんの歌にすっかり同調して、ペダルの効果を発揮させなければ支離滅裂になる。

修野まり。

こんなにヒトと同調することも、できるんだ――

モノトーンのセーラー服を着たふたりの四手二十指は、まるでひとつのいきものの様。東欧の、いやツィゴイネルの哀愁をおびた舞踏を奏している。悲愴で、情感的な、刹那を燃える秘められた情熱。そもそも凡人ならば、たがいの動きを調整すること、例えば肘をぶつけない様にすることとすら、困難だというのに。

そして終わる。二分二十七秒。終わってしまう――

ざん、ざん、ざん!!

最後の一音があざやかに決まったとき、僕は背絡を形容できない震えが伝うのを感じた。

そして宇頭元帥は拍手を惜しまずに。

「ハンガリー舞曲第五番嬰ヘ短調、ですね。かくも精緻なユニゾンは、初めて聴きました」

「お詳しいですね」とハンカチで額を押さえる峰葉さん。「曲名まで御存知とは」

「西ドイツとナミビアに、駐在武官で遊んでいた時季がありまして」

「だったらドイツ語は御堪能でいらっしゃるんですね」

「堪能などといえるかどうか。ただもう英語もフランス語もロシア語もすっかり忘却の彼方です――それより是非、アンコールを所望したい処ですが」

「ならばいま一曲」と修野さん。「極めて日本的なものを、奏します」

修野さんは峰葉さんに何かをそっと囁いた。峰葉さんがやはりそっと頷く。

ふたりの美しい髪が決然と揺れたとき――

またひとつのいきものとなった四手二十指は、アンダンテで、何処か物憂い冬の真昼のような、何かを夢見る少年のもどかしさのような旋律と対旋律を奏で始める。

僕は、この曲を知っている。幾度演奏したか、分からないほどに。

しかし、僕はこの曲を全然理解していない。幾度演奏しても、いや、するほどに。

アンダンテは、遠くで呼ぶような喇叭の音で目醒め、それはやがて決意の様なユニゾンに凝縮する。そして野心がたかまるかの様なヴィヴァーチェ。流麗に流れてゆく歌は、あたかも風に乗って何処か遠くへ旅立つような、決意したヒトの清冽なこころを感じるような、普遍的な疾走感に充ち満ちており。峰葉さんの大らかな歌と、修野さんのキレがある刻みは、吹奏楽曲のピアノ編曲とは思わせない説得力にあふれている。そしてフォルテシモのカタルシスで引いた潮は、すべてをつつみこむ様にダイナミクスの情感を動かしながら、絶叫とともにまた満ちて、既に迷いの無い雄大な旋律のうちにいさぎよく終わる――

「保科洋　作曲の吹奏楽曲」と修野さん。「『風紋』より、ピアノ四手版でございました」

「素晴らしい。わずか五分強で、これだけの感動が與えられるものなのか――

修野嬢、その『風紋』というのが標題なのですか」

「形式的には御指摘のとおりですが、作曲者いわく、標題に深い意味は付与していないとのこと。ですから実香も私も、少なくとも砂塵（さじん）に描かれる風の紋様、というイメイジでは弾きませんし、吹きません」

「ならば修野嬢、あなたがこの曲を奏するに当たって描くイメイジとは」

「……世界が語る最後の言葉、世界についての最後の言葉はいまだ語られてはいない。世界は開かれたままであり、自由であって、いつも前方にある」

「峰葉さんは如何（いかが）ですか」

「瓜（うり）は食（は）め、食んで言え……若者が扉を開く決意をしたその時、其処（そこ）にはかくも美しい世界がある。まず自分自身を自由にできるか。重力から魂を解放できるか」

僕は。

ピアノ奏者でなかったから訊かれずにすんだけれど。

もし問われたならこう答えざるをえなかったろう。自分には飛べない。誰かのこころにあざやかな風紋を描くことも。自分で自分のこころを思い切り解放したことが、これまでに在ったろうか。だから、技術的に楽譜をこなすことだけが、自分にとって風紋なるものに接近するただひとつの縁（よすが）だろうと。

「私は修野嬢と峰葉さんのピアノを聴いて、長城（ちょうじょう）の北、騎馬民族の黄塵（こうじん）を想起しました。なんぞまた漢（かん）と胡（こ）とあらんや」

「李陵（りりょう）ですね」と峰葉さん。「中島敦（なかじまあつし）」

「このたびのお務（つと）め、どうにも気が乗らぬ難儀（なんぎ）と思っていたのですが……これだけの代償を頂いては個人的な懊悩（おうのう）など捨て去らなければなりますまい。ゲーテがいったそうです、芸術は凍れる音楽だと」

「この赤煉瓦東京駅舎にふさわしいですね」

「柏木君、私もそう思います。そのなかで燃える様な音楽を拝聴できるとは、思ってもみませんでした――もっとも、ゲーテはすべてを言った、という格言もあるとか、あっは」

「プラトン哲学の様なものね」

「修野嬢、またホワイトヘッドですな、確かに――峰葉さん、この論点についてデリダを採り上げたいところですが、あまりに愉しくて皆さんと御一緒しすぎた様です。今宵は状況終了と致しましょう。改めて修野嬢、峰葉さん、柏木君、素晴らしい夕べを本当に有難う」

それでは、また。

軍人にしては物腰が丁寧に過ぎる宇頭元帥は、八一号室を去っていった。

8　八五号室にて

りりりりりりり。りりりりりりり。

ベッドサイドテーブルのアンティーク電話が、古風なベルを鳴らしている。

六月九日、日曜日。

私は愛用のヴァシュロン・コンストンタン一九七二を瞳線まで釣り上げた。午前七時四五分。一緒の寝台を使った実香は泥沼のような眠りのなかにある。私が眠って以降なお、ピアノを弾いていたのだろう。そして電話を採らないということは、一階で寝ている柏木君また然り、である。勁草館吹奏楽は明日世界が終わるとしても、午前六時四五分から朝練を始める。そしてこのふたりが朝練に遅刻したことは、私の記憶が確かならば、ただの一度も無い。これを要するに、特段の用務が無ければ、高校生というのは幾らでも睡眠を摂れるいきものだということだ。

ちょっとうらやましい……

私は感慨を押し殺すと、情勢の命ずるまま受話器を採った。

「八一号室ですが」

「あら、まりちゃん!!　御無沙汰(ごぶさた)ねえ!!」

「——葉月頭取」

冷徹非情な銀行家、八五号室の葉月鳴海・西海銀行頭取だ。修野子爵家も親族奥平伯爵家も、東海政財界人として当然、この不沈戦艦(アンシンカブル)と仇名(あだな)される女豪傑(おんなごうけつ)とは少なからぬ御縁がある——望むと望まざるとにかかわらず、だが。

「こちらこそ御無沙汰しておりました」

「まりちゃんたらもう、他人行儀(たにんぎょうぎ)なんだから。あたし吃驚(びっくり)したわ、まさか一緒のホテルに泊まってるなんて、ねえ!?　億円単位で御預金頂いてる修野子爵家に義理を欠いたとあっては、西海銀行一万人行員に申し訳が立たないわ。これから御一緒に朝食でもどう?」

強引さは全然変わっていない様だ。本能的には辞退したいが、名古屋駅再開発に姫山駅再開発。メインバンクである西海銀行の御機嫌をとることは、さほど関心の無い修野子爵家はともかく、奥平伯爵家としては優先度のたかいミッションだろう。そして幾ら修野子爵家——実質的には私——に関心が無いとはいえ、姫山駅前大街道の百貨店が軒並み失血状態であることは、旧領の家老家として、あまり心躍(おど)るものではない——

「了解(フェアイナフ)しました」

「ならこちらからゆくわ。八一号室でよかったわよね?　何時(いつ)がいい?」

「いささかならず室内が見苦しいので、私が其方(そちら)へ御邪魔したいと思いますが」

「まさか!!　子爵令嬢さまに平民の室へお搬びいただいては、愛知県民の憤激を買うわ」

「誰も見ていませんし、高校生の身空で日頃から奥平＝修野両家に御理解ある西海銀行頭取を顎で呼びつけたとあっては、私が奥平伯爵の御勘気を被ります。それに、この東京鉄道ホテルのそれぞれの客室について、後学の為、見学をしたいと思っておりますので」

「そう？　まりちゃんがそういってくれるなら、そうね、そうしましょうか。何時に来られる？」

「身繕いなどございますから、午前八時三〇分で如何でしょう」

「……随分な朝寝ね？」

「昨晩、枕投げ大会を盛大に催したもので」

「解ったわまりちゃん、お待ちしています。八五号室よ。朝食は温め直しておきます」

「恐縮ですわ、それでは後刻」

　言葉こそ遠慮してはいるが、当然私が八五号室を訪問する脚本を書いていたのだろう。あの葉月頭取のことだ、それも五分十分で素直に来室すると踏んでいたに違いない。自分が短兵急なのは結構なことだ。しかし少なくとも修野子爵家は、それにあわせて舞踏するほど西海銀行の御世話になってはいない。それに柘榴館の鍛冶さんしか知らないが、私は朝に極端なほど弱いのだ。

　しかし――

　あの葉月鳴海頭取が、今この刹那まで私の存在を偵知していなかった、などという御伽噺はありえない。地方に地盤を有する都市銀行の東京事務所――所謂東京探題――は、銀行の不沈を担う忍者部隊であり、金融界のことはもとより帝都の政治経済情勢について、大蔵大臣より遥かに詳しいといっても過言ではないからだ。それに西海銀行と五和銀行がいよいよ婚約成立となった折、日曜日といえど新銀行の頭取となるべき葉月女史が、虚礼に時間を費やすほど暇とも思えない。とすれば、私の修野子爵家に特段の願い出がある、そうとしか想定できない。しかし修野子爵家は所詮（しょせん）元々が一万石の子爵家、葉月女史がビジネス上重要なパートナーと位置付けるほどの大身（たいしん）ではない。

私に何を求めるのか――

どうでもいい。

朝食などどこで摂ってもおなじこと。そして、私に隠し事ができるヒトはいない。ならば、八五号室の内装等を鑑賞するのもまた一興――私はバスでシャワーだけ使い、鍛冶さんに怒られない程度まで髪を整えると、勁草館の夏セーラー服を纏（まと）った。いささかならず寝乱れている実香の頬へ微かなキスをする。かつては生きた教材に過ぎなかったこの娘（こ）が、誰よりも大切な親友なるものになるなんて、英国時代は想像すらできなかったが……

だからその異変は、私を誰よりも驚愕させた。

実香の右手人差指に、絆創膏（ばんそうこう）が貼られている。第一関節の先、つまり指紋のある処（ところ）。

真実、驚愕（きょうがく）すべき異変だ。

実香は法科を志望していなければ音楽大学にゆけるピアノの秀才である。ピアニストにはなれないかも知れないが、国内最高峰のピアノ教授には絶対になれる。そして誰よりピアノを愛している。その実香が、幼稚園に入った頃からピアノを弾いている実香が、指など怪我するはずがない。命よりもまず指、それが峰葉実香だ。まして右手人差指の先など。と、いうことは、実香の平静平穏な女子高生としての人生においては発生しないはずの事故が昨晩、私が眠りに堕（お）ちてから発生したということになる。しかし名門ホテルの客室で、何をどうすれば指を怪我できるのだろうか。ただ運動音痴……は関係ないにしろ天然モノの女三宮（おんなさんのみや）　峰葉実香のことだ。バスルームの斬新な使用法でも発明した蓋然性（がいぜんせい）は、たったいま実行した評価によれば、実に二一・四％ある。こんなことなら先に就寝するのではなかった……

と、アンティーク電話が騒ぎ立てる。架ける者の人格まで反映されるのか。古風な外観をしていながら、日本帝国の技術水準は驚異的だ。

「もしもしまりちゃん、八五号室は分かるわね、いちばん八重洲側よ」

「重ねてのお誘い、恐縮ですわ葉月頭取、地図程度なら読めますので」

実香のことが懸念されたが、やむをえない、階下に降りる。柏木君は天使のように眠っていた。と、心乱れているのか、『朝食を摂りに八五号室へゆく』旨メモを残し忘れそうになる。アンティーク電話の傍(かたわ)らにあったメモを想起しつつ階上へ帰(もど)ろうとした刹那、階下のアンティーク電話の傍らにも、やはりメモが常駐しているのを発見した。その筆記具で、朝食は自由に頼んでほしい旨書き置く私。それを柏木君の枕許(まくらもと)に差して、ようやく八一号室を離れた。

丸の内南口ドーム。

三階回廊で東京駅乗車口の賑(にぎ)わいを見遣りながら、八角形八時の八一号室から、八角形零時の八五号室へ。八五号室は、宮城(きゅうじょう)に面していないレイルウェイ・メゾネット三室のうちでは、最も格式ある室のはずだ。専有面積ならば、八角形六時の八二号室すなわちベルモント国務長官の室とほぼ等しい。

さしたる距離を歩まぬうちに見えた。八五号室の扉は開放されている。ベル帽を被(かぶ)ったボーイ複数が頻繁に出入りしている処を見ると、葉月女史の各種注文が機関銃の様なものであることは想像に難くない。私はむしろ彼等の動きを縫(ぬ)うようにリビングへ入った。

「まりちゃん!!　また綺麗になって!!　今か今かとずっと扉を睨(にら)んでたのよ!!」

「葉月頭取、おはようございます。新銀行設立、おめでとうございます」

「あら有難う!!　ささ、そちらに座って!!　温菜はちょうど給仕し直させたところだから。飲物は何にする？」

「オレンジ・ジュースとハイランド・スプリングをお願いできますか」

葉月女史がまた注文の艦砲射撃(かんぽうしゃげき)を開始する。ダイニングテーブルの上には豪奢(ごうしゃ)なイングリッシュ・ブレクファストが御皿の配置に悩(こま)るほど列(なら)べられており。ブランチの規模以上だ。朝が弱いことは別論、私が始終健啖家(けんたんか)であることは公然の秘密である。

ダイニングテーブルには既に客人がふたり。

ひとりは老いた山羊(やぎ)を想起させる男性だ。品格のある瓜実顔(うりざねがお)に銀縁の鼻眼鏡。鼻梁が西欧人の如く見事に延びているが、歳の所為(せい)だろうか、どことなくそれが垂れている様で愛嬌がある。眦(まなじり)は目皺(めじわ)に曳(ひ)かれるがごと下がり、丁寧に撫でつけている銀髪はウェイヴが芸術家肌を感じさせる。着衣は御当地京都から海松色(みるいろ)地西陣御召(おめし)の羽織と着物に、何処か屈折した意志の熟成を感じさせる鱗(うろこ)紋様の西陣織角帯(かくおび)だ。時を超えた骨董品屋(こっとうひんや)の主人といったところか。

そして、いまひとり。

癖が強いのか派手に爆発し湾曲している黒髪。顔は奇妙に縦長で、過食した米粒を思わせる。脂(あぶら)じみた額に濃厚過ぎる眉。顎(あご)は精悍(せいかん)と評せなくもないが、どうにも締まらない長大な口がどこかその格調を裏切ってしまっている。瞳はひょっとしたら骨董品屋氏よりさらに垂れているかも知れず、天帝がベクトルの計算を誤ったのではないかと思えるほどだ。鼻孔(びこう)が尊大さを表してか、あまりに堂々たるのも残念である。着衣は歴史ある名門ホテルの朝にふさわしく、ストライプが入ったスノウホワイトのワイシャツにミルクホワイトのベスト、艶(つや)やかな鉛色のネクタイ、アッシュローズのパンツをあわせ、御丁寧に懐中時計の鎖までのぞかせている。客ではなくホテル側の者に見えてしまうのがまた残念だ。

舞台設定を考えると、当然ながら前者は八六号室の今伊勢(いまいせ)侯爵、後者は八四号室の神保(じんぼ)糊道(のりみち)とかいう作家であろう。そして女主人たる八五号室の葉月鳴海頭取がいま、威風堂々と着座する。そもそもが大和型戦艦・四六糎（サンチ）主砲砲弾級、他者を精神的にも物理的にも圧倒する豪壮（ごうそう）な体軀（たいく）とたっぷりした顎（あご）まわりは、私が日本帝国で勉学を始めた四年前からまったく変化がない。戯画（ぎが）的なオペラ歌手、といったところか。典雅というより威圧的な黒の盛装帽子（ガーデンハット）は鍔（つば）が肩幅ほどもあり、やはり傲然たる真紅の薔薇飾りは食蟲植物（しょくちゅうしょくぶつ）を思わせる。アール・ヌーヴォ調のS字曲線（エスカーヴライン）ドレスもまた黒く、儀典どおりの白くたかい襟（えり）、白くながい手袋に映えて野心のよう。当然装飾用の日傘も準備しているだろう。絵に描いた様なベル・エポックの貴婦人である——エス・カーヴを微塵（みじん）も描いていないことを除けば。

指には雷光の如く耀（かがや）くルビー、サファイア、エメラルドそして無論、葉月宝飾の面目を懸けた真珠とダイヤモンド。一五ミリは確実な黒白真珠（ブファルツ）と、葉月コンツェルンの象徴・七七カラットの五八面体（ブリリアント）瑕疵絶無（フローレス）『濃姫（のうひめ）』は五大宝石の内でも格式が異なろう。もっとも葉月鳴海がこのダイヤモンドを総帥旗としているのは、それ以上だと指が物理的に耐えられないという極めて即物的な理由からであり、もし重力でも制御できようものなら、葉月宝飾秘蔵の世界最大級・八一七カラットの『北政所（レイディ・サムライ）』を惜（お）しげも無く指輪にして露出していたであろう。そのように葉月鳴海は解りやすい女性であり、それゆえに葉月鳴海は強靭（きょうじん）な女性だった。単純なモノほど、強い。

「もう始めていたのよまりちゃん、無礼講（ぶれいこう）でどうぞ召し上がれ」

「有難うございます葉月頭取、ならば遠慮無く」

私は、修野子爵令嬢用っぽい眼前の皿々をスキャンした。なるほどテーブルウェアは絢爛豪華（けんらんごうか）だが、盛ってあるものはというと……概算四分三十三秒で、私は皿を齧（かじ）り始めなければならないだろう。領地領民の批判は厳に慎（つつし）みたいが、三河人は吝嗇（りんしょく）だ。もっともそれは神君（しんくん）家康公からの、いやそれ以前からの美徳と三河人自身は考えているのだが。

「それでねまりちゃん」三河人は時にも吝嗇である。「わざわざお越し願ったのは、修野子爵家のおちからをあたしに貸してほしいからなの」

「私ごときが西海銀行頭取に貸せるちからを有しているかどうか」

「漱石賞、知ってるわよね？」

「文学賞の最高峰」

「まさしく。選考委員を御存知？」

「詳しくは知りませんが、確か文藝界三人、政財界三人、その他有識者三人とか」

「御明察。実はね、政財界なんだけど、五和銀行の頭取が選考委員のひとりだったの。これについてはさしたる問題無く私が後を襲って就任することとなる。そもそも夏目漱石は三河武士の裔なのだから、選考委員に三河人が就いて、漱石もさぞかし安堵したでしょう」

「それは重畳」

これではスクランブルエッグではなく炒り卵だ。それに生卵の段階でしっかり塩をしていないからバターも生クリームも重く感じる。そもそもこの料理群なら、ホウレンソウのソテーがあっていい。

「そして文藝界なんだけれど、こちらの今伊勢侯爵が選考委員のひとり。今伊勢侯爵は和歌の宗匠で、勅許をえて帝陛下の和歌の師範を務められているほか、今般も明日、禁裏で明治大帝の御製について御進講申し上げることになっている。昨日もベルモント国務長官の御招待を受けて、昔話に花を咲かせていらしたわ」

今伊勢侯爵は子爵令嬢ごときに典雅な黙礼をした。私は急遽唇に乗ったカリカリベーコンの脂を拭き隠しながら黙礼を返す。ベーコンはカリカリでなければならない。

「今伊勢侯爵は」と私。「ベルモント国務長官と、御面識が？」

「ながいこと来やはらへんさかいに、たいがいふたりとも、ころっと忘れとるやろ思っとったんですけんど。この歳になって、しょうもない、しんきくさい因果どすなあ」

「そして有識者委員なんだけどねまりちゃん、こちらは西海銀行とも御懇意（ごこんい）の尾張徳川家の御当主・徳川義春（よしはる）侯爵でいらっしゃる。これらを要するに、文藝界・政財界・有識者のそれぞれについて既にひとりずつ、私の御友達がいらっしゃるということになるの。此処（ここ）まではよいかしら？」

「理解はしました」

やはり温製トマトは素晴らしい。まろやかな酸味と活性化したグルタミン酸が絶妙に調和している。日本帝国でももっと焼きトマトその他の加熱トマト料理があっていい。

「そこで、まりちゃんが昨日土曜日、一緒にゴルフをした穂積男爵なんだけれど。杏仁（あんにん）大学医学部外科教授ということで、有識者委員のひとりなのよ」

「あら偶然」

「まあ歳が明けて、桜の候（こう）には早期御退官という搬（はこ）びだけどね。それでも帝国学士院（インペリアル・アカデミー）入りは確実視されているし、後任に仕立てた他大学の教授候補者はまだ比較的若い。となれば、引き続き穂積男爵が有識者委員の座を占める確率は極めてたかい。ところが、私のありとあらゆる人脈をもってしても、まりちゃん以外に穂積男爵と接点のある人を捜（さが）し出せなかったの」

「御自身が所謂（いわゆる）仮病等で御入院されるという手段は」

「あはは、考えてはみたけれど、この時季に私が病に倒れることはおろか入院することすら、政治的に致命的なダメイジとなることはまりちゃん、理解してくれるわよね？」

「理解はしました」

そうなれば五和銀行との縁談もあざやかに御破算であろう。たとえ無理繰り披露宴にまでこぎつけたとして、何時（いつ）の暇（ま）にやら頭取ポストどころか存続会社すら先様（さきさま）になり、西海銀行は当初衆目が一致していたとおり、吸収合併で地上から消え失せるに違いない。私としては、トーストラックにはもっと細切りのパンを挟（はさ）まなければ食感があざやかに御破算だと思うのだが。

「そしてまりちゃん、さらに聴く処（ところ）によれば」

「優秀な鼓膜をお持ちの様ですね」

「なにか？」

「御砂糖、使ってよろしいでしょうか」

「あら失礼、どうぞ」

シリアルやヨーグルトに御砂糖を使ったなどと鍛冶さんに知れたら確実に懲罰（ちょうばつ）の対象となるのだが、朝食でこれをすると無性に嬉しくなってしまうのは私だけだろうか。

「それで聴く処によれば、まりちゃんの吹奏楽部の御友達に、あの有栖川有栖（ありすがわありす）先生と御昵懇（ごじっこん）の子がいるとか」

「有栖川有栖……ああ、本格探偵小説の第一人者のおひとり」

「まさしく」

「御昵懇という表現が適切かどうか。有栖川有栖ファンクラブ会員として、幾許（いくばく）かの御言葉を頂戴した、その程度の関係だと側聞（そくぶん）してはいます」

「それだけの関係性があれば立派に御昵懇じゃない？」

「有栖川さんの側ではまったくその様な御認識は無いと思いますが、それが？」

「実は永年、漱石賞の選考委員をしていた綾辻行人（あやつじゆきと）先生が退任の意志を堅めていて、後任に親友の有栖川先生を推薦したのよ。もちろん文藝界の委員としてね。

そこでまりちゃんにお願いなんだけど。

穂積男爵と有栖川先生。私との懇親の機会をアレンジしてはもらえないかしら？」

「翻訳すれば。

漱石賞選考委員会において九分の五の過半数を獲る為には、あとふたりの票が必要だと。そして葉月頭取とわずかながらも関係性を有するのは、穂積教授と有栖川さんだけであったと。したがって必然的に、葉月頭取が御友誼を深めるべきは当該おふたりであると」

「まりちゃんは理解が迅くて嬉しいわ」

「ロジックは理解できますが、御希望のとおり行動するかどうかはまた別論かと。そして恐縮ですが私、この朝餐に至るまで、葉月頭取が其処まで文藝に御執心とは想像だにしておりませんでしたわ」

「西海銀行が日本帝国最大規模の銀行となるに際して、銀行家の社会的責任に目醒めたといったら？」

「私の記憶が確かならば、葉月頭取が感じておられる銀行家の社会的責任というのは、どうやって西海銀行を日本帝国筆頭のメガバンクとするか、ただそれだけではなかったかと」

「あはは!!　手厳しいわね。でもそれが日本文藝界の発展にも貢献するのであれば、銀行家と作家はウイン＝ウィンの関係に立つんじゃない？」

「特定の作家さん、でしょうけれど」

「それは当然よ、日本金融界の発展に貢献してもらえる人でなければならないのだから」

「例えばこの朝餐の席にいらっしゃる、神保糊道先生ですか」

私は当該作家をいまいちど見遣った。ほとんど朝食に手を着けてはいない。英国式朝食に対する侮辱なら黙過してはいられないが。脚本上、そろそろ自分の出場だというのに、この能面の如き無表情は、生き生きしたシニフィアンを絶望的に欠いている。目蓋はとろんと垂れ下がり、それでいて眼球はぎらりと飛び出しており。真っ赤に充血した瞳は、徹夜明けか何かの影響だろうか。そういえば顔色が全般的に黄塵(こうじん)のごとく煤(くす)み、ところどころ死斑(しはん)を想起させる赤黝(あかぐろ)い染みが浮かんでいる。実香と約束したから当該作家の精神に踏みこむことは断念するが――この八五号室はレイルウェイ・メゾネットだから東に直面している。その梅雨とは思えない恩寵(おんちょう)ゆたかな日射しのなかで、神保糊道はあたかも幽鬼(ゆうき)のよう。最初に観察した時もこうだったろうか――

「まりちゃん、あなたに動いてもらわなければならないのだから、直截にゆきましょう。こちらの神保先生、既にミステリ小説界で確乎(かっこ)たる地位を築いていらっしゃる方だけれど、実は三栄(みつえ)銀行の頭取――あちらでは社長というけれど――の御縁戚(ごえんせき)にして、三栄財閥の総領息子(そうりょうむすこ)さんでいらっしゃる」

「いま現在は、三栄倉庫の副社長に過ぎませんがね。御陰様をもって、ホテルで缶詰してミステリなど書いていられるって訳ですよ、子爵令嬢」

私はその台詞回しにも違和感を憶えた。其処(そこ)にあるのは自虐でも屈折でもなく、むしろ純然たる倦怠(けんたい)であったから――

「昨晩も徹夜を？」

「締切が近いんでね。非道(ひど)い頭痛ながら、やむをえない」

「病院にゆかれては」

「編集者に殺されますよ」

「神保先生はね、まりちゃん、日本ミステリ小説界で永劫(えいごう)語り継がれるべき衝撃作を、幾冊も幾冊ものしていながら、格式ある文学賞にはこれまで御縁が無かったの。私も探偵小説は大好きだから、先刻最新作の著者稿(ちょしゃこう)を読ませてもらったのだけれど、あれはそう、郵便窓口のトリックが秀逸(しゅういつ)だったわ、手許(てもと)に置いておきたかったくらいよ」

「お褒(ほ)めに与(あずか)り、恐縮ですな」

「だから神保先生がいわば無冠であることを、とても残念に思っていて。もちろん先生はね、御立派な賞など無くたって作家活動に何ら支障が無いほどの御実績があるのだけれど、叙爵叙勲のことを考えると、ねえ……？」

葉月鳴海が探偵小説を愛好しているなどという破廉恥（はれんち）な嘘話（うそばなし）は別論、その脚本はよく理解できた。直截に俗悪なところがかえって好ましい。

三栄銀行は、当然ながら三栄財閥の中核である。財閥系の銀行として五菱（ごりょう）銀行、住吉（すみよし）銀行と列（なら）ぶ名門だ。しかし分裂で第三銀行が離反していったほか、預金獲得競争で優位を占めることができないなど、体力面で深刻な問題を有しており、財閥系の内では最も規模が小さい。非財閥系の五和銀行はおろか西海銀行より劣る。五和銀行という鯨を呑んだ鯱は、その余勢を駆って財閥系銀行をも併呑（へいどん）するつもりなのだ。そこで三栄財閥の長子というカードは——それが放蕩息子（ほうとうむすこ）であろうと高等遊民であろうと——筆頭株主の相続者というその一点において、強力なジョーカーとなりうる。そのジョーカーを籠絡（ろうらく）する為に文学賞へ着目するとは、汚穢（おわい）ながらさすがは葉月コンツェルンの総帥といえよう。実績のある作家ならば金子（きんす）に悩（こま）ることはない。ならば獲物が最も希求するモノ——名誉を与（あた）えればよいという訳だ。

「どうかしらまりちゃん、やってもらえる？」

「数点、確認だけ」

「いいわよ」

「今伊勢侯爵にお訊きしますが、侯爵はこの件、御賛成でいらっしゃいますか」

「はい」

「理由を頂戴しても？」

「そうどすなあ、娘が神保先生の愛読者やさかい、これを機会にあんじょう可愛がって頂ければ思いましてなあ」

諸般の経緯に鑑みれば、武家華族の私には理解し難くはあるが、それが公家華族千年の処世だということか。ならば勲功華族の方、あの医師はどう撃墜するつもりか。

「葉月頭取。有栖川先生にあっては御篤実な方と側聞しておりますから、先方のお時間さえ許せば、面談もさほど困難ではないでしょう」目的が達成される蓋然性は著しく低いだろうが。「しかし穂積男爵にあってはいちど御一緒しただけ。それに政治の季節で御多用の様子。手土産とて無い私ごとき小娘の願い事を聴くものかどうか」

「それはまりちゃんが心配する事じゃないわ、あはははは、あたしは有栖川先生より穂積男爵の方が遥かに与しやすいと思ってるくらいよ」

成程。やはり政官界用の機密費であるB勘定から実弾を撃ちこむ様だ。確かに外科教授選挙で自ら戦争の火蓋を切った穂積男爵とその公認後継者・池鯉鮒医師にとって、選挙戦での敗北は致命的だろう。勝利の為の実弾は垂涎の的。葉月鳴海はこうして他者の欲望を差配することで生き延びてきたのだ。欲望の賭博師――

その刹那。

神保糊道が恐ろしい態様で咳をした。何度も何度も繰り返して。必死に、だがどこか緩慢に、ナフキンで口許を隠す作家。堪えている。咳ではない、何かを。懸命に堪えている。そして私は見た。彼の採った清冽なナフキンに、クリムゾンレーキの……いやもっと赤黝い妖花が咲くのを。それは霧のような淡いものではなく、泥のように粘着的なもので。

「……いや……大変、失礼を……客室が乾燥し過ぎている様で」

「神保先生、先生は大望ある身。我が葉月コンツェルンが総力を挙げて支えます。お躯だけは御自愛くださらないと」

「まったく……ゴホッ、ゴホッ……御期待を……ゴホッ、裏切らない様に……」

「それではお飲物を。まりちゃんは紅茶？」

「……せっかくの朝餐ですから、私から少し、興を添えたいと思います」

　私はボーイにあらかじめ預けてあった日本茶の支度を頼んだ。急須、茶碗、茶托、湯冷まし。柏木君と実香にまず飲んでもらおうと思っていたが、俄然、興味がわいたのだ。

「あら常滑焼じゃない」

「こちらは焼締め……こちらは白釉どすなあ」と今伊勢侯爵。「越前焼みたいにしょうびんな土やけど、ねっとりしとって……せやけど砂の味わいがある」

　私はまず四人分の茶碗に熱湯を入れると、さらに湯冷ましを使って温度を下げた。茶葉は四人八グラム。七〇度まで下がっているから、二分強で煎れる。

　煎れながら八五号室の外窓を見た。レイルウェイ・メゾネットと謳うだけあって、在来線から新幹線までプラットホームが一望の下にある。確かに多彩な列車の出入は見る者を飽きさせないが、如何せん駅舎ドームは背丈があり過ぎる。ほとんどすべての番線が青磁や白の天蓋に蔽われて、旅客のヴィヴィッドな姿を鑑賞することは絶望的だ。強いていえば眼前の舞台最も奥手、東海道新幹線のホームだろうか、鉛白色の天蓋だけがふたつ右手にながく延び、他のホームから幾許か突出している。突出している二本四番線のうち最も奥にあるものは天蓋が重複してよく見えないから、結論として、八五号室から——東京鉄道ホテルからといって大差は無い——旅客の動きを観察できるホームは、突出している東海道新幹線ホームのうち手前のものだけ、それも先端一号車＋αの視界しか確保できないということになろう——

急須に残る最後の一滴まで切ると、新茶の、私には形容できない日本の香り。熟したオータムナルの日本茶も素晴らしいが、紅茶も緑茶もファーストフラッシュには春宵一刻(しゅんしょういっこく)の夢の様な息吹(いぶ)きがある。

「粗茶ですが」

「これはほんに」と今伊勢侯爵。「えろう豊潤(ほうじゅん)な、香り……」

「飲んだことないわね。神保先生はどう？」

「私も……ゴホッ……初めて頂きますな……ゴホッゴホッ」

「修野家は東三河の山岳地を領しておりました。其処(そこ)に新城(しんしろ)という村がございまして、現在では愛知県随一の茶所となっております。静岡茶の銘入(ない)りに劣らぬと自負する旨味(うまみ)、どうぞ御笑飲(ごしょういん)くださいませ」

「……まりちゃん、考えたわね」

「というと」

「もっとルーツを――脚許(あしもと)を堅めろという寓意(ぐうい)でしょ？」

「まさか」

「仕掛けてくるのは五菱銀行？」

「島津公爵も、大蔵省内をまとめつつあるとか」

「どうせ覇道(はどう)なら、とことんまで手を穢(けが)すだけよ――で、まりちゃん、返事は？」

「我々は葉月鳴海頭取でなく、西海銀行を勝ち残らせたい。それでよろしければ」

「もちろん結構」

「結構な御朝食、有難うございました……

先刻から疑問だったのですが」

「なに？」

「このダイニングテーブルの中央にある、巨大な氷砂糖の如きオブジェは」

「あはは!!　まだ故意と埃を洗っていないから無理もないけど、これは石英の結晶、所謂水晶よ。綺麗に洗えば無色透明の六角柱が幾本も鑑賞できるでしょう。ちょうど葉月宝飾がね、コルタンの採掘権を持ってるザイール東北部の鉱山で、両掌に余る見事な結晶が掘り出したものだから、メゾネットの御客様にはお裾分けしたんだけど……」

「私の室にも?」

「すべての室に。もっとも神保先生にはまた違うものを御用意したけれど」

「もう……夢中になって、ゴホッ、おりますよ……頭取は編集者泣かせだ……ザルモクシスの雌とは……ゴホッ、ゴホッ」

「葉月頭取、私の八一号室にお裾分けくださった時刻は」

「あらどうしたのまりちゃん恐い顔して——いつも恐いけど——昨晩葉月宝飾から荷が到いたから、そうね、午前零時以降であることは確かよ」

私が完全就寝してからだ。既に駄弁を拝聴している時間は無かった。ボーイに茶器をすべて八一号室へ——極めて慎重かつ確実に——搬送すること、修野子爵家の東京邸と直ちに連絡をとって人と車輌をこちらへ呼ぶことを命じるや、朝餐の列席者に暇乞いをした。

「それでは。

神の恩寵で次の機会があるのなら、ブラックプディングを所望しますわ。ごきげんよう」

9　会談にて

茶器を処理して、八一号室へ帰ると。

雄壮なピアノの音が聴こえた。柏木君はピアノを嗜（たしな）まないから、これは当然実香である。悲しみ、怒り、諦めの分散和音。人生の縮図の様な。パワーピアノはいつもどおり。しかしよりによって、エチュード最難曲のひとつ『木枯（こが）らし』をいま、弾くことはないだろう。

私はスタインウェイに駆けよって。

「駄目じゃない実香、怪我しているのに。もしものことがあったらどうするの」

世界の神秘は指にこそ導かるる（グレイトワールズアーレッドバイザフィンガアズ）(*Sedrach*, 11) ——

「あらまりお帰りなさい、よく知ってるわね怪我のこと」

「ある意味、あなた以上にね」

「え？」

「で、どうなの創（きず）の状態は」

「紙で指を切ってしまった程度のものよ。だからこうしてピアノも弾ける」

「……それは、水晶を洗った時の怪我なのね」

「それもお見透しなの」吃驚（びっくり）だわ、と実香。「昨晩まりが寝ちゃったあと、内線電話があったのよ。葉月女史から。もしまだ起きておられるなら差し上げたいものがある、っていうから、あたしが受領したわ。柏木君も爆睡（ばくすい）してたしね。たいそう御立派な匣（はこ）を開けたら埃っぽい岩塊（がんかい）みたいなものが出て来たから、取り敢えず洗った」

「その時に指を切ったのね」

「もうすっかり塞（ふさ）がっているわ。でも水晶ってまるで注射針か剃刀（かみそり）のように鋭利なのね」

「柏木君は？」

「宮城（きゅうじょう）のあたりを散策してくるとか」

「彼は水晶に触れた？」

「ほら、ずっと其処のダイニングテーブルに置いてある。柏木君は朝食を摂らなかった。接近すらしてはいないはず」

「あなた朝御飯は」

「コンチネンタルで、クロワッサンと珈琲だけ頂いたわ」

「了解——

お願いだからせめて雨だれとか子犬にして頂戴。アンスピなど弾いたら懲罰よ」

「やけに心配性ね、解ったわ——って何処へゆくの？」

「階上寝室。あなたのパワーピアノが響いていては、架電先が鼓膜を驚愕させる」

——メゾネット二階に上がると。

私はアンティーク電話を採り、まず貴族院議員会館をダイヤルした。直通電話なので面倒が無い。相手方はすぐに出た。

「奥平でございます」

「忠昌おじさま、修野のまりにございます」

「おやおやまりちゃん、息災かい、修野の御爺様御婆様は？」

「御陰様をもちまして、どうにか。口を開けば隠居話で閉口しておりますが」

「それはそうだろう。まりちゃんの血胤なら問題は無い。現在の華族令の下では、女性でも家督を継いで叙爵されうる。御両者御健在のうちに、修野子爵家の安泰と長久を願ったとして不思議は無い……それともホウルダーネス公爵家との関係で何か問題が？」

「あちらは実弟が公爵家本家の名跡を継げます。その侯爵領か伯爵領かは私が継ぐかも知れませんが、栄典大権をお持ちの女王陛下が勅裁されれば、どのみち法律的な問題はございません」

「ならばすみやかに修野准爵から修野子爵になって頂きたいね。僭越ながら、縁戚の奥平伯爵家としてもまりちゃんに今後ますます活躍してもらわなければならないから」

　さる事情でこの冬、奥平伯爵家は唯一の継嗣、靖昌君を亡くしている。不幸ながらも微かな慰めは、御一門で親藩だった武州忍一〇万石・奥平松平子爵家には御子様が大勢いらっしゃることで、養子をすれば家康公の女婿・奥平信昌以来の名門を断絶させずにすむ。そんな事情もあって、縁戚の家督問題にはいっそう熱が入るのだろう。

「旧主家の御当主の御言葉、修野の家を挙げ重々検討致しまして、御返事を」

「素晴らしい返事であることを期待しているよ……で、わざわざまりちゃんが架電してくるなんて、何か重要事でも？」

「御時間を頂戴して恐縮です。

　忠昌おじさまは確か、貴族院の予算委員会で理事をされておられますね？」

「ああ、院内会派としては研究会だよ」

「予算委員会であれば、実質上、国政に関するすべての問題を採り上げられますね？」

「まさしく。行政の政策である以上、どのみち予算を要するのだから」

「厚生省にプレッシャーを掛けることは？」

「……予算委員会で、ということかい？」

「そこまでは。

　ただ、それを伝家の宝刀として、官僚の方々に動いて頂けるか、ということですわ」

「結論としては、できる。まりちゃんも知っているだろう、厚生省の事務次官が特別養護老人ホームへの補助金支出絡（がら）みで六、〇〇〇万円を収賄した事件」

「警視庁の捜査二課に摘発されていましたね。実刑は間違いないとか」

「あと、所謂（いわゆる）薬害エイズ問題で厚生省の生物製剤課長が東京地検に検挙されている。業務上過失致死だ。これについては国民の怨嗟（えんさ）の声が激しく、貴族院としても既に重大な関心を有しているよ。

　こうした不祥事が続発している情勢から、現在、他の官庁と競（くら）べても与（くみ）しやすくはある」

「そこで、お願い事があるのですが」

「まりちゃんの願い事を断れば、日本帝国がエリザベスⅡ世陛下から御不興（ごふきょう）を買ってしまうよ……それにいよいよ七月に開催されるロンドン・サミットの為、ハーミス前総理大臣とも諸々の調整をしてもらったことだしね。それで？」

「国立予防衛生研究所、御存知でしょうか」

「厚生省管轄の、武蔵村山（むさしむらやま）に在るあれかい？」

「これから其処（そこ）に修野家の東京事務所員が伺（うかが）います。ささやかな臨床研究の為ですが。忠昌おじさまのおちからで、当該者の依頼どおりのことをするよう、是非先方にお働き掛け頂きたいのですわ」

「これから、か。また急務だが、それだけ焦燥（しょうそう）する程の案件なのかね」

「あるいは、ベルモント国務大臣の安危にも」

「……まりちゃん、せめて理由を教えてくれ。厚生省には黙っておくから」

「それでは概略のみ申し上げますが」

　概略は十秒で終わり。

　私は奥平伯爵を宥（なだ）め賺（すか）して受話器を置いた。引き続き姫山の柘榴館（ざくろかん）に架電する。ダイヤル電話というのは意外と指に負荷があるものだ。実香には電話もさせない方がよいかも知れない。

「修野子爵家でございます」

「鍛治さん私、まり」

「これは御嬢様。帝都は快晴の様で、なによりです」

「衛星、使える？」

「もちろんでございます」

「一緒に内務省の警察無線と消防無線を傍受して。警視庁も大丈夫よね？」

「もちろんでございます。衛星は、どちらを御覧になりますか」

「帝都、宮城を中心に周辺を確認して。警邏車や救急車が急行している箇所が無いか」

「かしこまりました」

私はヴァシュロン・コンストンタン一九七二を確認した。午前一〇時二五分。

「英国は深夜二時二五分ね。ロンドン邸？　ハラムシャー城？」

「公爵様に御用事でも」

「土曜の夜だから、まだ起きてはいるでしょう」

「確か昨晩はウエスト・エンドで御観劇のはずです。御食事と葉巻を終えられ、ちょうどお帰りになった頃ではと。結構なことではありませんか、愛娘から何箇月も便りが無いと、たいそうお嘆きである旨、聴き及んでおります。御嬢様がヒトの情愛を解さない方ということは存じ盡くしておりますが、どうか真似事からでもお始めなさいませ」

「帰ってこい帰ってこいの永遠ループは聴きたくないの」

「しかし御嬢様から思い立つということは、大切な御用事があるのでしょう」

「だから鍛治さん、あなたに電話、架けてもらいたいんだけど……」

「お断り申し上げます」

「あなたいったい誰の執事？」

「それは公爵様と、御嬢様の従僕でございます」

「解ったわ、解りました鍛冶さん、帝都訪問が終わったら御父様にお電話します。だからそれまで救けて頂戴。どうしても大英帝国外務大臣バーソロミュー・ホウルダーネス公爵閣下にお願いしたいことがあるのよ」

「ははあ、となると……ベルモント国務長官との御面談ですな」

「さすがというか……外務大臣相互なら、サミットのシェルパ会談で強い面識がある」

「それならば御嬢様、公爵様にお出まし願うまでもございません。日頃から日本帝国の外務官僚を幾人か、飼っております。先様が国務長官ですから、事務次官がよろしゅうございましょう」

「すぐに接触できる？」

「その為に餌を与えておりますから。御命令頂ければ、大嶋師男外務事務次官に調整させます。三十分頂戴したく——うん？

　御嬢様。

　衛星からの映像でございますが」

「何か異常事が？」

「宮城です。皇居正門近傍に軍用車が複数」

「正確には？」

「コンピュータ解析では、七三式中型トラック×二、八七式偵察警戒車×一、八二式指揮通信車×一、化学防護車×一」

「小隊規模が、宮城の正門で。桜田門も眼前だけれど、警視庁は？」

「陸軍に排除されている様です。皇宮警察も同様。無線にも大きな動きはありません」

「了解したわ鍛冶さん、外務省の方を大至急で頼みます。結果は宮城の情勢と一緒に教えて頂戴」

「かしこまりました」

二重橋が見える宮城の直前で軍事行動とは。練馬の第一師団隷下の部隊か。化学防護車は大宮からのはずだが。指揮官がよほど大胆なのか、あるいはまったく別個の部隊か。警視庁や皇宮警察が大人しく現場を譲るのも不可解だ。いずれにせよ、私の予測が正確ならば――

二十八分後。

「もしもし御嬢様、鍛冶でございます」

「結果を」

「ベルモント国務長官にあっては、昼餐を御一緒したいとのこと。了承しておきました」

「結構。宮城近傍の動きは？」

「依然として変化ありません。ただ、兵員を展開させる様子もありません」

「有難う鍛冶さん、引き続き監視と傍受を継続して頂戴。異常は至急報で入れて」

「かしこまりました」

鍛冶さんとの電話が切れるや、アンティーク電話はたちまち新たに鳴り始め。この率直なけたたましさは、おそらく――

「八一号室、修野でございます」

「マロリー・ロダム・ベルモントです。ホウルダーネス外務大臣の御令嬢、ミス・メアリ・ホウルダーネスね」

新大陸の田舎法律家に、公爵令嬢はレイディであってミスではないなどと教示をしても時と声帯の浪費であろう。ただそのシカゴ訛りは比較的標準米語と近いこと、したがって文法的な耳障りも無いことに安堵しつつ、私は会話を継続した。

「今般は御面談どころか昼餐の機会を与えて頂き、嬉しく思っています」

「英国は、少なくとも日本より遥かに重要なパートナーだから。無駄に敵をつくりたくはないの、それだけ」

「当方からの願立てですので、設宴は私が差配させて頂きます」

「そうしてくれると救かるわ。隠密裏の旅だから、料理人などいないのよ。ただし、私の八二号室にして頂戴。観光客ではないから、あまり動きたくはない」

「了解しました。それでは午後零時では如何でしょう」

「それで結構」

先方から電話はがちゃりと切れた。他者に君臨することが癖になっているそれは金属音で。噂に違わぬ悍馬のようだ。フランス式正餐で二時間も浪費したくはないだろう。私もしたくない。結論として、帝都に出たとき懇意にしている更科会津松平に架電して出前を頼んだ。東京鉄道ホテル八一号室に盛り蕎麦二枚を二人分、八二号室に盛り蕎麦二枚を二人分、午後零時ちょうどに——

国立予防衛生研究所からの返事は、最も楽観的に考えて午後三時を過ぎるだろう。慣熟した合衆国の研究所ですら最短で五時間を要するのだから。そして仮に、最も悲観的な脚本が現実のものとなったとして、子爵令嬢修野まりとしては既にどうしようもない。ひとつずつ対症療法を試みるしか。その為には宮城正門へもゆかねばなるまい。実香との約束には違背するが、より大きな公益の為ではある。

——私はいま一度勁草館の夏制服と、そろそろ切ろうかと考えているロングロングストレートを整えると、此処から楠木正成像がよく見える皇居前へゆく準備をした。気持ちだけ磨いたローファーで寝室を離れる。メゾネットの螺旋階段を踏んだとき、またショパンが聴こえた。バラード第四番。難曲ではあるが、激情型ではない。先刻の諫言が効いているのかも知れない。

それにしても。

不思議な娘だ。

減点主義のコンクールならば、必ず優勝するだろう。誰よりも努力することに才能を有する峰葉実香の正確無類なテクニックは、楽譜の要求するシニフィアンをすべて現前させている。だから非難の仕様が無い。彼女は正解を歌っているのだから。其処に実香の悲劇があり、其処に藝術の罠がある。正解を正確に歌うそのとき、それはピアノでも音楽でもなくなるのだ。楽譜を歌えばよいのなら、何時かは機械がやるだろう。それも完璧に。ヒトがピアノを弾くということは、そうではない、自分を歌うということだ。無論楽譜を等閑視してはならない。むしろ最大の規範としなければならない。それでも、千人いれば千人のショパンがあるという現実から、実香はまだ瞳を背けている。正確さと技巧の果てに、音楽の神様が微笑むと確信している。だから、実香のピアノは苦しい。自分を追い詰めるピアノの苦しさだ——ちなみに英語で喩えてもよい。実香は学習した文法を完璧に我がものとする。だからそれに遵う構文ならば、どのような翻訳もできるし、どのような作文もできる。しかし聴解は苦しい。大学受験なら別論、日常会話については『英語ができない』レベルにある。相手方の発音も文法も、機械的に正確ではないから——そう、ヒトは機械ではない。もし実香が、自分の愛を、自分の悲しみを、自分の苦悩を鍵盤に載せることができるようになったなら——だが、無理もない。十八歳の少女として、実香は自制心が強すぎる。言葉を撰ばなければ恐がりだ。知らないことを、少なくとも意識しないようにしていることを、どうして歌うことができるだろう。だから私は傍観者として、実香の所謂彼氏——友達以上恋人未満――の活躍に期待している。恋路そのものはどうでもいい。彼女がその躯（からだ）で世界を体感する契機となってほしいのだ。

しかし、それも……

「また腕を上げたわね、実香」

「調戯（からか）わないで頂戴」

「もう何処（どこ）の書店さんも開いているわ。神保町もきっと賑（にぎ）わしい」

「悪魔の第二の誘惑ね。シェイクスピアか長靴か、ラファエロか石油か……あたしは子爵令嬢じゃないから、これ以上お財布に悲鳴を上げさせたくないの」

「実香は本に特化した買物依存症だしね。御昼御飯、お蕎麦にしたんだけど大丈夫？」

「まりがいつもいってた老舗さんね、創業以来二〇二年の。もちろん大賛成よ――そういえば先刻、総支配人さんがいらしたわ。まり、あなた御来客の予定があるんじゃない？」

「あら、すっかり忘れていた」

「まりに忘れるという機能があるなんて」

「それこそ調戯（からか）わないで頂戴」

永劫（えいごう）のような青い血の旅路のなかで、これだけ電話機に触れた日も無いだろう。私はフロントに来客を確認した。確かに午前の予定どおり、四人がフロント近傍で待機しているという。午前一〇時からの予定だったから、あざやかに私の過誤（かご）だ。重々お詫（わ）びするとの伝言とともに、当初のアポイントどおり来室頂くよう指示をする。

トヨタ自動車株式会社東京本社社長殿。

株式会社松坂屋銀座店店長殿。

株式会社ノリタケカンパニーリミテド東部支社支社長殿。
カゴメ株式会社東京本社社長殿。
私の徹底した寡黙ぶりにもかかわらず、いずれも様が、よくもまあと思う程の話題を最大展開してくる。そしていずれも様が、修野子爵家は落魄した武家華族ということを知っているが、同時に、ホウルダーネス公爵家は英国王室に匹敵する資産を有する有閑貴族であるということも知っている。愛知県を本拠とする企業にとっては常識だからである。御陰様で、ひとり三分弱で終わらせるはずが、ひとり十五分弱を要してしまった。四年前の私なら確実に九十秒で処理したのだが、実香にヒトの感情というものをレッスンされ始めて以来、何処かが劇的に変わってしまった。平然とピアノを弾いている実香はこう考えているに違いない——そんなことを斟酌するようになってしまったのだ。ちなみに当該実香の考えとは、九九・九九%の蓋然性で『たかが女子高生の愛想と空手形が無ければ上役に厳しく叱責される、老齢の給与生活者とその家族の身になって御覧なさいよ』だ。

しかし。

ベルモント国務長官に会うまでに、宮城には赴いていなければならなかったのだが——

「どうも、更科会津松平でございます!!」

「あら有難う、こちらのテーブルにお願いします」

「修野の御嬢様には、いつも御贔屓にして頂いて……手前ども昼時でございますんで、親方は参上できませんが、どうかくれぐれも御嬢様によろしくな、頼むぜと」

「御礼をいうのは此方よ。帝都に蕎麦屋は数あれど、瞳でも美味しく頂戴できる蕎麦を出す処は、残念ながら数えるほどね。親方さんに、修野が嬉んでいたと伝えてくれる?」

「もちろんでさ。引き続き御愛顧願います。すぐにお隣さんへも搬びますんで」

「……待って頂戴。難しい御客様なの。一緒にゆくわ」

「へい、かしこまりました」

——八二号室。

鍵は、開いていた。私は蕎麦屋さんを随(したが)えて客室内に侵攻する。

ひろい。

もちろんメゾネット・タイプの六室は何処(いずこ)もひろいのだが、そのなかでも宮城(きゅうじょう)に正対する八二号室が最も権威ある室なのだろう。東京鉄道ホテル側が合衆国国務長官に用意した最上の貴賓室(きひんしつ)という訳だ。しかしメゾネットの内装には、他の室と大きな差異は無い。

その白人女性は、悠然と軀(からだ)を預けていたソファに座したまま語り始めた。クリスチャン・ディオールの『ポワゾン』が戦闘的な優雅さと器の大きさを感じさせながら香る。そういえば、男性陣は無論のこと、旅行ちゅうである実香も私も香水は携行していないし（無論柏木君もだ）、職業人である葉月頭取は香水を用いない。欧米の香水は人為的人工的に過ぎて、三河烈女(れつじょ)の葉月頭取としては評価していないのではと実香は推察していたが。

「あなたがホウルダーネス外務大臣のお嬢さん？」

「初めてお瞳(め)に掛かります、メアリ・コーデリア・マチルダ・ホウルダーネスです閣下」

「まるで日本人ね」

「祖母の血が、強く出ました」

「あちらが食事？」

「はい、よろしければ御一緒頂きたく。御飲物はどう致しましょう」

「ガイザーにして頂戴」

「ナチュラルにしましょうか、それとも炭酸水？」

「炭酸で」

私はクリスタルガイザーのスパークリングとハイランド・スプリングを頼むと、しばしベルモント国務長官の近傍にたたずんだ。誤り無く女性だが、かぎりなく雄々しさを感じる。如何にもアングロ＝サクソン風の、彫りが深い顔。意志を鋭く投射する、眦の上がった厳しい瞳。がっしりとした顎。鼻梁はまるで男性軍人の如く剛強、やや重い唇には故意とであろう、濃厚なルージュが引かれており。燃えるような赤髪は肩から胸に掛けてリラックスウェイヴを描いてはいるが、優美というより噛みつかんばかりのそれは劫火で。大粒のイヤリングはルビー、大珠のネックレスもルビー。お気に入りと噂のオスカー・デ・ラ・レンタであろうスーツもカットソーもペリレンレッド、フェラガモのハイヒールとバッグはヴァーミリオン。共和党の政治家だからという訳ではないだろうが（青が共和党を意味していた時代もある）、ここまで剛毅な炎を日本帝国で燃やさなくともよさそうなものだ。まさか、この色調で明日、帝陛下の謁見を賜るつもりは無いだろうが……

「今日は掃除も補充も入れてないけど、勘弁して頂戴。あまり他人に入られたくないの」

「御気遣いなく。日本帝国は、初めてでいらっしゃいますか」

「ええ、湾岸情勢緊迫の折、友人か友人でないか解らない処へはなかなか来られないわ」

「メゾネット・エリアの宿泊客と、御歓談などは」

「ウト元帥以外は知らないわ。まさか此方から名刺を配って歩くほど暇も興味も無いし」

「今般の御訪問では、どちらか御覧になったのでしょうか」

「お忍びだから、派手には動けない――結果的にはそれでよかったけれど」

「と、おっしゃいますと」

ベルモント国務長官は名刺をほとんど投擲してよこした。日本帝国外務大臣、東郷尊央云々とある。

彼女のカウンターパート、対米協調派の東郷外務大臣のものだ。

「このソンノ・トーゴが能と歌舞伎に御招待してくださったのだけれど」

「外務省へゆかれたのですか？」

「能は日比谷だったから、此処からも外務省へも近い。散々求められたけれど、外務省は諸々の儀典が面倒だからお断りした。今にして思えば、まだ外務省の方が観光的だったかもね」

「御観劇で、御不興を買う様なことが？」

「まさか」と合衆国人。「感想以前の問題よ」

「それぞれ演目は？」

「能が『井筒』、歌舞伎が『寺子屋』とかいったわね」

「成程理解しました」

「え？」

「いえ、お続けください」

「まず私が能について理解したことは、これがある種の心理的拷問であるということよ。どれだけ忍耐と睡眠欲に耐えられるかという拷問ね。帰国したら司法長官にアドヴァイスするつもりよ。監獄における最も効果的な懲罰は、罪人に終日、能を見せることだとね。事実、わざわざチケットを買って観劇している日本人すら、私がざっと確認しただけで一〇人以上、船を漕いでいたわ。それとも不眠症者に対するある種の心理療法なのかしら？」

「歌舞伎はまだダイナミックだったでしょう」

「なるほど寝ていた者がまだ少なかったから、ダイナミックといえばダイナミックだったわね。けれど私はマッカーサー元帥の判断は正鵠(せいこく)を射ていたと思った。すなわち歌舞伎こそ日本の封建的非合理性の拡大再生産装置だという判断よ――小学校の校長が、没落した封建領主(フューダル・ロード)の息子を死罪から救う為、たまさか新たに入学してきた無縁(むえん)の生徒を身代わりにし、入学当日その首を日本刀で斬り落とし、敵方へ首を差し出す。しかも『領主の臣下であることは、辛くて堪(たま)らない』などと愚痴(ぐち)りながら――

　狂気の沙汰(さた)よ。

日本の武士道(ブシド)というのは自己犠牲だから空想的社会主義より人道的だ、といった軍人がいるとかいないとか聴いたけど、このマクベスも吃驚(びっくり)の犯罪的殺人の何処(どこ)に自己犠牲があるのかしらね。私も日本人にだけは刺されない様にしないといけないと痛感したわよ。

ああ、それからショップが外国人観光客に不便だから、スターバックス、サブウェイ、マクドナルドでも入れたらどうかしら。グローバル・スタンダードへの改革も必要ね」

　合衆国などという、どこの馬の骨(ブラックガード)だか分からない人々の末裔(まつえい)が成り上がった、文化的発展途上国の酋長(しゅうちょう)補佐風情に何を説明しても無意味だろう。そして無意味なことを嫌うというその結論において、私達の利害は一致している。水も搬(はこ)ばれて来た。

「本日日曜日は、御外出なく？」

「そうね、寝坊もさせてもらったから、朝食も無かった」

「ならば粗餐(そさん)の用意が整いました。御食事に致しましょう」

「そうね」

「これまで和食は」

「合衆国のスシ・レストランにも行ったことが無い」

私達は八二号室のダイニングテーブルに就(つ)いた。成程(なるほど)皇居を見下げることはできないが、宮城の諸城塞や宮内省がよく見える。当然、上席に座るベルモント国務長官。

「それで、この日本式麺料理(ジャパニーズ・パスタ)は何？」

「蕎麦(ソバ)ですわ閣下、蕎麦の実(バックウイート)を砕いて採れる蕎麦粉(バックウイートフラワ)を捏(こ)ねて麺にしたもの」

「で、このパスタをスープに浸けて食べるのね」

「御指摘のとおり」

国務長官は割り箸(わばし)を割ると、いきなり蕎麦を採らずまず蕎麦汁を軽く舌に載せた。

「醤油(ソイソース)と鰹(ボニート)と砂糖(シュガー)——鮨(すし)でも天麩羅(てんぷら)でも豆腐でもみんな醤油、醤油。ローマ帝国ではガルムという魚醤(ぎょしょう)ばかり使っていたらしいけれど、それを髣髴(ほうふつ)とさせるものがあるわね。よく舌が莫迦(ばか)にならないものよ、いえなっているのかしら、ほほ」

「一般にワインといえば、フランスであろうとイタリアであろうとドイツであろうと、そしてカリフォルニアであろうと皆葡萄(ぶどう)、葡萄ですが、欧米人が舌莫迦ばかりという指摘はあまり聴いたことがありませんね」

「グレープジュースをそのまま出すのと、ワインを醸成するのとはまったくの別論よ」

「それではこれが醤油と鰹出汁(かつおだし)と砂糖をただ混ぜたものだと？」

「違うの？」

「まず醤油と砂糖を混ぜる時点で様々な流儀があります。そして混ぜたものを五日以上、特別に用意された冷暗所で熟成した上、鰹節(ドライド・ボニート)を一時間弱煮詰めた出汁と調合し、焼酎(スピリッツ)で味を微調整しつつ、自然冷却と湯煎(ゆせん)を繰り返して完成した技術の粋(すい)が、この汁。

どの段階を採り上げても、素人でできる過程は存在しません。例えば素人では、鰹出汁を必要な濃度でとることすら不可能」

「……パスタに浸けるだけなのに、何故そんな面倒なことを？」

「この蕎麦を御覧になって、どのような御感想を？」

「正直にいえば、美しいわ。ミシガン湖の雪のように真っ白で、美しい」

「およそ帝都の蕎麦には三の流派があります。ひとつは藪（やぶ）、ひとつは砂場（すなば）。そしていまひとつが、眼前の更科」

「サラシナ……綺麗な言葉ね」

「職人が歓（よろこ）びましょう。これらの流派は極めて単純化すれば、労働者、資本家、貴族に対応します。労働者は時間と勝負している。デリバリーも迅速でなければならないし、すぐに食べ切れる様にしなければならない。したがって藪蕎麦は出来立てで水が滴（したた）るものがデリバリーされて来る。しかし蕎麦汁が薄まっては味が悪い。そこで濃厚な蕎麦汁を出し、労働者はこれに蕎麦の先をさっと浸けるだけでどんどん手繰（たぐ）ってゆく。他方で資本家・貴族は、そこまでの迅速さを要しません。しっかり水を切ったもののデリバリーでよく、したがって味が惚（ぼ）けることも無いので、たっぷり蕎麦汁に浸けて食べても問題はない」

「資本家と貴族で流派が異なるのは何故？」

「蕎麦が異なるからです。眼前のこの蕎麦。貴族――日本史的には封建領主（フューダル・ロード）ですが――にふさわしい、耀（かがや）く様な白さ。蕎麦の実の最も白い箇所を、徹底的に篩（ふる）って最も細かくした蕎麦粉で打っている。どうぞ蕎麦汁を使わず、蕎麦だけ御賞味ください」

「……甘い。微かに、微かに甘く……そして淡い野の香り」

「それを、濃厚な蕎麦汁で頂いては」

「吹き飛んでしまうわ、この繊細な味が」

「それが解答です。そうならない為に、まろやかで優しい蕎麦汁が必要になってくる。資本家系のものは蕎麦がよりタフなので、まろやかではあるけれど、甘くて濃厚な汁が求められました――講釈が過ぎましたね、御食事の前に。重々お詫びいたします、閣下」

私達は蕎麦を手繰り始めた。シカゴ以外をほとんど知らずに育ったはずの国務長官は、意外にも箸遣いが下手ではない。ふたりでずるずる、ずるずると啜ってゆく――

「My God」

「どうされました」

さすがに十字は切らなかったが、ベルモント国務長官は両腕を上げて降伏した。フロントから蕎麦湯が搬ばれてくる。

「醤油を浸けたのに……こんなに繊細な甘味が」

「御理解に感謝します。こちらをどうぞ」

「そのポットは?」

「蕎麦湯と申します。蕎麦を茹でた湯。蕎麦汁を薄める感じで御賞味ください」

「……成程、いわば食後のエスプレッソね。醤油の強さがさっぱりと流れてゆく……それでいてまた、蕎麦汁が美味しくなった様に感じられる……」

「まだございます、どうぞごゆっくり。セルフサーヴィスが蕎麦湯の醍醐味」

「あなた」

「はい」

「あなただったら、あの能の意味も歌舞伎の意味も、論理的に説明できるのでしょうね」

「能も歌舞伎も程度こそ違え抽象劇です。神話画に寓意があるように、所作や台詞に含意がある。それは現代日本人であっても解読の難しいもの。しかるべきレクチャーも無く御観劇に臨ませてしまった日本側に大きな問題がある。それは日本帝国のいち准爵として残念に思いますし、重ねてお詫びしたいと思っております」

「メアリ、あなた海軍の様な服装だけれど、軍属か何かなの」

「こうした水兵服は、日本帝国においては女子高校生の制服として採用されているものです。私自身、日本帝国においてはいち女子高校生に過ぎません」

「知っていると思うけれど、私は外交に疎い。それなりに勉強を積んだけれど、どうも日本人の考えていることは解らない。あなた日本帝国政府と無縁の民間人であるのなら、そして同盟国・英国のホウルダーネス外相令嬢であるのなら、これから私に日本政治外交史をレクチャーしてくれないかしら――といっても事実関係はすべて押さえてあるから、私の疑問に答えてくれればいい」

「そのまえに閣下」

「マロリーでいい」

「父親の手前、そうも参りません、お許し下さい――

どうしても必要なのでお訊きしますが、閣下は非公式の御訪問とか。警護の体制はどうなっていますか？」

「御案内のとおり、国務長官の、しかも非公式の外遊だから、シークレット・サーヴィスを正規に動員することはできないわ。けれど大統領の御配慮で、この東京鉄道ホテル三階の客室を可能なかぎり押さえて、有事に対応させることにしている」

「具体的には、どれほどの」

「真に必要な質問？」

「合衆国でいう、第三種戦闘配置(デフコン・スリー)レベルの」

「Jesus Christ」また国務長官は両腕(りょうて)を上げて。聴いていたとおりプロテスタントだ。「それは穏やかでないわね。ならメアリ、あなたとあなたの御父様を信頼して答えるけれど、ここ三階に七室、それぞれ同数の捜査官が配置されている。これは私が離日するまで続くし、私が此処(ここ)から動くときも秘密裏に部隊行動をとっている」

「このインペリアル・メゾネット八二号室には、誰もいないのですか」

「私以外は、誰も」

「——例えば、私が暗殺者だったら？」

「東京鉄道ホテルの旅客は、すべて身元を確認してあります」

「八五号室の葉月鳴海・西海銀行頭取から、何か荷が到(とど)きませんでしたか」

「捜査官のメカニック班が解析しているわ。いずれにせよ開封は合衆国において、でしょうけど」

「実は閣下、英国外務省と英国諜報部門(ザ・ブリテン・サーカス)からの情報なのですが」

「御父様から——と考えてよいのね」

「しかるべく」考えるだけなら勝手である。「当該情報に拠(よ)れば、閣下の暗殺計画がございます。しかも、この東京鉄道ホテルにおいて」

「それは不可能事よ。例えばあなたが懇意(こんい)にしているサラシナ・アイヅ・マツダイラ、あれも徹底的に調査している」

「電話回線の秘聴をなさっているのですね」

「だから毒殺は無理よ。窓ガラスもすべて換(か)えさせたから狙撃も無理。実はメインドアにも細工をしているから侵入自体が無理。火事、ガスその他の不慮の事故時にはシークレット・サーヴィスが確実に私を退避させる。そして――信頼はしていないけれど――東京駅の外は日本内務省の私服警察官であふれているわ。

したがってマロリー・ロダム・ベルモント暗殺は実際上不可能事と判断するけれど、御父様の情報ではどのような者が、どのような手段を講じるのかしら?」

「閣下、閣下はラテン語をなさいますか」

「私はハイスクールで仏語教師に虐(いじ)められてから、英語以外は喋(しゃべ)らない様にしているの」

「そのお綺麗なシカゴ風の東部米語以外は、ですね、成程(なるほど)。

私もラテン語は苦手なのですが、記憶している単語もございます。例えば紐(フィロ)――紐(ストリング)」

「紐……?」

「私が蕎麦を粗餐に供したのも、その寓意です。そして合衆国政府の国務長官、つまり実質的な世界の副王としては、二十四時間合衆国政府と確実に連絡がとれる態勢をとっておられるはず。違いますか?」

「それはむしろ当然のことよ、それで?」

「帝都の宮城(パレス)前で何らかの異変が生じていることも、御存知かと。あるいは合衆国なら既に衛星で確認しておられるかも知れませんが」

「……解析結果は、到(とど)いていないけどね」

「アフリカを御訪問になったことは?」

「南アフリカ、ザイール、ナミビア」

「ならば充分なレクチャーを受けておられるでしょう。最後のキー・ワードを……ヴァージニア州、レストン」

「My goodness」国務長官は指先を組みながら。「……紐」

「紐」

「皇帝宮殿（インペリアル・パレス）前の騒ぎは、あれだというの」

「私自身も確認している処（ところ）ですが、最悪を想定する必要があります」

「……For the kingdom, the power, and the glory are yours now and for ever. Amen」


マロリー・ロダム・ベルモントは此処（ここ）でマルボロメンソールの封を切り、煙草に火を灯した。合衆国人、それも女性には稀（めずら）しい。ゆっくりと、ゆっくりと彼女は紫煙を靉靆（たなび）かせてゆく。あるいは煙幕か。

それでもなおリズムを恢復（かいふく）させる為なのか、彼女は努めて悠然と座を離れ、バーカウンタの冷蔵庫からミネラルウォータを採り出し、大きく喉を鳴らせた。一般に東京鉄道ホテルの客室冷蔵庫に三本常備されている日本帝国名産『奥三河の天然水』ではなく、やはり三本のクリスタルガイザーだったが、炭酸を一気呵成（いっきかせい）に飲んでしまうとは、やはりそれなりの動揺があったのだろう。


「……この東京鉄道ホテルとはどう関連するの?」

「インペリアル・メゾネット・エリア、すなわち東京駅舎南口ドーム三階以上に、輸入品が蔓延（まんえん）し始めています——極めて不自然な態様で。そして犠牲者と判断されるものも現認しました」

「それが私を標的としたテロリズムだという根拠は」

「これはほぼ確実な死への片道切符ですが、それなりの組織力が無ければ発券できるものではない。そしてメゾネット六室の旅客の内に、それなりの組織が殺害したくなる様な要人はいません。また、マロリー・ロダム・ベルモント国務長官以外に、『いま』『ここ』で殺害しなければ警戒水準が変動する者もおりません。換言すれば、その公人としての人生において最も警戒水準が低い状態にあるのは、閣下だけです」

「まだ事実と確定した訳ではない。それに私は是が非でも皇帝(エンペラー)と面談する必要がある。それこそは大統領が私に託した最大の使命」

「事実が大人しく私の想定に合致してくれる(ウィールスーンスイーイフザファクツコンセントトゥフィットインウイズザジェネラルセオリーウイッチ)かどうかは、すぐに解りますわ(アイアムビギニングトゥパースイーヴ)」

「合致しなかったら(アンドイフゼイドントフイットイン)」

「事実が誤っていることにして(ゼンイッツトゥイルビーゼアフォールトアンドアイマスト)、より現実的な仮説をこそ適用しましょう(ルックフォアザアズウイッチウィルプルーヴモアトラクタブル)」

「頑固(がんこ)な処は御父様譲りねメアリ、けれど憶(おぼ)えていて頂戴、合衆国政府の国務長官が、風評を恐れて──あるいは風評を理由に──皇帝との面談を忌避(きひ)することはありえないと。ただでさえ今般の皇帝との面談は日本帝国において好ましからざるものと感じられている様子。そうまでして設定した機会を自ら抛棄(ほうき)するなど、大統領の首席閣僚たる国務長官の採る途(みち)ではないと」

「どうせ嫌われているのなら、せめて頂くものは頂いてゆく──と？」

「合衆国の為に最大の権益を獲得するのが私の任務──そうよメアリ、私はブッシュ大統領の後継者として大統領選に出るわ。その為の実績なら稼いで稼ぎ過ぎることはない」

「ヒトは自然を征服しようとすると(ウエンワントライズトゥライズアボブネイチャー)、かえって征服されてしまうものです(ワンイズライアブルトゥフォールビロウイット)。最も尊ぶべき位置にある方でも(ザ・ハイエスト・タイプ・オブ・マン・メイ・リヴァート)、天帝の命ずる王道を踏み外すのならば(トゥ・ジ・アニマル・イフ・ヒー・リーヴズ・ザ)、動物に退化すると同義(ストレイト・ロード・オブ・デイスティニー)」

「なら私といえば(フォーマインオウンパート)、笑う訳にもゆかない(アイダーストノットラフ)、開けた唇から毒など吸ったら一大事(フォーフィアーオブオープニングマイリップスアンドレスイーヴイングザバッドエア)──という訳」

「米語であることが惜(お)しまれる見事なシェイクスピアですが、遺憾ながら一大事では終わりません。閣下の御命だけでは贖(あがな)い切れないかも知れません。

そうでないとしても、生命を失っては、大統領選には出られませんが」

「政治生命を失っても、また同様でしょうね」

「せめて大使館に赴(おもむ)かれては」

「メアリ、あなた実際上英国人でしょう？　そのあなたが何故逃げもせず、合衆国の国務長官に貴重ながら無益な説得を続けているの？　御父様だって合衆国のことをそれほど好意的には考えていないはず。もしあなたの想定する事態が実際に生じるなら、いますぐ英国へ帰ればよいのに、そこが疑問ね」

「ベルモント国務長官、国務長官が仮に人質になったとすれば、私自身が悩るのです」

「何故」

「私には脚本が読めるから。それが何故国務長官でなければならないのかも、また然り」

「拝聴したいわ」

「テロリストは閣下を人質にとり、合衆国にしかできないことを、合衆国大統領に要求するでしょう。私にはそれが理解できます」

「当該テロリストとは何者？」

「此処をお離れいただけるのであれば、御説明します」

「なら結構。合衆国はテロには屈しない。その国務長官また然り」

「……残念です国務長官閣下、こころから。八一号室で、御翻意の電話をおまちしておりますわ」

私は八二号室を辞去し。

遅ればせながら宮城正門へ赴かった。

10　宮城正門前にて

――この朝、午前六時三七分。すなわち修野まりが寝台を離れる一時間以上前。

宮城正門近傍。

ひとつの死体。

そして、それを隠蔽（いんぺい）するがごと人壁をつくる陸軍の戦闘服装たち。

指揮しているのは猛虎を思わせる陸軍軍装の将校。剛毅なレンジャーカットに、乗馬短袴（ブリーチズ）で長靴（ちょうか）を着用している。襟（えり）の階級章は金地より赤地がやや強く金星ひとつ、すなわち少佐（しょうさ）。さらに左胸には燻（いぶ）し銀の金属徽章（きしょう）、不撓不屈（ふとうふくつ）の闘志をしめすダイヤモンドを勝利の栄冠・月桂樹（げっけいじゅ）の葉が繞（かこ）んでいる徽章が、まさに睨（にら）みを利かせている。しかし軍装にうるさい者が観察したならば、ただの将校でないことにすぐ気付くだろう。軍帽の前章が一ツ星のみでなく、桜葉で飾られているからである。あとはすべて他の将校のカーキ軍装と一緒だが、これだけで巨虎の少佐が『近衛（このえ）少佐』であることが解る。もとより禁闕守護（インペリアル・ガード）に任ずる近衛兵は、日本帝国すべての師団から特に選抜されたエリート部隊であり、それらを指揮するこの将校も、また徒者（ただもの）ではないであろう。その少佐は、戦闘服装の襟（えり）に赤地金線二ツ星の階級章を着けた軍曹（ぐんそう）へ、意外なほど穏やかな声でいった。

「発見は」

「本日〇五一二（マルゴーヒトフタ）であります」

「発見者は」

「本日の守備隊員であります」

「発見の経緯を」

「警察無線の傍受により、正門より外域を管轄する丸の内警察署宝田町（たからだちょう）・祝田町見張所（いわいだちょうみはりじょ）からの定時連絡が途絶（とだ）えた旨を認知した為、守備隊司令殿の命に依（よ）り、本日の守備隊員が急行し、発見したものであります」

「見張所の警察官は」

「昏倒(こんとう)しておりました」

「二箇所、いずれもか」

「そのとおりであります」

「おまえの分隊が現着したのは何時(いつ)か」

「〇五二一(マルゴーフタヒト)であります、大隊長殿」

「警視庁はどうしたのだ。警視総監割腹(かっぷく)ものの不祥事だが」

「第一機動隊二個警察小隊を急派して来ました、が、守備隊員と協働の上、すべて撃退に成功しております」

「撃退、とは穏やかでないが……親密な協議の結果、我が近衛師団が現場を確保する任務を維持することを御理解いただいた、そういうことだな分隊長?」

「御指摘のとおりであります」

「警視庁の、ふふん、逆襲は」

「現在までの処(ところ)、ございません」

「守備隊員は所定の任務に復帰し、爾後(じご)一時間二十五分、急派されたおまえの分隊が現状を維持したのだな?」

「そのとおりであります」

「皇宮警察は禁裏(きんり)から出られんからな……死体に触れてはおらんだろうな」

「接触禁止の命令を遵守(じゅんしゅ)しております」

「誤り無いな?」

「ありません」

「よろしい分隊長、現時刻を以て小職が直接指揮を執る。御苦労だった」

「恐縮であります!!」

少佐が死体の傍らに膝を突いた刹那から、さしたる時を置かず。

彼が所望していた軍用車輌が陸続と宮城正門前に到着した。

（分隊一〇名、全滅という蓋然性も、決して御伽噺ではなかったのだが……）

もとより彼自身も。しかし彼が死体へ触れんばかりに接近するというそのことが、指揮官として、軍人として、そして精鋭近衛師団の将校として何よりも重要だった。彼はこういう事態を想定していなかった自分と軍務省とを呪詛した。せめてゴーグル、マスク、手袋といった基礎的な装備だけでも配分されていれば……

この死体。

まるで軀の内から爆弾が爆発したかの如く炸裂している、この死体。この異常な出血。

彼は、その意味する処をいささかは知っていた。

だから下士官兵を哀れんだ。

そして、だから理解した。

警察官を昏倒させ、宮城に死体を遺棄する。

これは、日本帝国に……すぐれて日本帝国の象徴に害為さんとするテロリズムだ。

宮城の監視カメラに死角は無いが、これだけのことをする敵だ。動画解析から有意な情報を獲ることはできまい。

（厳しい任務になるだろう）

しかし、彼はこの意味する処をすべては知らなかった。
例えば、此処(ここ)が主戦場でもなければ、これが主目的でもないことを。
すべては始まりに過ぎないということも、知らなかった。

休憩1

日本帝国政府内務省、内務大臣室。

三〇帖（じょう）はあろうかという室は天棚（てんじょう）もたかく、華麗な浮彫りが随所に見られるほか、壁にはドラクロワの戦争画が掲げられている。ペインズグレイの絨毯にチークの執務卓、椅子はランプブラックの革。会議卓、応接卓ともども黒と灰の色調で統一されており、洒脱（しゃだつ）であることは当然、この閣僚室を支配する者の顔貌（がんぼう）がいやがうえにも強調される意匠（いしょう）となっている。

此処（ここ）に、所謂（いわゆる）警察三長官が参集していた。内務大臣、内務省警保（けいほ）局長、警視総監である。

これは陸軍三長官、海軍三長官に倣（なら）って成立した呼称であるが、模倣ながら決して虚名ではなかった。内務大臣は閣議の構成員として帝陛下（みかどへいか）を輔弼（ほひつ）するほか、警察に政治的統制を及ぼすべく、警察の予算・人事・総務のすべてについて——帝国公安委員会の長としてではあるが——最終的な決裁権を有する。警保局長は内務省のいち局長に過ぎないが、これは職務執行、犯罪捜査、行政処分等実際の警察行政について道府県警察部すべての指揮監督権を有する現役警察官であり、飽くまでも政治任用職——素人——である内務大臣と異なり、警察組織の酸（す）いも甘いも嚙み分けた、警察組織の実際上の最高指揮官であるといえよう。他方、警視総監はいわば東京都警察部長でしかないが、すなわち警視庁のトップでしかないが、日本帝国で最大の警察力を有する警視庁の支配者ということは、すなわち実働部門の最高峰ということである。日本帝国すべてにわたるオペレーション——例えば大規模な警備実施であったり、テロ集団の一斉検挙であったり、最終的には騒擾（そうじょう）・内乱の鎮圧であったりするが——を組む際に、警視庁の物理力、経験、練度を必要としないことはありえない。警視庁というのはそれだけ特異な、他の道府県警察部とは異なる組織であり、おのずからその長も、『警視総監』という警察官最高の階級（職名でもある）をもって呼ばれるのである。もちろん、陸軍において、陸軍士官学校を出、さらに陸軍大学校を出たエリート（天保銭組）以外の者が将官になることなどありえない様に、道府県警察部採用の所謂地方警察官が警保局長や警視総監になることもまたありえない。これらの職は、高等試験行政科をパスした高等文官の職である。

しかし。

現在の、松岡内閣における内務大臣は末井直樹。高等試験組として位人臣を極めた警保局長を経験したのち、その剃刀の如き頭脳と在職期間における実績を評価され、勅撰議員として貴族院議員に任命された者――いわば警察畑の帝国議会議員であり、これまでの様なお飾り大臣ではなかった。またそのバックには、大蔵省出向時代に急接近した財閥系の三栄銀行がいる。そこが、東川警保局長と芦刈警視総監の鬱屈するところであった。内務官僚として恐ろしいまでの権勢を誇るふたりが、まるで赤児の如く顎で使われているのだから。もちろん警察には情報機関としての――換言すれば謀略機関としての――機能もある。東川と芦刈が猛烈な政界工作を仕掛けているのは、末井内務大臣にとっても公然の秘密であった。また、議員の序列を無視した松岡総理の人事は官僚界すべてにとって脅威であり、霞ヶ関としては、確かに東川と芦刈に対し同情的であった。

そこへ、この事件――

末井は能面の如き顔色のまま煙草を吸い終えると、おもむろに発話した。

「つまり近衛に蹴散らされ、すごすご帰ってきた訳だ」

「軍人の自動小銃と警察官の拳銃では」と芦刈警視総監。「そもそも勝負になりませんよ」

「踏み止まることはできるだろう。近衛もまさか撃ってくるはずがない」

「実力を以て排除する、との」と東川警保局長。「警告を受けております」

「それだけではなかろうよ、東川君」

「と、おっしゃいますと」

「見張所の警察官が昏倒していたことについて、軍務次官から懇切丁寧な助言があったのだろう？」

「……総理以上に御報告したくはないが、という懇切丁寧な威迫がございました」

「管轄警察署は当然、丸の内警察署だな」

「はい」

「事案を総括する時、署長の責任は免れん。芦刈君、辞表を直ちに用意させろ」

「了解しました」

「で、機動隊の出動に若干時を要するのはやむをえん。が、皇宮警察は何をやっている」

「原田皇宮警察長に確認をしたのですが、禁裏の外域については手が出せないと」

「宮内省の水に染まり過ぎたか。夏の異動前に、小規模県警察部長で出せ」


確かに最終的な人事権は内務大臣にある。しかし、よほど特異な人事でないかぎり、すべては警保局長が専決できていた。それは誰よりも末井自身が熟知している不文律ではないか。それに皇宮警察は建前上宮内省の管轄であり、幾らトップが内務官僚ポストとはいえ、東川や末井がどうこうできる組織ではない。

しかし、それを言葉にする蛮勇を、東川は鼓舞しなかった。内務官僚の最終ポストのひとつ、皇宮警察長という顕官から小規模県の警察部長へ異動ということは明々白々な左遷である。末井は原田皇宮警察長が自ら辞任することを希望しているし、しなくともそれらしい理由をつけて一年以内に辞職の発令をするだろう。そして東川には、原田に連座しなければならない義理などない。しかし純粋に自己の道徳心の為、さらりといってはおいた。

「せめて関東近県がよろしいでしょう。家族も帝都暮らしでしょうし」

「そんな些事は任せる」

「了解しました」

「それで芦刈君、機動隊員が現認した状態について、いまだ報告を受けてはいないが？」

「人体らしき物体――の一部――が確認できたとのことです」

「まるで爆発した様に血飛沫が四散していたというではないか」

　軍務次官の電話にしろ機動隊員の報告にしろ、警保局内の末井派が既に御上申ずみという訳だ。芦刈は沸点の低いことで定評がある。このときも、知っているなら訊くなと思わず怒鳴るところであった。もちろん彼とて官吏の例に漏れず、上位者に対する沸点は極めてたかい。したがって当該台詞を、単なる唇の動きに押さえるだけの職業的理性を発揮することができた。ただその為にワンテンポ遅れ、また末井に先んじられてしまい。

「近衛は兵を壁に使って、その体軀を隠したらしいな」

「警察に死体を確認させたくなかった様です。ひとりであることは、確認できましたが」

「異常死体の取扱いは警察の任務だろう。そんな基本が軍人に蹂躙されてどうする」

「これも軍務次官から横槍がございまして」と東川。「近衛師団に対するテロリズムであるから、軍事警察権を行使すると。派遣したのは憲兵であると」

「腕章も憲兵マントも無しに何が憲兵だ。そんな嘘話で時間を稼がれて」

「しかし憲兵条例上、軍務大臣が命令すればその兵は憲兵ですので」

「百歩譲ってそうだとしても、宮城は近衛師団の施設ではない。現場指揮官は常識を欠いたおとこと見える、が……警察の統制からしてこれは丸の内警察署長と芦刈君、警視総監である君の責任だ。警部補や巡査部長に責めを負わせるのはむしろ我々の恥だろうな」

芦刈はここで、これ以上責任論を展開させないでおく必要が生じた。その為に発言した。

「しかし大臣、今般の陸軍の動きはあまりに急速、これはやはり山縣宮内大臣の……」

「だろうな。近衛師団とあらば……

おまけに化学防護車が出動している。近衛師団だけでどうこうできる問題ではない。

では宮城正門前で尋常ならぬ出血をしている死体。これは何を意味する、東川君？」

「現段階での推測ではありますが、極左の自爆テロかと」

「莫迦莫迦しい。革命家は自爆テロなどしない」

かつて冷戦の最前線、在ユーゴスラヴィア日本大使館で一等書記官を務めたこともある末井は、絡鋼入りの特高警察官でもあった。

「それに私が側聞する処では、当該死体、体軀は維持されていたという。極左であろうとカルトであろうと、自爆テロとはそんななまやさしいものではない。異常に出血する理由も無い……芦刈君。

機動隊のNBC防護車は何に使う？」

「それは無論……NBC災害又はNBC犯罪に対処する為です。するとまさか大臣」

「我々のNBC防護車は、陸軍の化学防護車に相当する。そして血飛沫の炸裂となれば、もう正解を獲ているも同然じゃないか？」

自分が管轄する帝都宮城の至近で。芦刈はその官僚人生において最大級の戦慄を感じ。

自分が責任を負う日本を標的に。東川はその官僚人生において最大級の恐怖を感じた。

末井のみは紫煙を燻らせたまま、能面の無表情で。

その刹那。

内務大臣執務卓で、卓上の警察電話が鳴り。

はい末井です、と受話器を採った大臣は、短い相鎚ふたつで回線を閉じ、そして命じた。

「特高部長からの至急報。

銀座数寄屋橋交差点で原因不明の異常出血死体あり——

嬉べ諸君、仕事だ。

東川君、警保局で情報収集と関連部門の指導に当たりたまえ。

芦刈君は機動隊を最大動員するほか、警視庁関係所属を直接指揮すること。よいな？」

第2章

1　八四号室にて

蕎麦(そば)を食べ終わると、いよいよ手持ち無沙汰(ぶさた)になった。

峰葉(みねば)さんは延々と——おそらく嬉々(きき)として——ピアノばかり弾いている。とても詩的な、濡れる様な旋律はショパンなのだろうが、僕に理解できる様な著名曲を、練達(れんたつ)の彼女が撰(えら)ぼうはずも無い。

僕は鞄(かばん)から小説を——正確には原稿用紙を採り出して、特徴のある癖字(くせじ)を解読し始めた。僕の親友は小説を読むのも好きだが書くのも好きで、原稿用紙一、〇〇〇枚超えの如(ごと)き殺人的な（腱鞘炎(けんしょうえん)にならないのだろうか？）枚数の作品を手掛ける。法学を専攻するつもりの様だから、飽(あ)くまで趣味の範疇(はんちゅう)なのだろうが、それはそれである種の偏執的(へんしつてき)な妄執(もうしゅう)を感じさせる。今般の作品は八〇〇枚未満の、奴にしては大人しいものだが、僕の出演が極めて少ない上に奴が忌避(きひ)していた政治性を真正面から採り上げている。これは稀(めずら)しいことだ。奴の持論と脳内で討議をしたが、読みゆくにつれ幾許(いくばく)かは理解できた。奴の偏愛する本格探偵小説ではなかったからだ。本格探偵小説は遊戯だから、遊戯とある意味対極にある政治と距離を置くけれど、探偵小説であればその縛(しば)りはない——こんなところだろう。

奴の文章はコツをつかむまで読みづらいのだが、その自縄自縛(じじょうじばく)なまでのリズムへの執拗(こだわ)りが理解できれば、我慢できる程度の悪文にはなる。これを要するに、修野さん峰葉さんともども夕方には新幹線に乗って姫山に帰らなければならない僕にとって、奴のぐだぐだ小説は絶好の暇潰(ひまつぶ)しになるということだ。どうせ僕は帝都の大学に（当該親友と一緒に、と希望している）ゆくつもりだから、昼御飯のあとの五時間程度で無理繰りに帝都観光をする必要もない。そして是が非でも観ておかなければならないものがあるとすれば、当然、修野さんが旅程に繰り入れるだろう。修野さんは勁草館高校で戦慄をもって語られる様に絶対零度の『氷の聖女』ではあるが、少なくとも峰葉さんの為ならば、スマートな配慮をするだろうから。

――腕のタグ・ホイヤーを見る。午後四時〇五分なり。

峰葉さんがピアノから離れミネラルウォータを採りに起ったので、約三時間半振りに会話を試みた。僕は峰葉実香のピアノを中断させるほどの蛮勇を有してはいないから。

「雨だ」

「梅雨だものね」

「さっきまであれほど夏日だったのに」

「もう三十分降ってるわ。そう、梅雨だものね」

「梅雨の雨というより、激しい驟雨だ」

「天気予報では、帝都はしばらく雨続きのようよ」

「修野さんは、外出しているのかい」

「たぶんね。ベルモント国務長官との御食事に四時間も掛かるはずは無いから」

「傘、在るんだろうか」

「まりの行動と身上については、心配するだけ扁桃体とセロトニンの無駄遣いよ」

「そりゃそうだ……

雨に煙る宮城、素敵だな。絵に描いてみたい」

「柏木君絵が好きだものね」

「心理療法みたいなものさ」

「ロールシャッハ？」

「スクイッグル」

りんろん。

その刹那、我等が八一号室のソネットが鳴り。修野さんは身内だから、呼び鈴など鳴らすまい。そしてあらゆる礼儀作法は、女性の安全を確保するという目的から練り上げられている。つまり僕は峰葉さんとの会話を中断し、ソファを起ってメインドアへ赴いた。

「はい」

「お緩ぎのところ大変恐縮です。東北帝国大学病院の医師をしております池鯉鮒と申しますが、修野まり子爵令嬢にあっては、御在室でいらっしゃいますか」

「ああ池鯉鮒さん、柏木です、吉祥寺カントリーで御一緒させて頂きました」

僕は扉を開いた。そこには確かにあの、ギリシア彫刻の様に均整のとれた体軀をした、まるで数学的美を体現した様な美しい挙措の医師が。

「突然御邪魔いたしまして、申し訳ございません」

「とんでもないことです。御縁あってお近付きになれた池鯉鮒助教授とまた帝都でお会いできるなど、欣快に堪えません。どうぞお入りください」

「では失礼致します……修野子爵令嬢は、御不在ですか」

「所要で帝都内を外出しておりまして。じき帰るとは思うのですが」

「我が儘ばかりで恐縮ですが、少しばかり待たせて頂いてよろしいでしょうか」

「もちろんです。正直に申し上げれば、列車の時刻まで時間を殺していただけですので」

僕は瞳の端（はし）に峰葉さんの挙動をとらえた。アンティーク電話をダイヤルしている。きっと客人の為、喉湿（のどしめ）しをルームサーヴィスしてもらうよう差配（さはい）しているのだろう。峰葉さんはその気位（きぐらい）から驕慢（きょうまん）ととらえられがちだが、修野さんより社会常識に恵まれている。

彼女は所要の措置を終えると、僕等がいるちょっとしたサロンに脚（あし）を搬（はこ）び、典雅に礼をした。池鯉鮒医師も悠然（ゆうぜん）と起ち上がる。

「修野子爵令嬢の学友で、峰葉実香と申します。わざわざのお越し、恐縮です」

「東北帝国大学病院で心臓血管外科の助教授をしております池鯉鮒と申します。御丁寧な御挨拶、痛み入ります」

峰葉さんは。

ピアノに直帰すると思いきや、意外にも、この若々しい均整美を有する医師に興味を曳（ひ）かれた様だ。そのままソファに腰を落とし、積極的に会話を始めた。あるいは修野さんの代理人として彼女に恥を掻（か）かせまいとする配慮なのかも知れない。僕にいわせれば、そういう性格だからピアノが苦しいものになるのだが……

「お召（め）し物（もの）をお預かりしましょう。皺（しわ）になってしまっては」

「いえ所詮（しょせん）プレタポルテですから、そちらの方はお気遣いなく」

「お傘は」

「ありません」

池鯉鮒医師のスーツは確かに本人疎明（そめい）のとおり既製品（レディ・メイド）で、仕立品（オートクチュール）ではなかった。しかし、きりりとした眼鏡を掛け、髪をきちんと、ただし洒脱（しゃだつ）に分け、そして優美な体格をした彼にとっては、スーツなどどうでもよいのかも知れない。けれどそこは医師である。どうでもいいのレベルが違う。僕の瞳（め）から視て、既製品は既製品でも二〇万は下らない。格調のある、夏らしいペインズグレイのブリティッシュモデル。印象的に濃いストライプ。腕も背もパンツの折目も、たったいまアイロンを掛けたばかりの様にびしりとして。ネイビーのストライプタイがまた知的な雰囲気を醸(かも)し出す。勉強になるなあ。ちょっと惚(ほう)けてしまった僕を独特の態様で睨(にら)みながら、峰葉さんが会話を展開していった。

「修野へは、どの様な？」

「実は八五号室の方に呼ばれまして、せっかくの機会でしたので御挨拶をと」

「八五号室というと、葉月鳴海頭取ですか」

「はい」

「御病気でも？」

「……個人情報には該当しますが、ささやかな話ですから問題無いでしょう。実は両人差指を深く切ってしまわれたのです」

峰葉さんは此処(ここ)で自分の指を——絆創膏(ばんそうこう)をした右人差指を何故か隠した。

「ホテルでですか？　まさかカッターはお持ちでないと思いますが」

「これが不思議なことに、原因が判明しないのです。御指摘のとおりホテルの客室に鋭利な刃物はありませんし、お手持ちの荷(に)、また然りです。しかし医師は探偵ではなく治療家ですから、原因は不明ながら所要の治療をしたと、こういう展開でして」

「深く切った、というと？」

「まさに剃刀(かみそり)やカッターの刃の様なもので、すぱっと、大胆に」

「出血も」

「相当量……ただし、ああいった極めて鋭利な薄刃(うすば)による切創(せっそう)というのは、御体験なさったことがあるかも知れませんが、創(きず)が即座に開く訳ではないので。切ってしまった刹那では、瞬間的な痛みを感じこそすれ、其処(そこ)で大量出血ということにはならないのです」

「葉月頭取が創に気付かれたのは？」

「洗顔所で手を洗われた時に、あまりの痛みと出血で」

「そんなに深手なのですか」

「創が完璧に塞(ふさ)がるまでは、そうですね、一週間は掛かるでしょうね」

　此処で喉湿しが搬(はこ)ばれて来た。総員に是非もなくエスプレッソというのが峰葉さんらしい。さらに此処で僕に肘鉄(ひじてつ)を喰らわせ、選手交代を下命したのも峰葉さんらしい。

「頂戴します」

「御相伴に与ります」と僕。「さらにお伺いしてよろしいですか」

「もちろんです」

「確か先生は東北帝国大学医学部のお医者様でいらっしゃる。また吉祥寺で側聞した処(ところ)では、杏仁(あんにん)大学病院にも御縁がおありになる」

「そのとおりです。杏仁大学へは週三日、人事交流の枠組みで御邪魔しております」

「東北帝国大学は仙台(せんだい)にあり、杏仁大学は帝都三鷹(みたか)にあります。その先生が何故、ここ東京鉄道ホテルに招かれたのですか？」

「ああ、確かに説明が無ければ奇妙なことですね……私は基本的に仙台と三鷹を往来して医師としての仕事をしているのですが、実は外務省から特別に依頼がありまして。御案内のとおり、現在東京鉄道ホテルにはベルモント国務長官が御滞在ですし、そのエスコートとして宇頭(うとう)元帥もまた御逗留(ごとうりゅう)されておられる。もとより修野子爵令嬢も要人です。

そこで、もし緊急の医療を施さねばならない状態が生じたとしたら――

私も初めて知ったのですが――というのも帝都については、いつも東京駅から三鷹の杏仁大学病院まで車で搬(はこ)ばれるだけなので、地理も交通機関も知らないのです――東京駅近傍には、総合病院が無いそうですね。築地(つきじ)の聖路加(せいろか)か、新橋(しんばし)の慈恵(じけい)か、御茶ノ水の順天堂(じゅんてんどう)までゆかなければならない。駅構内には『旅行者援護所』といういわば保健室があることにはあるが、看護婦しか常駐してはいないとも聴きました。

私に白羽(しらは)の矢が立ったのは、そういう経緯からです。

合衆国は合衆国で緊急の医療体制を考えているのだろうが、日本帝国としても、最悪の事態に備えて医者を用意しておく必要がある。それが私となったのは、やはり……」

「帝陛下の冠動脈バイパス手術、ですね」

「どうもそれが国際的にも奇妙な形でステイタスとなってしまった様です。そんな訳で、ベルモント国務長官が無事帰国するまでは、東京鉄道ホテルを担当してほしいと、これが外務省の依頼でした」

「何処(どこ)かに客室をおとりになっているのですか？」

「外務省としてはその予定だったようです。しかしながら御役所(おやくしょ)仕事で手配が遅れ、このホテルは満室。しかも予算支出のルール上、一日八、〇〇〇円までしか宿泊費が出ないとのことで。それでやむなく東銀座、歌舞伎座とおなじ通りのささやかなホテルに泊まっています」

「其処(そこ)から東京駅まで駆けつける訳ですか」

「医者の不養生(ふようじょう)といいますから、健康にはよいでしょうね」

「語弊(ごへい)がありますが、葉月頭取の、しかも指の怪我で終わってよかったですね」

「まさしく語弊がありますが、正直、ほっとしています。呼出しを受けた時は、心停止するかと思いましたから」

「それは御謙遜（ごけんそん）でしょうが、確か先生の御専門は心臓血管外科とか。東京鉄道ホテルで対処しなければならない病態は、心臓関係だけではないですよね？」

「もちろんです。まず建前論を申し上げれば、我が国の医師免許は診療科別にはなっていないので、我が国の医師は理論上ジェネラリストです――

　もちろんそれは純然たる観念論で、勤務医であろうと開業医であろうと、基本的には専門とする領域の蛸壺（タコツボ）にこもるのは、大学であろうと市街であろうと何処でも見られるとおり。まして大学病院であれば研究にも重点が置かれますから、いきおい深く、狭くならざるをえない。我が国の医師は実際上スペシャリストです」

「でもきっと先生はそうじゃない、のでしょう？」

「私は風来坊（ふうらいぼう）でして……ザイールとルワンダが揉（も）めていて、難民が出ているのは御存知でしょうか。まあ地方都市から首都へ電話ができない様な国々のこと。国民への、まして難民への医療体制など在って無きがごとしです。そして若かったんでしょうね、医学部教授を頂点とする医局ヒエラルキーに辟易（へきえき）して、応募者の無かった国連の医療チームに志願しました。結果的にはよい決断だったと思います……紛争地帯の医療チームに心臓血管外科がどうだのこうだの言っている暇（いとま）はありません。ありとあらゆる外科手術をさせられましたし、しました。それも絶望的な情勢のなかで。

　それが天帝に愛（め）でられたのかは、別論ですが……

　おなじ地域の医療チームに、ジョンズ・ホプキンス大学医学部の助教授がいたのです。紛争地域の医者などいわば戦友、すぐに親しくなりまして、任期が切れたあとは合衆国に来い、俺が教授に話をつけるからと。それで渡米したら勤務は救急救命室、所謂（いわゆる）ＥＲです。何でも屋ですから、ここでも切った貼ったで死物狂(しにものぐる)いに勉強しました。

　そんなこんなで、今でこそ御立派な帝国大学の助教授を、それも心臓血管外科に特化したかたちで務めてはおりますが、要は便利屋ですよ。だから外務省の御指名があったのでしょう」

「ジョンズ・ホプキンス大学といえば、カリフォルニア大学ロサンゼルス校、ペンシルベニア大学医学大学院とならぶ名門ですよね、医療最先進国アメリカの最高峰大学。すごいですね」

「お詳(くわ)しいですね。御身内に医者の方でも？」

「父親が執拗(しつこ)く医学部を推しておりまして、ほとほと悩(こま)っているんですが、それでいろいろ調べました」

「修野子爵令嬢から聴いたのですが、柏木君はあの千五百(ちいほ)重工の役員令息だとか」

「命題としては事実です。僕自身は禅寺(ぜんでら)の子供にでも生まれたかったのですが」

「悲しい話ですが、医者になろうとするなら金子(きんす)の問題は不可避です。しかしそういう御家庭ならば、御父上の御希望も理解できなくはないですね。

　私自身は片親で育ちましたので、母親には筆舌(ひつぜつ)に盡(つ)くしがたい苦労を掛けました。学費はもちろんのこと、研修生時代はそれは残酷なもので。徹夜、徹夜でも奨学金数万円。アルバイトで稼ぐしかありませんが――でなければ死んでしまいます――アルバイトというのは区内病院の当直、当直。これまた何でもやりましたが、勉強でやらせてもらう訳でなし、正直恐かったですね。さらに高額のアルバイトがあったので応募したら産婦人科の病院。これは御案内かも知れませんが、実は診療科のなかで最も激務を強いられるものなのです。おまけに外国人の患者さんがいらしたときは、健康保険の問題もありますし、宗教問題もありますし、どうしてよいものやら冷や汗ものでした――

　ああ、不愉快な話をしてしまいましたね柏木君、申し訳ない。ただ『衣食(いしょく)足りて礼節(れいせつ)を知る』の言葉どおり、最低限、金子が無ければ何もできません。それが選択肢のひろさにつながるということは、悲しいながらも事実です。

その恩返し……にもなりませんが、母親にはできるかぎりのことをしてきました。いや、何を幾らした処で、母親の恩に報いることはできません。もう高齢ですが、日本帝国の高齢者として最高の生活をさせてやりたいのです。もちろんその為にもまた、金子は必要ですが」

幼少期や青年期の原体験は恐ろしい。帝陛下の手術を任され、帝国大学の助教授になっても、そして私立大学の教授になってさらに高禄を獲ようとしていても、貧しかった時の記憶は痛烈なほど忘れ難いものであるようだ。紛争地帯、合衆国といったところで腕に磨きを掛けてきたという経歴も、いざというとき腕一本で食ってゆける為の武者修行だったのかも知れない。

やや沈鬱になっていた雰囲気を排除するべく峰葉さんがいった。

「まり、遅いわね」

「新幹線の時間があるから、そろそろ帰って来るだろ」

「もう御郷里へお帰りになるのですか？」

「あはは、僕等いちおう高校生なんで、月曜日からは学校があるんです」

「列車の時刻は？」

「午後六時三三分の『ひかり』だよね峰葉さん？」

「そう。綺麗な数字だから憶えているわ」

「それではあまり御邪魔していても御準備にさわりましょう。残念ではありますが御暇します。峰葉さん、修野子爵令嬢にくれぐれもよろしくお伝えください。柏木君、勝ち逃げは許せませんので、必ず吉祥寺カントリー倶楽部で再戦しましょうと伝言願えますか」

「あっは、了解です、確実に」

「それでは」

その刹那。

八一号室のアンティーク電話がベルを鳴らし。より近かった峰葉さんが受話器を採る。

「もしもし、八一号室ですが――はい、こちらにいらっしゃいます――八四号室？　御本人に代わりましょうか――はい、解りました」

峰葉さんは池鯉鮒医師にすっと駆けよる。異変を察知した池鯉鮒医師が開いたドアから身を退いて室内へ帰り。

「私宛ての電話ですか？」

「総支配人さんからです。八四号室の神保糊道さんが急病の御様子、池鯉鮒先生に支障が無ければすぐに赴かって頂きたいと」

「病態その他は」

「かなり狼狽しておられて。総支配人さんから有意な情報を獲るのは無理でしょう。客室にボーイさんが待機しているからと仰有ってました」

「解りました、すぐゆきましょう、それでは」

池鯉鮒医師はクラシカルなランプブラックの診療鞄を携えて八一号室を離れた。医師にしては薄給なのだろうに、大変な業務だ。それも神保糊道とやらは要人ですらない。

「急病ってのは穏やかじゃないね」

「看護婦さんもいない。私達も八四号室にゆくべきではないかしら」

「素人が邪魔立てするのも……って峰葉さん!!」

優等生堅気というか、峰葉さんには癇癖のような責任感・義務感・正義感といったものがあった。世界に対して望む処がほとんど無い僕からすれば、何も其処までといつも思うのだが。彼女は不正義に対して——つまり世界の常態について——始終怒りの様なものをいだいている。だから法学部志望なのだろうか。だから彼女のピアノは苦しいのだろうか。僕自身は泰然と峰葉実香のこころのつくりを分析しながら、しかし駆けている彼女を確実に瞳へととらえながら、やはり八四号室へ赴いた。

メインドアは開放されている。既に峰葉さんは室内にいる。

僕は八四号室の絨毯を踏み、八一号室とつくりは大差ないメゾネット一階の奥へ侵攻した。サロンのソファを越えるとライティングデスクがあり、傍らに池鯉鮒医師と峰葉さんが……

これは。

どう言葉にすればよいのだろう。

ライティングデスクに附属する優雅なバックチェアの上で、その躯は筆記卓に突っ伏している。上躯のいのちの糸が切れたといった方がいいかも知れない。そんなことは些事だ。問題は、この躯は何か、それだけである。ストライプが入ったスノウホワイトのワイシャツに、アッシュローズのパンツ。ラフにワイシャツの裾を出している処を見ると、執筆ちゅうだったのかも知れない。実際、ライティングデスクでは玄人風のワード・プロセッサが依然として稼働している。しかしワイシャツにしろワープロにしろコピー用紙の束にしろ、それらが八四号室を率然と襲ったこの悲劇的不条理劇の舞台効果を、いやがうえにも激甚なものにしているのだ。

血。

血。

血。

凝固などという現象が存在しないかのごとく、赤黝い血潮がとぷんと池になっている。絨毯に忽然と血の池が生じることはないから、当然誰かの血液なのだが、それは論じるまでも無く、また凝視するまでも無く、明々白々だった。水源のひとつは口だ。ヒトは、これだけの血液を嘔吐できるものなのか。魂すらも成層圏を越えたであろう今もなお、どろり、どろりと唇から赤黝い血が滴っている。いまひとつの水源は、直截に表現すれば肛門だろう。臀部からもまた依然として出血している。おまけに脂肪のような色をした何かの体組織もまた、血の池で悠然と水泳している。黒斑の混ざった赤い粘液のなかで。そして黝の色調は、時を追うごとにますます強くなり。

吐血と下血の残酷な二重奏によって、仕立品であろう、首が美しく見える、キラキラ耀くようなワイシャツは粘性の血液に染め上げられて手術衣のよう。液晶画面がいまだ耀くワープロは赤いペンキをぶち撒けられてよく解らない抽象画の様になっている。コピー用紙の束もだ。他方でライティングデスクの上、作家の、そしてワープロの右手直近に重ねられたディスクが、すさまじい血の洗礼を奇跡的に免れているのは、作家・神保糊道にとってせめてもの慰めというべきか。

……自分でいうのも傲慢だが、僕は滅多に驚愕しない。その僕を此処まで震撼させるとは。少なくとも死者に対して合掌するのを忘れるほどに。僕は不謹慎にも感謝までしながら、この無惨な死体に礼儀を盡くした。

「峰葉さん、退がって」

「あたしは大丈夫。おんなは血にも出血にも強い」

「いや峰葉さん、柏木君とここから離れるんだ。ボーイの君は……」

「国府といいますが、先生、これは!!」

「とにかく御遺体から離れるんだ!!」

気が付くと池鯉鮒医師はゴム手袋をしかも二重に装着し、ミントグリーンの玄人風マスクを掛け、眼鏡をスタイリッシュともいえる密閉風の細身な透明ゴーグルに代えており。どこか悲愴に神保糊道の脈を採ったり眼球を視たり口を開いたり、果ては臀部を露出させたりしている。

他方で峰葉さんと僕は八四号室のドア極めて近くにソファを搬んだ。所要の確認を終えたのだろうか。手袋、マスク、ゴーグルをすべて医療用と思しき携帯ポリ袋に詰め、さらにまたポリ袋を被せ、被せ、結果三重に封緘した池鯉鮒医師が――そして、焦燥狼狽著しくただ直立したままだった、ベルボーイの制服を赤黝く染めた国府さんが、それぞれ着座する。僕等も何の御縁か解らないが、その現地本部に席をもらった。

どうしてだろう。

三重のポリ袋を丁寧に折りながら確認していた池鯉鮒医師が、微かに、微かに苦悶の顔色を浮かべたのは――僕の耳が依然確かならば、舌拍ちまでも。しかしそんな気配など微塵も感じさせない穏やかな声調で、池鯉鮒医師は業務を継続した。

「国府君、救急車は？」

「それが、実は、まだ息が、御言葉も、それでまず、総支配人に、偉い先生がいると」

「結論だけ下さい」

「……呼んでおりません」

「此処の電話で一一九番をお願いします。東北帝大の池鯉鮒の判断だと必ず附言してください。あわせて無論一一〇番も」

「総支配人の、了解を、得ませんと」

「医師である私の判断です。総支配人には私が説明します」

国府さんは八四号室のアンティーク電話へ素っ飛んでゆき。典雅なダイヤル音が悲しい。

「池鯉鮒先生」と峰葉さん。「神保先生にはいったい何が？」

「……今の段階では、何とも断言しかねます」

「もう、お亡くなりに」

「私はそう判断しますが、最終的には搬送先の病院が確定すべきことです」

其処へ国府さんが帰ってきて、諸手配が終わったことを報告した。彼が八四号室に単独で待機していたのだから、彼が所謂（いわゆる）第一発見者なのだろう（自己申告によれば、死亡のではなく異常の、だが）。確かに制服のほか手や頬にまで血飛沫（ちしぶき）が散っている。

「御苦労様でした国府君。救急車が来るまでに経緯と目撃状況を把握しておきたいのですが、神保さんのこの……異変を発見されたのは、あなたですか」

「は、はい」

「あなたの行動と神保さんの状態を教えて下さい」

「わ、解りました。

実は私、神保様の八四号室専属のベルボーイでございまして、神保様御滞在ちゅうは、基本的に八四号室のみを担当しております。ですから私が最初に、その、発見させて頂いた訳でして、はい」

「それは神保さんへの特別待遇ということですか」

「はい、神保様は、皆様御存知かと思いますが、著名な作家先生でいらっしゃいます。他方、当東京鉄道ホテルは現在、神保様以外の作家先生に定宿（じょうやど）として御利用頂いてはおりません。かつては川端康成、松本清張といった巨匠先生の定宿だったという歴史もあるのですが。それで総支配人の方から、殊（こと）に神保様には御満足いただけるサーヴィスをするように指示がございまして、その、当東京鉄道ホテルと致しましても発言力がおありになる作家先生は大切な御客様でございますので。それで、神保様がいわゆる缶詰をなさるときは、その」

「あなたが専属のボーイに指名されたと」

「そのとおりでございます」

池鯉鮒医師の指仕草は明らかに苛立ち(いらだ)を表現していたが、彼は患者との対話を厭(いと)わないタイプの医者なのだろう。無理に話を急がせると重要事がスルーされかねないということも理解している。医師は努めて優しく続けた。

「神保さんは、どれくらいの頻度で御逗留(ごとうりゅう)を？」

「年に二度、一箇月強の缶詰をなさいます。他にも年に三、四度、二週間程度の缶詰をなさいます」

「これまでずっと、国府君が担当だったのだね？」

「左様でございます」

「具体的には何を？」

「そうでございますね、三度の御食事をお持ちします。ベッドメイク、室内清掃も担当致します。御依頼があれば買物を承ったり、クリーニングを取り扱ったり、タクシーをお呼びしたりもします。時間と暇(いとま)が許せば、通訳や翻訳をすることも。要するに神保様が御希望になること、すべてでございます先生」

「通訳……フランス語ですか？」

「いいえ、英語でございます。神保様はアメリカでも御著書を出版されておられるので、商談もございますし資料もございますしゲラもございます」

「英語に堪能(たんのう)なんだね、国府君」

「僭越ではございますが、ＴＯＥＩＣで九五〇点、頂戴しておりますので」

　それはすさまじい。語学マニアの我が親友でも八九〇、これで受験者上位三％以内である。九五〇点など、既に神域といってよい。その特殊能力を有していてなお、此処のベルボーイは魅力的なのだろうか。僕は賤しい疑問をいだいてしまった。

「どれくらいの期間、担当していたのかな」

「最初に缶詰にいらっしゃいました七年前からでございます」

「ならば御持病があるかどうかも知っているだろう」

「……それは難しゅうございます先生。私どもに、語弊はありますが迷惑となる様な、例えば真夜中に倒れられたり、いきなり救急車を呼ばれたりすることは皆無でしたので。こちらからお尋ねすることもございませんし」

「薬を買ってくるとか、処方箋を出してくるとかいったことは」

「絶無でございます」

「コミュニケーションのなかで、熱が出たとか、咳が非道いとか、胃の調子が悪いとか、そうした話はむしろ出るのが自然だと思うが」

「その様な兆候がございましたら、当方も然るべき態勢をとらねばなりません。神保様の御機嫌を損ねては重大事ですので。したがいまして、すぐ総支配人に報告し、記録化し、サーヴィスに反映するように致します。

　しかし断言致しますが、その様な報告をしなければならなかった事態はございません」

「成程論理的だね。ならば病気でなくとも性癖はどうだ。時間が無いから直截にいうが、女性とあるいは男性と室内で性的に接触していたとか、禁制品たる例えば覚醒剤を注射していたとか、だが」

「滅相も無い!! 神保様は御独身でしたがそれは禁欲的な方で!! 正直、私どもも所謂ラブホテルの様に御使用頂くのは迷惑でございますし、禁止薬物ともなれば当東京鉄道ホテルの格式にも関わります!! 特に当方は宮城に最も近く、御存知かと思いますが外国の大使様公使様の御利用も頻繁でございます。帝陛下への信任状捧呈式がございますから!! 斯様な、僭越ながら名門の銘を頂戴しております東京鉄道ホテルは、内務省は当然のこと、鉄道省外務省宮内省からそれはそれは厳しい検査や指導を頂戴しておりまして。御指摘の様な不品行にあっては、当方としても断じて黙過致しませんし、ましてあの……」

「あの?」

「いえ、特に」

「隠し立てすると、それこそ内務省その他が黙っていないよ?」

「これは、その、御内密に……神保様にあっては、竜泉寺のゲイバア『アラビク』で充分、御散財なさっていた様なので、私どもとしては、その、無関係かと……」

池鯉鮒医師の眉間に鋭利な縦皺が入った。それはそうだろう。趣味嗜好は勝手である。僕の親友も性的に僕のことが好きだ(悩ましくはあるが)。しかし一般論として、これで池鯉鮒医師が懸念して発問した性癖と問題が、現実味を有してくる。だが医師はある意味執拗なほど丁寧に、優しく、旧友に接するがごとくいった。

「最近、海外に渡航されたことは?」

「神保様でございますか? もう今般缶詰をされて六週間になります。それ以前のことは……ああ、年初にアメリカへゆかれましたよ。神保様は京都に御自宅があるのですが、京都から成田エクスプレスは使いづらいということで、およそ海外へ渡航されるときは当ホテルに一夜、御前泊なさいますから」

「年初以外には？　アメリカ以外には？」

「御前泊がございませんので、調べてもよろしゅうございますが、まず無いかと」

「趣味はどうだ。神保さんはこの客室で、ただひたすらに原稿を書いていたのかい？」

「それはさすがに巨匠先生でも無理でございます。神保様にあっては、それはもう熱狂的ともいえる御趣味がございまして」

「な……性癖の質問をしたときに、教えてほしかったな」

「も、申し訳ございません!!　そ、その趣味というのが……いえ、これは実際に御見分頂いた方がよろしゅうございましょう。恐縮ではございますが、上階にお搬び願います」

僕等はライティングデスクから最大限の距離を維持しつつ、円弧の様な動きをしながらメゾネット上階への螺旋階段を上った。僕は峰葉さんを制止してドア近傍にとどまる様お願いしたが、峰葉さんがヒトの異常死などという最大の不正義をまえに躊躇するはずも無い。池鯉鮒医師は僕等ふたりに上階へゆくことを禁じたが、僕は人手が要るかも知れないと押し切った。池鯉鮒医師が徹底的に拒絶しなかったのは、目撃証言は多い方がよいという現実的な判断だったかも知れないし、あるいは——先の諸質問と死体の状態から合理的に判断して——既に僕等すらこの八四号室から勝手に逃すことはできないという公衆衛生的な判断だったのかも知れない。

僕等は上階の絨毯を踏み——

——そして圧倒された。

きゃっ、という峰葉さんの繊弱い悲鳴。

これは何だ？

確かに僕はリビングエリアで寝るから、メゾネット二階寝室エリアは知らない。

が、絨毯やカーテンの色調からして、階下と内装は変わらないはずだ。

だから、壁は大正浪漫にあふれた唐草文様の穏やかな金色をしていなければならない。

だが――

穏やかな金色は微塵も感じられず。

ベルベットの様な黒を基調に、四十八色絵具セットをこれでもかと散り嵌めた魔性の虹が架かっている。極彩色の花吹雪が、黒い大地に艶めいたよう。優美を圧倒差で超越して戦慄すら感じるそれはワンダランドで――

池鯉鮒医師がカーテンを開く。

現れた梅雨の陰鬱なそらに、これほど慰藉されたことはなかった。

江戸川乱歩的悪夢のパノラマは、東京鉄道ホテル八四号室上階にもどり。

そして僕は理解した。しかし、悪趣味な――

「医者は標本好きでしてね」と池鯉鮒医師。「私も魚類の骨格標本を嗜むのですが。神保さんは所謂蟲屋――でしたか」

「左様でございます」と国府さん。「御覧のとおり、国内でも有数の蝶収集家でいらっしゃいまして。御滞在の折は、こうして壁一面に標本箱をお掛けになり、しかもライトアップなさいます」

「一〇〇頭や二〇〇頭では到底あるまい。一、〇〇〇頭でも不思議ではない」

「悪趣味ね。変態性欲じゃないかしら」

「峰葉さん、人様の価値観を誹謗するなら、それなりの決意がいるよ」

「なら決意の一端を御説明するわ。この翼のながさが三〇センチはあろうかという黒とオパールグリーンの蝶、ちょっと勉強すれば解るわ、これはアレクサンドラトリバネアゲハ、蝶偏執狂垂涎の絶滅危惧種よ。もちろんその譲渡等は国際法違反。それからこれ、エメラルドとルビーの様な縁飾り(ふちかざ)りが美しい可憐な蝶、これはルソンカラスアゲハ。おまけにあざやかなシトリンとアメシストが熱帯を感じさせることれはホメルスアゲハ――これだけ犯罪の証拠を自ら維持保存しているのは少なくとも莫迦(ばか)だし、それを他人様に観察されてこころが動かないというのは少なくとも悖徳症(モラル・インサニティ)。もちろんヒトには犯罪をする自由もあるから――それは処罰される自由とほぼ同義だけれど――そうした逸脱者(いつだつしゃ)が存在するのは不可避だわ。けれど私は、犯罪の内でも弱者の尊厳を嬲(なぶ)る態様のものは逸脱を超越して変態だと考えるようにしている。この神保糊道なる御立派なヒト擬(もど)きが犯した罪は、子供の臓器を売買する罪や、少女を性風俗に人身売買する罪と本質において変わりは無い。まして殺害した弱者の遺体を視姦(しかん)しながら眠るだなんて、カーンバーグ先生も吃驚(びっくり)の生来的パラフィリア以外の何者でもないと思うけど、如何(いかが)?

しかも!!」

麻辣味(マーラーウエイ)といえるほどスパイシーな峰葉さんは、勁草館の清楚(せいそ)なセーラー服のまま、そのガーリーな長めのシャギーボブを揺らしてキッと顎(あご)を上げた。僕は思わず――

「峰葉屋っ!!」

「……殺すわよ」

「すみませんでした」

確かに僕も外道だが、この娘(こ)、客観的に『美しい』より『可愛い』と評価されるであろうこの娘、魂と外貌(がいぼう)が違い過ぎる。天帝がガフの部屋で手違(てちが)いをやらかしたんだろうな。胸を削って脳にまわしてるし。いやいいけど。

「そこの怪しい解剖台を御覧なさい!! これが虐殺でないとしたら何!?」

八四号室の上階は、ふたつ在るべきベッドのひとつが撤去され、極めて実務的な、学校の技術室にでも置いてある感じの木製作業台が導入されており。もちろん極めて身近な世界には、ホテルの客室にグランドピアノを搬入させる数寄者もいるから、それ自体は問題無い。峰葉さんが頰を紅潮させているのは、剛毅な拍子木に縦溝を彫った様なものの上で、肉を崩され、ボンドを注入され、まさにぶすぶすと十数本の長針を刺しこまれている蝶の為だ。蝶の状態、標本化の進捗度から考えて、執筆しながら趣味に勤しんでいたと思われる。今般の缶詰ちゅう、しかもごく最近入手した蝶であることに疑いの余地は無い。しかしあのアレクサンドラ云々は別論だが、この翼も一五センチ弱とかなり巨大なものだ。

「峰葉さん」と池鯉鮒医師。「かなり蝶にお詳しい様ですが、これも貴重なのですか？」

「恋……友人が小説を書くんです。それで調べさせられたことがあって。

そ、それはともかく。

識別できないほど稀少なのですが、この軀すべてに掛かるメタリックなラピス・ラズリの色調から考えて、ザルモクシスオオアゲハ、しかも雌。世界で数匹しか発見されておらず、日本帝国にも標本一頭のみ。絶滅危惧云々というより、生態すら解明されていない幻の蝶です。

これで解ったでしょう柏木君。

このヒト擬きの変態性欲者は、コルテス、ピサロ、ヒトラー、スターリンに匹敵する最悪の虐殺者であるということが。そして国府さんから聴いた内容に鑑みれば、まさか自分で捕獲してきたはずもない、粗製雑文のあぶく銭を濫用して買い叩いたものに違いないわ」

「はいよく解りました」

正直、峰葉さんが激昂する理由はさっぱり解らなかった。峰葉さんが蝶に執拗っているのではなく、弱者の尊厳にこそ重きを置いているのはもちろん解る。だが、その幻といわれるほどヒトに無縁な、気の毒な蝶が犠牲になることで、この作家の魂が——おそらく歪な魂が慰められ、日本文学史に残る文藝を著さないともかぎらない。その客観的な蓋然性は確かに低いだろう。しかし、客室で幼児を強姦していたとか、女性の軀を切り裂いて臓器を舐めていたとか、そうしたことはやはり別論ではないだろうか。絶滅危惧種を絶滅させろとはいわない。が、こうして今、多生の縁あるヒトが階下で死んでいる。だとすれば、ヒトの心配をまずするのがヒトの種としての本能であるべきだ。僕は峰葉さんに本能なるものが装備されているのか真剣に悩むが、まず自分の種を、そして他の種をというのが素直なエゴで、蝶の物語を神保糊道の物語に優先させるのは、やはり、欠損だと思う。吹奏楽部という濃密な組織における、ながいつきあいだ。僕は峰葉さんが旅先で鯨肉を食べているのを見たことがあるし、イルカ猟に反対していないことも知っている。とすれば、蝶の捕獲がホロコーストだと断言してしまった時、牛肉も豚肉も、いや蕎麦粉さえ殺せなくなるだろう。終着駅は地球をそっくり保護する為の、人類すべての宇宙植民しかない。いや、徹底的な峰葉実香のことだ、もちろん最終的にはそのつもりよ、とかいわれかねない。ここは黙っておくのが正解である。

——峰葉さんのお怒りを鎮める様に、池鯉鮒医師が訊いた。

「峰葉さん、私が最優先で知りたいことは、ひとつ。

この蝶は、何処に生息する蝶なのですか」

「アフリカです。中央アフリカ、ザイール、スーダン、ウガンダ。もちろん推測されているだけですが」

「……階下に降りましょう。皆さんに御説明しなければならないことがあります」

池鯉鮒医師は僕等を誘導する様に、いやむしろ急かす様に、螺旋階段への道をうながした。階上寝室エリアに来た時と、神経症的なまでに等しいルートを先導して、総員をメインドア直近のソファ群——暫定現地本部に着座させる。

——このひと、こんなに蒼白な顔色（がんしょく）だっただろうか？　これでは民谷伊右衛門（たみやいえもん）の側があまりの恐怖に首を飛ばして逃散（ちょうさん）しかねない。その池鯉鮒医師は苦悶（くもん）も隠さず口を開いた。

「実は……いや、どう理解して頂けばよいのか……これは、極めて特異かつ異常な」

「池鯉鮒先生すみません、あたし、此処（ここ）まで救急車が遅いことこそ異常だと思いますが」

「……それは峰葉さん御指摘のとおり。しかし国府君、一一九番には誤り無く通報してもらったね？」

「差出口（さしでぐち）ではありますが」と僕。「此処にいる誰もが通報の電話を聴いていたはずです」

「御説御尤（ごせつごもっとも）。医者が狼狽してはいけませんね。しかし帝都都心で大規模な交通規制があるとは聴いていませんし、確かに奇妙なことだ」

「わ、私は確かに御指示どおり!!」

国府さんが腰を浮かせて僕等に泣訴（きゅうそ）した、その刹那。

八四号室の玄関が開き、ひとりのおとこが現れた。

2　Yの悲劇にて

宮城（きゅうじょう）・正門前。

警備派出所と思（おぼ）しきボックスを越えると、夏装の制服警察官が必死の顔（かんばせ）で駆けよって来た。またその奥に在るボックスからも。

「お嬢さん、申し訳在りません、すぐに清掃の予定がありますので」

「あらそう」

時間の経過を考えれば、既に此処で入手できる情報は無い。陸軍が引き続き展開していれば手段はあるが、もはや軍用車輌どころかその轍（わだち）ひとつとて無い。すべて此（こ）の世は事も無し、泰然と綺麗に整えられた玉砂利（たまじゃり）がなだらかに続くだけだったが、それはルーティンで掃き清められたものではなく、不穏当な痕跡（こんせき）を人為的に、徹底的に消去したその成れの果てであった。其処（そこ）までして隠滅したい証跡があった、という、自嘲したくなるほど陳腐な結論だけが導かれる。

「ですから大変恐縮ですが、此処からは離れて頂けませんか」

「あらそう」

私は踵（きびす）を返して東京駅へ帰（もど）った。北口交番の動静を念の為確認しながら、緑の公衆電話で柘榴館（ざくろかん）に定時連絡を入れる。鍛冶さんはすぐに出た。

「お待ちしておりました」

「御免（ごめん）なさい、御案内のとおり御客様がいらしてて」

「では咄嗟（さっそく）。衛星からの画像ですが、警察車輛と救急車が銀座に大挙急行しています」

「警邏（けいら）車？」

「現在到着しているのは警邏車ですが、機動隊輸送車が現場へ急行ちゅうですな。コンピュータの判断によりますと、五個警察中隊・二五〇人規模とのこと」

「陸軍部隊は」

「今般は動いておりません。既に警察の先着員が現場封鎖を開始しております。また周辺交通の規制も実施する模様」

「現場封鎖。銀座で。銀座の正確には何処（どこ）なの？」

「銀座数寄屋橋（すきやばし）交差点でございます」

「晴海（はるみ）通りを止めたというの。歩行者天国でも止めないのに」

「晴海通りと外堀（そとぼり）通りの所要範囲を進入禁止地域に設定するようです」

「大混乱は必至――それでもやるということね」

「部隊の規模が過大です。これに鑑みれば」

「朝方の陸軍の措置への意趣返し、ということ？」

「それに匹敵する、あるいはそれ同様の事態が生じていると見て誤り無いですな」

「――そろそろ国立予防衛生研究所からの検査結果が出ている頃ね」

「修野家東京事務所からは、いまだ連絡がございません」

「解りました。直接臨場します。

それから鍛冶さん、あなたと実香とにした約束は、暫時凍結することになる」

「……やむをえませんな。しかし御嬢様、必要最小限とお心得あるべく」

「承知したわ」

私は緑の受話器をがちゃりと掛けると、そのまま東京駅北口ドームを出、帝都営団丸ノ内線への地下通路へ赴かった。欧州とは違う、何処か日本的な煤み方をしている地下道を使って第三の『東京駅』へ。切符を買って階段を下りる。こんなときなのに、切符を買うのも改札を通過するのも愉しい。鍛冶さんは過保護なのだ。

ちょうどチェリーレッドのレトロな車輌がホームに入って来る。通勤時間帯でもないのに整列乗車を忘れない日本人というものに、律儀さと頑固さを感じながら、私は丸ノ内線に乗車した。

ひと駅。

銀座駅のホームを踏もうとした刹那、不穏な群衆が我先に列車へ侵攻して来る。ホームに響く駅員のアナウンス。ただいま数寄屋橋交差点におきまして大規模事故が発生した為、当駅は非常に混雑しております。列車は続いておりますので、無理な御乗車は御遠慮願います――ただいま数寄屋橋交差点におきまして――

日本人というものが危機において見せる狂騒と脆弱さを感じながら、私は最も至近にある階段から地上へ出た。マリオンとJR線ガードのあたりだ。ここから数寄屋橋交差点まで三十秒と掛かるまい――平時ならば。

既に機動隊の指揮官車は到着していた。本来の指揮官がいるかは別論、群衆に警告できる車輌はこの指揮官車しか無い。

「御通行ちゅうの皆様に警視庁からお知らせします。ただいま数寄屋橋交差点におきまして大規模事故が発生した為、暫時、交通規制をしております。車輌のほか、歩行者の方もこれ以上通行することはできません。数寄屋橋交差点附近に立ち入ることはできません。交通規制の解除には、一時間以上を要する見込みです。繰り返します。御通行ちゅうの皆様に警視庁からお知らせします――」

相当威迫的な態様で、交差点近辺から排除されているのだろう。憤懣と苛立ちを隠さない群衆が、行き処を率然と失って奇矯な対流運動を開始していた。雑踏規模は既に圧迫感を感じるほどにもなり、身動きの仕様も無くなった自動車の群れからは、憤怒のクラクションが絶妙な連鎖で響いている。そうした自動車も、複数の制服警察官に強制され、一台また一台と、曲藝の様に、あるいはパズルの様に支道へ排除されていった。

さて、どうするか――

私は晴海通りから車輌を排除している制服警察官の一組に接近した。

「おまわりさん、すみません、私を数寄屋橋交差点までエスコートして頂けますか」

「あのね!!　放送が聴こえない!?　いま誰も其処へはゆけないの、すぐに離れなさい!!」

実香との約束を、破りたくはなかったが……

仕方がない。

私は数箇月ぶりに、青い血のちからを解放した。眼前の警察官の精神を統御する。厳密にいえばその感情だが。

「私を数寄屋橋交差点まで引率してくれますね」

「解りました」

「おい御前何を!!……解りました、御案内します」

かくてヒトでない私は警察官ふたりに護衛され、晴海通りの車輌を縫って、煉瓦が瀟洒な数寄屋橋交番にゆきついた。ここは数寄屋橋交差点の真北に位置する、街路十字の構成要素のひとつ。したがって現場が一望の下に観察できる――はずなのだが、複数の機動隊輸送車が鉄壁を成しており、不自然に繞まれたその城内は、完璧に衆目からガードされている。ということは、其処が現場だということだ。律儀な交通規制の御陰で交差点内はほぼ無人、無車輌である。交差点の外壁は警察官ですっかり堅められているが、城内に侵入してしまえば、現場への接近を邪魔立てする者は誰もいなかった。

私は機動隊輸送車の壁まで到り着き。

多重無線車を捜した。多重無線車は移動する現地本部であり、最高指揮官と幕僚が使用する車輌である。が、如何せん機動隊輸送車を改装したものなので、可憐な女子高生には識別が難しい――

「おい君!!　こんな処で何をしている!!」

「あら御親切に。その指揮棒と胸許の桜からして、機動隊長さまとお見受けしますが」

「そんなことはどうでもいい!!　すぐに此処から退去しないと」

「私を多重無線車の現地本部まで案内しなさい」

「貴様ッ……失礼致しました、直ちに御案内致します!!」

「感謝します」

その機動隊長は、私がバスに上るのも手救けしてくれた。情報通信機器が全力稼働ちゅうの大型バス内には、伝令と思しき若手警察官以外は、五十歳絡みの制服・私服警察官が八人。無線のダダイズムを基調音に、それぞれの任務へ没頭している。私は青い血のいまひとつのちから――読心を試みた。感情統御、思念読解、思念伝達。これが青い血をした妖狐の特殊能力、実香が使うな使うなと戒めている人外のちからである。しかし幾ら私がかつて白面外道金毛九尾と呼ばれた狐――夏の桀王を、殷の紂王を、周の幽王を、耶竭国の斑足太子を、本朝の吉備真備と阿倍仲麻呂を、果ては鳥羽帝を淫楽の捕囚とした日本三大悪妖がいち、大秦国の卡利古拉帝や尼禄帝を堕落させ、埃及の拉美西斯Ⅱ世のこころを頑なにして疫病と雹で幾千幾万の者を殺した魔女であっても、此処にいるヒトすべての同時読心は脳に負担が掛かるのだが……


……所要の解析が終わり。

私は制服の、最高指揮官に接近した。最高指揮官以外の、侵入者への関心をも消去する。

「丸の内警察署長様で、いらっしゃいますね？」

「誰だ君は」

「御存知のとおりの者です」

「ああ、そうでした、これは御無礼を。まずは御着座ください、狭苦しい処ですが」

「現状は如何ですか」

「実は総監自ら、やいのやいのと……いや失礼。

御案内のとおり、銀座数寄屋橋交差点で爆弾テロが発生した旨の一一〇番通報が入電したのは、午後二時一四分であります。警視庁通信指令本部が所轄丸の内警察署――小職の警察署でありますが――に臨場指令を発したのが一分後。直近に数寄屋橋交番がありますので、その制服警察官が現場臨場したのがその一分後になります。総監にいわせれば、現認しているはずの交番員が二分も遊んでいたのはどういう訳だ、ということになりますが。それは御説御尤ながら、あの態様では……事故防止の観点から、たとえ私がすぐ認知していたとしても、即時急行は下命しなかったでしょう」

「というと」

「爆弾テロでないことは、交番員には明白だったのです」

「実際の処は？」

「炸裂、ですな」

「被害者が、ということ？」

「被疑者が観念できないので、被害者、という言葉も適切ではないのです」

「自ら炸裂したと？」

「それは激烈な態様だったそうです。偶然、交差点の群衆が最小化した時点だったので、交番員もよく目撃できたそうですが。まあ『被害者』を男性X、同伴の少女をYとしましょう。群衆の人垣が薄まったとき、XはYに支えられながら、不二家側から阪急側へ交差点を横断しようとしていたのです。あとわずかで渡り終える、そんな刹那、突如XがYを遠くへ突き飛ばしたかと思うと、軀じゅうから――特に口と臀部から、と目撃されていますが――赤黝い血を、表現は不適切ながらまるで水藝の如く噴出させながら、しばし人間噴水がごとき様相を呈した後、まるで軀が崩壊するかの様に、交差点内に崩れ落ちたのです。それがまさに『炸裂』あるいは『爆裂』したかの様に見えたので、一一〇番通報では爆弾テロという言葉が使われたのでしょう。実際、血飛沫で軀が霞むほどだったといいますから、通報者の判断も無理はありません」

「爆弾テロの線は、既に消えたのですね」

「爆弾を携（かか）えて自爆したのであれば、あるいは初期段階で想定された様にＹがＸを爆殺したのであれば、Ｘの躯が出血及び皮膚（ひふ）溶解ですむはずがありませんからね」

「躯そのものは、爆散していないと」

「はい、頭部、四肢いずれも分離してはいません。爆発の痕跡もありません」

「通報者はＹ？」

「いえ、ギャラリーの群衆の誰かです。既に発信者照会をしていますが、無関係でしょう」

「Ｙは何者？」

「Ｘの恋人だそうです。帝都の人間ではありませんが、一緒に帝都散策に来たとか」

「現在は？」

「それを御説明する前に、Ｘへの対応について御理解頂いた方が迅（はや）いでしょう。既述のとおり第一臨場者は数寄屋橋交番所員ですが、異常な出血量と出血態様からして、まず交番の制服警察官に処理できる事案ではありません。テロかも知れないということで丸の内警察署の特高（とっこう）課に、そして特高課長から小職に即報がありました。事態の本質は不明にせよ、何せ現場が現場です。必要なのは交通規制と現場保存と考え、特高課長から警視庁本庁に概要報告と応援要請をしたところ、すぐに芦刈（あしかり）総監から直電（チョクデン）がありまして。吃驚（びっくり）しましたよ」

「警視総監自ら——すさまじい起ち上がりね」

「すさまじ過ぎます。時間的にも、ですが内容的にも——いわく、現場を徹底的に衆目から遮蔽（しゃへい）するとともに、晴海通りと外堀通りからの流入を封鎖して数寄屋橋交差点に誰も入れるな、現に存在する群衆は強制力を用いてもすべて排除せよ、そして官民を問わず、立ち塞（ふさ）がる者あらばこれを撃て、とまで仰（おっ）

有いました。当警察署の人員では不可能であると率直に具申すると、既に動員できるかぎりの機動隊を急派している、貴職は現場指揮官として直ちに臨場して先下命の実現を図れとのこと。

　それで御覧のとおりの状態となっておる訳です。

　総監の御下命ですので、小職もすぐさま臨場してＸを確認しました。そのときまだＹはＸの軀に縋り付いておりまして、その号泣……また血に染まった服……誰もＹに声を掛けられなかったというのも道理です。ですが総監は沸点が低い方ですから、傍観している訳にもゆきません。さいわい第一機動隊が先着して、現場の遮蔽は完成しておったものですから、Ｘを取り敢えず検視しなければならんし、Ｙからは事情聴取をせねばならん。そこで警視庁本庁に現場で実施してよろしいか伺いを立てると、Ｘ・Ｙともに触れるな、現状を維持して警視庁本庁の指示を待て、という奇妙な回答がありまして。

　ならばと交通規制を徹底していると、『はやぶさ』が——警視庁航空隊のヘリコプターですが——数寄屋橋交差点に着陸しました。聴けば東京警察病院と科捜研から所要の人員を搬送してきたそうですが、それが……」

「宇宙服姿、だったのね」

「まさしく。おまけに特高機動捜査隊のＮＢＣ対策車も現着しまして。こちらも宇宙服だったのですが、小職の見たこともない青い緊急車輌を随えていました」

　日本帝国の内務省が其処までの装備を有していたとは、奇妙な驚きだった。それはＰ４レベルの物理的封鎖救急車に違いない。プラスチックの蓋で対象者を完全に遮蔽できる物理的封鎖担架を装備しているはずだ。これに搬送された後は、エアロックと鋼鉄扉によりガードされた陰圧下の閉鎖病棟となるが、それが何処にあるかは、現場最高指揮官である丸の内警察署長にも開示されることは無いだろう。

「それが特別製の担架で、Ｘを搬送していったのね。Ｙは？」

「無理矢理引き剝がして、鎮静剤を打たれた後、一緒の車輛で搬送されました」

「現在のミッションは？」

「現場の痕跡をすべて除去せよとのことですが、すべて特高機動捜査隊が実施していますので、それまで現場封鎖を維持するとともに、他にXと接近した者が――警察官を含めて――いなかったかどうか徹底的に確認することです」

「捜査活動は？」

「犯罪の可能性が皆無であると警視庁本庁が判断しましたので、実施しません」

「了解しました署長、御多忙なところ恐縮でした。

最後にひとつ、お願いがあります」

「なんなりと」

「丸ノ内線を使いたいので、其処までエスコートしてくれる警察官をお願いします」

「よろこんで」

「御機嫌よう」

多重無線車を下りる刹那、総員から私に関する記憶を消去する――より正確には、私に関する記憶を想起しても無駄で無意味であるという感情を注入する。私ができるのは、飽くまで感情統御でしかないから。しかも相手方を視界に入れていなければ使えない。天帝も、どうせ鬼子を捏ねるなら、いま少し使いやすい仕様にしてくれていたらよかったのだが――

日比谷方面に赴かいながら、考える。

日本帝国の陸軍も警察も莫迦ではない。少なくとも、対NBC実戦部隊は現下の問題をすっかり理解しているだろう。それぞれが現場の徹底洗滌を行っているのがその証左だ。そしてこのことが、帝国国民を如何に震撼（しんかん）させるかも。

だが。

日本帝国の誰もが知らないことを、私は知っている。

こんな奇想天外なことを仕掛けてくるのは、誰なのか——

そして、その真意。

此処に東京鉄道ホテルという切片（ピース）を埋めれば、解はひとつ。

ベルモント国務長官だ。ベルモント国務長官を使って、合衆国を。

……宮城（きゅうじょう）に銀座。本拠地を離れたのは、致命的なミスかも知れない。

東京鉄道ホテルはいま、どうなっているのか。既に始まってしまったか。

私は丸ノ内線銀座駅地下コンコースで公衆電話を採った。

「鍛冶さん、私です。結果、出ているわね」

「国立予防衛生研究所から、連絡がございました」

「どっちなの（ブラックオアホワイト）」

「凶報です」

鍛冶さんは検査結果の詳細を報告した。それは、私の最悪の脚本（シナリオ）どおりであり、またある意味、それを超越するもので。

既に、始まっている。

その場合。

陸軍、警察が東京鉄道ホテルに到着するのは、時間の問題。

そのとき、私は……

実香を人質に獲られた、私は……

実香に教えてもらったヒトの感情というものに、私はしばし苦悶した。

3　慮外にて

巌岨。

僕は思わず感嘆した。

東京鉄道ホテル八四号室に出現した、そのおとこ。

峻厳な巌のよう、としか形容のできない頑強なそれは体軀で。

池鯉鮒医師もギリシア彫刻の如き均整美を誇るが、それは医師としてあるいは学者として必然的にリミットのある精強さだ。またそうでなければ、心臓外科手術などという、ルービンシュタイン級の精緻精巧な指撥びが求められる藝術を極め盡くせるはずもない。

他方で。

この不慮の客人は歴然と異なる。

確かに軀そのものが池鯉鮒医師より大きく堅い。しかしそういう物理的な問題よりも、そのクラシカルな黒縁眼鏡、爆ち切れそうなダークスーツ、執拗に磨かれた黒靴といった、軀をむしろ束縛しているガジェットが、生死の狭間に在る様なプレッシャーを感じさせるのだ。しかし不思議なことに、その峻厳さやプレッシャーは、何処か宗教家の様なあたたかさに蔽われており。剛腕ではあるが傲岸ではない、僕は少なくともそう思った。定石を故意と外した淡いルミナスピンクのネクタイに幻惑された訳ではないが、そして僕は他人に親愛の情を感じることの薄い外道だが、それだけに僕には解る。親愛も媚態も儀礼もしめさないこのおとこには、実際的な使命感があった。そしてそのことに悲愴感を感じさせないだけの、そう、決意があった。

——口火を切ったのは、峰葉さんで。

「救急隊の方ですか？」

「残念ですが、違います」

「ではあなたは誰？」

「申し遅れました、私は警視庁特高部特高総務課で管理官を拝命しております、東岡崎警視であります。

こちらが警察手帳になります、御確認を」

僕等は客人が胸から出した黒革の手帳を見た。確かに、本人がミッドナイトブルーの制服を着用した上半身の写真と、階級、そして氏名が証されている。警視殿は、東岡崎裕という御名前のようだ。勁草館高等学校はかつて殺人事件の発生をみたことがあるので、僕にしろ峰葉さんにしろ、あまり警察官に恐怖も抵抗も無くなっている。そして幾許かの知識も獲た。警視というのは一般的には警察署長（支店長）、あるいは県警察部の課長（支社課長）という重職である。ただそれは愛知県警察部で聴いたことだから、警視庁となると、また別論という予感もするのだが。

「私は八一号室の旅客で、愛知県姫山市の峰葉実香といいます」

「御丁寧な挨拶、痛み入ります」

「そうすると一一〇番通報の方が先に処理されたと、こういうことでよろしいですか」

「一一九番通報への対応はございません」

「救急隊は来ないと？」

「御指摘のとおりです」

「東岡崎警視、私は一一九番通報をさせた医師で池鯉鮒といいます。医師である私の判断を、まさか救急隊が握りつぶすとは思えない。東京消防庁は何故職務を懈怠するのです」

「我々が東京消防庁に依頼したのです。事案対応は警察に一任して頂きたいと」

「それこそ何故」

「これは日本帝国内務省の、いや、日本帝国内閣総理大臣の決定であります」

池鯉鮒医師の壮麗な体軀がぐらりと揺れた。それこそ、世界の関節が外れたかの様に。梅雨らしからぬ驟雨がドラマチックに窓を嬲ってゆく。

「それでは、確認されたのですね……」

「正式には、まだです。我々が獲た試料の解析には、最速でもあと三時間を要するので」

「それではあなたが、此処へ来たのは」

「御想像どおりのことを、執行する為です」

「しかしエライザ試験の検査結果が出るまでは」

「それでは帝国国民一億二、〇〇〇万の生命身体に、激甚な影響を及ぼすおそれがあります。池鯉鮒先生。

おそらく先生は御存知ない。此処にいらっしゃる神保糊道先生と同様の態様で炸裂した者が既にふたり、存在するということを」

「なんですって!?」

「今朝方、宮城の正門前で。そして午後二時過ぎ、銀座数寄屋橋交差点で。

既にこれは偶然の域を超えています。

そして我々は一一〇番通報により、この東京鉄道ホテルに第三の炸裂者が存在することを認知しました。銀座で事案処理に当たっていた私が此処へ急派されたのは、そのような情勢によるものです」

ここで峰葉さんが優等生然とした挙措で挙手した。彼女には虚飾も衒いも無い。その明晰な頭脳を誇示する意思も無い。それは吹奏楽部でおなじ釜の飯を喰ってきた僕が最大限の保証をする。しかし——客観的に見れば、それはどうしても糾問や断罪のニュアンスに充ち満ちており。よりによって僕などが批評することではないが、彼女にとってはもったいない、妥協と宥和のそれは欠如だった。正義が他者を憤らせることも、学んだ方がよい。

「あたしはお医者様でも警察官さんでもありませんから、池鯉鮒先生の御懸念も、東岡崎警視の御説明も、不得要領極まると申し上げなければなりません。救急隊は来ないという。警察官であるあなたは御遺体を検視するでもなく悠然と意味不明の会話をなさる。

直截にお訊きしますが、あなたは何の為に此処へいらしたのです？」

「直截なお尋ねですので、直截に回答する非礼をお許し下さい。

私の任務は単純です。

警察官職務執行法第四条第一項前段の規定により、この八四号室に在室するすべての方に、此処から移動しないよう警告を発します。また同項後段の規定により、この八四号室に在室するすべての方に、我々の指示に基づく避難をするよう命令を発します」

「此処に存在する者すべて？」

「御指摘のとおり」

「私の記憶が確かならば、警察官職務執行法第四条に規定する警告は任意活動、すなわちあたしがそれを拒否することもできる態様のものですね？」

「それは正確です。ただし、そこまで御存知ならば警職法第四条に規定する避難等の措置命令は、拒否することの認められない強制活動であることも、また御存知ですね」

「成程（なるほど）法律的にはそうでしょう。しかし実際上、どれだけ警視が物理的な執行力に恵まれていたとして、現段階であたしたち四人に対し実力行使ができるとお考えですか？」

「私も警察組織も無益な暴力を好みません。ですから飽くまで自発的協力を頂戴すべく、こうしてひとりで御訪問致しました。

が。

私も警察組織も責務は達成しなければなりません。御案内のとおり東京駅舎、丸の内北口ドーム近傍には東京駅前交番があります。私が無線指令を発すれば、制服警察官一個警察小隊が、直ちに強制力を行使する為臨場（りんじょう）することとなります。もちろん、その様な非礼なことは、我々の本意ではありません」

「警職法第四条は激甚（げきじん）な災害等の危難時にのみ発動されるもののはず。何処（どこ）に激甚な災害等があるのですか？」

「……峰葉さん」と池鯉鮒医師。「医師としていいます。激甚な災害であることについて、我々に議論の余地は残されていません」

「神保糊道が異常な態様で亡くなったことが、何故激甚な災害に――そもそも移転の自由は帝国憲法によって保障された――」

「……東岡崎警視」

池鯉鮒医師は、優しい腕の動かし方で峰葉さんの激昂（げっこう）を制した。そのとき僕には見えた。医師の瞳は悲しみを湛（たた）えながら、峰葉さんの人差指、その絆創膏（ばんそうこう）を確認している。その瞳のまま医師はいった。

「はい」

「避難命令、とおっしゃいましたね」

「はい」

「するとあなたの任務は監視と現状維持ですね。そして我々は白くはない救急車で、あなたがたの特殊な病院に搬送されることになる。所在さえ秘匿されている、その病院に」

「池鯉鮒先生ならば、それが関係者すべてにとって最良の措置であることを御理解頂けると愚考しますが。もちろん救う為の措置であって、見殺しにする為ではありませんから」

「あなたはよく、そんな常装で来ましたね」

「もし宇宙服だったなら、誰もが精神の平衡を維持できないでしょう。私にもその決意が無ければ、皆さんの説得などできはしない。私個人の生命で任務が達成できるなら、むしろ本懐――いや正直に申し上げれば、我々の特高機動捜査隊には、もう宇宙服が残っていなかったのです。銀座の救急組があらかた着用してしまっていたので。公務員の生命の値段などそんなものです。いやはや、愚痴になりましたな」

「その救急車もまた、遅いですね」

「実は銀座に出動して、既にそちらの搬送業務を実施してしまっていたので――

もう少し時間を要すると思います。その暇に、皆さんが神保糊道さんを発見した経緯その他……」

その刹那。

どん!!

どん、どん!!

どん!!

轟音、としかいいようのない強烈なフォルテシシシモが八四号室に聴こえてきた。艦砲射撃とまではゆかないが、すさまじい震動と重量感そのものが鼓膜を嬲る。尋常な騒音では到底ない。あたかもビル工事現場の最上階から鉄骨が思いっ切り落下した様な、トレーラーが踏切を越えて列車に俄然衝突した様な、邪悪な狂暴さを感じさせる、そんな轟音。そして奇矯（ききょう）な余韻と、悲鳴の様な残響。

池鯉鮒医師も思わず腰を浮かせて。

「東岡崎警視、あれは？」

「しまった……」

東岡崎警視はクラシカルな眼鏡の下でぎゅっと瞑目（めいもく）した。純然たるそれは後悔と謝罪で。

「……脚本が、変わりました。現時点を以て、私も既に各位と一蓮托生（いちれんたくしょう）です」

4　同窓会にて

柏木照穂が、異様な轟音を聴いた頃。

東京駅舎南口ドーム近傍には、オリーブドラブに迷彩塗装（めいさいとそう）をほどこした軍用車輌が陸続と集結しつつあった。軽装甲機動車はもとより八九式装甲戦闘車、化学防護車、除染車、七三式大型トラックが四台――二個小隊八〇人規模、そして最新鋭九一式大型移動指揮車。

移動指揮車から、将校（しょうこう）が下りてくる。

今朝方、宮城（きゅうじょう）正門前で陸軍部隊の指揮を執（と）っていたそれは近衛少佐（このえしょうさ）で。

直ちに戦闘服を着用した大尉が駆けより、敬礼をした。レンジャーカットも凜々（りり）しい、将校の軍装をした近衛少佐が答礼する。

「東京鉄道ホテル南口ドームの閉鎖、完了しました」

「南北いずれもだな？」

「南北いずれもであります」

「大正時代の鉄扉というが、封鎖に耐えるのか」

「耐えます。工兵小隊が確認済みであります」

「溶接作業は」

「あと十五分で、完了します」

「よし。

中隊長、伝令を出せ。工兵小隊長に伝達。

南口ドームの足場工事急げ。建設工事用シート展張後、メゾネット・エリアのすべての窓にエラストマー放射。以上だ」

「足場工事、建設工事用シート、エラストマー。直ちに伝達します」

戦闘服の大尉が敬礼の後、駆けてゆく。近衛少佐が移動指揮車に入ろうとした刹那、宮城方面からなんと、これも最新鋭九〇式戦車が一個小隊四輛、威風堂々と驀進してきた。少佐は思わず苦笑して。

(あいかわらず血気盛んな御方だ――此処はイラクではないのだがな)

九〇式戦車は東京駅舎南口ドームを威嚇的に繞んだが、うち一輛はむしろその後方、移動指揮車前面に布陣した。車長席からキューポラに出た、その将校――

「山縣連隊長殿!!」

「中田大隊長か、御苦労。

あいかわらずレンジャー徽章が耀しいな。それにはいつも、嫉妬するぞ」

「またお戯れを。兵も聴いております」

近衛少佐と軽雅に挨拶すると、まるで重力を感じていないかの如く颯爽とキューポラから戦車の体軀をとん、とんと駆け下りる。装甲車帽、いや戦闘服すら着用しない将校用の軍装。襟の階級章は金地より赤地がやや強く金星ふたつ。そして軍帽の前章が、少佐と同様一般部隊の一ツ星のみでなく、桜葉で飾られている。

近衛中佐だ。

そして乗馬短袴（ブリーチズ）に長靴（ちょうか）。これで連隊長ということは、騎兵（きへい）連隊長ということになるが、九〇式戦車に慣熟（かんじゅく）している様子からしてむしろ戦車連隊長。したがって実質的には、近衛戦車連隊長ということになる。

しかし――

女性だ。

ふうわりとした展（ひろ）がりのある、髪先がゆるやかにカーブするボブ。しかし、その激甘な印象を徹底的に裏切ってやまないのが、他者を睥睨（へいげい）する、日本刀の様に冷たく妖（あや）しく濡れた瞳だ。細身な眼ではないのだが、敢えて優美に開くことを拒否している様にも思える。鼻梁（びりょう）はすらりと美しく、唇は薄いが無情ではない。そして、血が醸（かも）し出すのであろうか、貴種（きしゅ）の品位が総身（そうみ）にある。

軍装もまた特殊だ。

確かに将校の軍装は私物であるから、それなりにカスタマイズすることは認められる。しかしまず、カーキであるはずの軍衣が極端に濃い。むしろ日露戦争以前の黒肋骨（ろっこつ）服を想起させるほどだ。そして乗馬短袴（ブリーチズ）のしぼりを徹底して細身にしている為、長靴から腰までが異様にタイトである。腕も極力細めにチューニングしている様で、肩が強調されていた。そして何より特徴的なのは、憲兵のみが着用する憲兵用マント――むしろケープといえるほど短い――を両肩から下げられる様仕立て直して着装していることだ。中佐といえば、海軍なら艦長が務まるほどの職ではあるから、それなりの我儘（わがまま）は許されようが、しかしこれだけの身勝手はそうそう認められるものではあるまい。

しかも。

この中佐はどう見ても二十歳代だ。中佐ともなれば、三十歳代後半のはずだが——

中田少佐は旧友に対する如く、悠然と敬礼した。女将校もまた微笑みながら答礼する。

「驟雨のなか、わざわざのお越し恐縮です。

なれど、連隊長殿自ら師団司令部をお離れになって、よろしいのでありますか？」

「おまえのことは信頼している。が、どうしても戦地のにおいには勝てんのでな」

「むしろ御病気ですなあ」

「それは認める——現状を報告しろ」

「はっ。東京鉄道ホテルのメゾネット・エリアは鉄扉により封鎖し、溶接作業を開始しております」

「大正時代の防火扉だったな。先人は好都合なガジェットを遺してくれたものだ」

「これによりメゾネット・エリアの六室は完全に孤立します。また外界からの視認を妨害すべく、足場工事の上メゾネット・エリア周辺を建設工事用シートで蔽うことと致しました。さらに内側からの逃亡・連絡の絶無を期す為、メゾネット・エリアのすべての窓を熱可塑性特殊エラストマー放射により物理的に塞ぐこととしております」

「空調への対策は」

「問題ありません。歴史的なホテルだけあって空調は旧式です。換気機能はなく、内気は内気で循環するタイプであります。破壊、閉塞等の必要を認めません」

「結構——東京駅舎外側に見える窓のみならず、南口乗車口内側を見下ろしている窓もすべて潰せ。確か内側四階に多数、窓が存在しているはずだ」

「了解。工兵小隊に徹底させます」

「窓の監視を徹底させろ。窓から逃亡又は連絡を試みる者あらば、射殺する。狙撃班は」

「近衛狙撃班がレミントンで展開済みです」

「電話回線は？」

「八三号室と此処との直通回線を除き、すべて遮断致しました。水道、電気については、御指示どおり止めてはおりませんが」

「それでよい。完璧すぎる閉塞は、かえって敵を死物狂いにさせる」

「部隊の展開は、当初の計画どおりでありますか」

「そのとおり。ようやく勅令も出た。枢密院が煩かったがな。御陰でC兵器も使えん」

「勅令戒厳ですな。戒厳司令官は、何方が？」

「枢密院は華頂少将宮に執拗ったが、親父殿の思惑どおり、宇部英機中将に決まった」

「それは救かりますな。少将宮さまでは救出作戦になりかねない」

「宇部中将ならば親父殿の眼光が効く。まだしばらくは軍務次官でいたいだろうからな」

「それでは直ちに東京駅舎南口ドームへ部隊を展開させます。宇宙服は着用させますか」

「無用だ。あんなものを着用して真っ当な軍事行動はできん。それに活動時間が極めて限定される。兵の体力を無意味に消耗させる訳にはゆかん。除洗要員のみ選抜して部隊を再編、それらには繰り返し、着用訓練をさせておけ」

「了解しました。兵も救かりましょう」

「誰も丸の内南口に入れるな。あそこに地下道は無い。地上改札口を押さえればたりる。侵入者は戒厳司令官の名において拘束しろ。抵抗するようなら射殺してもかまわん――飛行禁止区域も設定された。対戦車ヘリは？」

「立川の近衛飛行連隊で待命しております」

「すぐに呼べ。マスコミのヘリが騒ぐ様なら追い散らすのだ。これも手に余る様なら即座に撃墜しろ」

「墜とし処が、難しいですな」

「派手にドンパチやってかまわん。どうせ責任を執るのは宇部中将だ」

「また過激ですなあ——飛行時間五、五四〇時間のヴェテランを充てます。上手くやるでしょう」

「それからコブラにはナパーム弾を装備させておけ」

「……最終手段、ですか」

「帝国国民一億二千万の為だ。八人の尊い犠牲で終わるなら、誰もが口を塞がざるをえまい。一、三〇〇度の炎ならば、目標を殲滅できるだろう」

「七十七年の歴史を誇る、薔薇煉瓦の駅舎を焼くこととなりますが」

「駅ひとつ墨守して帝国が滅んでは、我等の子孫に嘲られよう」

「それでは御命令を実行します」

「頼む」

中田少佐は敬礼をすると、移動指揮車に入っていった。

さて。

女将校・山縣中佐は、剛毅なことをいいながら、その実緻密な思考を展開していた。前線指揮官に任命された彼女は、兵だけを動かしていればよい訳ではない。まず鉄道省との折衝がある。東京駅南口を完全封鎖するからには、それが一方通行の乗車口である以上、新たに乗車口を設定する必要があった。もとより地下街には丸の内地下口が三箇所ある。が、地上の丸の内北口も、一方通行の降車口であることを止めさせ、旅客を入れさせる必要があろう。それから勅令戒厳の発令。これは軍務省でも考えているだろうが、どうしても実態——原因——を明確にする訳にはゆかない。彼女の具申どおり『東京駅南口に設置された爆弾によるテロリズムの危険』が戒厳の理由となるだろう。これで陸軍部隊の過剰な展開も説明できるし、群衆が押し掛ける事態も避けられる――誰も爆死したくはないだろうから。しかし、より徹底的に旅客の数を減少させるとするならば、違う噂も撒いておいた方がよいかも知れない。ここで、この噂を目標に関するものとするかどうか。さすれば最大の威嚇効果が獲られ、南口どころか東京駅に接近する者すらいなくなるであろう。これは作戦上大きい。他方で、この作戦は非常に政治的でもある。帝都東京の顔、東京駅を麻痺させること、就中新幹線の運行にまで支障を及ぼすことは、愚策といわねばならない。日本帝国の威信と信用に直結するからだ。だとするならば、目標のことには触れず、同時多発的に爆弾テロが行われる云々としておいた方が賢明かも知れない。その上で内務省と折衝し、既に無聊を託っている警察に大量の警察官を動員させ南口以外においてデモンストレーションさせれば、水と治安は無料だと考えている日本人のこと、東京駅を忌避するまでには至るまい。群衆の排除と旅客数の維持。ある意味矛盾ではあるが、やってやれないことはない。要は、東京駅丸の内駅舎南口だけをクローズド・サークルにするということなのだから。他は厚生省と折衝して、臨時に国立予防衛生研究所を軍務省の管轄下に――少なくとも指揮監督下に置く。あれは日本帝国随一のＰ４施設だ。手駒として確保しておかねばならない。

山縣中佐は驟雨から霧雨に変わった雨のなか、軍刀を杖に美しく立ちながら、東京鉄道ホテルのアーケードを見遣った。計画どおり、宿泊客が陸続と戦闘服に導かれながら――強制されながら――退避してくる。これは商工省と調整済みであり、宿泊客たちはそれぞれ、隔離用に接収された他のホテルにおいて停留させられ、その安全を確認されるのである。その為の観光バスも、陸続と集結しつつあった。群衆は時間を与えられると騒ぎ出す。すべては最早決定されたこと、既に他の選択肢は無いことを徹底して時を置かず追い立てる。

と、ひとりの老人が、宿泊客の隊列を離れ山縣中佐に接近してきた。それに随（したが）う者が五人、六人。山縣中佐の警護に当たっていた一等兵がブロックしようとしたが、むしろ山縣中佐はそれを制した。顎（あご）を上げた小樽（こだる）の様な老人が喰って掛かる。

「君が指揮官かね!?」

「そうだが？」

「私は衆議院議員の法瑞修介（のりみずしゅうすけ）、衆院京都一区、農水政務次官の法瑞修介だ、知っておるだろう!!」

「小職はイラク帰りなので、戦地惚（ぼ）けしておりまして」

「これはいったい、どういう暴挙だ!!　いきなり客室に軍人が踏み込んできて、宿泊客を強制連行するなど!!　クーデターでも起こすつもりか!!」

「滅相（めっそう）もない」

「ならばなんだ!!」

――山縣中佐は。

優美ともいえる態様で、一等兵の八九式小銃（ハチキユウ）を採った。あまりに自然なので、むしろ採られた一等兵が茫然（ぼうぜん）とするほどだった。

そして、顔色ひとつ変えずに上空へむけ自動小銃をフルオートで撃つ!!

がががががががが――

「なっ、な、何をするぅ!!　ひいっ!!」

「先生!!」

「先生、大丈夫ですか!!」

代議士秘書の類（たぐい）が慌てふためくなか、山縣中佐は外貌から想像もできない声で一喝した。うら若き女性ながら、父親譲りの帝国陸軍三大大声と評されるフォルテシシモだ。

「黙れ!!

貴様、衆議院議員だか政務次官だか知らんが、此処で爆死したいか!!」

「な……爆死?……な、何の事だ……」

「貴様陛下の議員でありながらまだ解らんのか!! 東京駅に爆発物が仕掛けられておるのだ!! 既に戒厳令も布告された。戒厳司令官に遵わぬ者は勅令に叛く者である。勅令に叛く者は」

カッ。山縣中佐は長靴を鳴らせて威儀を正した。

「天皇陛下に。

叛逆する者である。よって戒厳司令官の権限により、即決処断する」

山縣中佐は三・五キロの八九式小銃を、腰が抜けた代議士の眉間に片手で照準した。

「何か言い遺すことは在るか」

「わ……な……たの、頼む、頼みます!! 知らなかった!! その様なことは全然!!」

「――と、この一等兵は申しておりますが」

「え?」

「陛下の議員先生とあらば、きっと宿泊客の先頭に立って、退避のお手伝いをして頂ける。上官の小職は、そのことを露ほども疑ってはおりません。帝国の為、帝陛下の為、御協力頂けますね、先生?」

「う、うむ、そういうことであれば、うむ、無論だとも」

「すべては日本帝国の為でございます先生、どうぞ宿泊客の皆様を安心させてあげてくださいますよう、お願い申し上げます」

「わ、解った。不肖この法瑞に任せておきたまえ」

——代議士一行は去り。

山縣中佐は八九式小銃を護衛の一等兵に返した。誰もが注視していたのか、行列のスピードが飛躍的に上がる。

「感激致しました、連隊長殿」

「豚には豚の躾け方がある。憶えておけ」

山縣中佐は一等兵の肩をぽんと叩くと、大型移動指揮車に入った。外貌こそ単純な匣型のオリーブドラブ・トレーラーだが、車内は情報通信機器の塊であり、最先端のコンピュータ以外にも大型ないし中型液晶スクリーンが八面。管制官席四席を備え、管制官用にタッチパネル式コンソールを採用している。他にも様々なモニター、インカム、インタホン、そしてデジタル／アナログそれぞれの大型時計が配されており、さながら動くオペレーション・センターであった。

「中田、宿泊客の排除状況は」

「現在、最終の大型バスが出発するところです」

「二階の客室すべてと三階のメゾネット・エリア以外の客室。誤りは無いな？」

「それが連隊長殿、二階客のすべては確保誘導できましたが、三階客のうち十五名が所在不明です。それらの者については、そもそも客室に遺留物件すらありません」

「宿泊者名簿はどうなっている」

「すべて外国人であります。正確には、合衆国人であります」

「ならば逃散させてかまわん。それらはベルモントの婆様絡みだ」

「すると、シークレット・サーヴィスでありますか？」

「すべてそうかは知らんがな。日米物産の駐在員もいたであろう」

「CIAですな」

「それ以外の宿泊客に遺漏（いろう）は無いな？」

「ありません。そして一階には客室がありません」

「従業員は？」

「至近のホテルに別個、隔離（かくり）済みです」

「総員だな？」

「国府というベルボーイを除く総員です。確認致しました」

「工兵の任務は？」

「すべて終了しております」

「よし、これで六室八人のみを隔離できたな」

山縣中佐は軍装からセブンスターを採り出した。カルティエにしては実際的な意匠（いしょう）のライターで着火しようとする――

「戒厳部隊指揮官殿!!　現地司令部内は禁煙であります!!」

「なに？」

山縣は思わず若い管制官（オペレータ）を見遣（みや）った。帯革（ベルト）を着装した軍衣の階級章は、どう確認しても曹長（そうちょう）である。しかも女性軍人（WAC）だ。山縣が唖然（あぜん）とするのは稀（めずら）しい。

「……曹長、官姓名は」

「はっ!!」下士官は管制官席を起ち、直立不動の姿勢をとると室内の敬礼をした。「近衛師団近衛騎兵連隊連隊書記、松尾唯花（まつおゆいか）曹長であります!!」

「曹長殿は、非喫煙者か」

「戒厳部隊指揮官殿にあっても、禁煙されることを意見具申(いけんぐしん)致します!!」

「軍人が禁煙、か――

中田少佐、前線視察へゆく、おまえもつきあえ」

「了解であります」

帝国陸軍も変わったものだ。そういうほどキャリアがながくはない山縣中佐は、しかし既に自分が旧時代に属することを知って苦笑した。そのうち恩賜(おんし)の煙草なるものも菓子風情に変わってしまうのかも知れない。

山縣と中田。

ふたりは東京駅丸の内駅舎南口ドームまで脚を搬(はこ)んだ。護衛の兵は退(さ)がらせてある。

山縣中佐は改めてセブンスターを採ると、中田少佐にも勧めた。が、彼は手で制する。

「どうした中田、かまわんぞ、吸わんのか」

「それが小職、禁煙を始めまして」

「Et tu, Brute! Then fall, Caesar――有朋(ありとも)の大祖父(おおおじ)が、泉下(せんか)で愕然(がくぜん)としていような」

「定期健康診断の結果が思わしくなく――恐縮のかぎりであります」

「湾岸戦争の英雄も、医者と輿論(よろん)には勝てんか」

「あのときは、美味い煙草を調達するのが難儀(なんぎ)でしたなあ」

「またおまえと轡(くつわ)を列(なら)べることができるとは、思わなかったぞ」

「同窓会にしては、剣呑(けんのん)に過ぎますが」

「いつものことだ。そうだろう?」

湾岸戦争の折。

合衆国の威迫的な勧奨により、日本帝国も多国籍軍に加わり、実戦部隊を中東に派遣することとなった。海軍・空軍からは就役したばかりの正規空母『三河』とその航空機群、そして陸軍から派遣されることとなったのが、日本帝国最精鋭と評価されていた近衛騎兵連隊から一個中隊・九〇式戦車一六輛。その近衛騎兵連隊中隊長が若干二十七歳の山縣良子大尉（当時）であり、その第一小隊長を務めていたのが中田尚久中尉（当時）であった。

近衛騎兵中隊はサウジアラビアで合衆国第七軍団の指揮下に入り、米英の機甲師団とともに、イラクに侵略されたクウェートを解放すべく、イラク侵攻を開始。圧倒的な火力をもって、クウェート国境に堅固な防衛戦車陣地を構築していたイラク機械化師団を無力化してゆく作戦の一翼を担うはずだった。ところが中東の激しい砂塵により各部隊の連携が乱れ、近衛騎兵中隊が孤立したとき、偶発的に、イラク軍のなかで精強をもって知られる『共和国防衛隊』の機械化師団・戦車四〇輛以上と遭遇、これと単独戦闘を強いられたのである。

山縣中隊長は九〇式戦車に楔形隊形――鶴翼の陣――を採らせると、自ら楔の先端に位置して前方を扼した敵T‐七二戦車八輛へ時速四〇キロで突撃。敵にも刺される距離一・四キロまで肉薄して砲撃を開始、やにわに四分間で敵先鋒八輛を全滅させる。さらに右翼側面を急襲してきたT‐七二戦車八輛を驀進しながらの一二〇粍滑腔砲連射で返り討ちにするや、既に車輪隊形で防御陣を採り始めた残余のT‐七二戦車二〇輛へ情容赦無い一斉射撃を命じ、これらをほぼ全滅させることに成功。結果、敵前衛の機械化師団の戦車三六輛を撃破し、合衆国第七軍団最初の大戦果を挙げたのであった。世にいう『ワジ・アル・バーチンの戦い』である。

「おまえにT‐七二を喰われ過ぎた。いまになっても腹が立つ」

「あっは、突撃を命じたのは連隊長殿ではありませんか」

「帰国してから、親父殿に散々叱責（しっせき）されたがな」

「第七軍団のフランクス中将も、嬉しいやら悔しいやらで、あの顔は愉快でしたなあ」

「九〇式（キューマル）とT－七二では情報処理能力が段違（ダンチ）だ。射撃技倆（ぎりょう）もイラク戦車兵とは比較にもならん。どのような混戦になろうとも、勝って当然の戦（いくさ）――とても自慢はできんな」

「ブッシュ大統領への政治的効果はありました」

「御陰様で我々も二階級特進、という訳だ」

「そういえば連隊長殿」

「ん？」

「ベルモント国務長官は、依然として日本帝国の国際貢献がたりぬといって、帝陛下（みかどへいか）にまで軍資金をたかりにやってきたとか」

「そういうことは、敵戦車の一台でも撃破してから御発言頂きたいものだ」

「そのベルモント国務長官は、隔離地帯におります」

「それはそうだろう。東京鉄道ホテル八二号室の宿泊客だからな」

ふたりは既に東京駅舎南口ドームの袂（たもと）にいた。八角形のドームはまるで修復工事ちゅうの如（ごと）く、カンバスを思わせるミルクホワイトのシートで蔽（おお）われ、地上一階の乗車口への侵入口はすべて八九式（ハチキユウ）小銃で武装した戦闘服姿複数によって防柵（ぼうさく）を立てられた上、厳重に警備されている。山縣と中田が通過するたび、それらの兵が捧（ささ）げ銃（つつ）の敬礼をした。ふたりの近衛将校は軽雅に答礼しつつ、南口ドーム内に侵攻してゆく。四階部分を見上げると、すべての窓がダークチェリーレッドの粘液の様なもので堅められているのが分かった。軍用熱可塑性エラストマーが冷却されれば、ヒトのちからでそれを破壊するのは著しく困難となる。また光線を透過させない為、信号を発することもできない。そして万が一突破される事態が生じたとしても、山縣でさえ目視できない位置に存在を秘匿した狙撃班が、確実に脱出者を無力化する。

山縣中佐は顧って、ドーム六時の方向を確認した。

「あの窓が、国務長官の室のものだろう」

「……よろしいのでありますか。確かに傲慢無礼な女ではありますが、合衆国の筆頭閣僚でもあります。退去した合衆国人から、既に我々のオペレーションは報告されているでしょう。此処でブッシュ大統領を……合衆国を敵にまわすことは」

「ベルモント国務長官は切れ過ぎる。功烈主ヲ震ハス者ハ滅サルというではないか」

「Who does i' the wars more than his captain can becomes his captain's captain――ですか」

「まさしく。そしてブッシュ大統領は御子息に大統領職を譲りたいと考えている様だ。とすれば、ベルモント国務長官は最大のライヴァルということにもなる」

「それでは既に、合衆国の内意を」

「中田、ひとつ確認しておく。

これまでおまえが報告した内容に、遺漏過誤は無いな？」

「ございません」

「ならばよい。ベルモントについて配慮をする必要は無い。何を騒ごうが無視しろ」

「了解であります」

「では、目標に対して勧告をすることとしよう。現地司令部に帰る」

山縣と中田が東京駅南口を離れ、駅前広場の大型移動指揮車へ脚を搬んでいると。

東京駅北口方面からふたりのおとこが疾駆して来た。ひとりは警察官の夏制服に長靴、いまひとりは機動隊の出動服に指揮棒を携行している。山縣は瞬時にそれぞれの階級章を識別した。いずれも警視正。単純換算は不可能だがほぼ佐官級、山縣・中田と同格といえる。警察官たちは山縣らの前途を扼する様に立ち塞がった。警察官制服がいう。

「帝国陸軍近衛師団近衛騎兵連隊連隊長の、山縣良子中佐でいらっしゃいますな？」

「いかにも、戒厳部隊指揮官の山縣だが？」

「本職は警視庁丸の内警察署長の金山警視正、こちらは警視庁第一機動隊長の矢作橋警視正です」

「御丁寧な御挨拶痛み入りますが、我々は動員により戦時態勢にあります、御手短に」

「なら直截に申し上げるが、警視庁機動隊に丸の内北口、丸の内地下口等の集団警戒を申し入れてきたのは貴職ですな？」

「正確にいえば、命令しました警視正」

「警察の現地部隊の指揮は本職に一任されている。そもそも陸軍から命令などを受ける謂れは無い」

「勅令戒厳が布かれるのは、御存知ですね」

「無論だ」

「ならば戒厳令——太政官布告第三十六号の準用により、すべての地方行政・司法作用が戒厳司令官の所掌となることについても、御存知ですね？」

「戒厳司令官は宇部中将だろう。貴職ではない」

「小職は宇部中将から、戒厳部隊指揮官として現場における全権を委ねられております」

「そのようなことは聴いていない」

「いま伝達しました。速やかに命令を執行してください」

「警察は単純な地方行政作用ではない!!」

「――戒厳部隊指揮官の命令には、遵(したが)えないと？」

「内務省の指揮監督なくして、貴職ごときの申入れを受諾する訳にはゆかん!!」

「――了解しました、では此方(こちら)へ。中田、先行して協議の準備を」

「はっ」

憤懣(ふんまん)やる方ない上級警察官ふたりを大型移動指揮車前に誘導した山縣は、先行した中田が戦闘服姿の一個分隊を既に集結させているのを確認すると、分隊長の軍曹(ぐんそう)に命令した。

「内乱予備罪の被疑者だ。現行犯逮捕の上、近衛師団司令部で丁重におもてなししろ」

「はっ!!」

「女貴様ッ!!　陛下の警察官にこの様な真似をして、無事で済むと思ってか!!」

上級警察官ふたりは必死の抵抗をしたが、自動小銃を装備した軍人の敵ではない。ずるずる、ずるずると舞台から退場してゆく。

「貴重な兵を、この様な莫迦(ばか)げた使い方で……縄張(なわば)り争いで遊べる情勢では既にない。帝国そのものの危機だということが、まだ解らんらしい」

「むしろ感謝されてもよいでしょうな。我々が最前線の死地に立つというのだから。陛下の警察官とやらを、無下(むげ)に殺したくはないでしょうに。

いずれにせよ末井(すえい)内務大臣は遣(や)り手とか。背を撃たれると面倒ですな」

「貴族院議員(ユウフィールオールウエイズライトアズレイン)とはいえ平民だ。親父殿に頭を押さえておいてもらうとしよう」

「あいかわらずの剛腕ね、良子(ヨシコ)」

率然と第三者の声が響く。練達の軍人ふたりに気配すら察知されなかったそれは少女で。

清楚なモノトーンの夏セーラー服。ぱっつん前髪にお姫様カットのロングロングストレート。透ける様な真白い肌の、その女子高生は。

「修野まり」

「おひさしぶりね」

「こんなところで、同窓会とはな」

5　架電にて

「吃驚させたかしら」

「東京鉄道ホテル八一号室にいる、とばかり思っていたのでね」

「所謂銀ぶらしていたのよ」

「大隊長、まさか他にメゾネット・エリアから逃散している者はおるまいな」

「従業員の尋問が甘かった様です。五分頂戴できますか」

「大至急確認しろ」

　中田少佐が大型移動指揮車近辺から離れてゆく。護衛の一等兵以外、現地司令部近傍は修野まりと山縣良子のふたりになった。修野まりの外貌は十八歳、山縣良子の実齢は二十八歳である。

「最後に会ったのは、何時だったかしら」

「オックスフォードのマートン・カレッジ以来だろう」

　修野まりはそもそも英国公爵令嬢である。飛び級で既に修士号を獲てから、日本帝国の中学校に編入したという異色の学歴を有する。他方で、山縣良子もまた陸軍大学校時代に英国へ留学し、数学修士号を授与されていた。軍人に数学の素養は欠かせない。

「御父君にあっては御壮健？」

「おまえの方が詳しいだろう、子爵令嬢」

「そうでもないわ、宮内大臣山縣公爵ともなれば公卿ですもの、子爵令嬢ごときでは」

山縣良子が陸軍でエリートコースを驀進しているのも、最精鋭近衛師団で連隊長を務めているのも、その背後に山縣公爵がいるから、というのが衆目の一致する処だった。もっともまり自身は、その様な強烈な七光がなくとも、山縣良子が優秀な軍人であったろうことを認めていた。

「銀座に行ったのか」

「ええ」

「おまえのことだ、宮城正門のことも知っているな」

「ええ」

「そして国立予防衛生研究所に検体を提供したのもおまえだ」

「そうよ」

「なら私がおまえを隔離しなければならない義務を有していることも、解るな？」

「私はそこまで迂闊ではない。あなたの憂慮している様な状態にはない」

「何故断言できる」

「八一号室を微塵も離れてはいないから。御希望とあらば血液検査も受けるけれど？」

まりは破廉恥な嘘を吐いた。山縣良子の感情統御をしてもよかったが、無駄な消耗をする必要はない。そしてまりは、良子が、まりの執拗な周到さを評価していることも知っていた。ならば虚偽の方が安価である。

「検体はどうやって入手・搬送した」

「学友に頼んだわ。調べてあるでしょう、同室の柏木照穂」

「外出してはいないが？」

「修野家の東京邸から人を出した」

「検査結果は出たのか」

「出たわ」

「すなわち？」

「陸軍お持ちの結果と対照してみたいわね」

その刹那、中田少佐が美しく疾駆してきた。流石というべきか、汗の雫ひとつ無い。

微かに霧雨で濡れているだけだ。それはまりの黒髪をさらに美しく濡らす霧雨でもあった。

「従業員に確認致しました。

メゾネット・エリアの宿泊客であって外出した……外出をされたのは、修野子爵令嬢だけでありま
す」

「今度こそ確実だな？」

「フロントで複数者が確認しております。また、隔離者リストにも記名はありません」

「では封鎖区域に現存するのは、七名の宿泊客だな？」

「違います、連隊長殿」

「なに？」

「九名であります。同様にフロントで確認されております。先のベルボーイを別論とすれば、メゾネット・エリアに、宿泊客以外の二者が侵入しておりました」

「何者か」

「東北帝国大学医学部助教授の池鯉鮒五郎医師、及び、警視庁特高部特高総務課管理官の東岡崎裕警視

であります」

「侵入の経緯は」

「池鯉鮒医師にあっては急患の診療。東岡崎警視にあっては異常死体の検視であります」

「急患に、異常死体か。確かに予想できたこととはいえ、二者にとっては因果だな」

「内務省及び警視庁から、東岡崎警視を解放するよう要求がなされておりますが」

「そのうち黙る。理解すればな。

まり。

これ以上躯(からだ)を濡らしてもつまらん。同窓会は現地司令部で行いたいが」

「御招待、感謝します」

「しかし連隊長殿、修野まり……子爵令嬢にあっては、隔離の」

「このおんながそんな上品なものか。かまわん、責任は私が執る」

「了解しました」

軍装とセーラー服の臨時混成部隊は、大型移動指揮車に入った。液晶画面の機械的な灯火が三者を浮かび上がらせる。管制官は四人いたが、山縣中佐はその気性が気に入った松尾曹長に命令をした。

「電子顕微鏡の映像を出せ」

「このモニターに出します」

画面は東京駅薔薇煉瓦駅舎から劇的に切り換わり、何処(どこ)か邪悪な執拗さを感じさせる、奇矯(ききょう)な紐の群れを投影した。ランダムに撒布したパスタ。それは木の芽の様でもあり、モヤシの袋の様でもあり、YやUのパズルの様でもありまた山菜の様でもあった。

山縣中佐はまりを見遣りながら。

「一万七、〇〇〇倍の映像になる。目標は最大級でも八〇〇ナノメートルだからな」

「これで株を識別するのは、玄人でも無理ね」

「おまえが国立予防衛生研究所にやらせたとおり、抗原を検出するエライザ試験法を優先した。約五時間で結果が出るからな。もっとも知ってのとおり、我々はおまえより若干、時間的に先行していた。したがってより時間を要する抗体試験も、遺伝子試験の結果も獲ることができた。結果は」

「レストン株ね」

「確かに。だが、それだけではない」

「レストン一一〇五」

「そうだ。

　エボラ・レストン一一〇五。

　エボラの血族たち――エボラ・ザイール、エボラ・スーダン、エボラ・コートジボワール、エボラ・ブンディブギョ、エボラ・レストン。これらを圧倒差で超越する厄災の悪魔、エボラ・レストン一一〇五だ。この意味する処は当然知っているな？」

「レストン株だけは、空気感染する」

「それだけなら救いもある。エボラ・レストン自身はヒトに何らの症状を発生させないからな。エボラ・レストンに感染しても、実際上、当該ヒトに危険性は無い。

　が。

　エボラ・レストン一一〇五は、違う。

　天帝、汝がいにしえの憐れみは、汝が果て無き寛容は何処に在りや（*Esdra, 8*）――

　これは空気感染するばかりか、レストン以外の他の血族同様、ヒトに出血熱を起こさせ、激甚な臨床症状を発生させる。致死率が九〇％のケースもある他の血族同様にな。いやそれ以上に剣呑だ。他の血族が最大三週間ヒトに潜伏しているところをたった二日、たった二日で発症に至らしめ、他の血族が四日掛けてヒトを殺すところをたった三日で炸裂に至らしめるのだから。これは感染症対策に関係する者のまさに悪夢だ。驚異的な分泌物・飛沫感染能力と致死率を誇るエボラが、終に獲得した空気感染能力。もしこんなものが蔓延するに至れば、日本帝国はおろか世界すべてを蹂躙し、二十数億人以上が此奴に殺されるだろう。

想像してみろ。

わずか五〇〇個の――ナノメートルサイズ、ヒト細胞一個分の――エボラ・ウイルスがヒトの肺に至れば、それは当該ヒトの致死量になる。ということは、東京駅の空調システムに微量が上にも微量なエボラ・ウイルスが侵入しただけで、旅客も職員も全滅だ。まだプルトニウムその他の放射性物質の方が人類愛にあふれている。というのもそれらは自己増殖しないが、ウイルスはまさに自己増殖をする為にのみ、存在しているのだからな」

「良子、そもそもエボラ・ウイルスは、ＲＮＡ型ウイルスにしては異例の安定度を有しているはず。他のＲＮＡ型ウイルス――例えばインフルエンザ・ウイルス――であればヒトの一〇〇万倍のスピードで突然変異を起こすけれど、エボラ・ウイルスは滅多に変異しないというのは学会の常識。

それが率然と空気感染タイプに変異した、という蓋然性はありえない。

と、すれば。

赤坂絡みの話でよいのね？」

山縣良子は修野まりを手で制し、声をピアニシモにして答えた。

（それは軍機だ。しかも極秘の。管制官にも聴かれる訳にはゆかん）

（赤坂の合衆国大使館で発生した感染事案ね）

（返事をする訳にもゆかない。が、知っているなら聴くな）

赤坂事件。

一般には、いや軍務省の顕官のごく少数以外には秘匿されているウイルス禍。

大使館側と近衛師団の最精鋭により極秘裏に処理された為、その全貌はいまだ明らかでなく、また永劫明らかになることはないであろうが、あやうく合衆国大使館員すべてを、いや日本帝国国民三分の一を殺戮しかかった地域感染事件である。第一発症者はフィリピン帰りの大使館員とされるが定かではない。いずれにせよエボラ・ウイルスは合衆国大使館を総舐めにし、甚大な犠牲を生んだのちどうにか感染の連鎖は止まった。このときのエボラ・ウイルスが、現在世界最高峰のウイルス研究機関である合衆国陸軍微生物病医学研究所、合衆国疾病対策予防研究所によって詳細に研究され、結果、二年前――一九八九年――にワシントン西側郊外レストン市で突如発生した『エボラ・レストン』と九九・八九％の近似性を有するものの、残余の〇・一一％の相違こそが、空気感染能力をもたらしていることが解明された。エボラの株の命名規則によれば『エボラ・トウキョウ』『エボラ・アカサカ』とならなければならないはずのエボラ最新の血族は、当然の政治的配慮によりその存在すら公表されることなく、レストンの亜種としてわずかな関係者に記憶されることとなった。一一〇五というのは、もとより合衆国大使館の地番に由来するものである。

（バイオテロだった、という噂も聴くけれど？）

（人類を滅亡させてか？　それはまた気宇壮大な自爆テロだな）

これも著名な事実だが、エボラ・ウイルスのすべての血族について、ワクチンも無ければ治療薬も無い。そもそもそれらの研究の前提となる、ウイルスの自然宿主すら解明されてはいないのだ。これまで昆虫三万を含む動物四万八、〇〇〇匹についてサンプル調査がなされたが、エボラ・ウイルスと共存しているものは存在しなかった（共存している者、すなわち通常に生息しているが、その体内からエボラ・ウイルスが検出されるものが自然宿主であり、すなわちエボラの搬(はこ)び手である）。そもそもエボラを含む紐(フィロ)ウイルスは、すべて七つのタンパク質を有しているが、うち四つについては未知、未解明なのだ。レストンとレストン一一〇五の差異もこの未解明のタンパク質に由来すると考えられている。

　すべては、これから。

　いずれにせよ、空気感染能力を持ったエボラというのは、アンドロメダ・ストレインも吃驚(びっくり)の、史上最悪の殺戮装置である。もしこれをバイオテロに使用するというのなら、これだけ航空ネットワークの発達した昨今、それこそ宇宙空間にでも脱出して身の安全を確保するしか無いだろう。そのバイオテロ組織が現代、ヒトが到達したレベルの医学・微生物学を遥(はる)かに超越した技術を有しているなら別論だが、それは御伽噺(おとぎばなし)である。世界じゅうが血眼(ちまなこ)になって治療薬その他の研究に没頭しているのに、バイオテロ組織がそれに先んじるということは、自然発生する有意の蓋然性を持たない。

「東京鉄道ホテルの空調システムはどうなっているの」

「おまえにとって僥倖(ぎょうこう)だろう、各客室ごと独立したものだ。中央官制はしていないし、客室を結ぶ通気孔の類は一切、存在しない。大正時代の建築物ほぼそのままだからな。またそうでなければ、おまえを直ちに隔離しないはずがない」

「朝方の宮城(きゅうじょう)の犠牲者はどうしたのかしら」

「既に絶命していた。国立予防衛生研究所のＰ４施設にいる」

（宮城、という処が意味深ね）

（……テロかどうかはすぐに解る。脅迫その他の接触があるだろうからな）

「銀座の炸裂者は？」

「国分寺（こくぶんじ）の西東京警察病院に搬送された。同伴者ともどもだ」

「また牧歌的なところね」

「地下に極秘病棟を設置している。親父殿は内務大臣もやっていたから熟知している」

「成程（なるほど）」

液晶スクリーンの虐殺者を凝視していた山縣中佐へ、中田少佐がわずかに接近した。

「連隊長殿、そろそろ御時間であります」

「了解した、回線つなげ」

山縣中佐はインカムを採った。松尾管制官がコンソールを叩く。

「東京鉄道ホテル八三号室の電話につながりました」

「よし」

山縣は八三号室の宿泊客を当然把握していた。外界との回線をすべて遮断すれば、これも無用な抵抗を誘発しかねない。一回線だけ残すことにした彼女が撰（えら）んだのは、おなじ軍人だった。もとより先方の代表者というよりは、当方の代理人とするつもりである。

荘厳（そうごん）ともいえる液晶と非常灯の灯火のなか、スピーカーから牧歌的な呼出音が響く。八回ほどそれが繰り返されたその刹那、相手方が出た。

「もしもし」

「もしもし、宇頭元帥陸軍大将閣下でいらっしゃいますか」

「いかにも宇頭だが、君は誰かね」

「近衛師団近衛騎兵連隊連隊長、戒厳部隊指揮官、山縣良子中佐であります」

「山縣君か、ひさしいな」

「御無沙汰(ごぶさた)を致しております」

「ちょうどよかった、頼みたいことがある」

「承(うけたまわ)りましょう」

「おそらく君の部隊の兵だろうが、ホテルの窓を怪しげな素材で塞(ふさ)いでしまった。すぐに撤去してもらえないかね。梅雨(つゆ)の細雨を肴(さかな)に一杯、やりたいのでね」

「閣下は禁酒なさっておられるものとばかり思っておりました」

「それから山縣君、これも御案内のことかと思うが、此処(ここ)の八四号室で急病人が出ているのだよ。帝国軍人としては万難を排して救護したいのだが。中佐もそう思うだろう?」

「閣下、閣下は御存知ないかも知れませんが、当該者は既に死亡しております」

「ならば検視の警察官を呼ばねばならんね」

「閣下の八三号室に、現在、他の旅客は入室しておりますか」

「誰もおらんよ」

「閣下は今日、八三号室をお離れになりましたか」

「いや」

「朝昼の御食事は」

「此処のダイニングから搬(はこ)ばせたが」

「ならば閣下、何卒(なにとぞ)そのまま八三号室をお離れにならず、また誰の入室も拒(こば)まれますよう」

「それは何故かね、中佐」

「当該死亡者は法定伝染病の罹患(りかん)者であります。また当該伝染病は南口ドームのメゾネット・エリアに拡散しております。他者との接触は、厳にお慎みください」

「ふむ、それで私はどれだけ此処で我慢していればよいのかね」

「概ね五日乃至六日、籠城して頂きたいのであります」

「断る」

「断る、とは」

「山縣君、私には陛下の不為になることは断じてできん。神保糊道君が罹患したのは、誤り無くエボラ・レストン一一〇五だ。そして既に、その血液と直接接触してしまった方々がいる。すなわち事態に一刻の猶予も無い。それらの方々を直ちに保護し、隔離病棟で集中治療に当たるのが帝国陸軍の使命であり、また僭越ながら」

天皇陛下の、と威儀を正した声が響いた。

「御旨に適うものと確信する。また空気感染の虞がある以上、此処メゾネット・エリアの旅客はすべて隔離・停留されなければなるまい。小職もまた然りだ。

山縣中佐、日本帝国元帥陸軍大将として貴職に命ずる。

直ちに東京鉄道ホテルの物理的封鎖を解除し、感染症罹患者等の救護及び隔離を開始するのだ」

「それは不可能であります」

「……すべての開口部を塞ぎ、脱出口を塞ぎ、無辜の民間人をエボラ・ウイルスに殺戮させようというのか!!」

「そのとおりであります」

「山縣、貴様……」

「仮にエボラ・レストン一一〇五が帝都千代田区に地域感染を開始すれば、たちどころに東京駅を起点として帝国主要都市に国家的感染(エピデミック)がひろがり、また羽田空港・成田空港を起点として世界的感染(パンデミック)、感染爆発をもたらします。参謀本部の試算によれば、当該感染爆発による死者は、二二億四、三〇〇万人ないし二九億一、八〇〇万人。

閣下。

九人の生命と、二十数億の生命。

比較衡量(ひかくこうりょう)の結果は明らかであります。これを前提として、御要望があればできるかぎり実現したいと考えております」

「要望はひとつだ。封鎖を解除し医療活動を行え。鉄扉を開くか窓を割れ」

「空気感染するウイルスを、封鎖区域外に漏出させることは断じて不可能です」

「貴様それでも陛下の軍人か!!　陛下の軍人が、陛下の赤子(せきし)を殺戮するなどという非道が歴史の審判に耐えうるとでも思ってか!!　まさか陛下はこのことを御存知ではあるまい。そして帝国三軍の統帥権は陛下のみにある。御勅裁(ごちょくさい)をあおぐこと無く、陸軍がその恣意(しい)により帝国臣民を虐殺するなど叛逆(はんぎゃく)に等しい!!　貴様その様な汚名を、陛下に」

「勅令戒厳が布(し)かれました。閣下御案内のとおり、戒厳の作用は統帥権の発動ではございません。軍事行政権の発動であります。したがいまして、すべては戒厳司令官及びその権限を委任された戒厳部隊指揮官である小職に委ねられております。陛下(おかみ)には、戒厳司令官より適時適切な上奏(じょうそう)があるものと側聞しております」

「私は帝国陸軍の美徳と挺身(ていしん)こそ、階級や俸禄(ほうろく)より重要なたからだと確信して生きてきた。身を挺して帝国臣民の救難に当たらずして何が軍隊だ。軍隊の意思を国民の上に置いて、生き存(なが)えた国家など無い」

「御立派なペリクリーズでありますが、ならばこうお返ししましょう。何事も時の我が儘次第（ザットタイムズザキングオブメン）、時が望まぬもの（アンドギヴズゼムワットヒーウィル）などは、なにひとつくれることがない（ノットワットゼイクレイヴ）」

「……これ以上の議論は消耗であるばかりか無意味だな。

最後に確認をしておこう。

戒厳部隊指揮官としては、本日日曜日より少なくとも五日、この物理的封鎖を堅持する方針なのだな？」

「はい」

「当該五日で、炸裂する者は炸裂する、それを座視するということだな？」

「はい」

「糧食（りょうしょく）も無しでか」

「発症者は、糧食など望まないでしょう」

「当該五日を生存した残存者はどうする」

山縣良子は、此処でぬけぬけと想定問答どおりの虚偽を述べた。

「それは血清、抗体その他の研究の為、隔離してしかるべき施設に搬送します。生存者は貴重な検体でありますし、正体不明のエボラ・レストン一一〇五は別論、一九七六年に率然と人類社会に出現したその他のエボラの血族に関する臨床データによれば、致死率は最低値を採るなら五〇％。天帝が嘉（よみ）したまえば賽（さい）の目は五分五分。我等とて当然、様々な動機原因から、五日後に生存者が確認されることを期待しておりますし、またそれを前提としてオペレーションを組んでおります。これこそ、我々がＣ兵器を以て事態の緊急処理を敢えてしない理由」

「ベルモント国務長官はどうするのだ。見殺しにすれば合衆国大統領が黙ってはいまい」

「この様な厄災（やくさい）に見舞われた以上、その政治生命はほぼ終焉（しゅうえん）しています。憂慮する必要を感じません」

「合衆国海兵隊等が、奪還作戦を決行するぞ」

「合衆国はそれを望んではおりませんし、仮にそうだとして、徹底的に排除するのみ」

「五日後に封鎖を解除したあとは？」

「メゾネット・エリアについて徹底的な除洗・化学処理を実施します」

「我々が実力を以て封鎖解除に当たるとすれば」

「それもまた、徹底的に実力を以て排除するのみ、であります」

　電話回線の音声を淡々と聴いていた修野まりは、しかし管制官の松尾曹長からインカムを自然な態様で借り受けると、流麗な指の動きで電話回線に介入した。山縣中佐に諫止（かんし）の暇（いとま）を許さないほど静謐（せいひつ）なそれは自然さで。言葉を紡（つむ）ぎながら山縣中佐を手で制するまり。

「宇頭元帥、修野まりです」

「……修野子爵令嬢、御無事でしたか」

「我が身ひとり死地より逃散（ちょうさん）し、お詫びの仕様もございません」

「とんでもない。こんな処で死んではならない。むしろ詫びねばならんのは私の方です。元帥の称号も、陸軍大将の階級もそして元帥刀も、ナノメートルの悪魔には無力そのもの。帝陛下の軍事顧問を拝命しながら、近衛中佐すら意のままになりません。

　私もまた、死ぬでしょう。それはいい。

　しかし数多（あまた）の民間人、なかんずく柏木君と峰葉さんを救うことができんのは、この宇頭、終生の遺憾であります。どうか許してほしい」

「――あらゆる軍人は、逆境という学校を卒業する必要がある」

「よく御存知だ。グナイゼナウですな」

「もし帝陛下の股肱たる閣下が、いち子爵令嬢の差出口をお赦しくださるのならば」

「無論です」

「陛下の赤子を救ってください。最期の刹那までいのちを諦めるなと鼓舞してください。私もあらゆる手段を講じ、封鎖区域の至近で闘い続けます」

「あなたが東京鉄道ホテルを離れていてくれて、本当によかった」

「終わりに当たって、お願いがございます閣下」

「なんなりと」

「峰葉実香にこう、ことづて願いたいのです。

私のイヤリングを預ける。実香が生還するまで預ける。ただし八五号室の窓のあたりに、そう新幹線ホームが見える窓のあたりに忘れてしまったので、葉月頭取に頼んで回収してほしい。デリケートなものだから、粗雑に取り扱うと爆ぜてあぶない、いつも教えているタイミングで、よく注意しながらすること。解らなかったら、またメッセージを託す――

これでお願いできますか」

「解りました、必ず峰葉さんの御耳に」

修野まりはその瞳で会話の終了を詰げた。訝しみながらも山縣中佐がインカムに発話する。

「宇頭閣下。閣下の御無事を祈念しております」

「嘘はないが、冷厳なことだ」

「それでは、五日後に」

6　戦術会議にて

どん、どん、どん!!

どん、どん、どん!!

――東京鉄道ホテル、メゾネット・エリア。

丸の内南口ドーム、八一号室と八六号室の先。すなわち北側にある他の客室への通廊がある箇所。東岡崎警視と僕は、縦の線(アインザッツ)をそろえながら、如何(いか)にも剛強な鉄扉に肩から体当たりを継続していた。既に六十秒は攻撃を仕掛けているが……

「無理ですね、警視」

「これは鉄盤(てつばん)じゃない、鉄壁だ。辞書二冊分以上あついだろう」

「それが外側から確実に施錠されていますね」

「金属錠はもとより、心棒の様なものも使っている。そしてほら」

東岡崎警視は、鉄扉の端々(はしばし)を見遣った。

「御丁寧に、上下左右すべて溶接作業済みだ。人間が突破することは、不可能だな」

「そうはいっても、いまひとつの扉を試さない訳にもゆかない」

僕等はおなじく丸の内南口ドーム、八三号室と八四号室の先、すなわち南側にある他の客室への通廊を塞(ふさ)いでいる鉄扉に赴(むか)った。頑固な容貌は北側鉄扉とまったく同様。そして僕等がやはり六十秒攻撃を加えた結果もまた、同様だった。亶(あつ)さ、施錠、心棒、溶接。

これを要するに。

僕等は完全に封鎖された。東京駅丸の内駅舎南口ドームは――正確には、その三階及び四階部分を成す東京鉄道ホテルのメゾネット・エリア六室は——外界と完全に遮断されたのである。八角形の孤城。丸の内乗車口が観覧できるはずの三階回廊は、窓がすべてダークチェリーレッドの固体化した粘液で塗り潰され、外界が一切視認できないばかりか、どうにも悪趣味な閉塞感を醸し出している。もとより、それは六室すべての窓についても同様であった。

「東岡崎警視、この素材、突破できませんか」

「熱可塑性エラストマーだな。それも軍隊が用いる特殊なもの。爆薬でも無いかぎり除去は無理だ。仮に突破できたとして、此処は大正時代におけるルネサンス様式の三階・四階部分。現代のオフィスビルにしたら、優に十階ないし十二階に相当する位置となる。すなわち自殺行為だろうね。おまけに」

「帝国陸軍ならば、脱出者用の狙撃班も展開している」

「そうだ。建設工事用シートもあるから、たとえエラストマーを除去したとして、光などの信号を発することもできん」

——僕等は所期の行動をとった。この閉鎖区域の最上位者、宇頭元帥陸軍大将への報告である。八三号室に鍵は掛かっておらず。

「おお東岡崎警視、どうでしたか閉鎖状態は」

「流石は帝国陸軍、完璧です。我々の側では脱出方策がひとつも用意できません」

「陸軍の水を飲んできた者として、警視には大変恐縮に思う」

「いえ此の期に及んで陸軍も警察もありません、我々はみな一蓮托生です」

「そういって頂けると、わずかに慰められる——

　さて事態が明確になったところで、東岡崎警視、我々は残酷な作業を開始せねばなりますまい。無論、それが私自身に適用される蓋然性もたかいが」

「僕は退出しましょうか？」

「いや柏木君、君は池鯉鮒(ちりゅう)医師とも神保先生とも接触している。我々より有意な情報を有しているだろう。君のちからも借りねばならん。いや、どうか救(たす)けてほしい」

「できることならば」

「それでは東岡崎警視、現状を」

「はい、閉鎖状態については既に御報告したとおりですが、その他の情勢をまとめてみる必要があります。

まず、誰がこの封鎖区域に幽閉されているか、ですが」

東岡崎警視はメゾネット・エリア六室の宿泊客等の名前を列挙していった。

柏木照穂、峰葉(みねば)実香／マロリー・ロダム・ベルモント／宇頭忠道／葉月鳴海(なるみ)／今伊勢師実(もろざね)／池鯉鮒(ちりゅう)五郎／国府(こう)毅彦(たけひこ)／東岡崎裕(ゆたか)／（神保糊道(のりみち)）

「生存者が九名、死亡者一名ですね警視」

「まさしく。そしてこれから実行しなければならないのは」

「誰が疑いのある者で、誰がそうでないか、ですね」

「もちろん元帥御案内のとおり、この厄災(やくさい)の威力にかんがみ、メゾネット・エリアにいるすべての者が疑い例と判断することもできるのですが」

僕は朧(おぼろ)に『この厄災』の実態を理解し始めていたが、黙っていた。宇頭元帥は信頼できる人格者だ。すべての情報を分析してから、正確なところを、総員に発表するつもりなのだろう。

「差し当たり、直接接触の蓋然性が認められる方だけを整理しましょう」

「解りました元帥、まず小職の現認したところでは、神保糊道氏は別論として、その救命に当たった国府ベルボーイは、確実に血液と接触しています。これは制服を見れば一目瞭然ですな。小職が確実に疑い例と断言できるのは、国府君のみです——もっとも、国府君のみは神保糊道氏とよりながく接触しているので、単純な血液接触よりも更に疑わしいのですが」

「柏木君、君の意見をもらいたいのだが」

「どうぞ元帥」

「池鯉鮒先生は医師として神保糊道と接触されておられるはず」

「はい」

「どの様な態様で?」

「マスク、ゴーグル、ゴム手袋を着用しておられました。ゴム手袋は複数枚を重ねておられたはずです」

「血液を直(じか)に染(あ)びた様なことは」

「僕が観察したかぎり、ありません、が……」

「が?」

「……医療器具を密閉する際、顔をしかめ、舌拍(したう)ちをされていた。その意味する処(ところ)については、臆断(おくだん)を差し控えたいと思います」

「密告のような真似をさせて済まない。だが枢要事項だ。東岡崎警視、もし私の想像が正鵠(せいこく)を射ていたとするならば」

「そうですな元帥、手袋に創(きず)が認められた——その蓋然性は無視できるものではない」

「国府ボーイ、池鯉鮒医師。

他に直接接触が想定できるのは誰だろうか?」

「これは葉月鳴海頭取から聴取したのですが、今朝方、葉月・今伊勢・修野・神保で朝食の会を開いたとか」

「神保先生と？　それはまた穏やかでないな……最終段階にあったはずだ、当然飛沫も出す。柏木君、修野子爵令嬢から何か聴いてはいませんか」

「残念ながら。僕が怠慢にも朝寝を貪っていたので、何も。ただ今朝方、修野さんが僕等の八一号室を離れたのは誤りありません。夢見心地ながら、セーラー服姿で外出するのを目撃したので」

「東岡崎警視、朝餐の配席は？」

「すみません、聴取しておりません」

「すべてを説明したのち、葉月頭取にはその様子を詳細に供述してもらうとして、当該朝餐の出席者は疑い例としなければならないでしょう。すなわち葉月頭取、今伊勢侯爵」

「残余は……敬称略で柏木、峰葉、ベルモント、小職、東岡崎となる」

「元帥、警視、よろしいでしょうか」

「もちろんだよ柏木君」と宇頭元帥。「この際、どんな些細な事でもよい」

「実は昨晩から、東京鉄道ホテル内において――正確にはそのメゾネット・エリアにおいて、奇矯な事態が発生しています。

　指を切る者が複数出たのです」

「指を切る……例えば誰かね」

「元帥閣下、例えば学友の峰葉と、西海銀行の葉月頭取です」

「確かにそうだ」と東岡崎警視。「そもそも部外者である池鯉鮒医師が東京鉄道ホテルを訪れたのは、指を深く切った葉月頭取の治療が発端と聴いている」

「警視、指を切ったというのは何時の事ですかな？」

「本日午後はやいうち、と聴いております」

「原因は」

「これも御本人に聴取しませんと、何とも」

「なら柏木君、峰葉実香さんが指を切ったのは何時だね」

「正確には分かりません。昨晩僕が就寝してから、今朝方僕が起床するまでの間です」

昨晩階上と階下に分かれた時には絆創膏をしていなかったが、昼飯時には絆創膏をしていた。修野さんならもっと具体的な供述ができるのだろうが。

「峰葉さんが指を切った原因は？」

「それなら水晶です」

「水晶？」

「元帥閣下は御存知ではありませんか。西海銀行の葉月頭取が、葉月宝飾なる株式会社の採集した水晶の原石を、メゾネット・エリアの旅客にプレゼントしたことを」

元帥ははっとダイニングテーブルを見遣った。其処にはリボンを掛けられた、御立派なランプブラックのギフトボックスがある。宇頭元帥はいまだ開封をしていなかった様だ。

「確かに、葉月頭取からとベルボーイが搬んで来たが――このような職務上、また諸情勢から、贈答品の類は元帥府副官が処理するので開封しなかった。

峰葉さんはこのなかの水晶で、指を怪我されたのですな？」

「はい、正確には原石ですから、石英の結晶ですが」

「石英は時に剃刀の如く鋭くなる。柏木君、原産地は分かりますか」

「宇頭元帥」と東岡崎警視。「それならばアフリカです。葉月宝飾はザイールに鉱山を保有しています」

「警視、確か神保糊道氏が標本化しようとしていた蝶もまた」

「中央アフリカ一帯に生息する蝶です、元帥」

「……それが偶然とは思えない。そんな偶然は自然発生する有意の蓋然性を持たない。

と、すれば。

疑い例には峰葉実香さんと、重ねて葉月鳴海氏を入れねばなりますまい。

他に御意見があったら追加してください。これを暫定的に整理すれば……」

総員の認めるところ。

　疑わしい者は峰葉、葉月、今伊勢、池鯉鮒、国府（＋神保）
　現段階で疑わしさの認められない者は柏木、ベルモント、宇頭、東岡崎

となった。その刹那、八三号室のアンティーク電話がじりじりと鳴り。宇頭元帥は訝(いぶか)しみながらも受話器を採った。

「もしもし宇頭です――ハア――ハア――just a minute !!」

宇頭元帥の不機嫌な渋面(じゅうめん)は稀(めずら)しい。というか面識を獲(え)てからというもの、初めて見る。

「東岡崎警視、あなた英語は？　駄目？　柏木君は受験生だから――駄目？」

実は駄目でもないのだが、この情勢で英語となれば相手方はベルモント国務長官しか想定できず、したがって田舎米語を聴きたくないので黙っていた。名誉より鼓膜(こまく)が大切な時もある。宇頭元帥は大使館じこみのドイツ語で一方的に攻勢を掛けると、憤然と受話器を投擲(とうてき)した。

「ベルモントの婆さん――国務長官閣下からだ。現下の異常事態について、饗応(きょうおう)役のウトウ元帥陸軍大将に説明を求めたい、らしい。

東岡崎警視、ちょうどよい。

八二号室へ総員を参集させてください。其処(そこ)で認識を共有し、爾後(じご)の対応を協議する。

メゾネット・エリアの各室へは、内線が使えるはずだから」

「しかし疑い例だけで五人……被害の深刻化につながりませんか」

「排菌は感染して二日目からだ。現在の情報を総合するかぎり、体液・飛沫以外による感染はまだ無い、まだ」

「了解しました、宇頭元帥」

7　本会議にて

メゾネットのリビングは、九人総員が参集してなお余裕がある。望むならば十数人でカクテル・パーティが開催できるだろう。そして此処(ここ)八二号室は、僕等の八一号室よりさらにひろく、東京鉄道ホテルで最も格式がある、より実際的には収容力のある客室である。

巨大なダイニングテーブルは会議卓となり、ベルモント国務長官が首座を確保した。その真正面に宇頭元帥。元帥は混乱が予想されるにもかかわらず、元帥刀も拳銃もおびておらず。池鯉鮒医師もまた、診療鞄を有していない。不安を煽(あお)るからだろうか、聴診器や白衣ももちろん遠慮している。医療用のマスクをしているだけだ。しかし国府ベルボーイにあっては、フルフェイスのまるで対化学兵器用の如(ごと)き異様な、顔貌のがっしりしたマスクをしており。そういえば東岡崎警視は、拳銃を持っているのだろうか？　情勢は一触即発だが。

元帥と国務長官を鎖でつなぐ様に、他の七人が着座した。当然ながら、宮城(きゅうじょう)が遠く拝(おが)めるはずの典雅な窓はすべてダークチェリーレッドで塗り潰(つぶ)されており、外界は一切、望むべくもない。

池鯉鮒医師と国府ボーイが英語を駆使できるということになり、さらにドイツ語の汚染がない（池鯉鮒医師の世代はドイツ語でカルテを書く）ということで、依然として赤黝(あかぐろ)い血潮に塗(まみ)れた国府さんがマスク越しに英語通訳をすることとなった。さっそく合衆国政府首席閣僚の叱責(しっせき)が飛ぶ。

「国家の賓客(ひんきゃく)をいきなり幽閉するのが、日本帝国の儀典というものですか元帥(マーシャル)!?」

「マアマア、マアマア、まずはお水でも――国府君、国務長官閣下に喉湿(のどしめ)しを頼む」

といっても此処は封鎖区域、ダイニングへ頼む訳にもゆかない。必然的に国府さんは八二号室のバーへ赴き冷蔵庫を確認した。

「閣下、炭酸ですか、非炭酸ですか」

「炭酸(コウク)で。喉が渇いて死にそうだわ(アイビーンダイイングトウドリンクサムスイング)」

「かしこまりました」

ペットボトルの水がバカラの水差しとグラスで供される。合衆国国務長官閣下は剛毅(ごうき)にグラスを空けると、宇頭元帥に御下問遊ばした。

「ウトウ(UTO)元帥、それでこの会議の趣旨は？」

「閣下御案内のとおり、この東京鉄道ホテルで異常事態が発生しております。陸軍の小職と、警察の東岡崎警視とでいささかの情報収集を試みましたので、その結果を宿泊客の皆さんすべてに御報告するとともに、これからどうすべきか、率直に検討したいのです」

「御報告も何も(ユウオフイサーズワズトウスロウ)!!」

国務長官は起ち上がりながら、ばん、とダイニングテーブルを拍(う)った。

「陸軍が出動して、此処までの完璧な封鎖作戦を展開するとなれば、おのずから解答は明らかといわねばならない。ドクター・チリュウ」

国務長官は末席に蟄居（ちっきょ）していたスーツ姿の池鯉鮒医師を指名した。なるほど陸軍が出動したことを特等席で目撃できたのは、東京駅丸の内方面を真正面から鑑賞できる八二号室のベルモント国務長官だろうし、まさに陸軍部隊によって窓が封鎖されたことも、リアルタイムで目撃できただろう。

いずれにせよ指名された池鯉鮒医師は、律儀にも起立して質問にそなえた。

「何でしょう、国務長官閣下」

「これは感染症ね」

ベルモント国務長官はマルボロメンソール・ライトを採り出し、カルティエのライターで着火した。こころなしか、ライターの炎が揺れるというより震えている様な。

「……御指摘のとおりです」

「病名は」

「それを此処（ここ）で断定できるだけの情報を、私は有しておりません、閣下」

池鯉鮒先生はダイニングテーブルの宇頭元帥を見た。東岡崎警視も。宇頭元帥は責務を果たすべく、悠然（ゆうぜん）と手の挙措（きょそ）で池鯉鮒先生を着座させると、連歌（れんが）でも詠（うた）う様にいった。

「エボラ出血熱であります、国務長官閣下」

「……株は」

「エボラ・レストン一一〇五であります」

「……lead us not into temptation, but deliver us from evil. Amen」

ベルモント国務長官は瞑目（めいもく）して十字を切った。

「成程（なるほど）、やはり恐れていたとおりだわ（ザットイズワットアイビーンリアルアフレイドオブ）!!

これ、いま、其処（そこ）の電話の近くで書いたのだけれど」

此処(ここ)で合衆国首席閣僚は、スーツの内側からメモ用紙を採り出した。総員に回覧される。もちろんあ、のアルファベット語圏人独特の、幼稚園児の様な書体だったが、下手に筆記体でないのは有難い。僕の処(ところ)にもメモ用紙が回ってくる。箇条書きの、シンプルなメモ。用紙は此処東京鉄道ホテルのものだ。下の方に東京駅駅舎とホテルのロゴが洒脱に描かれている。当該メモに筆記されていた箇条書きを和訳すると、次の様になった――

・排菌　二日目以降
・発症　感染から二日目以内
・初期症状　頭痛、眼球痛、嘔吐(おうと)、下痢(げり)、発熱
・中期症状　無表情、仮面様、眼球麻痺(まひ)・突出・充血、皮膚(ひふ)黄色化、赤色発疹
・末期症状　黒色吐物(こくしょくとぶつ)嘔吐、多臓器血栓(けっせん)、脳障害・精神障害、全身放血
・死亡　発症から三日以内
・感染ルート　空気、飛沫(ひまつ)、体液
・治療法　なし

「合衆国国務長官はもちろんアフリカも訪問するわ。その際に国務省の医官から詳細なレクチャーを受けます。私が聴き及んでいるのは、このエボラ・レストン一一〇五こそ地球上で最悪最凶のウイルスであり、罹患(りかん)したならば神に祈るしかないということだけど、現在この東京鉄道ホテルで確認されているのはそれでいい、元帥(マーシャル)？」

「そのとおりであります」

「どうしてその様な事態になったのか、教えてくれる？」

「我々は外界から隔離されておりますので、調査の手段範囲もかぎられますが、概(おおむ)ね次の経緯をたどっ

たと考えられます。

すなわち八四号室の作家・神保糊道氏が標本化していた蝶、ザルモクシスオオアゲハという蝶の様ですが、これはザイール、スーダン、ウガンダというまさにホットな地域に生息する蝶でありまして、もちろん自然宿主とは考えられませんが、その軀にウイルスを含有した粉塵を帯び、あるいはウイルスを含有した粉塵を塗布された蓋然性が在ります。

葉月鳴海頭取。

私の聴き及んだ処では、これは貴女から神保氏に贈与されたものだということですが、それは事実ですか」

「……あげたということなら事実よ、だけど」

「御意見は後程。贈与されたのは何時ですか」

「……先週よ。水曜日か、木曜日か。西海銀行の東京事務所に頼んだから、正確には知らないわ。知ろうにも電話が架からないしね!!」

「いずれにせよ神保糊道氏が当該蝶を経由したエボラ・ウイルスに感染した蓋然性は有意にたかい。時期的にも疑問は無い。先週ウイルスに――濃厚に――接触した神保糊道氏が第一発症者となり、第一死亡者となった。これは自然なことですし、少なくとも結果は客観的事実。こうしてまず八四号室がホット・ゾーンになりました。いや正確にいえば、先週の段階でなってはいたが、神保氏の炸裂によりさらにホットとなった、こういう訳です」

「この閉鎖空間の内でも八四号室は」と東岡崎警視。「さらに封鎖する必要があります」

「この神保氏に関係するルートを仮に蝶ルートとしますと」と宇頭元帥。「此処で我々は、さらに御二方について、慎重な検討をせねばならん――池鯉鮒先生」

「はい」

「先生は神保氏の救命活動を行われた」

「まさしく」

「それについて……御申告なさることが在れば、承(うけたまわ)りたいのですが」

池鯉鮒医師はそれこそ能面の様に無表情で、凪(な)いだ海の様に穏やかだった。帝国大学の医学部助教授である。既にあらゆるシミュレーションをし、結論に達していたのだろう。

「医療用のゴム手袋が、破れていました。尖(とが)ったもの、鋭いものに触れたのかも知れません。二重にはしていましたが、外したとき、手袋の内側は神保さんの血に染まっていました——御安心ください、私は感染したでしょう。しかしベルモント国務長官が教えてくださった様に、私がエボラ・ウイルスを排菌するまでまだ充分な暇(いとま)があります。私の飛沫や体液と接触しないかぎり、皆さんが感染することはありません」

「真実を述べてくれて有難う。それから、いまひとり……」

「わ、私は!!　私は死ぬのですか、御客様をお救(たす)けして、それでもう、四日後には死ぬのですか!?」

国府さんはマスクの奥から慟哭(どうこく)ともいえる絶叫を発した。無理も無い。どれだけ神保糊道からもらうチップが高額だったとしても、まさか時限爆弾を仕掛けられる運命だったとは思えないだろうし、悔やむにも何を悔やんでよいのか解らないだろう。

「国府君」と宇頭元帥。「このウイルスの致死率は、さいわい一〇〇%ではない。極めてたかいことは確かだが、必ず死亡する訳ではない——其処(そこ)で正直に解答してほしいのだが、君はその様に全身へ血液を染(あ)びたとき、それは眼、鼻腔(びこう)、唇、怪我をした箇所といった処にも及んだかね」

「……か、顔全体に……もちろん洗いました、何度も何度も繰り返して!!」

「と、すれば。

蝶ルートから派生して血液ルートというものが想定できる。すなわち神保糊道氏の黒色吐物に直接接触した方の感染ルートです。この血液ルートにより、遺憾ながら池鯉鮒先生と国府ボーイ君がエボラ・レストン一一〇五に感染した蓋然性は無視できない。また国府君にあっては、蝶ルートから直接に、すなわち神保糊道氏の客室で直接に、感染した蓋然性を想定しない訳にはゆかない」

「適切な判断です」

「池鯉鮒先生、そんな!!」

「国府君、こうなったらあとは闘いだ。体力の続くかぎり、此奴と闘わなければならない。もちろん、他の宿泊客の皆さんとは厳重に隔離された状態において、ですが」

「そしてまた、鉱物ルートというものが想定できる」と宇頭元帥。「端的には石英の原石ですが――葉月頭取」

「何」

「葉月頭取はメゾネット・エリアの全客室に、ザイールの鉱山から採取された水晶――石英の原石をお贈りになったと聴きますが、真実ですかな」

「若干の誤謬があるわね。神保先生には例の蝶を差し上げたから、神保先生にだけは、水晶はお贈りしていません。これを要するに、石英の原石が存在するのは八一号室、八二号室、八三号室、八五号室、八六号室となります」

「このうち贈答品を匣から開封されたのは？」

「あたし、開けました」と峰葉さん。「どのみちお訊きになると思うので先に御返事をすれば、それを洗って、洗っているその時指を切りました。それがこの絆創膏の意味です」

「有難う峰葉さん。では他に開封された方は」

無言。

それもそうだ。ベルモント国務長官ならばそれを合衆国で、かつ安全な態様で開けさせようとするであろうことはまず確実なことだし、宇頭元帥は元帥府の副官にそれを頼もうとしていた。と、するならば——

八六号室の今伊勢侯爵は、茶室で主客が御礼の挨拶をするようなタイミングで、風雅に詰げた。

「私も開いとりませんなあ。中身については葉月頭取から御教示を受けましたさかい、そのまま娘に贈ろう思て、匣のまま置いとりました」

「有難うございます、今伊勢侯爵」宇頭元帥はいっそう慇懃に。それはそうだ、相手方は帝陛下の寵臣である。「峰葉さん、今更ながらではありますが、当該水晶はいま一度、できるだけ密閉する態様で梱包した方がよいでしょう。もちろん他の方も、セイフティボックス、冷蔵庫を用いるなどして隔離した方が無難かと思われます」

峰葉さんはしっとりと頷いた。ほとんど動揺していないのは、流石というべきか。

「解りました」

「しかしながら葉月頭取、小職には此処でひとつ疑問が」

「どうぞ」

「そもそも池鯉鮒先生が此処、東京鉄道ホテルへ往診をする契機となったのは、葉月頭取が指に大きな切り創をつくってしまったから——だと聴き及んでおります」

「そうよ」

「それはどの様な原因で？」

「……水晶と一緒に、葉月宝飾の現地支社からダイヤモンドの原石が到けられたのよ。磨いても七九〇カラットは堅い、素晴らしい原石がね。それを手で愛でている内に」

「両人差指を切られた」

「まさしく」

「これは重要な質問なのですが。

第一、当該ダイヤモンドの原石に、粉塵は附着していましたか。第二、これまで葉月頭取は葉月宝飾からこの様なかたちで直接、鉱物を郵送されたことがありましたか」

「掘りたての原石だから、当然粉塵、砂塵の類が附着していたわ。またこれまで、葉月宝飾が私の旅先へ直接、鉱物を郵送してきたことは皆無ね」

「面妖しいと思われませんでしたか」

「稀しいことをする、とは思ったけど、私が著名人と東京鉄道ホテルに逗留していることは葉月コンツェルンの者ならすぐに調べられること。余程美しい水晶と、世界最大級の原石が採掘できて嬉しかったんだろうと解釈しました」

「葉月頭取、警視庁の東岡崎ですが、差出口を挟ませて頂きます。警察はベルモント国務長官訪日に対し、最大級の警戒態勢を執っておりました。当然、メゾネット・エリアへの郵送品についてもすべて差出人に確認をしております。

　その結果。

　当該ダイヤモンドの原石、及び石英の原石にあっては、少なくとも葉月宝飾ザイール支社から発送されたものではない旨、確認されました」

「なんですって!?　じゃあ何処の誰が!?」

「それを捜査ちゅうに、こちらの現場へ急行致しましたので、いまだ……」

「東岡崎警視が虚偽を述べる理由は無い」と宇頭元帥。「鉱物に附着している粉塵砂塵の類は、例えばそれが生物の糞である蓋然性もある。そしてザイール産ともなれば、それがエボラ・ウイルス無数の培地である蓋然性もまたある。いや、そもそも葉月宝飾を騙った何者かがそれらを郵送して来た時点で、故意にそうしてある蓋然性は極めてたかい。

これを要するに。

鉱物ルートにより葉月頭取、そして峰葉実香さんが感染者となった――かも知れない。

そして最後に、朝餐ルート。

葉月頭取、あなたは今朝の朝食会に神保氏、今伊勢侯爵、修野子爵令嬢を招待した。誤り在りませんね？」

「そのとおりよ」

「その段階で既に神保氏はウイルス搬送機関となっていたはずですが、吐血等は」

「……相当な咳と、ナフキンで隠してはいたけれど相当な吐血があったわ」

「ダイニングテーブルを繞まれたのですね？」

「ええ」

「ならば列席者それぞれの距離が、五メートルを超えることは無かった」

「そうね」

「とすれば、空気感染は別論としても、飛沫感染の蓋然性は否定できない」

「死んでしまった神保先生は別論、まりちゃんは脱出した様だし、私は鉱物ルートとやらで感染しているのだろうから、その危険性は今伊勢侯爵のみに認められるけどね」

「解りました。此処でまとめてみましょう」

宇頭元帥は手帳を一頁裂くと、感染ルートと感染者と疑われる者の現状をまとめた。
・蝶ルート（糞埃）……神保糊道（国府毅彦）
・血液ルート（体液接触）……池鯉鮒五郎、国府毅彦
・鉱物ルート（糞埃）……葉月鳴海、峰葉実香
・朝餐ルート（飛沫）……今伊勢師実
・ルート外……マロリー・ベルモント、宇頭忠道、柏木照穂、東岡崎裕
「宇頭元帥、よろしいですか」

「どうぞ、東岡崎警視」

「現在、この八二号室に所在する者は——万一の蓋然性を認めて国府君を除くとして——誰ひとりとして排菌してはいない、これは科学的事実です」

「まさしく。最悪の脚本を想定して、ルートに該当する者がすべて感染していたとしても、天帝のささやかな恩寵か、感染したのは今日日曜日。最速の方でも明日月曜日の朝飯時までは、ウイルスを躯から放出することは無い。国府君には念の為、池鯉鮒先生がひとつ携行しておられたマスクを用いてもらっている。だからこうして会議もできる」

「しかしながら、神保糊道氏は違います。既に発症をしていたということは、既に排菌を——活発な態様で——していたということ。したがって頻繁に客室へ入っていた国府君同様、小職と柏木君もまた……柏木君、申し訳ない……疑い例として、『ルート外』からは除外して頂かなければならない。明日以降、排菌を開始する蓋然性が無視できないので」

「東岡崎警視、それは、神保糊道氏炸裂の現場八四号室の見分をしたから、すなわちホットな八四号室

の空気を吸引したから——ということですか」

「元帥御指摘のとおりです」

「しかし空気感染の検討をし始めたら、およそこの封鎖区域において、疑い例であることを免れる者はいませんよ。敵は涙のひと雫ほどいれば、此処の生存者九名をたやすく殺戮できるナノメートルの悪魔なのだから」

「それは理解しています。だからこそ『より疑わしい者』と『より疑わしくない者』を分類されておられるということも。しかしそれは嫌疑の濃淡です。戦前の建築物の例に漏れず、此処の空調は各客室独立のものとなっているし、各客室を連結する空気孔も無い。ドアも壁も剛強極まり、尋常の生活を営んでいれば、汚染空気が——現在の処これは八四号室にしか無い訳ですが——メゾネット・エリアあるいは他の客室に拡散することはまず想定できない。このあとでさらに八四号室を物理的に閉鎖すれば、汚染空気の流出は最小限に食い止めることができるでしょう。したがって現時点では、空気感染のことを棚上げしてもよい、小職はそう考えます。

したがって。

空気感染以外のルートで、感染した蓋然性が認められる者をなお、疑い例として確認しておかなければならない。それが小職の意見であります」

「それが東岡崎警視、あなたと柏木君、ということですね」

「そのとおりであります」

宇頭元帥は『ルート外』の部分を修正してふたつに再分類した。そして荘厳な口調で総員に告げた。
・空気ルート……柏木照穂、東岡崎裕
・ルート外……マロリー・ベルモント、宇頭忠道元帥は続ける。

「さて。我々が第一に考えなければならないのは、この封鎖区域に存在する者をひとりでも多く生存させることです。このウイルスの特性は当然、我々を此処に軟禁した陸軍にあっても充分理解しているはず。すなわち最初のカタストロフは五日目・今週金曜日には終焉をむかえているということを。とすれば、処理を急いで金曜日に突入、というケースが最短。当該五日＋五日目に感染した者が死亡する五日で、十日目・来週水曜日が終わる頃に封鎖を解除する——少なくとも封鎖の一部を解除する——というケースが最長。発症していたのなら死んでいるし、死んでいなかったのであれば発症しなかった、あるいは抗体等によって救かった貴重なサンプルということになりますからな」

「もちろん」と葉月頭取。「すべての旅客が死んでくれた方が、好都合なのでしょうけど」

「重ねて申し上げるが、このウイルスの致死率は最低値を採用すれば五〇％、我々が感染してからの五日間を生存できる勝算は、断じて少なくはない。

そこで、我々はトリアージを実施すべきだと考える」

「宇頭元帥、それは患者の重篤度に応じて、隔離箇所を変える——ということですね」

「池鯉鮒先生、まさしく。

そして我々が最優先で考えなければならないことは、日本帝国の、すなわち帝陛下の賓客であるベルモント国務長官の御命を絶対に確保する、ということだと思う。さいわいにしてベルモント国務長官にあっては本日、この八二号室を離れられておらず、清掃、客室整備等もさせてはいないとのこと。先に分類したあらゆるルートからも遮断されている。

したがって。

まずベルモント国務長官には引き続きこの八二号室で籠城して頂き、他のすべての関係者との接触を遮断する。これはよろしいな？」

泣き顔の国府さんが宇頭元帥の言葉を通訳する。ベルモント国務長官は十字を切った後、感慨深い態様で、室内の生存者たちを見遣った。それは葬送だった。

「第二に、感染している蓋然性が最もたかいグループの方々」

「我々ですね」と池鯉鮒医師。「直接、体液に接触してしまっている」

「わ、私は!!　私はずっと神保先生と……もう炸裂しても!!　池鯉鮒先生私は!!」

「安心するんだ国府君、どう診ても君はまだ発症してはいない。生存のチャンスは在る」

「し、しかし……朝方から眼の奥が痛んで……頭痛も、酷く……」

「それらには私が対処できる。今は宇頭元帥の御判断に委ねよう、大丈夫だ」

「……池鯉鮒先生と国府君にあっては、小職の八三号室に入って頂きたい。そしてメゾネットの階下と階上とで、できうるかぎり相互に接触しない態様で五日間を過ごして頂きたい。さいわいにして此処のメゾネットは階下だけでも階上だけでも、尋常のホテル以上の設備が整っている。例えば浴室、洗顔所もそれぞれに用意されている。極力分離した態様で籠城することができるはずだ」

「しかしそれでは……我々はともかく、宇頭元帥はどうなさるのですか」

「池鯉鮒先生、それはまた後程……」

第三に、感染している蓋然性が相当程度たかいグループの方々」

「あたしたちのようね」と葉月頭取。「躯に、侵入されているかも知れないのだから」

「其処で峰葉さん」

「はい」

「あなたには葉月頭取の八五号室に引っ越して頂きたい」

「葉月頭取のお考えひとつだと思いますが」

「是非もないわ。それに、あなたが水晶に触れたことについて、私には重篤な結果責任がある。断れた身分ではない」

「部屋割りは御二方にお任せしますが、先に述べたと同様、おふたりが極力接触しない態様で籠城をして頂きたい。

第四に、感染している蓋然性がある程度認められるグループの方々。

今伊勢侯爵。

侯爵は飛沫感染をした蓋然性があります。他方で、柏木君は空気感染をした蓋然性がある。しかしいずれにせよ、体液の直接接触ほど危険だったと認めるだけの根拠は無い。したがって、おふたりをマッチングしたいと考えております」

「ほなら諸事、よろしゅうお頼み申します」

「侯爵と柏木君で、八六号室を用いてほしい。注意事項は既述のとおりだ、柏木君」

「了解しました、元帥」

「第五に、東岡崎警視ですが」

「元帥、小職は先述のとおり……」

「まあお聴きくださいさい警視。警視は感染した蓋然性があるとすれば、空気感染のみ。その危険性は柏木君同様、体液の直接接触ほどではない――頻度を考えればね。

他方で、柏木君たちが今伊勢侯爵の客室へ引っ越すことにより、八一号室が空きます。

警視は其処へ、小職と一緒に入室して頂きたい。ベルモント国務大臣の生命身体の絶対安全を確保する、その責務を最も負っているのは小職と警視。したがって我々が客室をともにし、いわば八一号室を現地本部として立ち上げ、情報収集、対外折衝（せっしょう）、初動措置に当たる。これは我々にしか不可能なミッションだと思われますが、如何（いかが）かな」

「御趣旨は理解しました。

ただ元帥、元帥は帝陛下の重臣にして、ベルモント国務長官の接遇役でもある。

小職も無論、粉骨砕身、可能なかぎりの協力を致しますが、元帥御自身は階上に籠城して頂きたい――少なくとも火曜日、小職が感染しているかどうかが確認できるまでは」

「……私は此処まで生きた、今更（いまさら）この生命を惜（お）しむ理由が無い」

「元帥閣下が少なくとも二日間、籠城をなさらないのなら、小職は重篤患者のケアに当たりたい。そしてそのまま」

「……なりません警視。接遇役であらばこそ、ベルモント国務長官の下へ駆けつけられる様にしたい。それに警視に万一の事態が生じれば、救護活動・救命活動にも支障を来す。ここは解ってください、対NBC戦に見識の在るあなたが我々にはまだ必要だ。無道な言葉を用いれば、死ぬまでその技能を活用しなければならない義務が、あなたにはある。

東岡崎警視は八一号室階上で籠城。小職はその階下で各種異変対応に当たります。

それから陸軍部隊へのホットラインを、八三号室から八一号室に変更してもらわなければならんな」

「あと、此処のドアはオートロック方式ではない」と東岡崎警視。「万一の救護活動・救命活動に備えて、メインドアの鍵は掛けない様にする、各位これでよろしいでしょうか？」

「ただし」と宇頭元帥。「他の客室へ訪問することは、原則として禁止させて頂きます。此処でいう他の客室には、自分の居室の階上又は階下を無論含みます。廊下にも濫（みだ）りに出てはなりません。連絡は内線電話で行い、非常事態が発生したら――例えば悲鳴が聴こえたなど――まず小職の八一号室階下まで架電して頂きたい。

残酷な様ですが、最善の策と信じます。

ウイルスはヒトからヒトへ感染する。

したがってウイルス禍を逃れる為には、ヒトとヒトとの物理的接触を断つしかない」

メインドアの鍵を掛けないことも、不用意に他の客室へ赴かないことも道理だ。ドアの鍵ごときでナノメートルサイズのウイルスが侵入を諦める訳でなし、また疑い例の者がいる客室へ窃盗等に入る酔狂な旅客もいないだろうから。

東岡崎警視と宇頭元帥の提案に対し特段の反論は出ず。

最終的に、東京鉄道ホテル封鎖区域内の部屋割りは、次の様になった。
・八一号室　東岡崎警視（階上）、宇頭元帥（階下）
・八二号室　ベルモント国務長官
・八三号室　国府ベルボーイ（階上）、池鯉鮒医師（階下）
・八四号室　閉鎖
・八五号室　峰葉実香（階上）、葉月頭取（階下）
・八六号室　柏木照穂（階上）、今伊勢侯爵（階下）
基本的には、格上の者が階下、格下の者が階上というルールである。階上は、階下を通過せずに客室へ出入りできない不具合さがあるからだ。もっとも、それぞれが自らを隔離するのだから、出入はあまり想定しなくともよい。仮に想定しなければならないとすれば、それは火災、地震その他の非常事態が発生し、かつ、陸軍部隊が封鎖を解除してくれるという、楽観的に過ぎる想定が具現化したときだけだ。

「問題は、糧食だな……」と宇頭元帥。「少なくとも五日間。警視、どう思う？」

「残酷な発言をすれば、発症者にあっては実際上、飲食ができる状態ではありません。生存者の為の糧食をどう確保するか……バーカウンタの冷蔵庫には初期状態で水三本とワインボトルその他の酒類幾許か、のみ」

「そ、それが御客様の御部屋を整えさせて頂くときの、しょ、初期状態ですので」

「それについてはあたし」率然と峰葉さんが挙手した。「考えがあります。排菌期間前に、御助力できると思います」

「解りました、期待しています。まず私の処でプランを説明してください」

「了解しました、元帥」

「ベルモント国務長官」と僕。「たったいま提示された新しい部屋割りを記録しておきたいので、メモ用紙を一枚、頂戴してもかまいませんか？」

ベルモント国務長官は頷きながら、国府さんに水を給仕させるのは剣呑だと思ったのだろうか、自らバーカウンタの冷蔵庫へ赴き、クリスタルガイザーのペットボトルを採り、封を切った。

「メモなら幾らでもあるから、好きにすればいい。他に御発言は？」

「国務長官閣下」

池鯉鮒医師がこれも率然と起立した。彼女の言葉を待っている。

「どうしました、ドクター・チリュウ」

「閣下には、御無沙汰しておりました」

「……何処かで会ったかしら？　サンノー・ホテル？」

「それはまた、騒動が終息しましたら——国務省等の医官から所要のレクチャーをお受けになっておれるとは思いますが、私は臨床医として、ジョンズ・ホプキンス大学においても研鑽を積んだ者です。そしてまだ私は排菌期間にはない。もし御許可頂けるのであれば、国務大臣閣下が生き延びる為の各種留意事項を、そう医学的なアドヴァイスを、レクチャーさせて頂きたいのですが」

「ジョンズ・ホプキンスに？」

「腕は磨かせて頂きました」

「結構。

宇頭元帥、それでは元帥のプランを直ちに執行してください。異常事態が発生したら、直ちに内線電話で報告をする様に」

「了解しました、国務長官閣下」

「では皆さん、御列席各位に神の恩寵があらんことを」ベルモント国務長官はあまり真摯でない十字を切った。少なくとも僕等の為でないことを確信させる態様で、だ。「ドクター・チリュウ、皆さんが辞去したら、そのレクチャーとやらを開始して頂戴」

「かしこまりました、閣下」

8　撤収にて

宇頭元帥に託された、まりの伝言。

もとよりまりがイヤリングを忘れるなどということはありえないし、まして朝御飯を摂りに訪問した葉月頭取の客室でそれを外すはずもない。あたしは引っ越しの準備をしながら当該イヤリングを捜した。

メゾネット階下、洗顔所。

其処に大珠の真珠を用いたイヤリングが一対、アスプレイ&ガラードの装飾匣の上に、丁寧な態様で置かれている。あたしはそれを確認すると、まりのキャリーバッグを捜索し始めた。さしたる努力も時間も要せず、おんなのこらしいとは断言しかねる銀のパックを数袋、発見する。ちょうど荷を纏（まと）め終えた——おとこのこは何故かくも荷（に）が少ないのだろう——柏木君が階上から螺旋階段を下りてきた。

「柏木君、支度（したく）は終わったの？」

「ああ、別段、悩むほどの荷じゃないからね」

「そうしたら悪いけれど、これ、宇頭元帥の処（ところ）へ搬（はこ）んでほしいの——あなたの持ち分、一日一袋を荷に入れてからでいい」

「何だい、この銀色の小さなレトルトパウチは。カレールーの四分の一未満だけど」

「八十袋はある。まりが常備している非常食四〇-一-五栄養液。わずか一袋に、体重七〇キロの平均的男性を、十八時間活動させる為必要なものがすべて入っているとか。NASA特製らしいわよ」

「天のマナと地の露なり（ザマナオブヘヴン・アンド・ザデューオブアース）(*Baruch*, 6.11)——で、君が特に御執心（ごしゅうしん）と見えるその真珠のイヤリングも、きっと修野嬢のごとき超越的な乙女の嗜（たしな）みなんだろうね」

「御明察——

　これは爆弾よ」

「爆弾——？」

「まりは歩く武器庫だから。あたしはそれをよく知っている。

　まりは宇頭元帥を介して、あたしたちに任務付与した。あのメッセージの本質は、イヤリングの爆弾を使って、葉月頭取の客室の、新幹線が見える窓のエラストマーを破壊しろ——ということ」

「破壊すると、どうなるんだい？」

「まりの方から仕掛けてくる。あたしたちはその機を逃さず、彼女の指示に遵（したが）えばそれでいい」

「ひとつ、確認しておくけど」

「手短に。おんなの旅荷はかさむから」

「エラストマーの壁を爆破するということは、エボラ・ウイルスを外界に流出させることだけど？」

「それはそうね」

「少なくとも、僕はこころが痛むね」

「あたしもよ。其処は、まりの手際に甘えましょう」

その刹那。

八一号室のドアが開き。

「御邪魔しますぞ」

「宇頭元帥、ちょうどよかった」とあたし。「これ、まりが常備している非常食です。パウチひと袋で三食分に相当するとか。あたしと柏木君はここでもらってゆきますから、他の方々に配分して頂ければ、救かります」

「流石は修野子爵令嬢というか……有難く頂戴します。確実に総員へ配分しましょう」

「何か、御用が」

「ああ、そうでした。つい先刻、陸軍部隊と連絡をとったのです。ホットラインは八三号室ではなく、八一号室につないでほしいと。その際に、また修野子爵令嬢から峰葉さんに伝言がありまして。よろしいですかな？」

「何時なりと」

「こころ穏やかに、外界の騒音、爆音の類にとらわれず、八五号室で静かにしていていてほしい、すぐに出迎えることができるから――と」

「御伝達有難うございました、元帥」

「それからいまひとつ。神保糊道氏が使っていた八四号室ですが、東岡崎警視が携行していた立入禁止の粘着テープでメインドアの隙間を封緘しました。接着テープの類は、ナノメートルサイズのウイルスに対しても有効ですから。これで最大のホット・ゾーンからのウイルス流出は抑止できるはずです」

「解りましたわ、お気遣い感謝します、宇頭元帥」

「排菌期間の関係から、さほどに急ぎません。引っ越しはゆっくりで結構ですぞ」

「了解しました」

宇頭元帥は八一号室を離れ。

あたしは柏木君を直視した。

「まりは、外でひと暴れする様ね。それが合図よ。すぐに対応できる態勢でいて頂戴」

「解ったよ、峰葉さん」

9　火曜日にて

山縣良子中佐は、現地司令部の車内を踏んだ。

六月十一日、火曜日、早朝。

接収した近傍のホテルからこの九一式大型移動指揮車へ脚を搬ぶ途上、封鎖作戦に動員された兵の状態を確認してみたが、依然として士気軒昂、任務懈怠や規律紊乱は微塵も無い。さすがは近衛、帝国全師団から選抜されたエリート部隊だけのことはある。宇宙服まで調達しているのだから、薄々任務の実態を察知してはいるのだろうが、山縣良子は状況終了のその時まで、正確な任務を明らかにするつもりは無かった。そしてもちろん、状況終了のその時に、兵がナノメートルの殺戮者の餌食となることがあれば、欣然（きんぜん）として腹を切るだけの決意を秘めていた。それで兵に詫（わ）び切れるものではないが、指揮官が指揮官たるのけじめを忘れたとき、軍隊組織というものはたちまちのうちに崩壊する。帝国陸軍で数少ない実戦経験者の山縣良子には、そのことがよく解っていた。

彼女を飄々（ひょうひょう）と出迎えたのは、剛毅（ごうき）なレンジャーカットの中田尚久少佐で。

「おはようございます、連隊長殿」

「大隊長、御苦労――おまえ何処（どこ）で寝ているのだ？」

「九〇式戦車（キューマル）ホテルであります。何処よりも休めます」

「まだ湾岸の悪癖がぬけんか、戦争屋の因果だな。おまえに倒れられては作戦そのものに齟齬（そご）を来す。たまには寝台を用いることだ」

「了解しました」

「現状は？」

「異状ありません。封鎖作戦は支障無く続行ちゅうであります」

「侵入者は」

「報道関係者が、複数。すべて身柄拘束し、近衛師団の陸軍刑務所に留置しております」

「ヘリコプター等の禁止区域侵入はどうか」

「すべて対戦車ヘリ（コブラ）が火器を用いることなく逃散（ちょうさん）させております」

「マスコミその他への情報・映像漏洩（ろうえい）は無いな？」

「現時刻に至るまで、ありません」

「東京駅の稼働（かどう）状況はどうか。特に乗車客の混乱は無いか」

「ございません。流石は日本人というべきか、情勢に適応しております。乗車口ドーム閉鎖による雑踏の滞留は、丸の内地下改札と、北口降車口ドーム一部の乗降車口への変更で充分消化できております。在来線・新幹線いずれも正常運行であります」

「よし。封鎖区域内部からの抵抗はどうか」

「エラストマーはすべて健在、異状ありません。そもそも人力で突破できるものではありません」

「油断ならん。警察官と軍人が存在していることを忘れるな。監視をより厳となせ」

「了解であります」

「……その宇頭元帥からのホットラインは？」

「現在の処、皆無であります」

「日曜日に回線の変更を求めてきただけか——火曜日となれば発症者が確認できているはず。もとより応じるつもりは無いが、医療器具等の要求すら諦めているとは、解せんな」

「空気感染能力を前提とすれば、我々が封鎖区域を一時的にせよ解除することは無い、こう判断されておられるのでしょう。しかし閉鎖区域内部が視認できないのは痛いですな。やはり宇部中将の下命どおり、メゾネット・エリアに監視カメラを設置するべきでしたか」

「机上の空論だ。空気感染能力を有するウイルスが蔓延しているであろう区域で、監視カメラであろうと何であろうと兵に作業をさせる訳にはゆかん。宇宙服を着用させればより作業は遅延する。当然旅客と紛議になる。すなわち直ちに密閉するだけで精一杯——という訳だ。

　それに大隊長」

「はっ」

「我々は封鎖区域内部の情勢を知らない。これは政治的に重要なことではないか？」

「……御指摘のとおり」

封鎖区域内部を監視カメラでモニターしているとすれば、発症者、果ては瀕死の重症者までモニターできることになる。その残酷劇を確認していながら何らの救護をなさなかった――それはどう考えても汚名である。もとより山縣良子は何らの心痛を感じないが、近衛師団の兵を無用の汚名で穢すことになる。だとすれば、最初から監視カメラなど無い方がよい。下士官兵とて、知らないからこそできる、そういう任務もあるのだ。山縣良子は象徴的につぶやいた。

「嫌な雨だ」

「濡れ仕事には、ぴったりですな」

その刹那。

現地司令部のインタホンが鳴った。松尾管制官がインカムで応じる。

「山縣連隊長殿」

「何か」

「東京鉄道ホテルの安城総支配人が、御面会を求めておられます」

「商工省か鉄道省へゆけといってやれ」

「それが……修野子爵令嬢も御一緒で」

まだうろちょろしていたとは。此処で出来る事など何も無い。素直に領地の姫山に帰っていればよいものを。戒厳部隊指揮官としても、また公爵令嬢としても、修野まりごときを追い払うのは児戯に等しいことだった。が、監視カメラが無い以上、メゾネット・エリアの客のそれぞれについて、所要の情報を獲たい衝動にも駆られた。

「連隊長殿、退去させますか」

「かまわん。ふたりとも大型移動指揮車内に入れてやれ」

「よろしいのですか、連隊長殿？」

中田少佐はむしろ訝しんだが、山縣中佐は悠然と微笑みを浮かべている。修野子爵令嬢と自分の連隊長との関係をさほどに熟知してはいない中田少佐は、それ以上口を挟まなかった。自動ドアが開き、わずかに銀髪を残した禿頭の総支配人と、常装なのだろうか、何時も変わらぬモノトーンの夏セーラー服を着た修野子爵令嬢が入って来る。山縣良子は先制攻撃を仕掛けた。

「総支配人、我々は任務遂行途上にある。御用務は手短に願おう」

「では戒厳部隊指揮官殿、端的に伺いますが、この封鎖作戦は何時終了するのですか」

「情勢は刻一刻と変化している。現段階で見透しを立てることはできん」

「しかし山縣中佐、まさか未来永劫封鎖しておく訳にはゆきますまい」

「無論の事。我々も諸事多忙だ。可及的速やかに状況終了となることを願っている」

「それでは戒厳部隊指揮官殿としてのお見積もりは、何時ほどに」

「一日や二日の単位ではない」

「良子、差出口を挟むわ。これはＪＲ東海東京駅長からの正式な照会でもある。御案内のとおり、今月、六月二十日木曜日というのは東京駅にとって重要な日。これまで上野をターミナルとしていた東北・上越新幹線が、当該日を以て東京駅に乗り入れる。鉄道省肝煎りで、松岡総理以下関係閣僚が参列する祝賀行事が新・二〇番線で開催されるわ。封鎖作戦が継続されていればよからぬ影響があるかも知れないし、東京鉄道ホテルとしても関係賓客や旅客の予約を既に受けてしまっている。東京駅関係者にとって、封鎖作戦の解除は一大関心事なのよ、解るでしょう」

「我々が帝国臣民、いや世界二〇億人の為、濡れ仕事に邁進しているのも解るだろう」

「この厄災は、極めて早期に終息するタイプのものだとばかり思っていたけれど？」

「ならば現段階での見透しを述べる。

炸裂・放血により第一の死亡者が出たのは一昨日日曜日。これ以前に罹患していた者は少なくとも本日火曜日までには死亡する。第一の死亡者から感染した者にあっては、本日火曜日に発症し、三日後金曜日には死亡する。この上ない強毒性の、しかも空気感染するウイルスであるから、どの様な順序態様であろうとも、封鎖区域内の感染者は当該金曜日にはほぼ全滅するとみられる。我々は金曜日未明から封鎖を最小限度において解除し、生存者があればこれを救出するとともに、死亡者の収容に当たる。またこの厄災はウイルス禍、しかも空気感染能力を有するウイルスによるものであるから、救出・収容活動と同時並行で東京鉄道ホテルのメゾネット・エリアの滅菌作業を開始することとなる。以上だ。

中田大隊長」

「はっ」

「エンヴィロケムと紫外線投光器は調達できているな？」

「はい。封鎖区域のすべての平面に用いてなお余剰があります」

「な、中田少佐、それは消毒液か何かで」

「安心しなさい総支配人、我々の近衛工兵小隊ならば、壁紙から絨毯に至るまですべて原状回復してみせます」

「と、いうわけだ。金曜日早朝から滅菌作業を開始するが、宇宙服による任務だ。最低でも四十八時間は要すると考えてもらいたい」

「すると土曜日が終わる頃には」と総支配人。「封鎖を解除できる訳ですな」

「そういうわけにもゆくまい。最終的な安全確認は、ヒトを以てするより他に無い。

戒厳部隊指揮官である小職自ら、及び選抜した兵が土曜日に宿泊をし、日曜日すべてをメゾネット・エリアで過ごして滅菌作業の成否を確認することとしている。おい中田嬉べ、名門ホテル最高級客室での週末だぞ」

「宿泊費が心配ですなあ」

「それはまさに軀ひとつといった処だ。フフフ」

「……そ、それでは中佐殿御自身が」

「総支配人が泊まりたいというなら止めはせんぞ？」

「い、いえ、その……それはまた鉄道省等の御意見を踏まえまして……い、いずれにしましても、六月十六日日曜日をもって封鎖解除、営業開始ということでよろしいでしょうか？」

「総支配人、よく理解していないようだな。我々が土曜日に宿泊したところで、ウイルスに罹患しているかどうか判明するのは二日後、発症期だ。すなわち最悪の事態を想定して六月十六日日曜日の最終盤に感染したとすれば、その結果が判明するのは六月十八日火曜日となる。当該火曜日において我々に感染が一切認められなかったそのとき、初めて総支配人のホテルはこの悪夢から解放された、ということになろう」

「そ、それでは残余一週間も」

「もっともこれは東京鉄道ホテルのメゾネット・エリアについての見透しだ。総支配人が希望するのであれば、封鎖区域である三階南口ドーム以外で営業を開始することは自由だし、我々も敢えてそれを妨害しようとは思わん。それは偏に我々の物理的封込めが成功しているかどうかに懸かってはいるがな。

いずれにせよ脚本が最善のルートをたどれば、御希望の六月二十日木曜日には余裕で営業再開が可能だ。我々も当該最善ルートを確保する為、最大限の努力をしよう。これでどうだ？」

「ざ、残余一週間も封鎖なさるとは想定していなかったので……そう致しますと、我が方の経営に尋常ならざる影響が……株主に事情を説明する訳にもゆかず、私としても」

「それはそうだろうな。山縣宮内大臣に、島津大蔵大臣を説得してもらった。爆弾テロ対策緊急費ということで、大蔵省の予備費を出すことが閣議決定されている。東京鉄道ホテルに対しても、概ね四〇億円が補償されよう。まだ何か？」

「いえ。戒厳部隊指揮官殿の御決意と御誠意、しかと了承しました。軍民連携の上、一日でも早期に封鎖が解除されることを希望しております」

——安城総支配人は平身低頭で去り。

現地司令部には四人の管制官と、連隊長、大隊長、修野まりが残された。

「で、修野まり。

あの陳情者を案内する為にわざわざ陣中見舞いか？」

「まさか」

修野まりは無個性なビニール袋から栄養ドリンクを出した。現地司令部の総員に配布してまわる。

「ちょうど東京駅構内を散歩してきたのよ。したいこともあったし。不思議なほど平穏ね。ただ帰ってくるのも徒労だから、差入れを用意立ててきたという訳」

「素直に感謝しよう、まり——それで何を視察してきた」

「中央線ホーム、京浜東北線ホーム、山手線ホーム等々。新幹線の運行状況も見てきた。

情報漏れは発生していない様ね」

「都心の中央でエボラ出血熱が発生したなどと、漫画みたいな事は誰も信じまいよ。陸軍は国際テロ組織が某所に設置した爆弾数発の検索に当たっている——これが将来的には真実として固定されるだろう」

「修野子爵令嬢、頂戴します、陣中見舞い」

「ささやかに過ぎて恐縮だわ、中田少佐」

頂きます、頂きますと松尾曹長を始めとする管制官の声。

「それにしても良子、よく島津公爵がぽんと四〇億円も出したわね。それも政敵の山縣公爵——御父上——の依頼で」

「既に勅令戒厳が布（し）かれている。それに必要な経費を出さないとあらば、いざというとき大蔵省と島津大蔵大臣の責任問題に発展する。もっとも、相当程度抵抗した様だが」

「必要な経費、というのは、例えば生存者を救出する為に必要な経費をふくむの？」

「——まり、確かおまえの学友がふたり、封鎖区域に残されていたな」

「封鎖区域外から講じうる手段は無い。あとはヒトの生命力と生活力を信頼するだけ——もっとも良子、あなたには方針を変更してもらわなければならないけどね」

「というと？」

「十四日金曜日。あなたとあなたの部隊は封鎖区域に突入をする。その段階で生存者がいたとして、あなたはこれを殲滅（せんめつ）するつもりでいる——救護などではなくね。実際には今この殺那（せつな）にも、生存者をC兵器で処理したいほどだから」

「国立予防衛生研究所、合衆国陸軍微生物病医学研究所（ユーサムリッド）、合衆国疾病対策予防研究所（CDC）——すべて生存者を検体として要求している。微生物学上、億単位いや兆単位の価値があるからな。

しかし。

我々はそのような学者の戯言（たわごと）に踊（おど）らされるつもりは無い。タイム・リミットがある」

「東北・上越新幹線の東京駅延伸ね」

「何でも御見透しなのは変わらんな――安城とかいう総支配人に確認されるまでもなく、これは作戦立案当初から我々に強（し）いられてきたデッドラインだ。国際的にも注目される新幹線の東京駅開通式、そのホームから丸の内駅舎の封鎖状態が目撃されるのは問題だ。デッドラインの六月二十日までに、状況終了としなければならん。何より帝陛下がそれは御期待遊ばしておられるからな。そして帝陛下は丸の内駅舎の皇室専用口から御休息所に入られる。帝陛下の御宸襟（しんきん）をよもや無粋な陸軍部隊がお騒がせ申し上げる訳にもゆかん。

　そこでだ。

　宇宙服着用で滅菌作業を大至急実行しなければならない我々が、空気感染をするウイルスを物理的に閉鎖してきた我々が、生存者の救護などできると思うか？」

「それは、ウイルスの新たな拡散行為――という訳」

「生存者といえど、あの閉鎖空間だ、感染者であることは確信水準の蓋然性（がいぜんせい）で誤り無い。感染者であればすなわち排菌をする。すなわち自律歩行するウイルス拡散機構だ。これを処理することが、最も帝国国民の安全に資する。それくらいの判断は、おまえでもできるし、おまえでもするだろう」

「良子、あなたがいみじくも蓋然性といったとおり、生存者であってまったく感染をしていない者も、理論的には想定できる」

「それは認めよう。だが、それを識別する為に兵を割く余裕は、我々には無い」

「まとめると、六月十四日金曜日の段階で、生存者は感染していようといまいとすべて虐殺される、こういうことでよいかしら」

「滅菌されるのだ、まり」

「戒厳司令官の宇部英機中将も御存知なの？」

「封鎖区域におけるすべての執行権限は、戒厳部隊指揮官である私に一任されている」

「どうあっても、生存者を救出するオペレーションは組まないと」

「どうあっても、だ。

エボラ・ウイルスを帝都で――宮城直近で浮遊させる訳にはゆかん」

「事情は理解した」

修野まりが最終のひと言を発した刹那。

もう彼女の姿は現地司令部から消えていた。

10　日曜日にて

――時は遡り。

新たな部屋割りが終わった東京鉄道ホテル封鎖区域内、日曜日。

すなわち修野まりが特定の目的をもって東京駅構内及び現地司令部を訪問した、二日前。

夜の帷幕はすっかり下り、梅雨の細雨がしとしと滴っているのが雰囲気で分かる。

宇頭元帥陸軍大将は、現地本部を移した八一号室メゾネット階下で電話を受けていた。内線電話には不都合が無い。

「それで池鯉鮒先生、状態は重篤なのですか」

「此処八三号室で診療したのですが、本人は化粧までして露見しない様にしていました」

「すると既に発症している」

「嘔吐・下痢は無論、頭痛・眼球痛の申告もあります。そればかりか……」

「……どうぞ率直に」

「全身に死斑の様な紫赤色の発疹が確認できるほか、嘔吐は既に」

「黒色吐物か」

「はい。ウイルスの塊です」

「精神状態はどうなんですか」

「もはや無表情で……どうにかコミュニケーションは可能ですが、意識の混濁が見られます。精神錯乱に至るまで、さほどの時間を要しないでしょう」

「池鯉鮒先生、整理させてください。

国府君は血液ルートの感染者ではないのですね？」

「違います。もし八四号室で、私と一緒に神保さんの出血から感染したのなら、明後日火曜日の午後までは、理論的には、発症しないはず。理論に誤差があったとして、率然と此処までの激甚な症状を呈することはありえません。国府君は血液ルートではなく、封鎖が開始される以前の、神保さんとの接触により空気感染したか、あるいは飛沫感染したか。原因究明は不可能ですが、結論として、国府君が感染したのは本日日曜日以前です」

「発症しているということは、金曜日に罹患したということですか」

「いえ……私の診立てが確かならば、既に黒色吐物を大量に嘔吐していることから、発症が金曜日、罹患は水曜日……現在、国府君は終末期にあります」

「つまり、いつ炸裂・放血しても面妖しくない段階、ということですな」

「残念ながら」

「……既に我々にできることは無い。

池鯉鮒先生、すみやかに八三号室階下に退避してください。それ以降も籠城の態勢を」

「御言葉ですが元帥、私は医師の職に在る者です。末期の病に苦しんでいる者を見捨てる訳にはゆかない」

「かといって池鯉鮒先生、既に先生がお手持ちの鎮痛剤を注射しても、睡眠薬を処方しても、この病に対しては何らの意味を持たない。それは先生が最も御存知のはずだ。

我々は、生き残らなければならんのです。専門家である先生を失う訳にはゆかない」

「……できるかぎり症状を緩和する措置をとり、階下に退避します」

「それにも反対したい処ですが、先生は聴き容れますまい。充分に注意してください」

「大丈夫です。私はアフリカでもっと残酷な現場を体験しました。そして、命は惜しい」

「退避し終えたら、内線を架電してください。八一号室階下です」

「解りました」

宇頭は苦渋だらけの顔貌で受話器を置いた。確かに予想できた事態ではある。閉鎖された九名の内、神保糊道の炸裂以前に作家と接触していたのは国府ベルボーイのみ。国府だけは他の八名と感染ルートが異なる。その可能性については確かに議論した。しかし、現実に此処まで迅いとは——エボラ・ウイルスは国府毅彦の軀をすべてウイルスに変え、すべての臓器をどろどろに溶解させてなお、増殖の機会を窺っている。国府毅彦の細胞がもはやウイルスの増殖に役立たないことを知ったその刹那、ウイルスは国府を爆発させ、新たな培地——新たなヒトへ憑依しようとするだろう。恐るべき生物学的本能に基づいて。炸裂の危難が現実のものとなったいま、八四号室（神保糊道の客室）と併せ八三号室階上（国府ベルボーイの客室）についても、ホット・ゾーンとして絶対立入禁止を各室に通告しておくべきだろうか。

そのとき、ライティングデスクに移動させておいたアンティーク電話が鳴り。

「もしもし、宇頭です」

「宇頭元帥、池鯉鮒です。必要最小限の救命措置を講じ、八三号室階下に撤退しました」

「有難う先生。それもまた決断です」

電話は先方から切れた。宇頭は其処に無言の抗議を感じたが、事態は感傷に甘える暇を与えてはくれない。するとまたアンティーク電話がベルを響かせた。

「はい宇頭です」

「近くから恐縮です、東岡崎ですが」

峰葉実香のグランドピアノなら別論、メゾネットの階上と階下の防音もまた厳重だ。絶叫となればともかく、平然とした会話や架電にあっては、相互に聴こえない。かくしておなじ八一号室の階上と階下とでも、内線電話で会話しなければならないという訳だ。

「どうしたのだね」

「実はベルモント国務長官から直電がありまして」

「御用件は？」

「各客室を慰問したいと」

「何だって!?」

「既に自分も空気感染している蓋然性が認められる以上、この先恐れるべきものは微塵も無い、合衆国国務長官がいるかぎり、旅客はすべて安全だから解放されるまで頑晴るよう、激励をして回りたい、また爾後は看護婦として旅客のケアに努めたいと」

「論外の沙汰だ。我々が必死で防疫体制を堅めているのは誰の為だと思っているのか。そもそも弁護士上がりだろう、看護婦の経験など在りはしまい」

「もとより小職もそう考えます。極論をいえば、陸軍が最終手段に出て来ないのも、ベルモント国務長官が無事であればこそですから。その意味において、死なれては悩ります」

「解った、私が八二号室へ赴き説得をしよう」

「いえ元帥、これは私宛の依頼ですから、元帥の手を煩わせるまでもありません。御許可頂ければ、此処八一号室階上を離れ、八二号室を訪問致します」

「移動距離からいって、あるいは恐縮だが階級からいって、私が適任だろう——

ん？

ちょっと回線を維持して待ってくれないか。誰か客人がある様だ」

確かに、誰かが八一号室のメインドアをノックした。

それは梅雨の雨の如く、注意しないと聴きとれないピアニシモではあったが、執拗に重ねられた結果、ある種の緊迫感をも有し始めていた。

（他の客室を訪問するときは、架電して連絡してからと言っておいたのだが。しかしまさか当のベルモント国務長官ではあるまいな。あの性格なら電光石火、ありうることだ）

幾許かの憤懣を隠しながら、宇頭元帥が八一号室の扉を開いた、その刹那。

宇頭は卒然と抱き締められた。

その闖入者が誰かを瞬時に視認した宇頭は、若い頃嗜んでいた柔道で、当該者を思い切り左へと払う。

その先には典雅ながらも頑強な洋箪笥が。

「しまった————!!!!」

それが最期の一撃になったのか。

闖入者はずるずると八一号室の絨毯に沈む。沈みながら、眼、鼻腔、口、耳孔そしておそらく肛門から、恐ろしい勢いで赤黝(あかぐろ)い血潮を噴射してゆき。宇頭は血飛沫に濡れながら、ようやく事態を理解した。

そう、既に自分が死神に接吻(クス)されたことを……

眼前でなお展開される死の舞踏(トーテンタンツ)。

肌をどろどろに崩しながら、おそらく内臓のすべてを壊死(えし)させながら、なお魂あるかの如(ごと)くヒトの軀を踊(おど)らせる血の噴水。その驟雨(しゅうう)をこれ以上なく染(あ)びた宇頭元帥は、既に自らの生命を諦(あきら)めながら、ウイルスの生存する欲望に、驚嘆せざるをえなかった。この血泉の実態は何か。血液凝固物質の分泌を妨害された凝固しないウイルス・カクテル。このウイルスが骨と骨格筋以外のすべての細胞を破壊してしまう為、破壊された細胞により血栓ができる。これによって臓器が壊死するとともに、少しでも血栓を溶かそうと血液凝固物質の作用が止まる。だからエボラ・ウイルスを満載したこの血泉は凝固しないのだ。そして凝固しないことそのものが、またウイルスの増殖にちからを貸すことになる——

「宇頭元帥!!　どうされました!!」

「東岡崎君、ならん、近づいてはならん!!　客室まで退(さ)がれ!!」

警察官の本能が、災いしたか。

東岡崎警視は現場へ猪突猛進(ちょとつもうしん)した。それこそ宇頭の最も望まぬことだと気付いたのは、すべてが終わった後だった。メゾネット八一号室玄関近くで宇頭元帥と何者かが格闘している。それが彼の脳裏で処理できたすべてであり、結果、それが最悪が上にも最悪の事態を発生させることになる。

率然と、八一号室の灯(ひ)が落ちる。闇に閉ざされた三者は、しばし彼等の世界を失った。

そして。

眼鏡を奪われた東岡崎警視の顔、真正面から吹き付けられる何か。

東岡崎警視はそれに瞳を潰(つぶ)され。

宇頭元帥は闇のなかで忘我(ぼうが)し。

ふたたび八一号室の灯(ひ)がともった時、軍人と警察官は、血塗(ちまみ)れで絶命しているボーイ服と、踏みにじられた注射器とを発見した。それは、死に至る脚本だった。

休憩2

「もしもし」

「もしもし、合衆国大統領ジョージ・H・W・ブッシュ閣下でいらっしゃいますね?」

「そのとおり。だが君は誰かね」

「閣下の国務長官をお預かりしている者——といえば、御理解頂けますか」

「よくこの回線に侵入できたものだ」

「素晴らしいセキュリティでしたわ、大統領閣下」

「もうじき閣議が始まるのでね、手短に願いたいのだが」

「日本帝国の東京駅で発生している事態については、御存知ですね」

「聴いている」

「閣下のベルモント国務長官が、封鎖区域内にいらっしゃることも」

「聴いている」

「日本帝国陸軍は、ベルモント国務長官を殺害するつもりですわ」

「それは手痛いね。ただし真実であれば」

「それが真実でなかろうと、エボラ・ウイルスは確実に国務長官を殺します」

「残念なことだ。それも、真実であれば、だがね」

「閣下の仰有り(おつしや)たいことは、当方も理解しています。しかしすべてが閣下の脚本どおりに動いたとして、ベルモント国務長官が既に感染している蓋然性は有意にたかい。此処(ここ)にいうベルモント国務長官とは、閣下が真実御信頼なさり、御重用なさっておられる方のこと」

「合衆国大統領は、テロリストと妥協をしてはならないことになっているのだよ――だが君の現状認識は日本帝国より正確な様だ。だから訊こう、君はいったい私に何を求め、私に何を与えるつもりかね」

「我々は治療薬を差し上げる準備があります」

「それは有難い。確かにあれをデザインし撒布した者なら、治療薬も開発しているだろうから。そしてそれが無条件ならばなお有難い」

「残念ながら、この治療薬はとても高額でして」

「金銭かね」

「これから要求事項を申し上げます、よく記録してください」

テロリスト――少女の様な声――は、淡々とその要望を述べた。其処には諧謔も衒いも無かった。つまり、俄然本気だった。

「閣下のおちからを以てすれば、児戯に等しいはず」

「NASAは来年まで飛行計画を有していないのだが」

「エンデバーの就航を繰り上げれば、充分実現可能ですわ」

「端的には、こういうことかね。

我々は、ベルモント国務長官の生命が獲られる。

貴女は、衛星軌道上の当該サンプルを獲られる」

「さすがは合衆国大統領、世界の王。御理解がはやい」

「ベルモント君が罹患していたら、再考はしよう……すべてはそれからだ」

第3章

1　殺人事件にて

僕の新たな客室、八六号室階上のアンティーク電話が鳴ったのは、もうじき六月十日月曜日になろうかという深夜だった。修野さんの方でキャンセルはしておいてくれただろうが、旅程どおりなら既に姫山の自宅で総譜(スコア)でも睨(にら)んでいる頃である。勁草館吹奏楽部、主戦力となる一年二年の為にも、どうにかゴールド金賞続きで普門館(ふもんかん)とゆきたい。

金管奏者は、日に一回、唇をバテさせなければならないのだが。土曜日曜の小旅行と油断したのが仇(あだ)となった。せめてマウスピースだけでも携行すべきだったが……

「もしもし八六号室階上、柏木です」

「柏木君、宇頭だ」

「宇頭元帥、どうされました」

「私が使用している八一号室階下、及び同室階上は汚染区域となった。内側から立入禁止テープで密封してある。よって爾後(じご)は、断じて侵入しないでもらいたい。どの様な事態が生じようと、だ」

「御命令は理解しました。が、どうしてその様なことに」

「私と警視は嘔吐が激しい。客室のほとんどが汚染されているといってよい」

「――宇頭元帥、封鎖区域内の総員に対する責務を、閣下ともあろう方がその様な理由で放擲(ほうてき)されるとは到底思えません。非礼は幾重にもお詫びしますが、どうか真実を」

アンティーク電話の純黒な受話器の遥か先で、重い、重い沈黙があった。それは十六小節ほどの全休符だったろうか。しかし宇頭元帥は、その帷幕を破ってくれた。

「……当八一号室階下で、炸裂があった」

「莫迦な。元帥や警視がこの段階で炸裂するはずが無い。まだ発症すらしておられない」

「炸裂したのは我々ではない」

「ならば誰です」

「国府君だ」

「……国府ボーイが何故八一号室に。彼は八三号室階上にいるはずでしょう」

「それは解らん。また解っても意味が無い。

再度徹底してほしい。以降八一号室への入室は厳禁、この宇頭あるいは東岡崎警視に非常の連絡があるときは、すべて架電の方法によるものとする。直接接触は断じてならん」

「東岡崎警視も、ですか？　階上と階下も隔離していたのではないのですか？」

「……東岡崎警視は、階下の私に異変が生じたのを察知して、螺旋階段を下りてしまったのだ」

「しかし炸裂には接近しないでしょう……如何に宇頭元帥が危機にあるとはいえ」

「其処まで確認してきたのは君が初めてだ。ならば正直に述べよう。

警視は国府君の炸裂によって致命的なダメージを負った訳ではない。国府君の炸裂は、私にのみ汚染血液を染びせたのだよ。東岡崎警視は染びていないか、染びていても無視できる水準だった」

「ならば何故東岡崎警視が汚染されたのです」

「侵入者があった」

「国府ボーイ以外に、ということですか」

「まさしく」

「時系列を詳しくお教え頂けますか。事態は総員の安危に影響を及ぼすものと考えます」

「まず八一号室階下に侵入して来たのは国府君だ。思えば私にも油断があった。メインドアを執拗(しつよう)にノックされたので、警戒心を欠いたままテープの封緘(ふうかん)を解き、開扉(かいひ)してしまったのだ。開扉した刹那(せつな)、国府君に抱き締められた」

「既に放血を？」

「その段階ではまだだった」

「何某(なにがし)かの発言はありましたか」

「発言……発言か。考えてみたことも無かったな。既に精神錯乱の様相を呈していたし……うむ、だが……譫言(うわごと)かも知れんが」

「なんと？」

「閣下の――救(たす)けて下さい――薬を――注射」

「それがすべてのテクストですか」

「正確ではない。これらの単語なり文節なりを繰り返していた様だった」

「大変恐縮なのですが閣下、閣下はこの事態に対処できる薬なり注射なりをお持ちなのですか？」

「まさか。それだったら現在かくも絶望してはおらんし、そもそも直ちに国府君を救(たす)けているよ。それに柏木君、私は陸軍の軍装を纏(まと)った軍人だ、仮初(かりそ)めにも医師に見えるかね？」

　それはそうだ。幾ら精神錯乱していたとはいえ、国府さんはベルボーイである。旅客すべての人定事項を承知しているはずだ。また彼が隔離された八三号室階上は、現在封鎖区域において最も頼りになる池鯉鮒医師の客室の真上。錯乱し瀕死の状態であらばこそ、まずは直近の池鯉鮒医師に縋(すが)るだろう。わざわざ躯（からだ）を酷使して螺旋（らせん）階段を下り、扉をふたつ越えて、しかも宇頭元帥の客室に侵入する動機原因が解らない。皆目（かいもく）理解できない。

「で、抱き締められた閣下は」

「反射的に、柔道で彼の躯を放擲してしまったのだ。抛（なげう）たれた国府君は家具に激突し、それがトリガーとなって炸裂を開始してしまった」

「その騒動で、階上の東岡崎警視が下りてこられたのですね？」

「絶対に下りてきてはならんはずだったが、警察官の血と使命感によるものだろう。ルール違反を責めるより、重々謝罪をせねばならん」

「その東岡崎警視が汚染された経緯は」

「それが不可解なのだが、突如として室内の灯（ひ）が消えたのだ。すべてが終わったとき確認をしたところ、単純に電灯のスイッチが切られただけだったがね」

「それが侵入者ですか」

「そうだ。その侵入者はメインドア至近にいる東岡崎警視を既に照準していたのだろう。国府君が侵入してきたとき、メインドアは開放されたままだったからな。そして自ら暗闇を作出し、東岡崎君の眼鏡を弾き飛ばし、その顔面に血液を染（あ）びせ掛けたのだ。この意味は理解してもらえるね？」

そう。

侵入者は、東岡崎警視を殺害する故意があった。わざわざ眼鏡を排除しているのがその故意性・悪質性を立証している。この封鎖区域において暴力的に染びせ掛けられるべき血液といえば、エボラ・ウイルスに汚染された血液以外に実際上ありえない。そしてウイルスは粘膜露出部位を好む。なかんずくエボラ・ウイルスは眼球を好餌（こうじ）とする。侵入者は、確実に東岡崎警視を殺戮ウイルスの犠牲にしようと謀（はか）

ったのだ。しかし。

「宇頭元帥、血液は何某（なにがし）かの容器で搬送・噴射されなければならないと思われますが」

「現場——といっても此処（ここ）八一号室階下だが——に注射器が二本、遺留されている。血液を入れた痕跡もある」

「元帥。

　これは殺人事件、正確にいえば時限殺人事件であり、それ以外の何物でもない。その被害者の方々に恐縮千万ではありますが、他の旅客の生命の為と御寛恕（かんじょ）ください。

　東岡崎警視なら、当該注射器から指紋を採取なさったと思うのですが」

「乱闘の結果か、既に原形をとどめていない。どうにか最大の破片から採取できた指紋はあるが、恐らくは侵入者——殺人者のものではあるまい」

「何故です」

「第一に、侵入者は計画犯であり知能犯だ。身の安全もある。当然、ゴム手袋を装着していただろう。現にゴム特有のにおいが確認できた。第二に、この封鎖区域において、現場で発見された様な医療用注射器を有しているのはひとり」

「池鯉鮒先生、ですね」

「まさしく。そして柏木君、この警告の電話は数字の若い客室から架けている。実は八六号室は最終の部類に入るのだよ。したがって当然、池鯉鮒医師にも確認をした。結果、医療用注射器が二本、盗難被害に遭（あ）っていることが判明したのだ。関連して残存するゴム手袋すべてもだ。結論として、確信水準の蓋然性（がいぜんせい）で、当該採取された指紋は池鯉鮒医師のもの」

「すべての客室に警告をされたのですか？」

「そうだ」

「僕に対してと同様、殺人事件について、詳細に？」

「まさか。この異常な閉鎖空間において、かくも不穏当な情報を流布させる訳にはゆかないよ。他の客室には、宇頭と東岡崎は嘔吐が激甚（げきじん）になったので八一号室は立入厳禁とする、それだけを伝達した。それだけで充分だからだ」

「池鯉鮒先生に注射器の確認をした時も？」

「そうだ。池鯉鮒医師は怪訝（かいが）な様子ながら、私の質問にだけ答えてくれた。察知されたかも知れんが」

「何故、僕には真実を？」

「語るつもりは無かった。が、このまま我々が全滅すれば、この殺人という不正義は未来永劫、成功してしまう。誰も事実を語れなくなるのだから。私が君に語ることとしたのは、もし生き残る者がいるとすれば、それは非感染者であり、かつ、私の瞳（め）からして最も冷酷な君だからだ。悪くとらないでほしいが」

「いえ、むしろ有難く思います――

注射器の盗難云々は、池鯉鮒先生御自身の申告ですよね？」

「この引っ越し騒ぎで総員の荷が入り乱れた。池鯉鮒医師も始終、自らの診療鞄を確認してはいなかったと証言している。事実、誰が誰の所有品を盗んでも分からなかったろう。それに池鯉鮒医師ならば、侵入者となって乱闘騒ぎを展開する必要など無い。正々堂々とその注射器を使って我々に望むままの注射をすればよい、抗ウイルス剤です云々と説明して、だ。我々がそれを拒絶することは一〇〇％、なかったろうね」

「国府ボーイの御遺体は？」

「このまま八一号室に安置……隔離したい」

「閣下、でもそれは」

「柏木君、元帥陸軍大将ともあろう者が、それくらいのことしかできん無念を察して、あとは黙って見過ごしてくれ」

「解りました。御遺体の尊厳は重要です。しかし……

いずれにせよこの封鎖区域に、悪辣な意志を有する殺人者が存在する」

「それはそうだ。誰もが死神の虜囚である現状において、何故その様なことをするのか、甚だ疑問ではあるがね」

「宇頭元帥」

「なにかね」

「ひとつ、お願い事がございます」

「直接会うこと以外ならば」

「東岡崎警視は、鑑識キットといいますか、警察の捜査機器を所持しておられるはず。もし御許可頂けるなら、それを僕に預けてほしいのです」

「……そのこころは」

「東岡崎警視は既に隔離室を離れられませんし、離れてはなりません」

「それは柏木君、君もだよ」

「しかし生き残る為には、誰かが当該殺人者を摘発しなければなりません」

「いま、この情勢でするべきではない。すべてが終わり、封鎖が解除されてからでも遅くはない」

「閣下、この様な言葉を紡ぐ非礼を御容赦ください。

僕は生き残りたい。当該犯罪者と戦いたい。そしてなにより、峰葉実香をその恋人の処へ帰してやる絶対の義務があります。宇頭忠道元帥陸軍大将閣下、若人の生命を尊ばれるならば、僕等に生き残る術を与えていただきたい」

綺麗事を列べたが――

それは僕の大脳新皮質を数%ほども動員しない思考である。駄弁といってもよい。実際のところ、軍人・警察官という犯罪者に対する強力な執行力が、あざやかな奇襲で壊滅的打撃を被ったいま、この犯罪者に懲罰を与えることができるのは現実的に、僕だけだ。殺人者の目論見はいまだ全貌を明らかにしてはいないが、柏木照穂に牙を剝く蓋然性があるのなら、こちらも自衛の為の手段を徹底的に講じる必要がある。それが結果的に峰葉実香をも救うのであれば、修野さんもトランペットの練習により精を出してくれるだろう。

「閣下、御裁断を」

「……解った。東岡崎警視に頼んで、八一号室のメインドア外に出しておこう。然るべき時間を置いたのち、柏木君自ら回収してくれ」

「有難うございます閣下。このあとは、今伊勢侯爵に御架電を?」

「それで最後になる、が……今伊勢侯爵には侯爵にしかできない頼み事があるのでね。それでは柏木君、委細承知のことと思うが、八一号室と八四号室へは立入禁止だ」

回線は先方から切れた。

2　報告書にて

平成三年六月十一日（火曜日）午後八時より記す

東京鉄道ホテル丸の内南口ドームにて

宿泊客等の現状（架電にて聴取）

・八一号室階上　東岡崎裕……発症。頭痛、眼球痛、嘔吐、下痢、発熱
・八一号室階下　宇頭忠道……発症。頭痛、眼球痛、嘔吐、下痢、発熱
・八二号室　マロリー・ロダム・ベルモント……症状無し
・八三号室階上　国府毅彦……死亡（日曜日に絶命。八一号室に安置）
・八三号室階下　池鯉鮒五郎……発症。頭痛、眼球痛、嘔吐、下痢、発熱
・八四号室　神保糊道……死亡（日曜日に絶命。そのまま安置）
・八五号室階上　峰葉実香……症状無し
・八五号室階下　葉月鳴海……症状無し
・八六号室階上　柏木照穂……症状無し
・八六号室階下　今伊勢師実……発症。頭痛、眼球痛、嘔吐、下痢、発熱

発症者の嘔吐に黒色吐物はいまだ見られず、下痢もまた血便無し。ただし発熱にあっては自己申告の内容から三九度以上と判断でき、時に意識の混濁在り。日曜夜の段階で九名存在した宿泊客等は、一名死亡、四名発症、四名症状無し。発症者について自室待機を徹底。非発症者にあっても、感染の危険性から同様の措置を執る。

陛下の賓客を接遇する重責を担いながら、その生命を危殆に瀕せしめ、また無辜の民間人等を残酷なテロリズムの犠牲たらしめた齟齬については、臣が終生の遺憾とする処である。既に発症した者にあっては、医療措置が一切期待できぬ以上、その死を免れうるものでなく、臣また明後日にはその生命を終えんとす。斯くなる上は、武人としての末期を以て大罪を謝し奉らんとするものなり。

(諫言されずとも、理解していたのだがな。途はひとつしか、残されていないと)

……宇頭元帥陸軍大将は毛筆で報告書を書き終えると、署名花押の為、ひと刹那呼吸を置いた。また喉の奥から凶々しい咳がこみ上げる。率直な処、宇頭ほど自制心ある者でなければ、この悪寒と激痛の為、ベッドに倒れ再び起き上がることはできなかったろう。ベルモント国務長官のメモから、また池鯉鮒医師の説明から、理屈ではこの悪疫の恐怖を理解していた。しかしそれが、練達の軍人である宇頭をして、此処まで物理的な、軀の苦しみを感ぜしめる拷問であるとまでは、理解できていなかった。嘔吐はとどまる処を知らず、既に胃液すら吐けないのに、まるでウイルスを排除する懸命の抵抗の如く、何時までも続くのであった。宇頭は恐怖した。この悪疫を、ではない。この悪疫に降伏して最期の務めを果たせなくなることを、こころから恐怖した。

そのとき。

宇頭の心情を知ってか知らずかアンティーク電話のベルが鳴り響き。

(人生諸事、儘ならぬものだ)

元帥はそれでも泰然と毛筆を置いた。現段階において、宇頭はいまだ封鎖区域内の指揮官であり代表者である。飽くまでも実務的に、彼はライティングデスクの受話器を採った。

「もしもし、宇頭です」

「宇頭閣下……ゴホッ、ゴホッ……池鯉鮒です……」

「池鯉鮒君か、どうした」

「御容態は……如何ですか……ゴホッ、ゴホッ」

「もうよいのだ、池鯉鮒君……君の職業人としての使命感、には……敬意を表する」

「もし、御容態が、お悪いのなら……すぐに参上して」

「ならん。それぞれの客室、は、隔離するはずだ……君は、君が生き延びる、ことを」
嘔吐の音。宇頭自身とおなじだ。何度も何度も繰り返して。こうしてあと少なくとも四名の者が、見ることも触ることもできない敵に蹂躙され同化されて絶命してゆく。戦地の銃砲で死すべき宇頭も、数多の患者を残した池鯉鮒も!!

「……失礼致しました、閣下……せめて同室の私が国府君の……脱出に気付いてさえ、いれば……きっとおふたりを殺したのは、おそらく、私……なのでしょう?」

「莫迦なこと、をいうな、池鯉鮒君、君とて意識すらままならぬのに、そんな……詫びねばならん、のは、私だ……君を、大切な御母堂があり、大学病院の、教授職が待って……いる君を、殺すのは陸軍だからな!! 何という非道、何という汚穢さだ!! 私は……君にも、此処にいる旅客にも、詫びる言葉を持たん……赦して、くれ……」

「医師が、ゴホッ、病に倒れるのは、むしろ名誉……それより、元帥閣下、最期の、言葉を……私も、もう、動けなく……ゴホッゴホッ!!……なりそう、なので」

「許さん……許しませんぞ、池鯉鮒君、君が失わ、れたら、誰が」

必死に池鯉鮒を激励しつつ、宇頭は自身の言葉が無力であるばかりか無意味であることを、時々薄れゆく意識のなかで、理解していた。発症まで二日。死亡までさらに三日。宇頭自身、あと三日、金曜日までの余裕があるとばかり思っていた。

だが、違うのだ。

宇頭は洗顔所で鏡を見たときそれを痛感した。

其処にいたのは宇頭ではなく、白蠟で製った能面を着けた幽鬼そのものだったから。

医学的にいえば、それは、エボラ・ウイルスが顔面のコラーゲンを破壊した為だ。

だが実存的にいえば、それは、ヒトであることからの変貌であった。誰がどういおうと、宇頭がそう感じた事実は、否定することができまい。そしておそらく、池鯉鮒医師も――

金曜日までの余裕など無い。

発症したら、行動する自由も思惟（しい）する自由も――ヒトであることの自由も失われる。脳が破壊され泥となり始めるからだ。個人差はあるが、宇頭忠道の現実的なタイムリミットは、今日火曜日だったのだ。

「閣下、お聴きください……ゴホッ、ゴホッ……重大な事実です。
、、、、、、、、、、　、、、、、、
ベルモント国務長官が、発症されました」

「何だと!!　うぐっ!!」

予想はしていた。

蓋然性もあった。

しかしいざ事実として確定すると、それは宇頭の嘔吐を誘発したばかりか、あまりの事態にそのまま宇頭を昏倒（こんとう）させた。ライティングデスクのバックチェアごと大きく転倒する。

――受話器を再び握り締めるまで、何分が経過したのか。

「……宇頭元帥!!　宇頭元帥!!」

「いや、大丈夫だ……むしろ昏倒して、意識が明晰（めいせき）になったほどだ」

「あまり、よい冗談では、ありませんよ」

「池鯉鮒君、国務長官のことだが、君が確認したのか」

「はい……ゴホッ……八二号室に、呼ばれまして。隔離の、問題を、指摘したのですが、既に赤斑（せきはん）が、できているから……ゴホッゴホッ……遠慮には、及ばないと」

「事実か」

「事実です」

一名死亡、五名発症、三名症状無し——

宇頭は混濁してゆく意識の内で、懸命に考えた。陸軍はどう考えるか。ベルモント国務長官は事実上保護国の副王である。彼女が救(たす)けられるものなら救けたいはずだ。この厳然たる事実を開示して、封鎖の解除を求めるか。

——無理だ。

ベルモント国務長官が発症したということは、彼女が既に自律歩行するエボラ・ウイルス拡大再生産機構に変貌したことを意味する。此処(ここ)まで徹底的な物理的封込めに踏み切った陸軍が、帝陛下の賓客であろうと誰であろうと外界に解放するはずがない。それをやるつもりなら、事態のもっと初期段階で、特殊部隊でも動員して彼女だけの救出オペレーションを組んでいたであろう。

そして、それは理解できなくもない。非道で汚穢(おわい)ではあるが、非合理ではない。何故ならば、宇頭が報告書を作成する際に書いた箇条書の各点、その点ひとつの面積の内に、一〇億個以上のエボラ・ウイルスが生息できるからだ。ましてベルモント国務長官の軀には、天文学的な数字のウイルスが生息し、かつ増殖し続けているのだ。宇頭自身が戒厳司令官だったとして、合衆国国務長官に対する物理的封込めを解除するか——

いや、しないだろう。

陸軍というのはそんななまやさしいものではない。それは宇頭が最も熟知していた。それどころか、国務長官感染の報に接すれば、他の旅客を直ちに処理するオペレーションを開始しかねない。その思考方法もまた、宇頭自身が誰よりも知っているもので。

池鯉鮒が激しく嘔吐するその音で、宇頭は出口の無い思索を中断した。

「解った、池鯉鮒君、君の献身に感謝する」

「それで……ベルモント国務長官にあっては、ゴホッ、既に感染している以上、もはや恐怖するものはない、爾後(じご)は看護婦として……ゴホッ、ゴホッ……他の旅客を看護し、また、御遺体を、整えることに邁進(まいしん)したいと」

「莫迦(ばか)な、認められん……といいたい処だが、どのみち諫言(かんげん)は聴くまい」

「最期まで、合衆国人としての、名誉と、尊厳の為に闘うと」

「御立派な、ことだ。

池鯉鮒君、最期の頼みがある」

「承(うけたまわ)ります」

「ベルモント国務長官に、電話で、無菌の八五号室等へは断じて入室、するなと、駄目押しをしてくれんか。それから各室に、発症の事実を、連絡、頼む」

「解りました」

「有難う、池鯉鮒君、私には最期の任務がある。また何処(どこ)かで会おう」

「閣下も、御壮健で」

　想定できるもののうち最悪の凶報をもたらした電話を、宇頭は自ら切った。脳機能には既に障害が発生している。宇頭が感染しておらず、意識も真実明晰(めいせき)であったなら、まず八二号室に赴いてベルモント国務長官の症状を確認しただろう。少なくとも、池鯉鮒に委ねたりはせず、八五号室等への立入禁止を自ら強く諫言したであろう。しかし、それらをしなかったといって、宇頭を責めるべき段階では既になかった。宇頭には宇頭最期のミッションがあり、八五号室等をいちおう防護する措置を講じた上は、これ以上体力を消耗することなどできなかったから。感染者が感染者の客室に、あるいはホット・ゾーンに侵入することは、現在の宇頭にとっては、もうどうでもよいことだった。

宇頭は、報告書に署名花押をほどこすと。

当初の予定どおり、必要な電話を架けた。

「東京鉄道ホテル八一号室、宇頭だ」

「宇頭元帥閣下、戒厳部隊指揮官山縣であります」

「壮健そうで、何よりだ」

「御連絡事項があれば、承ります」

「当方に事情ができた。以降のホットラインは、八六号室階上に願いたい」

「八六号室——今伊勢侯爵でありますか？」

「いや、柏木照穂という少年だ」

「よろしければ、おちからに。当該事情を御教示願えますか？」

宇頭は決死の努力で嘔吐と咳を我慢した。そして春風駘蕩と返答した。

「ホットラインは、二十四時間態勢でなければならん。この籠城戦では、老人の軀が維たんよ」

「確か警察官も御逗留のはずですが」

「当方からの用務は以上だ。最期に、非道な作戦の撤回を強く求めておく」

宇頭は自ら受話器を置いた。襤褸を出すことが懸念されたというのもあったが、それ以上に嘔吐感が耐えられないものとなっていたからである。宇頭は洗顔所で嘔吐した。そのまま膝から崩れそうになる。四〇度近い発熱に蝕まれながら、それでも宇頭は再び受話器を採った。まず八六号室にホットラインのことを伝達しておかねばならない。そしてさらに、八六号室には重要な任務を実行してもらわなければならないからだ。

——最期の任務をふくむ、すべてを終えて。

宇頭はようやく、所期の目的の為に動ける様になった。

かつての若き日。北海道解放戦争の折、武功抜群として上官から贈られた長谷部国信(はせべくにのぶ)の脇差(わきざし)をぎらりと翳(かざ)した。刃文(はもん)の互目乱(ぐのめみだれ)が大胆にして秀麗(しゅうれい)な波を描いて耀(かがや)く。

もう体力が無い。

宇頭は帝国陸軍の軍装を大きく左右に開いた。すぐに弛緩(しかん)の無い腹部が現れた。古式どおり、臍(へそ)のまわりを三度撫でると、脇差を躊躇(ちゅうちょ)なく左脇腹に深々と突き立て、右へと一文字に切り裂き、右脇腹で微かに切り上げた。

尋常の精神ではない。

尋常の人間ならば、右へと一文字に切り裂く途上で、あまりの苦痛に七転八倒するはずである。それをかくも静謐(せいひつ)に、闇夜の霜(しも)が如くやってのけたのは、エボラ・ウイルスにより脳機能に障害が生じていたからでは断じてなく、日本帝国元帥陸軍大将としての決意と矜持(きょうじ)によるものであろう。

それでも。

激痛と病魔とで、宇頭は失神しそうになる。

零(こぼ)れてくる臓腑(ぞうふ)を左腕でかばいながら、宇頭は右手で拳銃——愛用のH&K　USPをひと握りで右顳顬(こめかみ)に当てた。手も腕も全然、ぶれてはいない。

(陛下——臣(しん)忠道、死を以て大罪を謝し奉りまする)

ターン!!

衝撃で宇頭だった軀は左に倒れる。この刹那、既に宇頭は此岸(しがん)にいない。

宇頭はそれでも最期に思った。

階上で倒れている東岡崎警視の、迷惑とならねばよいが――

かくして天皇の軍事最高顧問、陸軍の元老、宇頭忠道元帥陸軍大将は自決した。

3　連続殺人事件にて

「もしもし、柏木君？」

「ああ峰葉さん、どうしたの」

こんな事態だというのに、まるで大樹の枝で青春小説を読んでいるかの様な柏木照穂。あたしも物事に動揺しない方だが、それはできうるかぎりの自制心を動員している帰結だ。柏木君の達観には――こんな言葉が許されるのなら――何処かミュージックワイヤを張り誤ったピアノの様な、何処か定義が乱調した辞書の様な、そう先天的な欠損をさえ感じる。

ただそれは恐怖を誘わなかった。むしろ悲しみを誘った。

――あたしはグランドセイコーＳＴＧＦ〇六三を見遣る。帝陛下ではないが、時計は国産品にかぎるというのが峰葉家の家訓だ。午前七時三〇分。つまり六月十二日水曜日の朝方だが、しとしとと梅雨の細雨が泣いている。水曜日。木曜日。

金曜日には、すべてが――

「まさか発症したとか」

「違うわ」

あまり言葉を紡がない方がいい。葉月鳴海頭取とあたしの虚偽が――発症などしていないという破廉恥な虚偽が――露呈しないともかぎらない。特に、相手が柏木照穂なら。あたしは生涯でいちばん激烈な頭痛を、それこそ必死で隠しながら電話を続けた。眼の奥がずきずき痛む。あたしは、侵蝕されている――

「宇頭元帥の八一号室階下にお電話しているのだけれど、お出にならないの」

「まだエボラ出血熱でお亡くなりになる時期じゃあないね。けど症状は激烈な様だから、ベッドから動けないという蓋然性もあるんじゃないかな。そもそも用務は何なの?」

「……葉月頭取からの依頼。ホットラインを使わせてほしいって」

「ああ、それなら大丈夫だよ。ホットラインは僕の担当になったから」

「え?」

「昨晩遅く宇頭元帥から電話があって。当該電話以降、陸軍部隊とのホットラインは僕の八六号室階上になったんだ」

「……また率然と。理由は?」

「病者に二十四時間態勢は厳しいから、若者に交替したいと」

「……でもそれだと悩ったわね。伝達を受けている処によれば、今伊勢侯爵も発症したのでしょう?」

「そうみたいだね。そうすると今伊勢侯爵の八六号室階下を通過するのは、非感染者にとっては若干ならぬ危難かな――もし問題が無ければ、僕が葉月頭取に代わって陸軍と話をするけど、どうかな?」

葉月頭取の、策。

それは西海銀行――事実上は西海銀行+五和銀行、以下おなじ――と、五菱銀行との合併提案であった。戒厳部隊指揮官は山縣良子中佐、当然、飢狼の如き情報収集能力を有している葉月頭取はそれを知っている。山縣中佐が宮内大臣山縣公爵の娘であることを知っている。そして葉月頭取が日頃から警戒しているとおり、山縣公爵の山縣コンツェルンは五菱銀行をメイン・バンクにしているし、宇頭元帥が教えてくれたとおり、公爵は五菱銀行の頭取秘書室長――頭取令息――を女婿にむかえたばかり。当然、山縣公爵は西海銀行を眼の敵にしているし、その女総帥である葉月鳴海を政治的経済的に葬りたいと日夜謀議をめぐらせているだろう。そしてそのことは、今般の東京鉄道ホテル封鎖作戦に影響を与えている蓋然性が極めてたかい。少なくとも山縣公爵としてはこれを望外の神慮として、他の誰は救けても、葉月鳴海だけは絶対に処分する意志を堅固なものとしているに違いない。

そこで。

当方から軍門に下る。

西海銀行を、葉月コンツェルンを売り渡し、それで残余八人の生命を買う。

もちろん都市銀行大手の大合併。とすれば葉月鳴海を頓死させる訳にはゆかない。そんな事態となれば西海銀行一万人従業員が到底納得はしない。城の明渡しと敗戦処理の為、生きた葉月鳴海が絶対に必要となる。

此処に、山縣公爵が乗ってくる余地がある。山縣中佐の任務はいざ知らず、宮内大臣であり近衛師団にも影響力を有する山縣公爵が食指を動かす蓋然性が認められる。もし山縣公爵がこの餌に喰いつくのなら、山縣中佐も任務を変更せざるをえまい。もちろん敵は、百戦錬磨の鵺。余程の好餌を提供しなければならないし、そのあたりの機微にわたる折衝は、葉月頭取本人でしかできない。

だから、葉月鳴海は発症を隠した。発症が認知されれば売却も折衝も無い。山縣公爵としては娘に所期の任務を達成させ、葉月鳴海が自然と死ぬのを期待していればよい。葉月鳴海の発症は、この策を採用するならば、死んでも隠蔽しなければならないのだ。さらに、葉月頭取はあたしにも発症を隠すよう指示した。何処か卑劣な、何処か見苦しいその提案をあたしは蹴ったが、柏木君が感染していないことは大きかった。すなわち、柏木君とあたしが非感染者で生存しているのなら、『将来ある若人ふたりの生命を救う為』という、新たな錦の御旗が立つ。それは、葉月頭取の策にとって飛車角級の大駒となる。

――最終的に、あたしは同意した。

破廉恥な、嘘。

この峰葉実香が、虚偽を述べるなんて……

いや、それは措こう。

あたしたちの誤算。

葉月頭取もあたしも、まさか柏木君が連絡将校になるなどと想定してもいなかったのだ。宇頭元帥は発症している。じき精神錯乱に至る。宇頭元帥の責任感からして、それ以前に、非感染者へホットラインを管理する権限を移譲すると踏んでいたのだ。もしその意思がまだ無いのなら、今朝この電話で説得をするつもりでいた。移譲先は、社会的地位に鑑みて、当然葉月鳴海となるであろう。三しか残されていない選択肢の内、唯一の社会人――大人なのだから。

しかし軍人の思考ゆえか、宇頭元帥はおとこに任務を委ねた――

「もしもし峰葉さん、聴いてる?」

「あっ、御免なさい柏木君、聴いているわ、柏木君に伝言するかってことね」

「機微にわたるものであれば、無理強いはしないけど」

(実香ちゃん、かまわない、私がゆくわ)

(そうしたら、柏木君をも)

(池鯉鮒さんが配っていったマスクを三重にしてゆく。柏木君は客室の奥に退避させる)

(いけません頭取)

(実香ちゃん、今、惜しまれるのは時間)

(違います。あたしがゆきます)

（え？）

（柏木君を殺すなら、葉月頭取ではなくあたしがゆきます。それもまた友情）

（あなた……私を人殺しとしない為に）

（ホットラインを此処にすること、山縣公爵との直接折衝を求めること。山縣中佐にお願いしてきます）

「柏木君、これからあたしが八六号室階上へゆく。今伊勢侯爵にドアを開けてくださる様お願いして頂ける？」

「……敢えて拒絶はしないけど、今伊勢侯爵が感染者であることを、忘れずにね」

あたしは様々な罪悪感を感じながら、八五号室を離れた。

血の涙でも流そうものなら、血の嘔吐でもしようものなら、柏木君に……

あのひとの大親友である、柏木君を、あたしは。

懊悩していると、隣室である八六号室を過ぎ越してしまった。残酷に溶接された鉄扉の先に、八一号室が見える。八一号室は、宇頭元帥と東岡崎警視の室だが――

メインドアが、開いている。

そんなはずはない。

既に封鎖区域は発症期をむかえ、隔離のルールも確立している。ルールといっても単純だ。客室から出ない、他者と接触しない、閉められるドアはすべて閉める。万一の救急救命措置（希望としては外界からの、現実的には池鯉鮒医師の）の為、鍵は掛けないことになっていたが、鍵どころかメインドアをかくも開放しておくのはルール違反――

いや既に異常事態だ。

どうせあたしは発症している。そのまま八一号室へ飛び入った。

「宇頭元帥――――!!!!」

其処に、ヒトの軀がある。

軍装だ。

誰かが整えたのか、軀は仰臥の体勢、顔貌に枕カバーか白布が掛けられ、脇差が右手脇へ丁寧に置かれている。しかし、これは故意とだろうか、カーキの軍装は腹腔を露したままで。それを隠すのは、確かに元帥陸軍大将宇頭忠道に対する、ある種の冒瀆かも知れなかった。

しかし。

まさか、この平成の御代に。

帝陛下の賓客ベルモント国務長官、その饗応接待の任に在りながら、エボラ・ウイルスの蔓延と隔離措置という最悪の窮地に陥らせてしまった。その責任を誰よりも痛感しておられたのだろう。そしてこの事態が生じたその時から、自刃の決意を堅められていたに違いない。まだしも自身が非感染者であれば、ベルモント国務長官を残してこの様なことをするはずがない。宇頭元帥は無責任から徹底して距離を置くタイプの軍人だ。それは元帥と一緒に、最初で最後の神保町めぐりをしたあたしにはよく解る。自身が感染し、物理的に賓客の防護をすることが不可能となった為、むしろ賓客をふくむ他の旅客に迷惑を及ぼさぬ様、生きて在るかぎりウイルス爆弾である自身を排除したのだ。

あの優しかった、宇頭元帥――

あたしは膝を突いて、この悲劇的な軍人の為に祈った。

切り裂かれた臓腑は収縮し始めているが、内臓が依然零れている。こんな言葉は嫌いだが、軍人らしい見事な死に様としかいえない。零れている内臓を滴ったか、脂肪の様な粘着的な色彩の細胞と、そして忌(い)まわしい赤黝(あかぐろ)い血がむしろ池を成している。この華館の脚の深い絨毯に吸収されてなお。それは、病魔が血液の凝固を妨害していることを、これ以上ない態様で示しており。もっともあたしは感染者、既に悪血(おけつ)も恐くない。

枕カバーを、除(の)けてみる。

宇頭元帥の死に顔は、意外なほど穏やかで。

無論割腹(かっぷく)のみで死に至るはずも無い。正確にいえば、割腹のみでも死に至れるが、それは本人にとって永劫(えいごう)とも思える時間を、地獄とも思える苦痛のなかで過ごすことだ。そのような死者が、かくも穏やかな顔をしているはずがない。

予想どおり、宇頭元帥は拳銃を使用していた。右顳(こめかみ)から左顳へ銃弾のつらぬいた痕跡がある。右顳には微かに火傷(やけど)があるし、何より左手・左腕は零れ出る内臓を押さえている。当然右手で拳銃を握り、自然な流れとしてそれを右顳に当て、介錯(かいしゃく)の代わりとしたのだろう。銃弾は八一号室の壁の何処かに埋まっているはずだが、あまりそれを捜(さが)すことに意味は無い。むしろ意味があるのは、拳銃そのものが無いことだ。態様からして、銃弾が脳を破壊した時点で即死。ならばその拳銃は、確か御愛用のH&K――ヘッケラー・アンド・コッホ――は、御遺体右手に無ければならない。百歩譲って御遺体右手至近に落下していなければならない。が、何処をどう捜しても、あの拳銃は見つからない。

あっ。

此処(ここ)であたしは我に帰った。

確かに東京鉄道ホテルのメゾネット・エリア各客室は最上等の防音措置を誇っている。まりとあたしがグランドピアノをフォルテシシモで弾いたのに、苦情ひとつ無いのはその為だ。ならば八一号室以外の客室に銃声がしなかったのは理解できる。無論、この場合において、メインドアは閉ざされていなければならない。が、これから自刃しようという軍人が、メインドアを開け放しにしておくだろうか？

此処から導ける結論は、ふたつ。

ひとつは、八一号室階上の東岡崎警視なら銃声を聴けたこと。

いまひとつは、八一号室で元帥の自刃後、ヒトの出入りがあったこと。

あたしはメゾネットの螺旋(らせん)階段へ急いだ。不在となっているのが東岡崎警視ならば、メインドアが開放されている理由になる。おとこのひとの寝室を侵すのも如何(いかが)かと思ったが、事態は急を要する。あたしは螺旋階段を上がり終え、メゾネット階上のドアを開いた。

いらっしゃる。

東岡崎警視は、ベッドで寝ている。誰かが大切な人形をとても律儀(りちぎ)にセットした様な、綺麗すぎる態様で。

そう。

あたしは、何故だろう、其処(そこ)に命を感じなかった。ヒトの息吹き、ヒトの体温、ヒトの脈拍といったものを、感じなかったのだ。あたしは不調法(ぶちょうほう)を詫びながらベッドへ駆け――

ブランケットがとりわけ丁寧に整えられたその下で、やや側臥(そくが)しておられる東岡崎警視の軀を、此方(こちら)に倒した。

「な……」

眉間に一発。至近距離だと考えても見事なものだ。

東岡崎警視は額に銃弾を受けて絶命していた。真正面からの弾丸は後頭部へあざやかに抜けており、ベッドへと減(め)り込んでいる様だ。眉間(みけん)に対する侵入角度、九〇度。後頭部からの脱出角度、九〇度。そして眉間に火傷(やけど)はないから、銃口から距離があったことになる。本格探偵小説的には偽装を疑わなければならないのだろう。が、事実は本格探偵小説より肉迫的である。東岡崎警視はこの上なく死んでおり、語り手であるあたしは虚偽を述べない。

さすがに銃痕が完璧に一致するかどうかは、あたしの識別能力を超えるが、極めて似てはいる。宇頭元帥が介錯に用いた銃弾と極めて酷似している。九九・九九%、同一と考えていい。これでは銃声も聴こえないはずだ。いや、それとも東岡崎警視が殺された――自分で自分の眉間を真正面から撃つことは実際的に考えて不可能だし、銃口は離れていたし、何よりも先刻同様、どう捜しても拳銃は無い――方が、宇頭元帥の自刃よりも時間的に先だったのか？　そして、御遺体をとても丁寧に整えたのは誰か？

此処で。

あたしはライティングデスクの上に、大きな字のメモを見出した。メモ用紙は真白だから、ライティングデスクによく映える。何処の客室にも在る、東京鉄道ホテルオリジナルのメモ用紙。むしろ読んでほしかったかの様に、ひときわ瞳(め)を引く態様で置かれている。メモにはこうあった。

　宇頭元帥、自刃(じじん)す
　直ちに御遺体を清める
　御愛用の拳銃は、御遺体の傍らに安置した。滅菌の上御遺族にお渡し願いたい
　国府君の御遺体を整えてくださった方、有難う
　願わくば金曜、私の死後も同様に

頭痛が、非道くなっている。お手洗いにも……しかしあたしは必死で、このメモの意味を考えた。第一に、宇頭元帥の割腹自決は東岡崎警視殺害よりも先である。第二に、東岡崎警視は銃声を聴き、即座に階下へゆき、元帥の御遺体の威儀(いぎ)を正した。第三に、国府ベルボーイの御遺体は、宇頭元帥が清めたわけでも、東岡崎警視が清めたわけでもない。第四に、やはり東岡崎警視は金曜日の審判の日まで、自

死するつもりなど無かったのだ。

あたしは国府ベルボーイのことをすっかり忘却していた自分を恥じた。まさか、此処にあるとは。

また急いで螺旋階段を下りる。

寝室エリアは奥まった処にあるので確認しなかった。確かに東岡崎警視のメモにあるとおり、国府ベルボーイの御遺体は綺麗に整えてある。彼は階下にふたつ在るダブルベッドの片方で、腕を組みながら永遠の眠りに就いていた。さすがに制服を洗うことはできなかったのだろう、既に黒褐色となっている激しい吐血下血の斑模様はそのままだ。しかし顔貌や手は濡らした布で丁寧に拭いた痕跡がある。此処から解ることは、この人道的な誰かは確実に感染者であるということだ。非感染者であれば、とても恐ろしくて触れることなどできはしない。

——さて、どうするか。

あたしは洗顔所で思いっ切り嘔吐し、嘔吐し、また激甚な下痢の処置をどうにか終えると、僥倖にも顔に赤斑が浮かんでいないことを確認してから——腕の奴は誤魔化せる。肌の黄化も華館の灯なら目立たない——柏木君を呼ぶべきだという合理的な解を圧殺して、八二号室に内線を架けた。ベルモント国務長官の声が確認できた刹那、悪戯の如く切る。悪戯ではない。東岡崎警視殺人事件が発生している以上、総員の安危を大至急、確かめなければならない。それにあたしの英語力は所詮受験英語レベル。会話するだけ双方の不幸だ。柏木君を呼ばなかったのは、既に本当の非感染者が柏木君のみである以上、捜査活動で柏木君の命に危難をもたらす訳にはゆかなかったから。

八一号室、宇頭（自死）・東岡崎（殺害）・国府（病死）。

八二号室、ベルモント（生存）。

とすれば、目指すべきは八三号室である。

此処のメインドアは、きちんと閉ざされていた。隔離ルールにより、鍵は掛かっていない。あたしはドアを数度ノックし、とうとう返答が無いのを確認してから八三号室に侵入した。拳銃による殺人事件が発生しているのに、不思議と恐怖は無い。もう既に、致死性のウイルスが恣（ほしいまま）に軀を強姦しているからだろうか。

八三号室は国府ボーイと池鯉鮒先生の隔離室である。が、国府ボーイが宇頭元帥の八一号室で炸裂した以上、八三号室に残るのは池鯉鮒先生のみ。確かメゾネット階下だ。

「池鯉鮒先生、八五号室の峰葉です。池鯉鮒先生？　いらっしゃいますか？」

あたしは寝室エリアに侵攻した。病臥（びょうが）しているにしろ、そうでないにしろ、あたしと同様な発症者が溌剌（はつらつ）と室内を闊歩（かっぽ）しているはずもないから。

そして。

予想どおりのものを発見した。

「池鯉鮒先生も……
俄然（がぜん）やる気ね、誰かさん」

池鯉鮒先生もまた、ふたつあるダブルベッドの片方で瞑目（めいもく）していた。ブランケット等は被（かぶ）せられておらず、まだ記憶に在る凛然（りんぜん）としたスーツ姿のまま。やや雑駁（ざっぱく）ではあるが、他者によって人為的に整えられた御遺体である。やや雑駁、といったのは、腕は体側（たいそく）に在るものの、右手がわずかに軀の裏へと隠れているからだ。総じて御遺体からは、何某（なにがし）かの悟（さと）りと満足とが感じられる。それはある意味、清浄ともいえた。此処に清浄でないものがあるとすれば、それは意志だろう。悪辣（あくらつ）な、汚穢（おわい）な意志。他者を虐殺することに妄執（もうしゅう）すら感じさせる殺人者の意志。それは池鯉鮒先生の額で具現化していた。

弾痕だ。

東岡崎警視のそれと、そっくり。

池鯉鮒先生は眼鏡を着用したまま。殺人者はレンズが割れるなど不測の事態を懸念したのだろう、東岡崎警視の時の様に眉間をつらぬくのではなく、それよりやや頭髪側、額（ひたい）を一撃で銃撃している。

「銃創（じゅうそう）に火傷は無い。侵入角は正確無比。凶器の拳銃も発見されず」

あたしは断定した。これもまた、殺人。

東岡崎警視と同様の手口態様。同一犯と仮定しても恣意的（しいてき）ではあるまい。もちろん、いずれの場合においても死後銃撃は否定される。理論的には、ふたりが死亡するのは金曜日のはずであったということから。実際的には、既に死んでいる者に銃弾を撃ち込むことに了解可能な意味は無いから。もし東岡崎警視が存命ならば、無理を押してでも所謂（いわゆる）『生活反応』について識別してもらう——生活反応が在れば生体の創（きず）、無ければ死体の創——処（ところ）だが、検視的・警察的知見を有する唯一の者は既に亡い。ならば此処（こ こ）は緻密な正確さより、苛烈（かれつ）な犯人追及に吶喊（とっかん）すべきだ。

あたしは念の為、御遺体を側臥（そくが）にした。遺留物件、拳銃、銃弾等が無いか確認したかったのだ。あたしの期待はある意味派手に裏切られ、ある意味派手に成就（じょうじゅ）した。というのも、其処（そこ）にはあたしが望んでいたものは皆無だったが、望外の証拠が存在したからである。

血文字。

額に銃弾を撃ち込まれているのだから、即死。

ということは、撃ち込まれる以前の段階で、何者かがシーツに描いたこととなる。

それが殺人者だという仮説は、実際的には棄却される。これまた無意味だからだ。納得のできる説明は、池鯉鮒医師はベッドで病臥しているところを殺人者に襲撃され、有無をいわせず殺されたが、銃撃の直前、自らの血潮でこれらの文字を描いた——というものだ。池鯉鮒医師も発症者であるかぎり、所要のインク、すなわち凝固しない血液は自分で調達できる。そして殺人者は、御遺体の下を充分確認することなく、見映えを整えて、八三号室を出ていったのだろう。そして、当該血文字——

　EMPT

意味は自室で考えればよい。八三号室を離れる。八四号室は神保糊道のホット・ゾーンだ。あたしは侵入したくない。犯人も侵入したくはなかったろう。あたしは本格探偵小説の神様には激怒されそうな捜査方針に基づいて八五号室へ帰った。

葉月頭取の姿が、無い。

まさか——

あたしは客室奥へと侵攻した。すると、灯のあるバスルームからシャワーの音が。発熱を紛らわせる為か、嘔吐を始末する為にバスを使われているのかも知れない。着衣もちゃんと脱衣されており、血痕その他の不穏当な証跡は皆無。

大丈夫だろう。

またすぐ八五号室を離れようとした、その刹那。

——ばーん

微かな、微かな破裂音。

しかし現在のあたしにとって、それは冥府から悪魔が咆哮する声以外の何物でもなく。

意識する以前に躯が駆け出した。いや、もうこの熱で意識が朦朧としているのだろう。

4　雅語にて

八五号室玄関。

東京駅ドーム廊下。

八六号室のメインドアもまた、開け放たれており。

その絨毯を踏もうとした刹那、左瞳(ひだりめ)がその左端で動くものを認知した。あたしは顧る(ふりかえる)。八角形をした東京駅丸の内南口ドームのほぼ対角線上、閉ざされた八二号室と八三号室の扉のはざまで驚愕(きょうがく)しているそれは人陰で。ドーム廊下内側のガラス窓から識別できる。オスカー・デ・ラ・レンタであろうマジョリカブルーのスーツとカットソー、フェラガモであろうハイヒールはラピス・ラズリと装いを青で統一したマロリー・ロダム・ベルモント合衆国国務長官に誤り無い。彼女もまた八六号室目指して駆け始めた。

あたしが八六号室に脚を踏み入れたその刹那、ベルモント国務長官があたしに追い着いて。そして八六号室内の螺旋(らせん)階段を柏木君が下りてくる。柏木君はなんとバスローブ姿で。頭にバスタオルまで巻いている。バスローブの腰帯を結んでもいないので、時折……あたしは思わず赤面してしまった。ひとによってこんなに違うんだ。

「峰葉さん!!」

柏木君は叫びながら螺旋階段を駆け下りる。そのまま八六号室階下のライティングデスクに。其処(そこ)には……

「今伊勢侯爵!!」

「駄目だ峰葉さん、退(さ)がってろ!!」

ライティングデスクのバックチェアには、今伊勢侯爵が座している。いや、座していたというべきかも知れない。其処にはもうヒトの意思が無いからだ。灰紫色地西陣御召(おめし)の羽織と着物に、グレー地紬(つむぎ)風の西陣織角帯(かくおび)の京都人らしい和装は、糸繰人形の糸がぷつりと切れたかの様に、上半身をライティングデスクに激突させ、左腕はだらりと絨毯目掛け垂れ下がっている。右腕はまったくいのちを感じさせない態様で、突っ伏した上半身の頭の上に、肘を折りながら延びており。そしてその先端、右手には……

「拳銃!!」

あたしは思わず叫んでい。黒い鉄、いや黒い樹脂の圧倒的な存在感。煙こそ見えないが、まさにいま発射されたといわんばかりに硝煙（しょうえん）がにおう。人差指は外れているが、他の指で握られたこの拳銃が此処（ここ）で発射されたことは確実だ。何故ならば眼前の侯爵の軀（からだ）から、依然として血潮が流れ続けているからである。柏木君はバスタオル越しに拳銃に触れた。

「熱がある」

「この、拳銃なのね」

「とにかく御遺体をベッドに。峰葉さん手を貸してくれ」

「でも柏木君あなた……非感染者なのに」

「それは君も一緒だろ?」

「……解った」

「カシワギ君、私もちからを貸すわ」

率然と言葉を発したのは、ベルモント国務長官で。幾らあたしが受験レベルの英語能力しか無いとしても、これくらいは理解できる。そして柏木君は、流麗な米語でいった。

「お召し物が、穢（よご）れますよ」

「もう穢れているわ。大勢を看護したし、たくさんの御遺体を清めたから――」

そういえば何処（どこ）かで聴いた。既に発症したベルモント国務長官は看護婦を志願して、発症者のケアに当たっていると。だからこのトップブランドのスーツやカットソーに、赤紫褐色の染みがあるのだ。スーツのマジョリカブルーは、まるで幼児のエプロンの如く、抽象画の如く、斑にべたべたと穢れている。そして御自身も発症者、四〇度近い発熱その他、あたしとおなじ症状に蝕まれているはず。あたしたちおんなふたりは、いずれもしきりにハンカチを使っていた。国務長官は誇りの為。あたしはただ虚偽の為。

「でもあなた、英語が喋れたのね。ずっと隠してたって訳」

「国務長官閣下、御説明はまたの機会に。峰葉さん、さあ」

発熱の所為なのか、隠し事の所為なのか、死の衝撃の所為なのか。あたしは額に幾つもの雫を浮かべており。狼狽を隠しつつハンカチでそれらを隠滅すると、柏木君の指示を受けながら御遺体をふたつあるダブルベッドのひとつに搬んだ。

柏木君は侯爵の瞳を閉ざした後、自らも数瞬瞑目し、そして御遺体を検め始めた。といっても血液に触れるのは自殺行為。バスタオルで手を擁いながら着物を微かに開いてゆく。どうやら心臓の位置よりやや左手側、むしろ右胸左端に銃弾が入り、そのまま侯爵の軀をつらぬいていった様だ。入射角は奇矯なことにかなり斜め、それを証明するかの様に、羽織の裏に残された銃弾の出口は、右胸左端どころか左肩やや下方にある。端的にいえば、凶弾は侯爵から見て九時ないし一〇時から入り、そのまま三時ないし四時へと出ていったことになる。弾痕は、少なくとも壁には見当たらなかった。

柏木君はバスタオルを遠くへ放擲し、いまいちど拳銃を見遣った。バスタオルが無くなった為か、美容院に執拗るという評判の髪からぽとり、ぽとりとお湯の雫がこぼれる。

「H&K　USP」

「それって、宇頭元帥が仰有ってた……」

「そう、元帥愛用の拳銃」

「此処にあったのね」

「どういうことだい？　峰葉さん、拳銃の行方に関心が？」

「そうよ!!　実は柏木君、大変なことが!!」

あたしが東京鉄道ホテル連続殺人事件――八一号室割腹事件（宇頭元帥）・殺人事件（東岡崎警視）、八三号室殺人事件（池鯉鮒医師）――について急遽説明を始め掛けた、その刹那。

「う……うう……」

「今伊勢侯爵!!」

あたしの鼓膜は確かにとらえた。今伊勢侯爵のピアニシシモを。侯爵は生きている!!

あたしも。

柏木君も。

ベルモント国務長官も莫迦みたく驚愕した。彼女は十字を切ったので数拍動きが遅れる。まず我に帰ったのは、やはり柏木君で。無論柏木照穂のやることだ。映画の如く瀕死者を揺さぶる様な真似はせず、虚ろながらも微かに開き始めた今伊勢侯爵の瞳を真正面からとらえ、ゆっくりと、ゆっくりと言葉を紡いでゆく。

「今伊勢侯爵、解りますか、柏木です、階上の、柏木です」

「か、し、わぎ……くん」

「重傷ではありません、侯爵は救かります、落ち着いて、動かずに」

（峰葉さん、八三号室。池鯉鮒先生を、急いで）

（柏木君、それは無理。池鯉鮒先生は殺されている）

あたしは。

この台詞に対するリアクションを幾つか想定していた。

そしてそのことが、あたしに理解させた。

柏木照穂はその頭脳であらゆる脚本を検討し盡くしていたということを。

柏木照穂はヒトの死というものを蝶の死ほどにも感じていないということを。

柏木君はあたしに訊き返しもせず。

「いま池鯉鮒先生が来ます、犯人も確保したそうです。

だから、僕の質問に、安心して答えてください」

「は、犯人、は……」

「侯爵を、撃ったのは、誰ですか?」

「……あ、あせ、が、きつうきつう……じじんで……あらしゃいました、なあ」

魂が、軀を出る。

その刹那、あたしは感じた。いま、侯爵は本当に亡くなろうとしている。

不思議な白鳥の歌を、遺して……

5　電話会談にて

あたしたちは、それぞれの客室へ撤退した。ヒトとヒトとの接触を断つのは、感染症対策の基本である。

「あ、葉月頭取……いらしたんですね」

「ちょっとバスを使ってたの」

「……葉月頭取は、録音機（レコーダ）の類、お持ちですか？」

「アイデアを記録するのにヴォイスレコーダを携帯してるけど、それが？」

「いえ、お訊きしたかっただけです」

「それより実香ちゃん、随分と八六号室にいたけれど、山縣公爵の案件、結果は？」

　葉月頭取に事態を説明すると、当然のことながら山縣公爵へのホットラインは無期延期になった。殺人事件が発生しているのである。殺人者が解明されていると断言できるなら別論、そうでなければ、エボラ・ウイルスより先に殺人者にこそ虐殺されてしまう。

　柏木君が目聡（めざと）くも発見したアンティーク電話の附加機能――実は単純に他者が内線電話をしている時に受話器を採り上げれば話が聴けるというだけなのだが――を使用すれば、三者会談、いや多数者同時会談が電話回線でできることが判明した為、あたしたち三人は物理的に隔離されたまま、情勢を整理することとなった。眼前のアンティーク電話が鳴る。柏木君からだった。これを採り、会話を始めれば、ベルモント国務長官が望む時に内容を聴け、望む時に発話できる。もっとも、これは完全に平等だから、例えばあたしが暫時（ざんじ）受話器を置いたとしても、内線通話が継続しているかぎり、あたしがまた受話器を採れば、会話に参画することができる。黒電話というのは、存外、便宜なものだ。

「それじゃあ峰葉さん、悪いけど東京鉄道ホテルの現状を説明してくれないか。ベルモント国務長官については、僕が米語に変換するから」

「解ったわ。

　端的に述べれば、三人の方が何者かに殺害されている。それは
　・八一号室　東岡崎警視（射殺）
・八三号室　池鯉鮒医師（射殺）

・八六号室　今伊勢侯爵（射殺？）
の御三方よ。これに加うるに、
・八一号室　宇頭元帥（割腹自殺）
という自殺事件もあるけれど、他殺で割腹というのはありえないわ。内臓が零(こぼ)れるほど、それは見事な割腹だったし、東岡崎警視の証言メモもあるから。だから宇頭元帥を被害者とする事件があるとすれば、それは拳銃窃盗事件ね」

「当初、この東京鉄道ホテルが封鎖されたとき、九人の生存者がいた。確認までに、各々がどうなったか列挙しておこう」

「了解。

客室の引っ越しがあって混乱を来すから、最終の客室で統一するわ。そうすると

・八一号室　宇頭（割腹死）、東岡崎（射殺死）
・八二号室　ベルモント（発症・生存）
・八三号室　池鯉鮒（射殺死）、国府（病死）
・八四号室　ホット・ゾーン（既に発症していた神保の炸裂による）
・八五号室　葉月（非感染・生存）、峰葉（非感染・生存）
・八六号室　今伊勢（射殺死？）、柏木（非感染・生存）

となるわね。だから生存者は敬称略でベルモント、葉月、峰葉、柏木の四者。病死者は国府ひとり。自殺者が宇頭ひとり。そして断定することが躊躇(ちゅうちょ)されるのは——」

あたしの破廉恥(はれんち)な虚偽は、既に柏木君の見破る処となっているのだろうか？

「躊躇されるのは、殺人被害者よ」

「確かにね。もっとも、東岡崎警視と池鯉鮒医師については議論の余地が無い。峰葉さんが現認した態様で自死は考えられない。水曜日の段階で、病死していたとも考えられない。このふたりは、殺人被害者で確定だ。問題は」

「今伊勢侯爵」

「そのとおり。もし今伊勢侯爵が他の殺人被害者ふたりと同様、眉間に一発喰らうなどしていれば、侯爵もまた殺人被害者と断定できる。こうなれば事態は明確だ。生存者である四人のうち誰かが殺人者だ——ということになるからね」

「御冗談が過ぎるわよ。私は日本帝国の警察官や医師に何の興味関心も無いわ」

「ベルモント国務長官、飽くまで蓋然性の話ですから。

それに問題はそう単純ではない。今伊勢侯爵は胸を撃たれている。これだったら、御自身でもできた。ライティングデスクのバックチェアに座り、決意を堅めて拳銃を胸に当てる。しかし躊躇があったので奇矯な入射角になった。極めて自然です」

「カシワギ君、何故マーキス・イマイセはまだ生きていたの」

「銀時計です」

「銀時計？」

「今伊勢侯爵は東京帝大文学部を優秀な成績で卒業され、帝陛下から恩賜の銀時計を下賜されているのですよ。ふつう、着物にはポケットがありませんが、侯爵は余程銀時計に愛着があったんでしょう、着物をカスタマイズして左衽、すなわち着物の裏側左懐に専用のポケットを附けておられた。心臓を撃つ予定が何の悪戯か、銃弾はこの銀時計に当たり跳弾し、斜めに弾かれ軀に入っていった。心臓は無事だった。もっとも斜めに入った段階でお亡くなりになる蓋然性の方がたかかったでしょうが、天帝の配剤か、僕等に所謂(いわゆる)ダイイング・メッセイジを遺(のこ)せるだけの時間いのち永らえた、こんな処でしょう。それに天帝の御名(みな)をお借りせずとも、ヒトの科学で充分説明可能な現象でもあります。至近距離で銃撃をすると、銃弾は所要の回転数を獲られず軌道が安定しません。跳弾しやすくなります」

「するとどうなるのかしら?」

「国務長官、飽くまでも仮説としては、今伊勢侯爵自殺説が否定できないことになります。再論になりますが、自分で自分の胸を撃つのは困難ではない。そして自ら、宇頭元帥の拳銃を把持しておられた。峰葉さん?」

「なに」

「殺人者が宇頭元帥の拳銃を使ったのは、誤り無いんだね?」

「あたしは警察官じゃないから断言はしないわ。けれど、すべての弾痕がそっくりだったのは確実よ」

「ありがと。僕の方でも幾つか確かめたよ。

まず残弾数。使用されたのは四発。H&K　USPの弾倉には十五発入っており、薬室に装塡(そうてん)されているのが一発。したがってスペック上、最大十六発。軍人の頂点に立つ元帥ともあろう者が全段装塡していないということは想定しかねるので――峰葉さん憶(おぼ)えてるよね、元帥が拳銃の手入れをしてから僕等の客室へ遊びに来たことを――四発発射したなら残弾が十二発。

　これはぴったりだった。

　したがって、東京鉄道ホテル連続殺人事件において使用された銃弾は、すべて宇頭元帥の拳銃から発射されたと仮定しても矛盾は無い」

「第二第三の拳銃は無いか、在っても直接の関係は無いということね」

「まさしく。

次に、当該拳銃に残された指紋だ。

僕は東岡崎警視が亡くなる以前の段階で、鑑識キットを借り受けていた。だから拳銃に遺留された指紋も、検出することができた。かなり明瞭な態様でね」

「誰の指紋が出たの」

「御遺体の指紋等々と対照したところ、宇頭元帥と今伊勢侯爵の指紋のみが出た。宇頭元帥の指紋にあっては、幾度か握り直した様な感じだ。それも、人差指と親指だけでそれぞれ六も検出されるなど、むしろ執拗にベタベタと——まさか宇頭元帥にかぎって、末期の躊躇があるとは思えないし、あの見事な弾道からして、ちょっと疑問無しとしないな」

「でもカシワギ君、当該拳銃はウトウ元帥のものなのだし、当該拳銃をマーキス・イマイセが素手で握っていたのも私達すべてが目撃した事実。とすると、マーキス・イマイセ犯人説を捨てるなら、つまりこれがすべて殺人なら、殺人者は手袋等を使用したと考えるのが自然ね」

「それは御指摘のとおりだと思います、閣下」

「手袋はドクター・チリュウの鞄から幾らでも手に入るし、殺人者だったらとっくに処分しているでしょう。あまり建設的な議論ではないわねカシワギ君」

「そうですか……僕はこの論点、大好きなんですが。

まあ個人的な感慨はデザートにとっておいて、あまり愉快でない議論を展開しましょう。ちょっと迂遠なんで——まず峰葉さん、確認しておきたいんだけど、僕等は死亡推定時刻を割り出す専門的知識を有していない。確かに僕は直腸温用体温計を借りてはいるけど、どのように測定されたらどうなるのか、それを結論付ける能力はない。

換言すれば峰葉さん、僕等は死の順番を解明することができない——これは真？」

「かぎりなく真に近い、けど必ずしも真ではない。何故ならば死の順番についてふたつ、確言できることがあるから」

「というと」

「宇頭元帥は、東岡崎警視より先に亡くなった。今伊勢侯爵の襲撃は、いちばん最後。あたしたちが現認したとおりにね」

「前者について、そのこころは」

「宇頭元帥の御遺体を整えたのは、東岡崎警視だからよ」

「証拠はある？」

「東岡崎警視自筆のメモ」

「殺人者の偽装だとしたら」

「そうね……警察手帳等の筆跡と対照すれば、あるいは……」

「いずれにせよ現段階では解らない。だとすれば、この東京鉄道ホテル連続殺人事件の解として想定されるのは、次の三態様だ。

Ⅰ　宇頭元帥の拳銃を盗んだ今伊勢侯爵が、東岡崎警視、池鯉鮒医師を銃殺した後、自殺した。

Ⅱ　宇頭元帥が、その拳銃で東岡崎警視、池鯉鮒医師を銃殺した後、割腹した。その後、その拳銃を入手した今伊勢侯爵が、自殺した。

Ⅲ　殺人者Mが、割腹した宇頭元帥の拳銃を盗み、東岡崎警視、池鯉鮒医師、今伊勢侯爵を射殺した。

今伊勢侯爵が最後に拳銃を握っており、かつ、それ以降拳銃は僕の管理下にあることから、東岡崎警視と池鯉鮒医師が今伊勢侯爵より先に射殺されたのは確実だ。ⅠないしⅢについては、他にもヴァリエイションがあると思うけれど、端的には『今伊勢犯人説』『宇頭犯人説』『殺人者M犯人説』と分類できるだろう」

「動機に興味は無い(フードントケアザモウティヴ)の？」

「はい、ロジックのアルゴリズムにしか」

「また偏狭(へんきょう)な探偵ね」

「動機は自己の完全性も、自己の無矛盾性も形式的に証明できませんから」

「柏木君、あたしはこの殺人事件の特異点が動機にあると考える」

「何故」

「無意味だからよ」

「世界に無意味なことは無いさ」

「あなたの達観は暫時(ざんじ)どうでもいい。まず考えてみて。仮にⅢ説を採用するとすれば、殺人者Mが実行した行為はこういうものよ——明後日金曜日には確実に死亡する東岡崎警視、池鯉鮒医師、今伊勢侯爵を敢えてそれ以前に殺した。

実際上、この行為に意味は無いわ。百歩譲って殺人者なりの理由があったとせよ、リスクとベネフィットが乖離(かいり)しすぎている」

「動機論は無意味だけれど、極度の怨恨(えんこん)、緊急の口封じ、変態性欲的快楽、太陽が耀(まぶ)しい——いま太陽は見えないけどさ——どうとでも物語は紡(つむ)げる。特異点であることを認めるとしても、その特異点はすべてが解明されるときにしか解明されないという意味で無価値だ。

より実際的に考えよう。

Ⅰ説又はⅡ説を採用すれば、殺人犯人は明確なのだから、既に僕等に人為的な危難は及ばない。問題はⅢ説だ。もし仮に」

「カシワギ君、御思索ちゅう悪いけれど、確か八一号室の汚染はテロによるものよね」

「テロ、と仰有（おっしゃ）いますと」

「意外に理解が遅いわね。東岡崎警視は汚染血液を染（あ）びさせられたのではなくて？」

「ああ成程（なるほど）、そうすると御指摘のテロというのは、国府ボーイが」

「八一号室にウイルス爆弾として投擲（とうてき）され、炸裂した事案よ」

「そんなことも、ありましたね」

「これも殺人者Ｍの仕業？」

「かも、知れません」

「だとしたら、到底枕をたかくして眠れはしないわね」

「しかし国務長官、既にエボラ出血熱の発症者は閣下以外、封鎖区域内に存在しないのだから、閣下にウイルス爆弾を投擲することは不可能ですよ。その意味では殺人者Ｍに感謝すべきかも知れませんね、彼の仕業だとすれば、彼はわざわざ閣下に害為（がいな）す炸裂予定者を排除してくれたのだから」

「私はともかく、汚染血液を染びせ掛けるという方法はなお実行可能よ」

「なら池鯉鮒先生の注射器をすべて破壊しておきましょう。まさか殺人者Ｍも、汚染血液をペットボトルに注入して携行するほど剛毅（ごうき）なひとじゃあるまいし」

　そういえば検討していなかった。

　そもそも宇頭元帥に自刃（じじん）を決意させたのは、柏木君があたしに囁（ささや）いたところによれば、国府ボーイの八一号室における炸裂なのだ。宇頭元帥の拳銃が殺人劇に使用されたことは確実、かつ、元帥陸軍大将ともあろう人からその愛用する拳銃を奪取することは著しく困難だろうから（隔離ルールを採用していたから客室には必ず在室しているし、階上にゆくこともありえない。拳銃は確実な態様で保管していただろうし、そもそも侵入すること自体、国府ボーイが柔道で放擲されていることに鑑みれば、無謀といわねばならない）まず宇頭元帥を無力化しなければ、殺人劇自体が不可能だったということになる。あたしは生涯最大級の頭痛と悪寒のなかで必死に考えた。東京鉄道ホテル連続殺人事件は、国府ボーイの侵入をこそ端緒とするのではないか。では、国府ボーイは何故身近に医師がいるのにその眼をかすめて八一号室へ赴いたのか。もし、そこに人為的な介入があったとするなら、それは――

「ところで峰葉さん、峰葉さんはどうして御遺体の数々を発見したの？」

「柏木君に電話で相談したとおり、ホットラインを使う為回廊に出た。そうしたら、八一号室の封緘・密閉してあるはずのメインドアが開いていた。駆けこんだら既述のような惨劇。もしやと思って他の客室を確認してまわった――こんなところよ」

「今伊勢侯爵事件の銃声は、回廊で聴いたの？」

「違うわ。八五号室。防音壁を越えて微かな破裂音がした。あわてて室を出た」

「葉月頭取は御在室だった？」

「ええ」

「確認したの？」

「バスを使っておられたわ。破裂音を聴いたのはそのときよ」

「ふうん。姿までは見ず、って奴か」

「まさかあなた」

葉月頭取が実は八六号室の何処かに身を隠していたのなら、ずっと八六号室にいたあたしを追い越して八五号室へと帰れるはずは絶対にない。だが、破裂音を出せる機械を密かに仕掛けていたのなら、破裂音の発生時において八六号室にいなければならない理由は無くなる。

「ではベルモント国務長官、現場八六号室から閣下の八二号室までは、かなりの距離があります。よもや今伊勢侯爵事件の銃声が聴こえるはずは無いのですが、何故閣下はすぐ現場八六号室に臨場できたのですか」

「シンプルな理由よ。あまりに頭痛眼痛が酷いので、八三号室のドクター・チリュウに適切な薬剤を処方してもらおうと八二号室を出た。その刹那、回廊の八五号室から八六号室のあたりに、鬼気迫る態様で必死に八六号室へ赴かっているミネバさんが見えた。八一号室におけるテロに鑑み、これは緊急事態だと思って彼女を追ったのよ」

ベルモント国務長官は看護婦を志願している発症者だから、八二号室を出ることに不自然さはそもそも無い。そして池鯉鮒医師は職業がら、最も看護の必要性が薄い者である。したがって、ベルモント国務長官が池鯉鮒医師の死亡を知らなかったのもまた自然だし、あたし自身彼女が八三号室（池鯉鮒）へ赴かっていた様を目撃している。

「それではフェアである為義務的に訊くけれど、カシワギ君、あなたはマーキス・イマイセ事件の折、どんな行動をとっていたの？」

「あまり褒められた話ではありませんが。

客室に隔離されてすることも無い、書籍原稿の類は一泊二日分しか持参していない、地上波は東京駅の異変を一切察知していない――そんなこんなで、まあ風呂に入るしか無いだろうと。これも褒められた話ではありませんが、僕は親友ほど風呂好きではないにせよ、どうせ入るならアカペラでカラオケをするのが大好きで。其処でスピッツをひととおり」

「もう結構。要するに銃声がした時はバスを使っていたということね」

「加うるに、ちょっとフォルテシモで歌っていましたから、それが銃声だということまでは理解できませんでしたが、不思議な破裂音だなあとは思いました。其処でまあ御覧のとおり、春風駘蕩(しゅんぷうたいとう)と総領(そうりょう)の甚六(じんろく)そのままに螺旋(らせん)階段を下りたという訳です」

せめて下着くらい。どうしてもこれからは競(くら)べてしまう。いけない、熱の所為で莫迦になってる。あたしは無意味ながら性的などろどろを糊塗(こと)する様にいった。

「これらを要するに、Ⅲ説が正解であるならば、生存者四人はまだ危難の内にある、そういうことね」

「殺人をすることも一種の危難だとすれば、それは真だろう。しかしさらに敷衍(ふえん)すれば、もし仮にⅢ説が正解であるのなら、生存者四人はまだ容疑の内にあり、かつ、今伊勢侯爵事件にかぎっていえば、当該殺人者Mとは、僕か葉月頭取かのいずれかである蓋然性がたかい――こうなるのかな」

「あたしも排除されない。侯爵を撃って偽装をして、また廊下に出たのかも」

「それをいうなら私もそうね。マーキスを銃撃して偽装をして、猛然と八二号室へ帰る処だったのかも知れないから」

本格探偵小説において、語り手は虚偽を述べない。

したがってあたしは断言できる。あたしは今伊勢侯爵殺人事件の殺人者Mではない。断じて。さらに強調すれば、あたしは宇頭元帥の拳銃になど指一本触れてはいない。しかし、それはこの私の現実世界のレベルに下ろして適用できないルール。だからあたしは黙った。

「カシワギ君、いよいよ違う意味で、隔離が必要になってきたわね」

「そうですね、ウイルスも殺人も一緒です、ヒトとヒトとのつながりを断てばよい――

しかし、そのまえに。

ふたつ、奇矯なことを確認しておきましょう。すなわちダイイング・メッセイジ。これは峰葉さんから説明してもらうべきかな」

「そうね、池鯉鮒先生のダイイング・メッセイジＤ１を確認したのは、現在の処あたしだけでしょうから。といっても口頭で充分説明できる、直截で単純なものよ。アルファベットの楷書体（ブロック）で綺麗に『ＥＭＰＴ』、大文字で四文字」

「Ｄ１は池鯉鮒先生が書いたものかな？」

「それも絶対確実とは保証しかねる。けれど殺人者Ｍが他の客室には微塵もメッセイジを残していないという事実が、ある程度自筆説を裏書きすると思う。御遺体の指にも血の痕（あと）があった」

「では実際的に、Ｄ１は自筆であると前提してしまって、此処から何が読み獲（と）れる？」

「まさに受験英語の出番ね。研究社の英和辞典を便宜（べんぎ）的に採用させてもらうけれど、あたしの記憶が確かならば、英単語一語であって、emptを頭（かしら）とする単語は三のみ。empty、emptiness、emptily」

「頭でなく、末端に来るということは考えられないかな」

「Ｄ１はシーツに血液で描かれていた。もしＤ１が何某（なにがし）かの単語の末端だというのなら、前半が存在していたはずよね。けれどその場合、前半も血液で描かれるはず。それを洗濯もせず消去することは実際上、不可能だわ。Ｄ１こそが前半、あるいはすべてなのよ」

「理屈では解るけど、僕は可能性を消しておきたい。英単語一語であって、emptを末端とするものは？」

「研究社の英和辞典によれば、attempt、contempt、exempt、preempt、tempt、unkempt の六のみ。ただし複合語は別論よ」

「なかなかに興味深いね——emptが頭とすれば、実質的には『空（から）の』の派生語しか無い。どうですかベルモント国務長官？」

「エボラ出血熱の症状として、精神錯乱があることを充分念頭に置くべきでしょ」

「確かに——それにダイイング・メッセイジを一義的に解読するオラクルを、本格探偵小説はいまだ見出してはいませんからね。

峰葉さん、いまひとつの、今伊勢侯爵のダイイング・メッセイジD2は憶えてるかい？」

「あせが、きつうきつう、じじんで、あらしゃいました、なあ」

「有難う。フレージングもほぼ正確だ——京都帝大志望で京都好きな峰葉さん、これ翻訳してくれるかな。僕の三河弁では処理できない」

「あらカシワギ君、日本語にはそんなにヴァリエイションがあるの？」

「はい国務長官。かつて日本帝国は二七〇強の封建国家に分断されていましたから、相当数の方言が残っています。しかし閣下の合衆国でも、例えば東部訛りと南部訛り、アフリカ系とスペイン系では大きな違いがありますよね？　それに京都弁ともなると、最も歴史的に熟成されてきた言葉なので、とても僕等他府県人には解りません。まして今伊勢侯爵は公家華族でいらっしゃいます。宮廷言語の遣い手ですね。これまた難解で、京都弁と宮廷言語がメランジュされると、もうお手上げというのが実態——」

「——あたしは京都旅行者であっても京都人じゃないから、解る処だけ。

きつうきつう、というのは京都独特の重ね言葉。『とても』『ものすごく』。

じじんで、というのは、じじむが活用したもの。じじむは『にじむ』。

あらしゃいました、というのは公家言葉で敬語。『でございます』」

「それらを要するに」

「だから解らないと!!」

「其処は頑晴りましょう」

「……あせがものすごくにじんでいらっしゃってねえ、かしら。信頼しないでよ‼」

しばし、内線電話を奇矯な沈黙が襲った。

今伊勢侯爵のD2は、柏木君が銃撃犯について質問したときの回答である。したがってD2は、もし今伊勢侯爵が質問に対し正確に返答できる精神状態にあったなら、まさに殺人者Mを特定するものとなる。

だが。

あせがにじんで……？

あたしの額は、幾つも雫（しずく）を浮かべていたに違いない。四〇度近い熱があるからだ。セーラー服自体は綺麗なままだけど、それがセーラー服に零（こぼ）れてにじんだのかも知れない。そうでなくとも、額がにじんでいるという表現をするのかも知れない。

これについては、ベルモント国務長官についてもまったく同様の議論ができる。発症者だからだ。しかもしきりにハンカチを額へ当てていたことはあたしが、あるいは柏木君も、この瞳（め）で目撃している。ハンカチににじむ。額ににじむ。いずれも成立しうる。

そして、柏木君だ。

お風呂上がりの髪を纏（まと）めていたバスタオルを外してしまってから、柏木君の額や顔には水滴がぽろぽろと零れていた。これまたあたしが、あるいはベルモント国務長官も、この瞳（め）で目撃している。真っ白なバスローブににじむ。額ににじむ。やはり成立しうる。

そして依然として容疑圏内にある、葉月頭取。

真実シャワーを使っていたのなら、柏木君と同様の現象が発生しても不思議ではない。そしてシャワーを使っていないとしても、あたしとおなじ発症者、異常な熱に蝕（むしば）まれていることは誤り無い。つまり額に数多（あまた）の雫が浮かぶ蓋然性はかなりたかい。さらに、例えば今伊勢侯爵銃撃後八六号室階下の何処かに——例えばバスルーム、洗顔所に——隠れたのなら、あの堂々たる体軀（たいく）である、そのときの急激な運動や興奮で発汗した、それがスーツ等ににじんだ、額ににじんだ、それを今伊勢侯爵がたまさか目撃した——成立しうる。

端的にいえば。

殺人者Mを前提とするⅢ説を採ったとき、容疑圏内にいる四人、いずれも今伊勢侯爵のダイイング・メッセイジD２に該当してしまうのだ。こういう因果な事態もあるのか。

内線電話の沈黙は、最終的に、柏木君が破った。

「現状分析としては充分です。それではくれぐれも客室を出ないよう。池鯉鮒先生が逝去（せいきょ）された以上、もはや鍵を掛けておくべきでしょうね。

それではまた連絡します」

6　赤黝（あかぐろ）い海にて

僕は八四号室階下の受話器を下ろした。

この態様の内線電話が便宜なところは、発話者が何処（どこ）にいるのか正確には分からない処（ところ）にある。電話会談をしながら、僕はこの八四号室、すぐれて神保糊道（のりみち）とそのライティングデスクを執拗（しつこ）く観察していた。

もとより、一般的には自殺行為である。

僕が非感染者かどうかは確定していないが、非発症者であることには誤り無い。さらに、このウイルス禍（か）が東京鉄道ホテルのメゾネット・エリアで地域感染（エンデミック）となったのは日曜日。エボラ・レストン一一〇五とやらがエボラ出血熱を発症させるまでは最長四十八時間であるから、もし感染しているのであれば火曜日の内には発症しているのが最も自然だ。実際、すべての発症者はそうなっている。と、いうことは、蓋然性の問題ではあるが、いまだ僕には天帝の恩寵があるということだ。それに、もし日曜日以降新たに——例えばいまこの刹那——感染者となったところで、僕には後悔すべき理由も無い。最期に親友と会えないのが心残りではあるが、ヒトらしい擬態を続けてゆかねばならないこの人生舞台を終えることができるなら、むしろ肩の荷が下りる心地だ。

僕は、死後の世界などほとんど信頼しない。

もし仮に天国なるものが存在して、それが多数人の救いを具現化するものだとするならば、僕は其処でも群れから捨てられるしかない。僕はヒトのいうしあわせを、真実、こころから感じたことが一度たりとも無いのだから。そしてもし仮に地獄なるものが存在して、それが多数人の懲罰を実行するものだとするならば、僕は其処でも絵など描いているしかない。僕がガフの部屋から此岸に堕とされたこと、それが懲罰に値するのであって、僕は此岸で懲罰を受ける様な行為をした憶えは無いのだから。懲罰を受けるべきは、柏木照穂なる寂しい犬を気紛れに捏ね上げた天帝自身ではないか。

と、いうわけで。

此岸にも彼岸にも期待するところ薄い僕は、この致死性ウイルスの海ともいえる、医師、微生物学者なら素っ飛んででも逃散するホット・ゾーン——八四号室に、その粘着テープによる封緘を破って、侵入していたのである。

さて。

電話会談をしながら、必要なことは確認し終えた。ワード・プロセッサはスリープ・モードに入っているが、まだ電源が生きている。僕は手袋を幾重にも重ねて——柏木照穂は死んでもいいが、自殺は絶対にしない——液晶画面を表示させた。スクロールさせて数頁流し読みをする。どうやら探偵小説は佳境の様で、探偵が証拠物件である女性の手紙一枚から、精緻なロジックを展開させつつある様だ。もっとも、保守的な文壇受けする様な、石灰化した大動脈の如き閉塞的な作品しか書けなくなっていると聴いている。すなわち、権威在る賞狙いの深刻ぶった、藝術論の出汁殻を散り嵌めただけの惰性作——真面目に読むだけの価値は無い。僕の親友だったら本当に燃やすだろう。まあ、それはいい。

ワード・プロセッサは炸裂の為、あざやかなほど血潮に塗れている。さらに、いま確認した感じでは、ハードディスクに問題が発生している様だ。文書のスクロールが自棄に重いし、時折、液晶画面の著者稿に無意味な空漠、文字・行の欠損が発生するのが認められる。印象としてはデータ自身、青息吐息といったところか。相当程度の蓋然性で、もはや著者稿を出力・印字することはできまい。

と、すれば。

これほどの地位を——蛸壺において——有する探偵小説作家である。担当編集者いや出版社は、神保糊道の絶筆を確認したいだろう。もちろん完成はしていないが、ビジネスの為に、どの様な手段を講じても『絶筆』で最終のひと稼ぎをしたいはずだ。

と、なると。

当然外部記録媒体を確認したがるだろう。僕も確認した。

ライティングデスクに置かれたワード・プロセッサの左側には血塗れのコピー用紙。右側に、三枚のディスクが在る。記憶容量の関係で三枚に分割したのか、それとも神経症的な几帳面さで著者稿（の現段階版）すべてを焼いたバックアップを三枚も作成したのか。それは分からないし、確認することにさしたるメリットは認められない。ここで重要なのは、この三枚のディスクがハードディスクに保存された絶筆を、少なくとも相当程度に反映しているということだ。換言すれば、これら外部記録媒体三枚には少なからぬ商業的価値がある蓋然性が認められる。僕にとって、あるいは神保糊道の作品に関心を持たない者にとっては、まったくもってどうでもよい蓋然性ではあるが、それはすなわち、神保糊道の作品に価値、あるいは意義を認める者にとって、この外部記録媒体は最終の命綱(いのちづな)ということである。

しかし。

ディスクを挿入したくもないから正解は解らないが。

その最終の命綱は、あざやかな態様でぶつりと切断されているといって過言ではない。何故ならば、三枚の黒いディスクすべてが、どろりとした赤黝(あかぐろ)い血液にひたひたと浸(つ)けられているからである。汚染血液のなかで水泳しているといっても大袈裟ではない。確かに、例えば水道水に濡れたディスクは乾燥させればデータを読み出せる可能性がある。それで読み出せなくとも、丁寧に分解して記録部分を拭きとれば、これまたデータを読み出せる可能性は否定できない。

だが。

塩分、糖分といったものを含有する液体に浸かったのであれば、分解作業を実行してもデータの読み出しは著しく困難になる。それら成分を除洗(じょせん)する必要があるからである。まして塩分、糖分はもとより人類史上最悪の殺戮機構、エボラ・ウイルスに浸かったディスクだ。分解作業だの除洗だの、理論的には想定されるが、実際上は此処(ここ)東京鉄道ホテルから搬出することも許されず、汚染廃棄物として処理されるだろう。百歩譲って搬出が認められたとしても、エンヴィロケムあたりで徹底的に消毒されたあとのこと。まさかあの激甚な薬品に浸かった外部記録媒体がまったく無事でした、なんてことはありえない。

これを要するに、出版社さんには大変残念な事態だということだ。神保糊道の絶筆が出版されることは実際上、ありえなくなった——

しかし。

此処まで汚染血液に、徹底的に浸されているというのも不思議な感じだ。僕は、バックチェアに座しながらライティングデスクに突っ伏したままの神保糊道――だったもの――をいま一度観察した。依然として炸裂時の苦悶が生々しいが、流出した血液は、ほぼ乾燥しあるいは吸収されている。幾らエボラ・ウイルスの作用によって凝固し難い状態で放血されるとはいえ、筆記卓、絨毯といったものに吸収されるのは液体として当然だし、作家の炸裂は日曜日の出来事である。四十八時間以上が経過した今、乾燥してしまっているのも不自然ではない。

けれど。

それら初期状態の出血と比較したとき、黒いディスク三枚を泳がせている血液は、明白に流動的である。もちろん乾燥・吸収されている分もある。それは誤り無い。だが、乾燥・吸収の程度があざやかに初期状態の出血と異なることも、また確実だ。ワード・プロセッサ、ライティングデスク、バックチェア、絨毯等々へ炸裂した汚染血液はもはや液体であることを断念しつつある。だが、その筆記卓上、ワープロの右隣に遺棄されている外部記録媒体を侵蝕する血液は、依然としてたぷん、たぷんと液体であることを強調しているのだ。

――この液体は、何処から。

いまだ流動的であることを止めないので、水源を特定するのは困難ではなかった。

神保糊道の、右頸動脈である。

(右頸動脈？　頸動脈からも放血するのか？)

まさかだ。口、肛門、眼、鼻。まずはこうした開口部からのはずである。少なくとも、軀の孔だ。無論、エボラ・ウイルスは肌と内臓を維持するコラーゲンを破壊する。だから感染者の肌はイチジクの様に裂けやすい。肌が裂ければ当然、其処からも出血をする。これを要するに、状態によっては何処から出血しても面妖しくはない。ないが――

（炸裂のとき、頸動脈を掻きむしって裂いたのか）

いや違う。僕はこの八四号室へ初期段階で臨場している。そのときは頸動脈に、いや少なくとも右頸動脈に創など無かった。それをいうならば、このライティングデスクの状態も、当時と異なっている様に感じる。

僕は既に閉じ掛かっている、右頸動脈の血液流源を観察した。執拗いようだが誤り無い。外部記録媒体を汚染した血液は、此処から流出している。血の赤黝い道ができている。

（そして、これは絶対に、掻きむしった痕ではない）

イチジクの様になった皮膚を自ら引き裂いたのであれば、溶解しつつあった肌とその下部組織が、もっとどろどろとした態様で垂れ下がっているはずである。僕の大好物であるシュークリームを引きちぎった様に。しかし神保糊道の右頸動脈は、あたかも新郎新婦がケーキカットの一刀を入れた様に、シャルロット・コルデーが薬湯に入っていたマラーを突き刺した様に、極めて鋭利で直截に裂かれている。しかも、その創は既に収縮をしており、冷笑する唇をすら思わせた。

そして、左頸動脈に同様の創は無い。

（と、すれば。

導かれる解はひとつ――）

その刹那。

つまり僕が左頸動脈を確認した刹那。

ワード・プロセッサのディスク挿入口が瞳に入った。

それは、ディスクが挿入されていない時は、ささやかな蓋（ふた）によって開口部を閉ざすタイプの挿入口であったが、その蓋は閉ざされておらず。かといって、ディスクが入っている訳でもなく。ワープロが黒に近いペインズグレーであるのは僥倖（ぎょうこう）だった。何故ならば、そのディスク挿入口から、何某（なにがし）かの白いものが微かに、微かに顔を出しているのが現認できたからである。見えているのは、ポストイットの端ほどもない大きさの何かで。

僕は慎重に、その白い何かを触った。ゴム手袋越しでも分かる。

紙だ。

顔を出していたのは、より大きなサイズの紙の一端だったのだ。

さらに慎重を期し、その紙を採り出してゆく。出してゆくにつれ、それが折り畳まれた紙であることも分かった。ディスク挿入口から顔を出していた部分をふくめ、血液で赤黝（あかぐろ）く汚染されている箇所は何処（どこ）にも無い。

僕は完全に当該白い紙を摘出（てきしゅつ）した。白い紙、といっても何処にでもある煤（くす）んだコピー用紙。それを幾重にも折って、このワード・プロセッサに入れた――隠したのだ。そして、この隠匿行為を行ったのは神保糊道ではない。ワープロは作家の商売道具である。ディスクも多数、愛用している。マシントラブルにつながる愚はまず避けるだろう。

神保糊道以外の何者かが、この白い紙を、八四号室のワード・プロセッサに隠した。無論、作家の眼前では不可能だ。この作家は缶詰の為に東京鉄道ホテルにいる。蝶にかまける休憩時間は別論、ほとんどの時間をライティングデスクで、少なくとも八四号室階下で過ごすだろう。さらに、作家が生存している段階では不可能だ。もしそれをやったとすれば、作家はすぐさまこの隠匿行為を察知し――それなりにバックアップをとるだろうから――白い紙を発見する。それでは隠匿の意味がまるで無い。

結論。

この白い紙は、神保糊道が病死した日曜日以降に、何者かが許可無く隠したものである。

——僕は折り畳まれた白い紙を展げた。コピー用紙であり、かつコピーである。肉筆で書かれた文字は一切確認できないからだ。肉筆で書かれた原本をそのままコピーしたものと断定できる。複写は片面のみで、その裏面は白紙というか無地である。様式はというと、レポート用紙の様でもあるが、単純に罫線のストライプが入っている訳ではなく、上下左右にある程度のマージンを残し、太線で外枠を繞み、その太線枠のなかに罫線のストライプが引かれている。そして特徴的なのは、複写がなされた面の左側に、ファイリングする為のものであろうか、ふたつの穴の痕跡が確認できることだ。それらの間隔からして、何かに編綴するタイプの様式とみて誤り無い。つまりこれは、継続用紙である。

そして、その内容。

数字と、アルファベット。

僕は英語とフランス語しか解らない。そして読めるかどうか確認するまでもない。ウムラウトがあるからだ。相当程度の蓋然性で、これはドイツ語である。僕はウイルスを恐れないが、格変化は死ぬほど恐い。宇頭元帥が御存命であったなら——

文章を理解することはできない。僕は数字と単語を幾許かひろってみた。

1961.9.20 Amerikaner B.M.

Schwangere....Stabilität....aus freiem Willen....im dritten Monat.....

Schwangerschaftsnarben

Marquis Gegenmeinung

僕は峰葉さんの様に、いちど記憶したことは絶対に忘れないという特技がある訳ではない。ピックアップした単語をメモする為、紙を捜した。どの客室の階上・階下にもアンティーク電話の傍らに、あの、東京鉄道ホテルのロゴが入ったメモ用紙が常備されている。

（あ、そうだ）

僕は勁草館の夏開襟シャツのポケットを捜った。其処にある生徒手帳にはまさにそのメモ用紙が一枚、入っている。日曜日、神保糊道が炸裂して華館が封鎖されたとき、八二号室階下でオールスター・キャストの検討会議が催された。その際、新しい部屋割りが確定されたので、それをメモすべく八二号室のメモ用紙を一枚、もらいうけたのだった。

結論的には、各室を意外と素直に記憶できたので使用していない。真っ新なままである。

（ちょうどいいや。原本は現状のまま、隠しておく方がよいし）

隣国の言語でありながら、フランス語とドイツ語は文意の予測ができないほど大きく異なる為、依然として意味は解らない。少なくとも九割方、解らない。こういうときの転記は面倒なものだ。アルファベットをひとつひとつ確認して、誤りの無い様にしなければならないから。愛用のエトワール・ド・モンブランで、ダイニングテーブルを下敷きに、四分三十三秒を掛けピックアップした単語のみ筆写を終える。万年筆のすべりは今日も艶らかで、まったく抵抗を感じさせなかった。

（え？）

そのとき、僕を襲撃したある懸念。

僕はたったいま筆写し終えたメモ用紙を、八四号室の灯に翳してみる。

無論何処にも他人の筆の痕は無く。メモ用紙自身の凹凸も、すべて僕自身によるものだ。

（そう上手くは、ゆかない――が、語られないものが語る時もある）

僕は当該メモに関する思索を遮断した。再度、隠蔽されていたコピー用紙を見分する。

このコピー用紙は草臥(くたび)れていない。用紙の色調と文字の擦(す)れ方からして、半歳(はんとし)いや三箇月を経過していないことは断言できる。一箇月経過していないことなら、六〇%の蓋然性で請けあう。これを要するに、年号と複写時期が著(いちじる)しく乖離(かいり)しているということだ。

これをワード・プロセッサ内に隠匿した者は、神保糊道の遺体に接近した。

他方で、外部記録媒体の汚染については――

鎖の環(わ)は鍛(きた)えられ始めている。

僕は整えられていない神保糊道の遺体に最終的な視線を落とすと。

八四号室を永劫、あとにした。

7　出師(すいし)準備にて

半蔵門(はんぞうもん)の近傍、千鳥ヶ淵(ちどりがふち)の英国大使館。

英国大使館は宮城(きゅうじょう)に最も近く、米国大使館は総理官邸に最も近い。

そして実は、英国大使館は御所を挟んで東京駅丸の内駅舎と点対称の位置にある。現在の私にとって、戦略的に極めて意味の在る城塞といえよう。

――六月十二日水曜日、午後四時。

私は駐日英国特命全権大使のホワイトヘッド卿と、アフタヌーン・ティーの席に在った。胡瓜(きゅうり)のサンドイッチ、スコーン、クロテッドクリームといったものが、微(かす)かに私の郷愁を刺激する。紅茶はフォートナム・メイソンのクイーン・アン。ダージリンにアッサム、セイロンをブレンドするという微笑ましい趣向の銘茶である。茶杯は無論ウエッジウッドでグレンミスト。骨董品のティーアーン。日本帝国でもすっかり定着してしまったあの三段ティースタンドは無い。大使がひとを饗応するのにその様なものを用いては失笑されるだろう。

ホワイトヘッド卿は、特命全権大使というよりはむしろ老練な大番頭執事といった感じか。帝都に来るとき暇(いとま)が在れば訪問してはいたので、それなりの信頼関係は存在した。

「御父君からは、つねづね叱咤(しった)されておりまして」

「聴き流しておけばよろしいかと。少なくとも私はそうしております」

「日本語は如何(いかが)ですか。御学問は大変でしょう」

「どうにか源氏物語を古語のまま読みたいのですが、なかなか難しい」

「それはフィネガンズ・ウェイクをすべて理解し盡(つ)くすより困難でしょうなあ」

「女王陛下の大使閣下におかれては、引き続き熱烈なシャーロキアンでいらっしゃいますの？」

「いやお恥ずかしい。知れば知るほど謎が出る。公務に支障が出るほどです――御父君には、どうか御内密に」

そもそも特命全権大使とはいえ、英国外務省の指揮監督を受ける。そして既述のとおり、私の父親、ホウルダーネス公爵は英国外務大臣。また、日本帝国へ大使を派遣するに当たり、貴族を任命することはほとんど無い。公爵令嬢の私を遺漏(いろう)無く饗応しているのも、無論、父公爵と公爵家を強く意識してのことであろう。

「大使、あれは何という題名でしたかしら、煙草の灰を絨毯に落として、老婦人が――」

「ああ!!　金縁の鼻眼鏡(ザ・ゴウルデン・パンス・ネ)!!　G-O-L-Dの三二番ですな。あまり著名ではありませんが、そう、紅茶の余韻の如く味わいたい佳作ですよ」

「大使閣下御自身の、所謂(いわゆる)ベストは何でしょうか」

「よくぞ聴いて頂きました公爵令嬢、それはもう六つのナポレオン(ザ・シクス・ナポレオンズ)、S-I-X-Nの四七番で決まりでしょう。いや著名過ぎて敬遠する輩（やから）もいます。俗だとね。再読のよろこびも少ないでしょう。ですが初心に帰って読んで御覧なさい、確かに犯罪史上稀（まれ）に見る事件ですし、またレストレイド警部との友情がよろしい。実際は青いガーネット（ザ・ブルー・カーバンクル）、B-L-U-Eの一五番との関係になかなか難しい処（ところ）が」

要求を糖蜜（とうみつ）でくるむ為の世間話が自己目的化してきた。私はやんわり脱線をいなす。

「大使閣下の論文は、また是非拝読させて頂きます」

「ああ、最新のものならばプライオリ……」

「此方（こちら）に罷（まか）り越しました理由ですが」

「……これはこれは。歳甲斐（としがい）も無く興奮してしまいました。御用務、承りましょう」

「この公館には使用されていない執務室が在ると側聞したのですが」

「はい、ございます。訪日する英国外交団等の為、つねに一定数、準備しております」

「三日間ほど、お貸し願いたいのですが」

「御嬢様が？」

「私が」

「大変恐縮ながら、理由など頂戴してよろしいでしょうか」

「私の友人達が、現在、異例の危難に見舞われています。その為の対処をしたい」

「……東京駅封鎖と、関係が」

「さすがは女王陛下の大使閣下、アンテナが鋭い」

「日本帝国陸軍（インペリアル・アーミー）の、近衛師団（ガーズディヴィジョン）が作戦に当たっている様ですな」

「そのとおり（クワイト・ソウ）」

「御嬢様、もし私の獲（え）ている情報が正確ならば、既に対処の余地は無いと愚考しますが」

「そうでしょうね。生者と死者と、すべて滅菌するのが日本帝国陸軍の作戦だから」

「その生者をお救いになられたい、こういうことですか？」

「まさしく（イズザポウプカトリック）」

「御嬢様、御心情は痛切に理解します。が、大英帝国が日本帝国陸軍を妨害することはできません。また、私は日本帝国陸軍の作戦はそれこそ人類の為、適切なるものと判断致しております」

「大使にも英国にも御迷惑は掛けません。そして女王陛下が無辜（むこ）の殺戮（さつりく）をお許しになるはずもありません」

「しかし、空気感染するエボラ・ウイルスが漏出すれば……」

「その様な事態にもさせません」

「私は見解を異にします」

「大使閣下。

ベルモント合衆国国務長官らしき生存者が、封鎖区域で確認されています。それも、封鎖区域内においてさらに厳重に隔離されているとか」

「……本当ですか？」

「私は虚偽と冗談を述べたことがありません」

これから述べるのだが。

「この段階で生存・隔離されているということは、非感染者だということです。少なくとも非発症者であることに疑いの余地は無い。ということは、救出し即、隔離病棟に入れれば、このベルモント国務長官は死を免れる蓋然性（がいぜんせい）が極めてたかい」

「では合衆国は何故、筆頭閣僚を見殺しに……」

「脚本としては、ブッシュ王朝に脅威を与えうる諸刃の剣だからでしょう。

此処で。

ブッシュ政権の世襲を認めるとすれば、英国はこれまで以上に合衆国の世界戦略へ組み込まれます。派兵規模も莫迦にはならない。ブッシュ政権は世界の警察官を自任しているから。英国の納税者は憤激するでしょうね。

しかし。

仮にベルモント大統領が現実のものとなるのなら。軍事介入より外交交渉に重きを置き、内政の課題に甚大な関心があるベルモント大統領が現実のものとなるのなら。そうでなくとも、棍棒外交のブッシュ政権をある意味牽制できる存在となるのなら——

強大強力に過ぎる同盟国というのも、英国にとっては悩ましい。

それに父公爵は、おなじ外務大臣の職に在る者としてベルモント国務長官と親密な関係にある。少なくともブッシュ大統領の御子息よりは。

これらのことを総合的に勘案すれば、このベルモント国務長官を救出する——正確には、その政治生命を救出し、エボラに勝利したタフなヒロインとの世評を形成する——ことは、英国にとってメリットこそあれ、デメリットは微少」

「だから、別途救出作戦を実行すると」

「日本帝国の抗議など、大英帝国にとっては蛾の羽音」

「合衆国はどう出ると思われる？」

「まさかベルモント国務長官を暗殺する訳にもゆかない。当然、生存の情報は故意に、大々的に漏洩する」

「……御父君は、ホウルダーネス外務大臣はこのことを御存知で？」

「知りません」

「え」

「これは私の独断ですが、父公爵なら黙認するでしょう。私にはその確信があります。また、これを父公爵が知ってしまえば、これは大英帝国の作戦になってしまう。女王陛下に最終的責任を負って頂く様な事態は、是が非でも避けなければ。

そしてこの作戦を主導されたホワイトヘッド卿には、駐ドイツ、駐フランス、あるいは駐合衆国特命全権大使への途(みち)が」

「……御嬢様の御話は、もう五分したら記憶から消します。それでよろしいですか？」

「御配慮、感謝します」

「それではプライヴェート・オフィスを準備させましょう」


――十五分後。


私は閑散とした検討室に設(しつら)えられた執務卓に座していた。これからの電話は、どうしても英国大使館からでなければならない。帝国陸軍も帝国警察も、隠密裡(おんみつり)に諜報機関を最大動員し、政府関係者、マスコミ等々の秘聴(ひちょう)・通信傍受に勤(いそ)しんでいるだろうから。私にも追尾者(ついびしゃ)を用意しているくらいだ（感情統御で暫時(ざんじ)お莫迦(ばか)さんになってもらったが）。しかし仮にも大使館であれば、物理的にも電子的にも最大級の防諜措置がとられている。電話も暗号化され、合衆国、ロシアが真剣になっても解読に一週間以上を要するはずだ。まして日本帝国の諜報技術の水準は知れている。

私はミルクホワイトを金縁が飾る、典雅な電話の受話器を採った。所要のダイヤルを回す。想定していたハイテンションな声がワンコールで聴こえた。

「笑顔とまごころの、ジャスミン信用金庫でございます!!」

「私」

「これは御嬢様」

先方の声はあざやかにオクターブ下がった。

「どうぞ御下命を」

「一個小隊。あとヘリ」

「編制は」

「帝国陸軍の戦闘服で。装備品も、八九式小銃から八八式鉄帽までそろえて。あと防護マスク。これは英国のＦＭ一二でいい」

「航空機は」

「帝国陸軍が使っているＡＨ-１Ｓ×一。ペイロードを充実させて」

「兵の技能等は」

「レンジャー経験の在る者少数、他は、そうね、先日ナミビアと北ウラルで派手に殺戮をしてくれた、あの腕利きの人々がよい」

「狙撃手は必要ですか」

「必要ない。目標はすべて巨軀(きょく)にして鈍重」

「動員計画は」

「これから鍛冶さんの柘榴館に到(とど)ける」

「Ｄ-デイは」

「明後日六月十四日金曜日、未明」

「特段の御訓示は」

「負傷することを一切、禁じる」

「以降の連絡は」

「この回線のみに」

「了解しました御嬢様、直ちに御命令を実行します」

「期待しています」

受話器を置いて、すぐさままた採りダイヤルをした。どうやら私は、緊張をしている。

呼出音が三度、四度――

こちらの神経を試しているかの様な相手方はしかし七度目で受話器を採った。私と極めて音域の似た、その声。私が誰よりも、ヒトの誰よりもながく聴いてきた、その声。

「もしもし」

「今晩は、まりよ」

「おはよう、まり」

「合衆国ね？」

「そうよ、朝方の四時過ぎ」

「そんなに健康的なライフスタイルなの？」

「御挨拶ね、せっかく出てあげたのに。

残念ながらこれからポトマック河畔(かはん)をジョギングする訳ではないわ。ちょっとした折衝(せっしょう)が、午前二時過ぎまで続いてしまったの」

「合衆国航空宇宙局(NASA)との」

「御明察、トゥルーリー長官代理と愉快な仲間達よ」

「使ったの？」

「使わないわ」

青い血の妖狐（ようこ）に與（あた）えられた感情統御のちから。思念読解のちから。思念伝達のちから。しかし自然発生する有意の蓋然性（がいぜんせい）を有するか有しないか、そんな確率でそれに抵抗できるヒトがいる。それは悠久（ゆうきゅう）の昔（いにしえ）から解明されていた。換言すれば、ほぼすべてのヒトに青い血のちからは適用できる。彼女が、合衆国航空宇宙局長官であろうと合衆国国防長官であろうと合衆国大統領そのひとであろうと、物理的に視認できるエリアにいさえすれば――彼女が現在合衆国にいるというのは、ターゲットが合衆国にいるということだ――感情統御等ができるのは私とおなじだ。

が、それはしないという。

其処（そこ）には理由がある。

最大の理由は、感情統御そのものがもたらす結果である。感情の軌道を、微かに変える程度なら問題は無い。ただそのレールを一八〇度折り曲げるとなれば別論だ。私達の脳機能にかなりの負荷が掛かる、それはそれでいい。むしろそれよりも、感情統御をされたヒトに問題が発生する。感情をどのようなベクトルにせよ大胆に改換（かいかん）されたヒトは、青い血の妖狐が望むところを直截に実現しようとする。改換の程度が甚大（じんだい）であればあるほど、当該ヒトの脳機能に――私達のそれとは比較にならない程の――プレッシャーが掛かる。このプレッシャーの帰結として、当該ヒトが意識するとしないとにかかわらず――ほとんどのケースにおいて意識はしないが――当該ヒトが生来有している常識、理性、自制心、想像力、創造性といったものが、あざやかに無視される。この結果、強引に過ぎる感情統御は、周囲との摩擦、異常行動、精神異常といったものを惹起（じゃっき）し、青い血の妖狐が希望する事態はなかなか発生しない。

繰り返すが、それは感情を完全に逆転させる様な、大胆かつ強引な感情統御の話だ。

青い血の妖狐は、幾千年を掛けてそのちからを洗練させてきた。現在、私達がその様な無理繰りな感情統御をすることはないし、またする必要もない。好意を惹起するにせよ、恐怖を思い知らせるにせよ、ほんの微(かす)かな軌道修正でたりるからだ。それでたりないときは、時間を掛けて感情を醸成(じょうせい)するという手段もある。重ねていうが、無理をする必要は無い。そう、彼女が無理をしないのは――

「サルヴェージするのね、あれを」

「青い血の妖狐がどれだけのヒトを奴隷にしようと、あれだけは絶対にサルヴェージできない。そう、極めて特異な特殊技能と特殊技術を有する者でなければ」

「あれであると、確認はしたの」

「あなた同様にね。

赤道の一〇万一、九二五キロ上空の楕円軌道を律儀(りちぎ)にまわっているわ。いまのところはね。

青い血の獣がその永劫(えいごう)のいのちを賭(と)して渇望するそれは」

「天帝がそのときの為に遺棄した、そう七つの祭具が裡(うち)――」

「――黄昏(たそがれ)のギャラルホルン。

天帝も悪戯(いたずら)なことをしたものよ、あんな処(ところ)に浮かべておくとはね」

「それで、ケープ・カナベラル発衛星軌道行きのチケットは発券されそう？」

「どうかしら」

「仮に発券されても」とまり。「宇宙飛行士、地上管制官、航空管制官すべてを感情統御することはできないでしょうね――あなたならやるかも知れないけれど、賭博的に過ぎる」

「ひとつ、いい？」

「よろこんで」

「あたし眠いのよまり。純然たる御機嫌伺いだったなら、感謝しながら切るわよ」

「協定を、締結したいの」

「どのような?」

「私はあなたのサルヴェージ計画を妨害しない」

「有難う。それで?」

「代わりに治療薬を頂戴。あなたの宰領する組織が東京駅その他で実戦活用したエボラ・レストン一一〇五の治療薬。当然、開発しているんでしょう? そうでなければあのベルモント国務長官とやらはどうせ死ぬ、あなたのカードにはならない」

「何とも大層な注文を出すものね」

「宇宙船を動かすのは困難を極めるけれど、それを破壊するのは児戯に等しい、かもね」

「……修野まりからそう頼まれるというのは嬉しいわ。しかし悩ったものね、あなたは、物の頼み方を知らないようよ」

「もし素直に協定を締結してくれるのならば。

　七つの祭具がひとつ、耀くトラペゾヘドロンについては、あなたに優先権を認めるわ。どうやら位置は特定している様だし、邪魔立ては一切しない、捜せるだけ捜して切り獲り放題。これでどう?」

「譲歩の様でいて譲歩でないわね。だってあなたはもう既に、知恵の鮭へと肉迫しているはずだから。あたしが其方を妨害しない為、手に入れてもいないトラペゾヘドロンを諦めただけじゃない」

「私たちの途は遠いわ。だったら中盤戦で潰しあうより、最終局で雌雄を――雌雄を――決した方が賢明よ。あなたはギャラルホルンとトラペゾヘドロン、私は鮭と治療薬。条件はまったく対等、そうじゃない？」

不思議なほどの、沈黙。

彼女にも惑うという感情があるのだろうか？　私が実香から教えてもらった様に？

そして。

彼女もまた弱くなってしまった私同様、背をすっと流れる雫を感じているのだろうか？

闇夜のように手捜りの沈黙の果てに。

——所要の薬は手配する。ただしあの、ベルモント国務長官への勝手な投薬は認めない。

そう沈黙を破ったのは、彼女だった。

「締結するわ、まり」

「有難う由香里、おやすみなさい。

テロリスト頑晴ってね」

8　女ふたりにて

——八五号室、レイルウェイ・メゾネット階下。

六月十三日木曜日、午前一一時三八分。

葉月頭取は優雅な筆記卓に、あたしはベッドの端に腰掛けている。

嘆息ひとつ零したとき、葉月頭取はボールペンを置いた。そしていった。

「嫌なのね、嘘が」

「修野まり、御存知ですよね」

「ええ」

「あたしは中学二年生の時、姫山の城館に引っ越してきた彼女と親友になりました。それから四年強、学級でも吹奏楽でも、まりが虚偽を述べるのを聴いたことがありません。

　あたしもそうありたい——そう願い続けてきました。そして、これからも。

　少なくとも非感染者である柏木君のいのちをこれ以上危難にさらすことは、できません」

「それは実香ちゃん、もう私達が柏木君と物理的に接触しなければ解決されるわ」

「救助者の生命をも脅かします。日本帝国の、無数の人々も」

「安心して、救助者などというものは存在しないから」

「え？」

「帝国陸軍にしてみれば、感染者も非感染者も日本帝国の病毒そのもの。すべてが等しく死を以て、日本帝国を危殆(きたい)に瀕(ひん)せしめた罪を贖(あがな)う——それが帝国陸軍の望み。したがって、おそらく金曜日に突入してくる陸軍部隊は救助者ではありえない。それは殺戮者よ」

「そんな非道が!!」

「その様な殺戮をしたとして、此処(ここ)東京鉄道ホテルは完璧なクローズド・サークル。警察の、いや帝国陸軍以外の関与が無い以上、その非道が歴史に刻まれることはありえない。だから安心して消毒ができる」

「虐殺、ですよね」

「だからそれを断念させる為に山縣公爵を謀(たばか)る。その為には私、実香ちゃん、柏木君が非感染者である必要がある。そうでなければ餌(えさ)そのものに喰いついてはこない」

「だから、嘘を吐く。柏木君にも」

「潔癖症はね、つらいわよ、ヒトのあいだで生きてゆくのが」

「ホットラインを、御使用なさるつもりですね？」

「もちろん」

「ならばせめて、柏木君をバスルームにでも退避させてからにして頂けませんか」

「理解はできる。だからあなたがそう差配して頂戴。ただし、私達の感染を知らせることだけは絶対に駄目。それも理解できるわね？」

あたしは微かに頷いて、葉月頭取を見遣った。

肌は黄に煤み、顔は赤斑に侵されている。表情は無貌に近い。

すべてあたしとおなじ。そして恐らく、激甚な発熱さえも。あたしたちは異様な頻度で洗顔所を、シャワーを使っていた。それはまだいい。最も恐ろしいのは、精神錯乱……

まだ。

まだ大丈夫。

炸裂は発症後、三日。統計的には、あたしたちはもう少しだけ、炸裂せずに済む。

そして。

葉月頭取にも詰げていないが、まりがいる。

まりならば。

どの様な手段を講じてでも、あたしたちを――あたしを救おうとするだろう。

あたしはそれを疑ってはいない。微塵も。まりは、やるといったことは絶対にやる。

ただ。

ウイルス時限爆弾であるあたしたちの軀が、何時まで維つのか。

それは天帝の領分であってまりのではない。そして、まりに会うまで炸裂せず、この地獄の様な頭痛と眼痛に耐え切れるかどうかは、あたしたちの、あたしたちだけの、死物狂(しにものぐる)いの努力に懸かっていることだった。

「……葉月頭取は何をお書きになっていたんです？　まさか遺言ではないですよね？」

「あっは、こんな処で終劇をむかえる予定は無いわよ。私には葉月コンツェルンに対する責任と義務が在る。もっというなら野望がある。西海銀行もこれからよ。私はもっと、もっと違う世界を築きたい。そして違う自分に成り続けていたい――だから私は死ねない、死なない」

「お強いんですね――不沈戦艦(アンシンカブル)、葉月鳴海」

「どうしてそう呼ばれるか、知ってる？」

「御免なさい頭取、今般お会いするまで、頭取のこと全然」

「それは当然よ、あなたまだ高校生なんだもの――まりちゃんは特別だけど。

老婆の繰り言、ちょっとだけつきあってくれるかしら」

「老婆のお歳ではないですよ――

でもお願いします。正直、お話をしていないと頭が割れそうで」

「私もよ。

そうね、何処(どこ)から話せばよいかしら……

御案内のとおり、私は実香ちゃん、柏木君とおなじ三河人(みかわじん)。生まれは岡崎(おかざき)。実家は八丁味噌(はっちょうみそ)の小さな蔵元(くらもと)をやっていた。それでも味噌職人さんが五十人以上はいたかしら。創業は昭和七年、味噌蔵を始めた祖父は他界し、父親の代になっていた。零細ながらも祖父の商才、職人さんの技倆(ぎりょう)に恵まれて、数億もの売上げをあげていた。

けれど。

私がまだ中学生のとき、父親は病で倒れた。胃ガン。現在と違ってね実香ちゃん、当時胃ガンといえばもうお葬式の準備なのよ。手術するにも全摘出しか術式が無かったし、全摘出したところで転移を回避する医療技術も無い。ほぼすべての例と同様、父親もまた全摘出から一年半でころっと死んでしまった。

父親はね。

商家にありがちだけれど、祖父の叱咤と期待に押し潰されて、経営者としての能力を培えなかったし、むしろ経営というものから距離を置こうとした。もともと画家になりたかったそうだから、まあ無理も無い。結局、神社の社司の神職を買う様に譲り受けて、そこに隠遁してしまった。そうなると俄然ちからを持ってくるのは専務である大番頭、常務である職人頭、これも自然な流れ。父親に媚を売る一方、自分達の利になる様に味噌蔵を動かしてゆく。気が付けば味噌蔵はすっかり彼等の思いのままになっていた。乗っ獲られなかっただけましでしょう、彼等は大勢の職人と事務員、そして味噌づくりのノウハウにロゴマークまで奪って――ああ、退職金も億単位で追い剝ぎをしていったわね――おなじ町内に自分達の味噌蔵を起ち上げてしまった。母親と私は、祖父の薫陶でも受けていればよかったのだけれど、父親ですらノウハウを知らないんですもの。たちまち日々の暮らしにも悩って、売れるものを売れるだけ叩き売って――もちろん買い叩かれるわ――どうにか母娘ふたり、町外れの小さなアパートで過ごせるだけの金子をつくった。

私はね。

此処からふたつの事を、学んだのよ。

人は裏切るものだということ。そして、それは懲罰するまで続くということ。

父親は私を国立大学にやって、フランスにでも留学させたいなんて言っていたけど、高校時代ですら学費に泣いたわ。義務教育じゃないんですものね。しかも進学校だった。まだ味噌蔵が離散する前に入学してしまったから。母親が裸電球の下でレシートの類を必死に凝視しているのを見るのは、まさに辛酸だったわ。それでもどうにか高校を卒業して、不名誉だと教師達に悪罵を染びせ掛けられながら、その高校で唯一の就職者になった。

就職先は、とある信用金庫。

私は高校でずっと考えていた。仮にも商家の娘でありながら、数字を知らず、帳簿も見られず。それでは味噌蔵に魑魅魍魎が跋扈しても、単純な被害者面はできない。働きながらすぐに簿記の勉強を始めた。じき日商簿記、全商簿記、全経簿記の一級が獲れたのは嬉しかった……もちろん信用金庫だから、預金のこと、貸出しのこと、振込みのこと、為替のこと等々、懸命に仕事を憶えた。都市銀行の頭取様で、私みたいに札勘——あの紙幣をぱらぱらぱらぱらっ、と誤り無く数える技倆のことよ——や算盤の上手な方がいらしたら、是非勝負したいわね、あっは」

「現在の御仕事と関係する分野ですが、最初から銀行のことを考えて其処に？」

「まさか!!　銀行なんてとても当時の私が就職できる処じゃなかったわ。私が其処の信用金庫に決めたのはね、女子職員の定年がいちばんながくて、実に五十五歳だったのよ。母親にこれ以上苦労を掛けたくはなかったから、生涯お勤めができる職場を撰んだの。

でもそれが、西海銀行頭取葉月鳴海と関係がない、といったら嘘になる。

その信用金庫は、愛知県と三重県に展開している信用金庫だったの。当然異動がある。私はやがてその伊勢志摩支店に勤めることになった。この伊勢志摩支店が融資をしていたのが金山真珠養殖漁業組合、すなわち現在の葉月宝飾になる」

「それじゃあ、きっと御結婚で」

「御明察。組合長とは金子のおつきあいだったのだけれど、こんな酒樽や砲弾みたいな体軀をした私の何処が気に入ったのかしらね、いつしかデートをするようになり、やがて逢瀬に、そして披露宴にという訳よ。蓼喰う蟲も何とやら、ね」

「名産地・三重県の真珠養殖の組合長さんだったら、御母様それは慶ばれたでしょうね」

「そうね、ちょうど旦那の商いもかつての葉月家の味噌蔵の様な、大規模ではないけれどブランドが信頼されている、という特徴を持っていたから。母親としても漸く安堵したでしょうね。旦那も母親を岡崎から呼んでくれて、真摯に面倒見てくれたから。それに義父はかつて、今でいう西海銀行のオーナー頭取だったのよ。もう亡くなっていたし、旦那は真珠の方が好きだったから、頭取は他人に譲って、執行役員に甘んじていたけれどね。でもこんなちからづよい後ろ盾は無いわ。

けどね。

私の生涯はどうも波濤たかい様なの。この真珠養殖が、とんでもない危機に見舞われた。今度の敵は番頭でも職人でもない、自然」

「自然、ですか」

「人は自然のちからに対しあまりにも無力だわ。知ってるかしら、養殖真珠はアコヤ貝を用いて生産するのだけれど、率然としてこのアコヤ貝を殺戮する赤潮が発生したのよ。ヘテロカプサというプランクトンが発生させる赤潮なんだけど、これがアコヤ貝の天敵なの。これで金山真珠は概ね六七〇万貝、二億二、五〇〇万円もの被害を被った。既に真珠の核となるものを挿れ終えた貝だけでも、実に五八・四%が死んだわ。これだけでも既に信用金庫がどうこうできる事態ではない。

そして災いは災いを呼ぶもの。堕ちるときは一瞬よ。

ちょうど金山真珠は、業務拡大のさなかに在った。真珠はね実香ちゃん、実はダイヤモンドより女性にとって必要性がたかいのよ。何故か解る？」

「あたしはまだ必要としていませんけど、それはきっと、社会人――いえ大学生ともなれば、冠婚葬祭その他の交際事に出なければならないから」

「そのとおり。そして平成の御代ならいざ知らず、当時は娘が成人したら、数珠と真珠のネックレスだけは買ってやれ、という不文律が生きていた。それにまだ輸入品が乏しくて、ようやく婚約指輪キャンペーンが功を奏し始めたダイヤモンドが勃興してきたばかり。おまけに養殖技術の研鑽で、一時は国際真珠市場の九〇％を日本産の真珠が占めることとなった――これを要するに、真珠販売は売り手市場、営業をしなくとも御客様は来る、そんな時代だったのよ。だから旦那は事業規模を拡大して、業界における金山真珠の地位をたかめようとした。その為にはアコヤ貝が必要。

そこで、コストを押さえながら商いを大きくする為、中国貝を――中国貝と日本貝の雑種だけれど――真っ先に導入した。これが裏目に出た。

当時はヘテロカプサ赤潮なんて誰も知らないわ。その一方でどんどんアコヤ貝は死んでゆく。最近、海で事情が変わったことは何か？」

「中国貝の導入」

「と、いうことよ。

かつては農林大臣賞を受賞したこともある金山真珠は、伊勢志摩の真珠養殖漁業組合から爪弾きにあい、面罵され、廃業しろと脅迫された。それが無くとも億単位の負債がある。もともと酒好きだった旦那はますますアルコールに溺れ、私が謝罪と金策に駆けまわっているうちに、遺書も残さず自殺してしまったわ。自縊。西海銀行の執行役員だったはずなのに、それ以降ぷっつりと、西海銀行との御縁は切れてしまった。銀行なんてそんなもの。

私もいよいよ終わりねと、自己破産は当然のこと、旦那を追って違う世界へ逃避しようと思ったわ」

「でも、なさらなかった」

「負けたくはなかった――

幼い娘も、いたしね。

其処(そこ)で自分に負けてしまえば、私達の味噌蔵がやってきたことも、金山真珠がやってきたこともすべて嘘話(うそばなし)、不誠実な出鱈目(でたらめ)になる。不正義にもなる。どうせ死ぬなら、死ぬことまでできるなら、死物狂いで金山真珠の汚辱を雪(すす)ぎたいと願った。

私に唯一残された武器を、使って。

私の指の真珠、あざやかなほど黒白が半球ずつ分かれているでしょう」

「黒白(ブファルツ)真珠ですね」

「そう。旦那が私に残してくれた、今では唯一の遺産。一五ミリは確実な黒白(ブファルツ)真珠。これだけのものは欧米にも無い。旦那に莫大な資金があったはずは無いから、これは旦那の海で奇跡的に、そう真実〇・〇〇〇一％の蓋然性が実現して採れたもの。

私はこれを持って、農林省にいった。農林大臣から、葉月真珠は日本真珠界における最優秀ブランドであるとのお墨付きがほしかった。もちろんそんなもの、おいそれと書いてくれるものじゃない。だから隠していた在庫の真珠を機関銃の如く撃ったわ。博奕(ばくち)だった――

そして私は農林大臣の私信を携えて、単身、南アフリカはヨハネスブルクに飛んだ。ダイヤモンド・シンジケートのデビアス社と交渉する為よ」

「ダイヤモンド、ですか?」

「ダイヤモンド市場は日本でも拡大を続けていたの。そして金山真珠が葉月真珠に生まれ変わる際、これまでと同様の事をしていては生き延びることなどできない。私は破産寸前でありながら、葉月真珠を総合宝飾業へと発展させる野望に燃えていた。というより、それ以外にもう途は無かった——私がデビアス社のちからを求めたのは、其処が全世界のダイヤモンド原石の卸売りを独占していたから。そしてそのバイヤーになる為には、デビアス社に『サイトホルダー』の資格を認めてもらわなければならない。もちろん白人世界の閉鎖的クラブ。当時、日本の宝飾関係者でこの資格を認められていたものはひとりとして無かったほどよ。

私は其処へ乗り込んだ」

「……無謀だとは思われなかったんですか？　嘲笑され、叩き出されると」

「確かにそれで私のプライドは傷つく。けどそれが何？　プライドを無傷にしていたら、誰かがお金を貸してくれる？　誰かが真珠を買ってくれる？　自分の詰まらない誇りが、本当にしなければならないことを邪魔する。死物狂いで噛み付けなくする。

だったらね実香ちゃん、そんな誇りは、三河湾にでも捨ててしまいなさい。

最大の目的は、自分が生き延びること、それだけよ。

私はイエス＝キリストじゃない。自分を救えないのに、他人を救うことなどできないわ」

「自分が、生き延びること……自分を救うこと……」

そして葉月組合長はそのとき、生き延びたんですね」

「こうしてまだ闊歩できているしね、あっは——確かにデビアス社は冷淡冷酷だった、いや非白人の零細企業などまるで無視しようとした。だから使ったのよ、この黒白真珠をね。いちおう日本帝国の大臣の紹介状があるから、会わない訳にもゆかない。私は一度会ってくれれば充分だった。この黒白真珠を見せて、サイトホルダーの資格を買い獲ることだけが目的だったから」

「そしてその目的は、達成された」

「まさしく。これで農林大臣賞など路傍（ろぼう）の石よ。葉月真珠は欧米白人社会に認められた。そのステイタスは深甚（しんじん）な価値を持つ。当時の日本人には、まだ欧米コンプレックスが強かったから。そして実際的な意味もあったわ。デビアス社は現金でこそ買ってはくれなかったけれど、余剰在庫として携（かか）えていた、それこそドーバーに海上投棄しようかという位のダイヤモンド原石を、三十年後に決算するという約束で譲ってくれた。デビアス社は価格維持の為なら何でもやるから、これも予想できたことではあったわ。黒（ブファルツ）白真珠は、それだけ稀少（きしょう）が上にも稀少なものなのだから——

　またこれで、微（かす）かに過ぎるけれど、西海銀行と取引を開始することもできた。私はそれでソ連から自動ダイヤモンド研磨機を輸入する傍（かたわ）ら——ダイヤモンド研磨職人も独占されていたからよ——三重大学の旦那の学友と一緒にヘテロカプサ赤潮の研究を始め、やがて旦那に掛けられた不当な嫌疑を完全に晴らした。死ににくい耐病性貝の開発にも目途（めど）が立った。

　戦闘準備は終わった。ならば、闘いの犬は野に放たれる。

　葉月真珠を葉月宝飾に生まれ変わらせた私は、主戦場である真珠を吶喊（とっかん）作業で再生させる一方、ダイヤモンド市場の制覇（せいは）に掛かった。他の宝飾業はサイトホルダーの誰かを経由して、しかも研磨され終えたダイヤを買う。葉月宝飾は自らがサイトホルダーである上、自動研磨機を有している。コスト面で圧倒的に有利という訳。

　また、新規市場・新規顧客を開拓しなければならない。日本では真円の真珠が人気だけれど、様々なかたちに歪んでしまった所謂（いわゆる）バロック真珠、これを無駄にする手はない。いえ、これこそ何処（どこ）にもない附加価値をつけることができる。何故ならば」

「世界にただひとつしか無いから」

「其処よ。世界にたったひとつ、あなただけの夢の欠片――これは受けたわ!! もちろん真円より安い価格設定よ。だから故意とバロック真珠を養殖し始めた。さらに附加価値をつけることも私にはできる。とても販売できない様な粒ダイヤを、このバロック真珠と組み合わせて、平成の御代でいうアート・ジュエリーの出来上がりという訳よ。

こうして葉月宝飾はかつて牙を剥いてきた漁業組合たちを併呑し、帝都進出を果たし、とうとう銀座だけでも並木通り、みゆき通り、中央通りに三店舗を擁する名門宝飾業となった。帝国国際宝飾展で、華頂宮賞をいただくまでになった――ちなみに、もはや優良ブランドでも老舗の後継者でもなくなっていたあの裏切者たちの三流味噌蔵を買収したわ。そのあとで全員、葉月宝飾に異動させてやった。もちろん真珠づくりなんて素人よ。虐めに虐めぬく為に、懲罰をした。それをみせしめにするまで、人は裏切り続けるから」

「――そして、それだけでは終わらなかった」

「終われなかったのよ。私には祖父の血が、起業家の血が強く出たのかも知れないわ。商売というものはね実香ちゃん、ひとつの商材に執拗っていては桁が知れている。あるビジネスで獲た利益は、どんどん他のビジネスへと投資しなければならない――

私がまず眼を着けたのは、不動産。これが現在の葉月不動産になる。銀座に出て初めて理解したわ。これは金の卵だと。だってそうでしょう? ビルを建設し、丁寧に管理をすれば、誰にお給料を払わなくとも各月、お金を産んでくれる。

さいわいにして西海銀行との関係は復縁の搬びとなっていたから、私は差し当たり常務取締役として入行したわ。罠だったけどね」

「罠」

「銀行の常務ともあろうものが、自らの経営する宝飾業なり不動産業なりに対し、行員が血と汗と涙で集めた預金から融資を受ける——それは無理な話よ、オーナー頭取でもなければね。西海銀行としては、これ以上葉月鳴海の野望にはついてゆけないから、融資を整理する為、わざわざ信用金庫上がりの娘を常務に招いたのよ。

けど、それはさしたる問題ではなかったわ。

葉月宝飾のちからだけで充分、不動産業の利益を上げることはできたし、むしろ準メインの銀行の方が積極的に融資してくれたしね。帝都に幾つもビルを保有して、高度成長期の年々上がる賃料で莫大な利益を上げた。そして葉月不動産が、葉月宝飾から独立する。

それでも。

私の生涯は危機の連続——私はあの日、金山真珠の経営者となってから、一度も枕をたかくして眠れたことが無い。まともな休暇を摂れたことも。今般の東京駅事件は、その意味では私に企業家生涯初めてのヴァカンスをくれたといえるわね」

「永遠のヴァカンスになさるおつもりは」

「当然無い。

私はすべての危機を、挑戦を、敗北を乗り越えて此処まで来た。葉月製鋼は何者かのガス漏出による熱風炉爆破事件に見舞われ、莫大な違約金、賠償金をかかえた。大手鉄鋼の謀略で、海外大口顧客から理不盡な億単位のキャンセルをされた。葉月商事が日本企業で初めて合衆国で穀物貯蔵庫を買収したときは、先様の穀物メジャーからありとあらゆる妨害を——社員の殺害、社船の爆破等々を——受けた。不手際で経済制裁ちゅうの西満州に贅沢品が流れてしまって、外為法違反で強制捜査を受けたこともある。葉月食品が取り扱った中国産の冷凍餃子にはメタミドホスという激烈な農薬が混入していて、大きな社会的非難と見透しの利かない賠償問題に苦慮した。またチェルノブイリの影響で、欧州商品が大打撃を受けた。葉月不動産は不埒な裏切者に、NARUMIホテル・チェーン二五棟五、〇〇〇室をまるごと簒奪された。

　でも。

　私はそれらから逃避しなかった。徹底的に闘って、闘って、戦い抜いた。

　とてもながく、そしてとても短く思える歳月が過ぎ——

　零細真珠業から始まった葉月グループは、いつしか葉月コンツェルンと呼ばれるようになった。経営手腕を買われた私は、西海銀行内に残存していた義父派のクーデターにより、とうとうオーナー頭取の座を創設家に獲り返した。不沈戦艦・葉月鳴海の名とともに」

「そして、黒白真珠をも」

「私は感傷家ではないわ。けれどこれが帰ってきた時、幾歳ぶりの涙を流した。父の愛した神社を今も守っている老母もまた、泣いてくれたわ。

　でもね、実香ちゃん。

　狂騒と泥酔のバブル経済は終焉をむかえた。銀行はその莫迦踊りへ積極的に加わって、零の書き誤りではないかというほどの巨額を、お莫迦さんたちに貸し付けてきた。もちろんジュリアナやマハラジャで本当の意味での莫迦踊りをしている餓鬼どもにではない。腰を下ろして八万円みたいな銀座のクラブでドン・ペリニヨン・ロゼ三〇万を夜な夜な飲み乾す莫迦、ロールス・ロイス・バーバリ内装一台一億円を乗りまわす莫迦、そしてサザビーズやクリスティーズでルノワールやゴッホを面子の為必ず落札する莫迦たちにね。不動産の価格は青天井だと無邪気にも夢見て。それを担保にするならば幾ら融資をしても倍返しだと夢見て——

はい、お仕舞い。

現実に帰るときよ。

例えば葉月宝飾。バブルの時はね、営業なんかしなくとも売れたの。お客が自分で来るの。一見さんが幾らでも。特に、もはや名門・老舗の名を恣にしていた葉月宝飾には、ブランド莫迦がためらいも無く、いち日で一〇〇万、一、〇〇〇万、いや五、〇〇〇万と使っていった。虚飾の栄華の代わりに、顧客開拓のノウハウを永劫失ったというわけよ。

そしていま。

銀座にどれだけの人が歩いてる？

百貨店ではどう観察しても、店員の数が客の数を圧倒差で追い抜いている。

テナントは陸続と撤退して家賃収入はどん底、保証金すら返せなくなったビルは廃墟。

そんななかで、飛び込みの御客様なんてあるはずがない。

銀座の店舗はひとつに締っても厳しい。それが葉月宝飾には解らない」

「そんなに非道い状態なんでしょうか。世界第二位の経済大国なのに」

「もう駄目でしょうね。少なくとも爾後二十年、三十年は地獄の辛酸を舐めるでしょう。もちろん西海銀行も例外ではないわ。莫迦を鴨にするのはいい。それもまた商売だから。騙された方が悪いのよ。でもね、莫迦から鴨にされては絶対に駄目。私は必死に大蔵省に喰いこんで、彼等がこの泡沫の夢に針を刺すのは何時か、それだけを求めてきた。その破局に備えて、徹底的に銀行を締め付けてきた。けれど、銀行はもう成層圏にまで達していたわ。私ができたのは、どうにかそれを飛行機の航路水準にまで引き下ろすことだけ——

葉月鳴海の生涯は、危機の連続だといったわね。

このバブルの夢の後始末が、きっと私の、最終の危機になるでしょう。

西海銀行は死にはしない。それだけは回避できた。けれど、瀕死の重傷を負っている」

「まりから聴きました、西海銀行と五和銀行のことを」

「瀕死の獣たちの絶望的な戦国時代。規模と体力が無ければ、喰われるだけ。だから私は仕掛けた。卑劣な手段すら用いて。けど、顧（かえり）みている余裕はない。

諦めたとき、堕ちるのはあっという暇（ま）だから。

すべてに優先して大切なのは、生き延びることだから」

「生き延びる、こと……先刻も仰有（おっしゃ）いましたね」

「そう、葉月鳴海は恥も外聞も捨てて生き延びる。恥や外聞など、自分のこころにだけ巣喰（すく）う影法師（かげぼうし）だから。弱い者の魂を殺すだけの、実態のない幽霊だから。

だから、私は生き残る。この東京鉄道ホテルでも。最期の刹那まで、絶対に諦めない。

そう、あの柏木君が皆目（かいもく）、諦めていない様にね」

その名前が出るのは、少なくともあたしには率然に過ぎた。

「あの、柏木君とは」

「数多（あまた）の人々を喰い、数多の人々に喰われてきた私には解る。

柏木照穂君。

あれは飢えた犬、寂しい犬。産まれ堕（お）ちたその日から群れに捨てられ――いや我と自ら群れを捨てて、たった一匹逍遥（さまよ）うことを受け容れた、悲しい牙を剝（む）く犬よ。

それが証拠に、柏木君は誰のいのちにも興味が無い。ヒトに興味が無い。東京鉄道ホテルで幾人が死のうと、彼のこころに水滴ひとつ分の波紋すら描かないでしょう。

実香ちゃん、注意なさい。

柏木君はヒトを殺すことに微塵も躊躇（ちゅうちょ）を感じない犬。銃を赴（む）ける者あらば、たちまちのうちに喰い殺す。そして柏木君もまた、いま危機のただなかにいる。必要な懲罰を敵に加えないかぎり、柏木君は絶対に諦めない。許さない。彼は必ず喰い殺してから此処（ここ）を出る。

これはつまり。

あなたたちをまた違う危機が襲ったとき、柏木君は何の躊躇もなくヒトを殺すということ。立ち塞（ふさ）がる者は無論のこと、必要とあらばあなたも親友もみな諸共（もろとも）に。もし仮に此処を生き延びたとしても実香ちゃん、柏木君にだけは注意なさい。あれはヒトであることを捨てている——ってあなたの彼氏君じゃ、ないわよね?」

「何を今更なタイミングですが、さいわい違います」

「あなた恋人は、いるの?」

「……難しい、御質問です」

「イエス・ノー・クエスチョンよ?」

「……正確を期せば、いません。ただ友人以上恋人未満のひとなら、います」

「私は旦那を亡くしてから、おとこにだけには御縁が無かった。私より強い、葉月コンツェルンを託するにたりる、そんなおとこだけは……だから、だから剝（む）きになって西海銀行に、葉月コンツェルンに異様な愛情を注ぎこんでいるのかもね。

でも実香ちゃんには、待っている人がいる。

だから、あなたは葉月鳴海より強いし、強くならなければならないのよ。

此処（ここ）から、この世界に遺棄された地獄から、一緒に帰りましょう。

私は葉月コンツェルンに。そして実香ちゃん、あなたは大切な人の処に。それはきっと、義務よ」

「……あたし、葉月頭取のこと全然知りませんでした。噂ばかりで、本当は何も」

「人と人とはそういうものよ。けれどその人が必死の決意で紡いだ言葉に、本当が宿る、かも知れない。どう？　私と一緒に生き延びる？」

「頑晴りかんばります」

「よろしいっ!!」

あたしは、とある御伽噺おとぎばなしを思い出していた。

ダイヤモンドで織ったシャツを着る、公爵の御伽噺。

それなら葉月鳴海は、きっと、ダイヤモンドで編んだ心臓を持っているのだろう。

あたしは、生き延びたい。

あのひとの、ために……？

いつか此処の二一八号室に泊まった、あの不思議で濃密な夜が頭をよぎる。

――六月十三日木曜日、午後一時一四分。

9　関係閣僚会議にて

日本帝国内閣総理大臣官邸、総理執務室。

正面階段を上がった二階、南側にそれはある。

パールホワイトを基調にした格調ある室で、黒く濡れている執務卓のほか、書架、棚その他の若干の調度が。

そして執務卓とほぼ隣接した態様で応接卓があり、矩形くけいの卓の長辺には一人掛けのソファが三、その対面に三人掛けのソファが一。短辺にはそれぞれ一人掛けのソファがある。

六月十三日木曜日。

柏木照穂が八四号室で探偵をし、峰葉実香が八五号室で意外な感銘を受けた時よりやや時間が経過した頃。

応接卓を、複数の閣僚が繞(かこ)んでいた。

首座には当然、松岡内閣総理大臣。

次席に山縣宮内大臣。

他に杉山軍務大臣、東郷外務大臣が列席している。

誰もがそれぞれの紫煙(しえん)に没頭している演技をしていたが、まず口火を切ったのは、与党内でも見識あるリベラルと評されている東郷外務大臣であった。

「杉山大将、此処(ここ)は御譲歩いただかなければ」

「陸軍としては、その必要を認めないということだ」

「仮にも合衆国国務長官を無条件で射殺するなど。大統領が黙っていませんぞ」

「陸軍としては、その問題を既に解決したということだ」

「……解決、ですか。ならばその詳細を聴かせて頂きたいですな、外務省としては」

杉山軍務大臣は現役の陸軍大将であった。新帝国憲法により、軍務大臣が現役武官でなければならないということは明文をもって否定されたが、現役武官を排除するまでには至らず、戦後におけるこれまでの内閣を見ても、少なからぬ現役武官が軍務大臣となっている。しかしながら、やはり国民感情を考慮してか、陸軍の将官が軍務大臣に就(つ)いた例は極めて少なく（例えば宇頭大将）、ほとんどが海軍の将官である。これにより、海軍がやや発言力を強め、逆に陸軍がやや大人しくなった。松岡総理は、その陸軍の鬱屈を顧慮してか、久々に陸軍大将を軍務大臣に就任させたのである。

（松岡さんのやることは、諸事歯茎が黝い）

東郷外務大臣は密かに嘆息を吐いた。東郷は外務官僚上がりの衆院議員である。無論外交問題には一家言あり、とりわけ東満州と西満州が一触即発の昨今、とにかく合衆国との同盟を堅持し、日本帝国が勝手な――勝手と解される様な――大陸政策を実行すべきではないと心を砕いてきた。しかし、その繊細な合衆国対策をことごとく妨害する――妨害としか解せないことをする――のが松岡総理であり、杉山軍相であった。

（おなじ外務省出身者ではないか）

満州に対し積極政策を強烈に展開しつつある松岡総理もまた、実は元外務官僚であった。其処が東郷の憤激する処でもあった。杉山軍務大臣はまだ解る。陸軍の期待を担って入閣した以上、それを裏切る様なことをしては軍人としての生命が終わる。だから杉山軍相が実は満州派兵すら画策しているというのも、それが幼児の火遊びにしか見えないことは別論、理解はできる処だ。だが松岡総理はどうだ。外務省の官吏は、少なくとも戦後は、合衆国の幇間――男芸者――を甘んじてすると決意して官僚双六をやってきた。現在の日本帝国の軍事力は、合衆国の後詰めを端から想定して編制されているものであって、合衆国無くして帝国の国防は考えられない。外征などもってのほかである（そもそもその能力が無い）。合衆国の丁稚となって、妾となって、それで帝国をロシアから、中国から、西満州から防衛する。核保有を認められない日本帝国の選択肢はこれしか無いのだ。

それを熟知していながら。

杉山軍相と一緒になって、合衆国に内密で――内密のつもりで――怪しげな謀略を繰り広げようとしている。確かに満州情勢逼迫の折、組閣の大命が剛腕松岡に下るのは自然だ。だが主上の御内意は、外交政策に精通した者を以て、独断専行を目論む陸海空軍を戒めさせる、合衆国からの派兵要求もやんわりと体捌きする、其処に在ると東郷は知っていた。さらにいえば、積極主義を唱える海軍強硬派に不穏な動きがあることもまた、東郷は知っていた。

（その様なときに、合衆国の遺恨と怨嗟を買う様な真似を……まさかそれが真の狙いではあるまいが。杉山軍務大臣は別論、陸軍は其処まで莫迦ではないはずだ。それにしても、あの人格者で聴こえた宇垣元帥が危難に遭っているというのは、実に痛い……）

杉山軍相はそんな焦燥を知ってか知らずか、朦々とピースの紫煙で煙幕を展開している。

「杉山大将、対外関係の処理については外務省の専権事項です。もし陸軍が外務省の頭越しに、合衆国と、その何ですか、問題を解決しただの何だのをされる、こういう事であれば、これは軍務省による重大な越権行為といわねばなりませんぞ」

「勅令戒厳が布かれているのは東郷さんも知っておるでしょう。既に告示された戒厳区域においては、すべての行政権限を戒厳司令官が行使する。これも知っておるでしょう」

「すべての地方行政権限ですよ杉山大将。陛下の外交大権には、何の関係も無い」

「莫迦をいわれては悩る。戒厳司令官は陛下が親補される職であり、また陛下に直隷するのだ。すなわち戒厳区域において陛下の大権を委ねられたのは戒厳司令官である」

実益の皆無な議論に、松岡総理大臣が割って入った。

「マアマア杉山さん、東郷さん、そう喧嘩腰になりなさるな。実際上の問題はベルモント国務長官、その身柄がどうなるのかっちゅうことでしょう、うん?」

「ですから杉山大将に、その解決法というのを……」

「戒厳司令官からの報告によれば、我々の方針に、合衆国は同意したとのことである」

「杉山大将、その我々の方針、というのは国務長官が生きていようと生きていまいと射殺する、そういう内容でよろしいんでしょうな？」

「最初からそう申し上げておる」

「戒厳司令官は、誰と協議したんです」

「それは軍機につき、貴職には開示できない」

「何の保証も無く……これは絶対に大統領の直接の判断を求めるべき問題ですよ、そうですよね総理？」

「杉山さん、アンタのことだ、カウンタァパートのチェイニー国防長官には確認しとるんだろう」

「はあ、それはまあ、そんな処かも知れませんな」

「ならば東郷さん、問題なかろうよ。チェイニー国防長官がだよ、この一大事を、大統領に報告せんはずがなかろうて」

「奇矯ですな総理。ならば何故大統領は、ベルモント国務長官を見殺しにするんです？」

「そりゃあ僕に訊いてもらっても悩りますよ。なんなら東郷さん、アンタがブッシュ大統領に訊いてみりゃあいい」

こほん。

その咳が聴こえた刹那、総理以下が凍り付いた。

貴族院の領袖。政界の黒幕。日本帝国の元老。

内閣総理大臣経験後もしばしば枢要な閣僚として入閣し、帝国中枢に隠然たる勢力を依然として確保しているそれは山縣公爵であった。やはり山縣有朋の血が強いのか、政敵である島津公爵に競べ、政治権力への固執と陰湿な陰謀肌が拭い切れず、現職総理その他からも、尊敬されるというよりは恐怖されてきた。それでもなお、血胤(けついん)ならではの貴趣(きしゅ)がある。その山縣公爵は、しっとりとした低い声で詰(つ)げた。

「……射殺は決定事項だ、東郷君」

「ですが閣下、いまだ合衆国に」

「保証が要るというのならこの山縣が裏書きする」

「このことがメディアに漏れましたら」

「杉山君」

「はい、閣下!!」

「東京憲兵隊から三個分隊ほど用意しておきなさい」

「了解しました。任務にあっては」

「東京鉄道ホテル従業員の確保だ。

諸君、大前提を忘れてはいないかね。ベルモント国務長官訪日は非公式のものだ。合衆国においても帝国においても公表してはいない。帝国においてベルモント国務長官が東京鉄道ホテルに逗留(とうりゅう)していると知っているのは、既に隔離している一般旅客を除外すれば、封鎖区域内の旅客等と、華館(かかん)従業員しかおらん。射殺し、沈黙を維持しつつ従業員を確保すれば済む」

「そうしましたらば閣下」と東郷外相。「それら従業員と、一般旅客は」

「それは取調べの結果によるだろう。当然の事を訊くな」

「さすれば山縣閣下」と松岡総理。「ベルモント国務長官の動静も、射殺も、隠密裡(おんみつり)に実行できますな。しかるのち適宜なタイミングで、合衆国は、ベルモント国務長官の急逝(きゅうせい)を発表する。なぁるほど、ブッシュ大統領ならそれが御希望かも知れん」

封鎖区域内で依然として生存しているかも知れない——緊急特別の救命救護を要するかも知れない

――日本人については、閣僚の誰の口からも言及されなかった。出席閣僚は皆、知っていたからである。殲滅作戦を実行するのは公爵令嬢山縣良子中佐・戒厳部隊指揮官であり、当然、当該作戦について陸軍の首魁でもある父公爵・山縣宮内大臣の承諾を既に獲ていることを。それに外交問題にさえ発展しないのなら、戒厳下において日本人をどれだけ殺戮しようと、勅令に明確に違反していないかぎり、戒厳司令官と戒厳部隊のいわば勝手である。また山縣公爵が五菱銀行と濃厚密接な関係にある以上、西海銀行の葉月頭取は、どのみち排除されざるをえない。

「以上だ諸君」

かしこまりました山縣閣下、と列席者の唱和。

かくてあのベルモント国務長官、葉月鳴海、柏木照穂、峰葉実香の死刑判決が下った。

10　臨戦態勢にて

――九一式大型移動指揮車、現地司令部。

山縣良子・近衛騎兵連隊長は、東京鉄道ホテル八六号室階上へホットラインを架け、不思議な少年と会話していた。この状態で、誰の生命も――自分のそれをも――懸念していない様な不思議な少年。いや、これは真実少年なのか？

サウンド・オンリーの純黒の液晶がよく似あう。

「ならば柏木君とやら、現時点における生存者は誰か教えてもらいたい」

「現時点において、死亡者はありませんが」

「九名総員が、存命だと？」

「そういえばベルボーイの国府さんが亡くなりました」

「他に記憶から欠落している者は無いのか」

「ありません中佐、残余の総員が意気軒昂、ですね」

「……ならば生存者のうち、現時点における発症者は誰か」

「誰もが発症しています、が、インフルエンザ程度の症状です」

「具体的には」

「三八、三九度程度の発熱と頭痛、若干の下痢が見られる方もおられます」

「出血は？」

「現時点においては、確認できていませんね」

「……それでは訊くが、何故ホットラインを柏木君、君が管理している」

「僕がいちばんインフルエンザ的症状が緩やかなもので」

「了解した柏木君、我々も諸準備を終えている。じき、封鎖を解除する予定だ」

「具体的には」

「六月十四日金曜日以降と考えてもらいたい——その様に弱毒性の症状しか発現していないのならば、さしたる問題はあるまい？」

「念の為確認しておきますが、僕等は皆、生存しています。封鎖を解除したら直ちに然るべき医療機関において治療がなされる、こう考えてよろしいですね？」

「懸念には及ばない柏木君。我々は帝国国民一億二千万の保護に任ずる帝国陸軍だ。必ず然るべき措置を講じ、その任務を完遂するであろう」

「解りました、それでは遠からぬうちに」

回線が切られ。

山縣良子は微苦笑した。弱毒性だの総員健在だの、仕掛けてくれる。

しかし彼女は虚偽を述べてはいなかった。帝国国民一億二千万の為、封鎖区域内で殺処分という然るべき措置を講じ、必ずその任務を完遂する。柏木少年とやらは恐らく彼女を――彼女の決意を動揺させるその為だけに破廉恥な嘘を吐いた。賢い子供だ。その稚拙な攪乱がまったく功を奏さなかったとしても。最後の最後まで諦めないのはよい資質である。

その刹那。

コンソールを叩いていた管制官の松尾唯花曹長は、西満州軍のT-七二戦車が旅団規模で猛攻してきたかの様に叫んだ。

「戒厳部隊指揮官殿!!　現地司令部内は禁煙であります!!」

「そうだったな」

山縣良子中佐はむしろ調戯うように、セブンスターの匣を下士官に赴ける。

「どうだ曹長、一本やらんか」

「意見具申します!!　戒厳部隊指揮官にあっては、保険適用のある禁煙治療を開始されるべきであります!!」

「傾聴には値するな。松尾曹長、封鎖区域に動きは無いか」

「ありません!!」

「副官、しばらく頼む」

「了解であります!!」

山縣良子は近衛騎兵連隊副官の伊奈大尉にしばし現地司令部を委ねると、カルティエのライターを採り出しながら大型移動指揮車を離れた。剛毅なセブンスターの先端に、じんわり火を灯す。梅雨の微かな霧雨が、煙草の白い巻紙をグレイオブグレイに濡らしていった。

(それにしても)

帝国陸軍も変わったものだ。自分も確かに若い。異例、というほどではないが、抜擢(ばってき)、といえるほどのスピードで中佐にまでなった。だから帝国陸軍のどの連隊長より若い。その自分に無論、昔語りをする能力は無いだろう。

しかし山縣良子は、陸軍の首魁(しゅかい)と呼ばれる山縣公爵の娘である。それこそ三歳、記憶が回顧できる最初期から、陸軍軍人の姿を見、陸軍軍人に可愛がられてきた。佐官どころか将官すら、こぞって彼女の軍馬となって遊んでくれた。だから山縣良子は体験として、その肌で、陸軍軍人というものを知っていた。現役の陸軍大将中将であっても、彼女ほど数多(あまた)の将校と接したことのある将官はいないだろう。

(連隊長が差し出した煙草を、曹長が拒絶するとはな)

山縣良子としてはこの場合、すぐさまその軍刀を以て松尾曹長を斬首(ざんしゅ)しても面妖(おか)しくはない。軍隊という組織は——警察もそうなのだろうか——階級秩序こそがすべてだ。何故か。それは定義上混乱が想定されているからである。例えばいまこの刹那、近衛騎兵連隊が布陣している東京駅丸の内口広場が爆撃されたとしよう。誰が生き残り、誰が死ぬかは当然予想できはしない。しかし、残存勢力で軍隊機能を維持しなければならない。残存勢力を結集し、それを誰かが指揮しなければならない。ここで階級というものが無ければ、年齢であるとか、体格であるとか、あるいは学歴であるとか、非合理的なあるいは直ちに識別不可能なものをメルクマールとして指揮官を定めなければならない。そんなことをしているうちに、残存勢力も全滅であろう。指揮官が不在である上、敵前逃亡は銃殺、したがって撤退命令すら出せないのだから。

ここで。

階級、というものをあらかじめ与えておけば、事態が錯綜した場合におけるルールは著しく明確になる。最上位階級者のうち最先任者が指揮官、異議は認めない——だ。

軍隊というものは、だから、階級秩序こそがすべてなのである。これはイロハのイだ。したがって松尾唯花曹長の台詞としては、『はっ、頂きます!!』以外にはありえない。

（しかし、平成の御代では）

どうやら違う様だ。山縣良子は嘆息の如く紫煙を吐いた。しかし英国に遊んだこともある彼女は、ただそれを慨嘆している訳ではなかった。実戦を経験しない軍隊は官僚組織化する。官僚組織化すると、形式主義がはびこる。例えば——飽くまでも例えば、現地司令部は全面禁煙であるが、指揮官だけは黙認、といった悪しき形式主義だ。上に叛わず、下に厳しく。そうした動脈硬化を、特に陸軍は起こしやすい。海軍空軍はいわば誰もがスペシャリスト、すなわちそれぞれの技倆を以て組織に貢献しているが、陸軍は銃を与えれば誰もが組織の一員となる。すなわち組織のＤＮＡ上、特殊技倆の無い下が上に意見具申しづらい。するといつしか風透しの悪い、派閥と政争が跋扈する組織になる。それは当然、組織を腐敗させ、したがって戦闘力を弱くする。

まして、女性軍人は。

山縣良子は身を以て、軍隊でおんなが生きてゆくことの困難を知っていた。それは解らないでもない。戦闘力からして、おんなはおとこに敵しえないから。兵としては、絶対的におとこの方が望ましいのである。そのなかで萎縮せず戦えるおんながいるとすれば。

（松尾曹長か——むしろ陸軍には望ましいタイプの女性軍人かも知れん）

現在、帝国陸軍に山縣以外のおんな戦車乗りはいない。彼女の様に騎兵連隊——戦車連隊——にいても、整備・輸送・教導といった処に配置されている。が、山縣良子は女性こそ戦車乗りにふさわしいと考えていた。やりくちが女性的だからである。

（いつか自分の九〇式戦車に乗せたいものだ）

霧雨に濡れながら動いていた彼女が、いつしかその九〇式の近傍に至ったとき。

事実上の参謀である、中田尚久大隊長がゆっくりと駆けよってきた。

「連隊長殿ォ!!」

「おう、中田か」

中田少佐は踵を鳴らし敬礼する。山縣は優雅に答礼し、微かに頷いて発言を許した。

「戒厳司令官からの命令であります」

「聴こう」

「貴職の上申せる作戦計画どおり、六月十四日金曜日〇六〇〇を以て作戦行動を開始すべし。以上であります」

「満額回答だな」

「はっ」

「Hアワーの気象は」

「曇天ながら降雨無し。文部省中央気象台に確認致しました」

「実験動物輸送業者は確保したか」

「確保しております。大阪から埼玉まで、実験済みのサルを搬送する輸送車が確認できましたので、静岡の歩兵第三十四連隊に戒厳司令官の名で依頼し、これを徴発させました」

「何処からのサルだ」

「フィリピンであります」

「結構。運転手は？」

「そのまま駿府駐屯地に御逗留頂いております」

「当該輸送車はサルを搬入したまま首都高の西銀座ジャンクションあたりで遺棄。事故に見せ掛け、運転手はコミュニケーションが不可能な態様で車輛に残せ。サルたちは周辺に放つのだ。適度な数の——多からず少なからずの——目撃者がいる時間帯がよい」

「了解しました」

　中田少佐にはその謀略の目的がよく解った。現在のところ、エボラ・レストン一一〇五は封鎖区域から漏出してはいない。が、作戦を実行すれば、空気ちゅうを浮遊して拡散、封鎖区域外において発症者を出す蓋然性は捨て切れない。しかし、それを爆弾テロ対策名下に行動している近衛騎兵連隊、さらには東京鉄道ホテルと関連付けられる訳には絶対にゆかない。だとすれば、感染ルート（と疑わしきもの）を故意と作出しておくにしくはない。それには無論、サルがよい。蝙蝠でもよいが、メジャーではない。ましてフィリピン産とは。僥倖だ。

「……どうした中田、浮かぬ顔だが」

「連隊長殿には、敵いませんな……

　意見具申して、よろしいでしょうか」

「無論だ。私がおまえの意見を聴かなかったことが在るか？」

　恐縮です、と中田少佐は答えながら、ひとりの将校に合図をした。当該将校は教練の如く緊張感あるリズムでふたりに駆けよると、山縣良子に対し機械の様な敬礼をする。答礼をした彼女は襟許の階級章を見た。赤地が強く星三つ。

「第一〇一化学防護隊副官、美合大尉であります」

「戒厳部隊指揮官、山縣である」

「連隊長殿、美合大尉は……」

「……大宮からの注文か」

大宮に駐屯する軍務省化学学校隷下の第一〇一化学防護隊は、所謂ＮＢＣ兵器に対処する為の特殊な部隊であり、その地位は連隊にほぼ等しかった。ちなみに山縣良子が預かるのもまた（近衛騎兵）連隊である。

「本宿隊長から、山縣連隊長殿に、是非にとお願いがございます」

「本宿大佐殿には防護服の調達等で迷惑を掛けている。私でできる事なら聴こう」

「山縣連隊長殿、小職は本宿隊長の内意を受け、此処にＮＢＣ防護担架、及びＮＢＣ防護救急車を搬送して参りました。山縣連隊長殿にあっては、何卒、封鎖地域内生存者をこれらにより確保して頂きたいのであります」

「生かしておけ、ということか」

「はっ、そのとおりであります」

「理由」

「はっ、生存者にあっては、感染してなお発症しなかった者、すなわち抗体を有する者である蓋然性が認められます。また既に発症していても、一〇％以上の有意な確率で恢復する蓋然性も認められます。これらの被験者を研究することにより、世界初のエボラ出血熱治療薬を開発することが強く期待されるのであります」

「しかし大宮駐屯地にはＰ４施設があるまい」

「既に徴発した国立予防衛生研究所に搬送します。先方の内諾も獲ております」

「本宿大佐からの口上（こうじょう）は、以上か」

「最後に。

生存者にあっては、以降も想定される同様のバイオテロ対策に不可欠な被験者であるから、山縣連隊長殿にあっては、日本帝国の為、是非にも特段の御高配をたまわりたい。以上であります」

されば すべての人間的自然は終わり（ゼンオールザヒューマンワールドシャルエンド）、地上に生ける者は絶えてあらじ（アンドゼアシャルノットビーアリヴィングマンオンジアース）（*Pseudo-John, 9*）——

山縣は数秒ほども提案を顧慮（こりょ）しなかった。その返答はかぎりなく明確で。

「断る」

「しかし連隊長殿……」

「美合大尉とやら、本宿大佐にこう復命（ふくめい）願いたい。

山縣は戒厳司令官から、したがって陛下から戒厳区域の安寧（あんねい）と平穏を恢復（かいふく）する任務を與（あた）えられた者である。そして封鎖開始後、戒厳区域において発症者が皆無であるということは、小職の物理的封込めが奏功（そうこう）している証左である。したがって、この物理的封込めを最大限維持しつつ任務を遂行しなければ、他の発症者を誘発する虞（おそれ）、大である。よって山縣としては、それが生者であると死者であるとにかかわらず、封鎖区域から外に搬出することを断乎（だんこ）として拒否するものである。異議あらば戒厳司令官に申し出、あるいは陛下に上奏（じょうそう）されるがよろしかろう。

本作戦行動に伴う一切の責任は、不肖（ふしょう）この山縣が執（と）る。以上だ」

「……山縣連隊長殿、何卒!!」

「くどい」

「ですが」

「即時、戒厳区域から退去せよ。衛兵!!　美合大尉はお帰りだ!!」

——美合大尉はずるずると兵に排除されてゆき。

九〇式戦車の袂に山縣と中田だけが残った。山縣が煙草を出そうとする。中田はそれを雰囲気だけで制し、自らのショートホープを差し出した。ジッポーで着火する。

「……禁煙していたのでは、なかったのか？」

「たったいま、断念したところであります、連隊長殿」

「こんなものを吸っていたら、畳の上で死ぬぞ」

「連隊長同様、こうと決めたら揺るぎませんので」

「……嫌味か？」

「……何故わざわざ厳しい途をゆかれます」

中田少佐はむしろ戦友として、山縣中佐のことを知り盡くしていた。またそういう関係でなければ、戦車乗りとしてともに戦えるはずも無い。山縣は任務に狂ったファナティックな軍人でもなければ、任務を絶対至上のものとするビューロクラティックな軍人でもなかった。その山縣が、美合大尉の、ひいては本宿大佐の提案を真剣に顧慮しなかったはずは無い。いや、美合大尉が来る以前から——ひょっとしたら東京鉄道ホテルに臨場したその瞬間から——無辜の生存者を虐殺してまわることの是非を考えて考えて、考え盡くしていたはずだ。その山縣良子はしかし、何処までも平然とした外貌でいった。

「我々の任務に、楽なものは無い」

「真実が露見すれば、連隊長殿は」

「先刻述べたとおりだ。責任は執る」

「小職は連隊長殿に、死んで頂きたくはない。生きて、陸軍の改革に努めて頂きたい。また、たとえお望みの態様で責任をとられたとして、連隊長殿の名誉は徹底的に」

「軍人が死を恐れて俸禄（ほうろく）が受け獲（と）れようか。指揮官が悪評を恐れて兵を死地に赴（む）かわせられようか。

それが肉体的な死であろうと、社会的な死であろうとルールは変わらん。また変えてもならん。私は
それが軍人としての、最低限のモラルであると確信してきた。そして、これからも」

「ならば純粋に作戦の観点から意見具申します」

「フフフ……稀（めずら）しいな中田大隊長、今宵は自棄（やけ）に饒舌（じょうぜつ）だ」

「既に防護服着脱訓練は終えております。突入部隊は、さしたる困惑も無く封鎖区域内で任務を遂行できるでしょう。

しかし連隊長殿、目標はヒトではありません。不可視の、致死性の、空気感染する虐殺者であります。

だからこそ防護服が必要となります」

「それはそうだろう」

「分隊員はすべて防護服を着用して突入します。

此処（ここ）で。

もし死体を処理するのなら、分隊員が相互に連携し最大限の注意を維持すれば、防護服が破損することはまずありません。そしてもし生存者を搬送するのなら、これもまた防護服が破損するリスクは少ない。精神錯乱は警戒すべきですが、救助者に対して、鋭器（えいき）で攻撃を加えようとする者は、少なくとも日本帝国では想定できませんから」

「生存者が我々の作戦計画を想定していれば解らんぞ？　決死の抵抗をするはずだ」

「それなら赤十字を着け、担架を見せれば済むこと。それで沈静化します。しかし……」

「銃器を用いることは、危険だ……そう言いたいのだろう？」

「御明察のとおり。防護服では視界も制約されます。混戦になれば、兵の防護服が銃弾を受ける蓋然性

がある。そしてそれは、死への片道切符です。仮に銃器を用いないとしたところで、殺処分の方法は戦闘短刀、あるいは薬物注射器によらなければならない。ナイフの危険性は論じるまでもありません。そして注射針によってもし防護服に針穴が開けば、其処から一億以上のエボラ・ウイルスが侵入を開始します。ちなみに、撲殺等では結果が即座に確定しませんし、むしろ汚染血液を大量に撒布することにもなりかねません。

　したがって純粋に作戦の観点から意見具申すれば、少なくとも生存者は抵抗を封じる策を講じた上、できうるかぎり密閉して封鎖区域外に搬出するのが理想的です。そしてその搬出先は、レベル4に分類されるエボラ・ウイルス及びその罹患者を隔離・治療・研究することができる日本帝国唯一の施設、国立予防衛生研究所しかありません」

「貴職は美合大尉の建議に賛成するということだな？」

「小職は連隊長殿の御命令に遵います。ただいまのは作戦上の意見具申であります」

「ならば私の判断を述べよう。

　中田、おまえの意見具申は却下する」

「了解しました、連隊長殿」

「我々は東京鉄道ホテル封鎖以来、防護服着脱訓練、防護服活動訓練を実施してきた。突入部隊の練度は作戦計画に必要な水準以上のものとなっている。たとえ銃器を使用したところで、不測の事故を発生させるとは考え難い。

　また。

　封鎖区域内において、非感染者すなわち排菌しない者と、感染者であってなお生存している者の識別は直ちに出来るものではない。本作戦はできうるかぎり迅速果敢、短時間のうちに終了させなければならない以上、その様な識別、あるいは看護に割ける時間は無い。

したがって。

私は生存者・非生存者という分類を採用しないこととした。

中田よ、封鎖区域内に存在するのは既にヒトではない。ヒトのかたちをしたウイルス爆弾、それ以外の何物でもない。そして爆発物は処理すべきものであって、救出をするものではない。

以上が却下の理由だが、さらに申し述べたいことはあるか」

「ございません、連隊長殿、ですが……」

山縣良子は、中田少佐が自分に深く同情していることを理解した。その忠誠心。それは指揮官として嬉ぶべきことではあったが、それがいま以上に横溢するならば、軍隊機能と彼女の決意にとってむしろ有害となるだろう。非人間的であること。それもまた、戦地における指揮官に必要な演技であった。だから、彼女は偽悪的にいった。

「……どうせ、血塗られた途だ。

大隊長。

封鎖した鉄扉の外部に、陰圧の最終準備区域は設置し終わっているな？」

「はっ、熱可塑性特殊エラストマー等で防壁を構築、エアロックとしております」

「よろしい。

作戦計画どおり突入部隊として四個分隊を編制。エアロックにて防護服を確認後、封鎖区域北側、及び南側の鉄扉に最小限の侵入口を開け。直ちに一個分隊ずつ同時に内部侵攻、目標をすべて確実に無力化し、隔離容器に封入するのだ。残余の二個分隊は防護服着装準備のまま直近客室で待機し、事故者・疲弊者と適宜交替させろ。その判断は北側・南側両突入部隊指揮官に委ねる。目標の処理を終えたらば、紫外線投光器をすべて投入し、かつ、エンヴィロケムによる除染作業を開始せよ。

なお、逃亡者の絶無を期する為、所期の位置に狙撃班を配置。

そして万一、最悪の事態に至ったときは」

「了解しております。対戦車ヘリ（コブラ）により封鎖区域をふくむ周辺区域に対し、無差別にナパーム弾を投下するとともに、換装（かんそう）した九〇式戦車により徹甲焼夷弾（てっこうしょういだん）を発射します。当然」

「投下区域によっては、現地司令部の我々も、だな……フフフ。

明治最後の子と燃え果てるのもまた一興（いっきょう）。

明日〇五四五（マルゴーヨンゴー）までには配置完了、予定どおり〇六〇〇（マルロクマルマル）、作戦開始だ」

「了解であります。各級指揮官に伝達します」

「酒と煙草の準備は、大丈夫だな？」

「御命令どおり調達しております」

「さらに必要であれば予算などかまわん、どれだけでも飲ませてやれ。特に突入部隊は充分に休息させておくのだ」

「了解であります。それから」

「ん？」

「実は美合大尉を依然、作戦区域に待機させております。まだ橋は焼かれておりません」

「……気遣いには感謝する」

「出過ぎたことを致しました」

「いずれにせよ、明日。

帝国の栄華の象徴、東京駅薔薇煉瓦（ばられんが）駅舎を解放し、帝国政府に我等のちからを誇示するのだ」

――東京鉄道ホテル、メゾネット・エリア八一号室。

かつて修野まり達が使用していた客室。

厄災後（やくさい）、宇頭元帥と東岡崎警視が使用し、そして死亡した客室。

此処（ここ）で国府ベルボーイも炸裂した。したがって、此処には三の遺体がある。

だがそれは、峰葉実香を恐怖させはしなかった。

彼女もまた、この悪疫の終末期に極めて近づいていたからである。いずれにせよ、この客室――ウイルスの赤黝（あかぐろ）い海――に入ることは、既に感染者である彼女にとって何の危難でもなかった。

彼女が此処に、来た理由。

それは、彼女が最も愛するもの――あるいは最も愛するもののひとつ――の為だった。

（八一号室には、まりが搬入してくれたグランドピアノがある）

頭痛、眼痛、嘔吐、下痢。血の涙、血の洟（はな）。ずるりと崩れてゆく様な肌と軀（からだ）。四〇度近い発熱。そして何よりも、ゆっくりと、しかし確実に混沌としてゆく意識。

それでも峰葉実香は、八五号室を出たその刹那から、凜然（りんぜん）と美しい勁草館の夏セーラー服を、微塵（みじん）も揺るがさず此処まで来た。

（せめて最期に、ピアノが弾きたい）

それは既に妄執（もうしゅう）といえるものだったかも知れない。しかしこの妄執あらばこそ、いまこの瞬間も峰葉実香は峰葉実香で在り続けているのだった。彼女にとっての死とは生物学的なそれではなく、自らの思考と挙措（きょそ）が凜然としたものでなくなることであったから。その意味で、彼女のプライドはある種の精神異常であるともいえた。

グランドピアノの蓋(ふた)を開き、椅子に座ってたかさを整える。楽譜を開く。これまで幾千と繰り返してきたその儀式はしかし、峰葉実香らしい風紋を圧倒的に欠いていた。

（指が……何処まで動くか）

それでもこの刹那に至るまで、峰葉実香の辞書に妥協は無かった。

彼女は当然の如くショパンを弾くつもりだった。そして彼女の指が、鍵盤に落ちる。

もし聴衆が生きていたなら、その無謀ともいえる緊張感とクレッシェンドに愕然(がくぜん)としたであろう。

（あたしが、ポロネーズでいちばん、好きな曲……）

ポロネーズ第五番、嬰(えい)へ短調。

知らない者のこころをも、きっとたちまち虜(とりこ)にするはずだ。雄壮でいて悲劇的。燃えている様で泣いている。単純な慟哭(どうこく)や哀愁ではない。其処に媚(こび)は微塵も無い。燦(きら)めく海の様で、軍人の闊歩(かっぽ)の様で、月が零(こぼ)す涙の様だ。この、ポーランドの悲劇的な歴史を歌ったポロネーズの名曲はしかし、誰もが経験する人生の苦難と自然にシンクロする。

（こんなに、腕が、重いなんて）

しかし彼女はそれを徹底的に酷使した。絶叫はしない。同情も求めない。ただ、激烈でなければ、それは峰葉実香のピアノではない。彼女は初めてこの譜面を追い掛けた七歳の頃から、この悲劇を激烈に歌うことをやめなかった。

それにしても。

こんな神様のような曲を、つくるなんて。

峰葉実香は、秀才だった。学業でも、ピアノでも。努力して努力して、天才と呼ばれる人々の列に喰いついてきた。どんなに疲れても。どんなに滑稽(こっけい)でも。自分には、努力して秀才でいられる、その程度の能力しか無いことがもう、解っていたから。

だから峰葉実香は、思う。

ショパンは、天才だ。

正直をいえば、彼女は嫉妬をすることがある。努力の必要なく、天賦の才を有する類の人々に。世界は理不尽で、不平等だ。自分が数年努力を重ねなければならないことを、たった数日でこなしてしまう人がいる。

そんな彼女が唯一、激甚な努力の結果ではあるが、天才に最も接近できる領域、それがピアノだった。だから彼女は幼稚園以前から弾き続けた。弾き続けて弾き続けて、弾き続けて。

それが、ショパンの様な天才への途だと、祈って。

しかし彼女は、まだ見ていない。彼女の希望の、その先を。

(こんな処で……こんな処で、死ねない)

最後の和音を終えて。

彼女は鍵盤の上に崩れ落ちた。

(せめて、御月様でも見られれば、いいのにね)

其処で峰葉実香は、はっと我に帰った。彼女の思考が混沌を脱し、明晰になる。

窓。

外が見られる窓。

あたしは莫迦だ。まりのこと、すっかり忘れていた。

修野まりは、徹底的なおんなだ。実行するといったことは、必ず実行する。そして彼女は指示していた。窓を破って、あたしを救出すると。八五号室の、新幹線ホームが見える窓を破れと。爆発音がしたときに、行動を開始する様にと。有難いことにまりはまだ作戦を開始してない。あたしはまりのイヤリングで、その刹那、窓を爆破しなければ――

そしてまりはあたしたちが徹宵していることまでは期待できない。確信できない。

明朝だ。

どんな些細な異変でも察知して、まりの與えた任務を達成しなければ。きっとそれが、あたしたちの救出作戦の口火なのだから――

峰葉実香は、宇頭元帥その他の瞑目した聴衆に、挨拶をした。

（御静聴、有難うございました……宇頭元帥、また神保町めぐり、したかったですね）

三人の遺体に頭を垂れる。

頭を上げた刹那、彼女の大脳新皮質は最大のパフォーマンスを始めた。

三人の、御遺体――

（あたしは莫迦だ、何てこと!!）

四分三十三秒後。

峰葉実香は、すべてを理解した。

より正確には、すべてを理解したと、思った。

――JR東海東京駅、新幹線ホーム十四・十五番線。

最も丸の内側の新幹線ホーム。

「それでは、御承諾いただけるのですね」

「奥平伯爵と、修野子爵令嬢の御依頼とあらば是非も無い。警視庁から『おおぞら』一機、埼玉県警察部から『むさし』一機、これでよろしいか」

「感謝致します。それぞれの飛行ルートについては、先架電のとおりに」

「山縣公爵は激怒するでしょうな——御約束の方は」

「遵守(じゅんしゅ)致します。必ずや島津公爵に、御依頼の旨、実行して頂きます」

「それでは」

既に閉じたキオスクの、緑の公衆電話に受話器が置かれる。

修野まりは、梅雨(つゆ)の雲が闇夜を流れるそらを見上げていた。

(雨がある方が、やりやすいのだけれど)

彼女はすべてのカードを整えていた。あとは、時間。

山縣良子の精神を統御して、生存者を救出させることは困難では無かった。良子もまた惑(まよ)っていたから。無理な軌道修正はまったく必要ない。自然な態様でまりの希望を承諾させることは、やろうと思えばできた。

しかし、やらなかった。

やらなくとも対処できる。

だから、やりたいようにさせる。

しかし、徹底的に妨害する。少なくとも、生存者は此方(こちら)で頂戴する。

——実香。

薔薇煉瓦(ばられんが)駅舎は夜の闇に深く眠り、その全貌すら明らかでない。

八五号室、八重洲側の窓の爆破。すべてはそれからだ。

この新幹線ホームへの立入りは、二十四時間フリーパスにしてある。これは、愛知県に所領を有する修野子爵令嬢としては精神統御を用いるまでもない。ＪＲ東海の豊橋善一東京駅長が、どこまでも便宜を図ってくれる。そして、それを最大限濫用して、彼女の打撃部隊は封鎖区域のかくも近くに集結を終えていた。

　そして彼女が獲た情報によれば、Ｈアワーは〇六〇〇（マルロクマルマル）。

（四十分で、終わらせる）

　しかし、その修野まりにも。

　東京駅薔薇煉瓦駅舎において、まさに探偵劇の幕が切って落とされようとする処だとは、露ほども分からなかった。

劇場より　其の壱

御鑑賞ちゅうの御客様に御案内申し上げます。

ここで古典的本格探偵小説の儀典に遵（したが）い、所謂（いわゆる）読者への挑戦を実施します。

物語世界が凍結されたこの段階において、峰葉実香及び柏木照穂は、それぞれ、東岡崎警視、池鯉鮒医師、今伊勢侯爵を襲撃した殺人者Ｍを特定するにたる事実の入手を終えました。次章の照明が灯るとき、まず峰葉実香による殺人者Ｍの指摘が実行されます。

当方からの出題内容は、次のとおり。

峰葉実香は、誰を、殺人者Ｍとして指摘するのか――

御検討いただける方には御検討いただき、

物語を急がれる方には趣旨のみ御理解いただき、

それぞれ御都合のよろしい時に、休憩時間に入ってください。

なお、御検討いただける方にあっては、次に掲げる事項に御留意下さいますよう。

第一、この段階における挑戦は、東京鉄道ホテル連続殺人事件の全貌を対象とするものではないこと。

第二、峰葉実香及び柏木照穂が入手した情報のみでは、依然として解明できない事件があり、それはこの出題内容にはふくまれないこと。

以上、劇場からの御案内でした。

休憩3

——宮城（きゅうじょう）。

　宣陽殿南廂（ぎようでんみなみひさし）、議所（ぎしょ）。

　閣議（じんのさだめ）が終わり、公卿たちが典雅に退出してゆく。瑠璃色（るりいろ）の月が、艶（なま）めかしい。

「左大臣（ひだりのおとど）」

「右大臣（みぎのおとど）か」

　簀子（すのこ）の濡れ縁で薄紫の袍（ほう）を纏（まと）った筆頭閣僚（プリムス・インテル・パーレス）を呼び止めたのは、ひとしく薄紫の袍を纏った次席閣僚であった。この薄紫は、ふたりが王朝官僚ピラミッドの実務大臣としては、最高位の二位であることを意味している。確かに現在の左大臣は正二位、右大臣は従二位を賜（たまわ）っていた。これら左府・右府の上には、既に皇太子ならぬ皇太子とでもいうべき権威と権勢を有する一位の太政大臣（おほいまつりごとのおほまへつぎみ）しかなく、それはもはや帝にかぎりなく近い。閣議にも出席しないし、むしろ閣議の結果を帝と評定（ひょうじょう）する、そんな極官である。

　これを要するに。

　異様にも回廊で閣僚会議を開始したふたりは、地球圏における実務の最上級責任者であった。そして帝は、太政大臣は無論のこと、左大臣、右大臣、内大臣の四者に輔弼（ほひつ）者のうち最も枢要（すうよう）な重責を担わせていた。公卿達はこの四者を尊（たっと）び、嫉（うらや）み、そして何よりも絶対的な恐怖を感じてこう呼んだ——四大実力者、四大御使（みつかい）と。

　その四大顕官のひとり右大臣は、扇をはたはたと翳（かざ）しながら妖（あや）しく微笑んだ。

「女童が、有実を手に獲れたとのこと、重畳　至極」

「既に右府、いまひとりの女童が御伽這子をとらえておる。すなわち残余の神器は、五種」

「確か、有実は木偶人の愛欲をつかさどり――」

「――御伽這子は木偶人の人格をつかさどる。りんとこととえば、有実はヒトの愛情と欲望を、御伽這子はヒトの記憶と幻想を統御するのだがな」

「左府、神器七種はこぞりて」

「うべしこそ。木偶人の精神をわれて改換する奇跡の祭具よ――

　さはいえど神器も、此処至高界、高天原もみながらに、主上と太政大臣とがしいだせるシステムにて、その全貌は臣とてはくぢ同然よ」

「妾はきのうきょう、感じるのですけれど」

「卿にして憂慮するゆめのまどいが在ったか」

「お戯れをおおせかきますな――主上は」

「主上は？」

「ねんじわびておられるのでは、ないかと」

「……ふむ。神器に頼らぬということか」

「左様な事が能うものでしょうか」

「……あだては無くもない」

「というと」

「もとより主上の御聖旨は、神器にて橋をば架け、神器にて木偶人をまさに奴隷とさらがえさすことに在る。が、木偶人は宇宙を旅しつつある。我等が至高界をみつくること、あながち散楽言と物笑いする訳にもゆくまい。さもあらば、あらぬあだてをもちゆること、はたまた無いとは申せぬ」

「して左府、そのあだてとは」

「神器をほどこさぬならば、もろのたづきが在る」

左大臣は、右大臣が既にそれを調べ上げていることを知っていた。しかし実態を教えた。ふたりの関係は悪くない。右大臣よりも今は、たかが四位(しい)風情の身で帝の寵愛を獲(え)、今をときめいている蔵人頭(くろうどのとう)、あの傲慢無礼(ごうまんぶれい)な若輩者。あの帝の官房長官に痛撃を加えるには、右大臣の助勢が必要であろう。そして噂に聴く処では、蔵人頭は帝の憂慮を慮(おもんぱか)ってか、あの至高界禁断の、拉結爾呪法典(ウイチグス)まで紐解(ひもと)いて、神器以外の手段を模索しているらしい。そして右大臣が神器以外の手段に深甚(しんじん)な興味を有しているというのなら、その実態をむしろ暴露することが、蔵人頭への牽制(けんせい)につながる。右大臣がそれを実現しようと謀(はか)るなら蔵人頭は競争相手となるし、その実現を妨害しようと決意するなら蔵人頭は敵対者となる。いずれの事態も、左大臣にとってメリットこそあれ、デメリットはほとんど無かった。

「第一に、拉結爾呪法典(ウイチグス)を使うあだてが在る。詮(せん)ずる処(ところ)、此処(ここ)至高界において、木偶人とは異なる肉を——軀(からだ)をいまさらに土(アダマ)から揺るがし出すことだ」

「左府、なれどそれは」

「禁忌が上にも禁忌。卿も当然知っておろう、至高界は悉皆(しっかい)これ烏羽玉(むばたま)之夢、此処に肉在る軀(からだ)を有する者はひとめなし。主上(おかみ)すらも。ありありて至高界は物理的侵襲に極めて弱い。其処(そこ)へ新たな似姿(にすがた)を、たとえその肉を空蟬(うつせみ)として求めるとせよ、こむとせば」

「案に違(たが)う似姿が諍(あらが)い荒(あら)ぶ蓋然性が無視できない」

「わずか一匹で、至高界が滅亡することもあろうよ」

「して左府、いまひとつのたづきとは」

「第二に、馬利徳蓮黙示録を使うあだてが在る。馬利徳蓮の後姓は、主上その御方すら受胎する異能を有するのだ。しかすだに、その血胤ならば誰でもかまわぬという訳ではない。その血が最も我等の精神に感応する者でなければならぬ。あまりさえ、特定の歳、特定の月、特定の日、特定の刻でなければ受肉の秘蹟は起こらぬ。また起こした処で、軀を獲るのはすこしくひとり」

「すなわち実際的では無いと」

「神器に競ぶればな。神器ならば木偶人をすべて統御できる。なれどこのあだてでは、けだしくも主上その御方が受胎に至るとせよ、木偶人はさながら残るだけだ。

　ちなみにこのあだてでは――

卿が馬利徳蓮の後姓に、そのさいわいなるを詔げ知らせる。黙示録の手続にはそうある。帝の民、その代理人も目にし密かに動き始めたとか」

　此処で、右大臣の瞳が妖しく耀いた。が、左大臣は故意とそれを無視した。

「よく理解できましたわ左府。我等に許されたのは、神器による儀式のみだということが」

「噱貌右府」

「はい」

「主上は――我等が天帝、と呼ぶその御方は――我等のこころすべてを読解できる。卿がもし、蔵人頭の如く稚拙な試みをするならば、ひと刹那の裡に聖廟から人格情報が削除されよう。このこと肝に銘じることだ」

「こころくばせ冥加無く存じますわ、拉斐左府」

休憩4

前略

この手紙があなたの瞳に触れることは、理論的にはありえません。

もし此処から生きて出たならあたしが破る。

もし此処で虐殺されたならあたし諸共焼却される。

だから。

これはあなたを想定して書く、あたしのこころ。とどくあてのない手紙です。

まず、謝罪から始めなければなりません。

あたしはあなたの親友である柏木君に、非合理的な八つ当たりをしました。

詳細は措きます。意味がないので。

あたしたちは、蝶の標本を発見しました。ザルモクシスオオアゲハっていつかの蝶、解るかしら。あなたは衒学趣味のひとだから、ひょっとしたら憶えているかも知れません。知らなかったときの為にいえば、そうね、あなたの真似をしてみると、シュタインメッツ・ピンクダイヤほど稀少で貴重な蝶です。

その標本を、みたとき。

あたしは怒りを止めることができなかった。だから何の関係も無い柏木君を責め立てる様な発言をしてしまった。あたしはそれをとても恥じています。こころから。

あたしが怒ったのは。

あたしも、そういう種類のヒトだから。

姫山のあたしの家の隣は、キャベツ畑でした。もうアパートの群れになっていますが。

ブラウニングの様な春の朝には、紋白蝶（モンシロチョウ）がそれはたくさん飛んでいて。

稀少でも貴重でもないでしょう。でも、それは綺麗だった。あたしは魅了された。

そして幼稚園児だったあたしは、網で一匹の紋白蝶、いちばん可愛かった紋白蝶をつかまえて、自分の部屋に持ち帰った。そこで網から放った。春の日射しのなかで、あたしは嬉しかった。素敵だったから——そして十八歳のいまでは解る。

支配できたから。

可愛いと思う自然を、支配できたから。あたしは真珠を愛でる様に、蝶が舞うのを愛でた。そして、莫迦ですね、それがいつまでも舞ってくれると思っていた。

もちろん、そんなことはありません。

翌日には、穢（きたな）い蛾の死体の様になって、本棚の傍（そば）に朽ちていた。

誰もが持っている原体験なのかも知れません。

けれど、あたしは。

自分を恥じた。素敵なものを無理矢理とらえて虜（とりこ）にし、あげく殺してしまった自分を。

無論、ヒトは他の動物を殺さなければ生きてゆけません。それが植物であっても同様でしょう。だからあたしは、少なくとも十八歳のいま、必要なかぎりにおいて鯨を殺すことも、イルカを殺すことも是認しますし、ベジタリアンというライフスタイルに疑問をいだいています。誤解しないで。鯨を、イルカを、牛や豚を殺すなという考え方は理解できますし、たとえ植物のいのちというものを無視しているにせよ、ヒトには自分の食生活を決定する自由があります。それを否定する訳ではありません。ただ、あたし自身は、そうした考え方を採用しない、それだけのことです。

しかし、いずれにせよ。

ヒトが生きる為に必要でないのに、他の生命を虐殺するのは最悪の人間至上主義だと思います。そしてあたしは無実の紋白蝶を愛玩(あいがん)の為に殺すことで、既にそれを実践してしまっているのです。

だから。

まるで鉱物のごとく、殺した蝶を集め、人為的な加工をほどこして標本にし、コレクションとして自慢気に飾る——そのことがどうしても認められなかった。そこに必要は無いから。そこに幼稚園児のあたしがいたから。だから柏木君に激しい言葉で喰って掛かってしまった。

柏木君は、あなたの無二の親友。

あたしはどうしてもそのことを謝りたかった。


それから。

あなたと、あたしのこと。

くしくもここ、東京鉄道ホテルから始まり。

そして、あなたの部屋で。音楽準備室で。

あなたはあたしを求めた。

あたしの肉を、軀(からだ)を。

そのことを指摘したとき、あなたはいった。

それが軀であろうと魂であろうと、ルートの違いに過ぎないと。あなたはあたしのすべてを望むと。

もしあたしがあなたを真実愛しているのなら、どのルートから頂(いただき)を目指しても問題は無いはずだと。軀の望みを拒否するのは、さかしまに、軀の桎梏(しっこく)に執拗(こだわ)っている証拠だと。

そうかも知れません。

けれど、あたしはあなたに許したくない。

何故かを言います。

紋白蝶の話を、しました。

まりにすっかり、見透かされてしまった。中学二年生の時に。

あたしは、真実愛したものを手許に抱いて離さないおんなだと。あたしは、真実愛したものになら、何処までも溺れてゆくおんなだと。

そのとおりです。

ずっと、あたしは恐かった。いまでもあなたが恐い。

そして、何を恐怖しているのかが、解ったのです。

あたしは海で泳ぐことが恐いのではなく、海で我と自ら溺れようとするヒトだから恐いのだと。換言すれば、とことん愛したのなら、とことん独占して、とことん溺れてゆく。あたしはそういうタイプのおんな。あたしのピアノに対する溺愛がそれを証明しています。

だから、何処かでセーブしてきた。

あなたを愛することを。

あなたを独占し、あなたに溺れてゆくことを。

それはまたあたしに虐殺をさせ、あたしを絶望させるだろう。そんな結果を予想するからこそ、あたしはあなたに許さなかった。最終の一線を、許さなかった。

あたしはここで、死ぬ。少なくとも、死ぬ蓋然性が極めてたかい。

それに鑑みたとき。

自分の決断が真実正解だったのか、惑う。

自分があなたの誇りを傷付けてしまったことを、憂う。

でも。

峰葉実香が峰葉実香であるかぎり、途(みち)はおなじだった。それは確実。

こんな奇矯(ききょう)なおんなを愛してしまった、あなたの身を呪うしかない。峰葉実香は、自分自身では変われないから。

それでも。

あなたほど……あなたほどあたしのこころにあざやかな風紋を描いたヒトは、いなかった。それも事実。その風紋が、ひょっとしたら峰葉実香という在り方を、変えてくれたかも知れない。あたしたちに、その先を一緒に見詰める猶予(ゆうよ)がもし、あったなら。

いずれにしても。

あなたと邂逅(かいこう)したことは、あたしのたからものです。

たとえあたしたちがまだ、おとことおんなでないとしたって。

……もう、お歌を交換することは、できないでしょう。

あたしはすべて憶えている。

ここに記すことで、あなたとあたしのこれまでを残し、そしてあなたとあたしのこれからを夢見たい。

生きていたら、そうね、もう少しだけ、一線に近づいて、みてもいいわね。

勁草館で、会いましょう

古野

右の爪に残る香りは朝五時に旅立つ君のオ・ルヴォワール
返し
それもそう自分自身で決めたこと御免だなんて侮辱しないで
古野（古歌）
しなてるや鳰(にお)の湖に漕ぐ舟のまほならねどもあい見しものを
返し
重なればすべて虚しく腐りゆくこの唇もその唇も
峰葉
こころなんて解らないから灯を消して粘膜の声聴いてみたいの
返し
君はまた完全武装で去ってゆくバスルームに櫛ひとつ残して

草々

第4章

1　ベルボーイのお誥(つ)げ（峰葉実香の告発1）

あたしは、アンティーク電話の受話器を外した。丁寧に隠蔽(いんぺい)されているスピーカーホンのボタンを捜(さが)し、オンにする。すぐに柏木君のマイクテストが聴こえた。ベルモント長官が米語で試行する声も。あたしはアンティーク電話を放置したまま幾語か喋(しゃべ)る。ふたりが感度良好である旨、返答してきた。

——六月十四日金曜日、午前二時。

あたしの執拗(しつよう)な依頼で、電話会議が開催されることになった。

八六号室上階の柏木照穂。

八二号室のベルモント国務長官。

八五号室の葉月鳴海頭取・峰葉実香。

つまり確認されている、東京鉄道ホテル封鎖区域の生存者、すべてを擬似的に集めて。隔離状態を維持する為には、物理的に接触する訳にはゆかないから。

オンフックの内線電話では、八五号室で受話器を持たない者が会議に参画できない。さいわいにして、メゾネット・エリアのアンティーク電話はスピーカーホン機能を有していたから、これら三室の電話機で当該機能を活用することとした。マイクとスピーカーはいずれも高性能、あたしたちはアンティーク電話自身から二、三メートル離れても、自然な態様で会話できる。もっとも、ベルモント国務長官には米語の即時通訳が必要で、それは当然、柏木君が務めることとなっていた。

やがて。

探偵劇の緞帳が上がるのを詰げる、柏木君の声が。

「峰葉さん、御所望のとおり舞台は整った。最初の台詞は当然、峰葉さんだ」

「解っています――」

最初に、ベルモント国務長官にお詫び致します。御病状既に重篤なか、しかもこの様な非常識な時間帯に御出席いただきましたこと、深く感謝します」

「ミネバさん、私は」とベルモント国務長官。「あなたの熱意に絆されただけ。会議の議事内容については、まったく承知してもいないのだけれど」

「ベルモント国務長官、葉月鳴海です」

「葉月頭取、これはあなたの御希望でもあるのですか」

「私は実香ちゃんを信頼しています。そして、この会議がそう、穢らわしい東京鉄道ホテル連続殺人事件の混迷と混沌に秩序をもたらすことを、確信しています」

「ベルモント国務長官。そして、御列席者の皆様。

あたしは先刻、ただいま葉月鳴海頭取から御指摘のあった東京鉄道ホテル連続殺人事件、その殺人者Mを指摘するにたりる論拠を見出しました。

この電話会議の主題はそれです。

すなわち、誰が東岡崎警視、池鯉鮒医師、今伊勢侯爵を殺したか」

「……ミネバさんに警察官の、いえ探偵の才能があるとは知らなかったけれど」

「あたしに警察官や探偵の才能があるかどうかは興味ありません。

あたしはただ、真実を最初に知った者が、この破廉恥な犯罪についての検察官を務めなければならない——そう考えているだけです閣下」

「ならばその犯人、殺人者（マーダラ）Mとは誰なの？」

「此処（ここ）であたしが率然とその名を指摘しても、御列席各位の御賛同は獲（え）られないでしょう。ですから迂遠（うえん）ではありますが、あたしが何故、当該者こそが殺人者Mだと確信したか、その論拠を挙げてみたいと思うのです」

「興味深いね峰葉さん、とても——それで、当該論拠とは」

「概説して三、あります。

第一、国府ベルボーイの御遺体。

御列席各位にとって充分御案内のとおり、此処（ここ）、東京鉄道ホテルで最初に炸裂したのは神保糊道氏、次に炸裂したのが国府毅彦ベルボーイさん。そしてこれも御列席各位にとって自明の事実ですが、神保糊道氏の御遺体は、この作家さんが当初から使用していた客室すなわち八四号室で隔離されていますし、それは現段階においても変わらないと思います」

「現段階において変わらないことは、昨日も八四号室を確認した僕が裏書きするよ」

「柏木君あなた!!　その躯（からだ）で八四号室に!?」

「峰葉さん、どうぞ続けて」

「……自殺行為よ……もうやめて頂戴、絶対に。あたしたちの心臓に悪過ぎる。

けれど有難う、これで神保糊道氏の御遺体の在処（ありか）は歴然としていることが証明されました。それならば。

国府ベルボーイの御遺体は何処（どこ）にありますか？

国府ベルボーイは、神保糊道氏炸裂後、あたしたちが隔離のルールをつくったとき、池鯉鮒医師と一緒に八三号室を隔離病室として指定されました」

「正確にいえば」と柏木君。「八三号室メゾネット階上、だけどね」

「まさしく。

　そしてその経緯・動機は当面措くとして、国府ベルボーイは何故か八三号室階上から、池鯉鮒医師の眼をかすめ、宇頭元帥らが隔離病室としていた八一号室階下に侵入して、そこで炸裂しました。単純な言換えですが、国府ベルボーイは結論として、八一号室階下で亡くなった訳です」

「……そうだったの実香ちゃん、私、それは知らなかった」

「それは自然だと思います。何故ならあたしは柏木君から聴いたので。

　すなわち宇頭元帥がこのことを——国府ベルボーイが八一号室で炸裂したことを——率直に教えたのは、柏木君だけだから。宇頭元帥が八一号室における炸裂という異常事態に直面したとき、まず考えたのは八一号室の徹底隔離だった。そのことはすべての生存者に電話で伝達された。以後絶対に八一号室へ入ってはならんと。しかし、実際にどの様な事件が発生し、その結果八一号室がどうなったのか、これを具体的かつ詳細に教えられたのは柏木君、ただひとり。これについては」

「宇頭元帥自身が電話で明言してたよ。それについても、僕が裏書きしよう」

「と、すれば。

　当時の生存者は、国府ベルボーイが八一号室に侵入したことも、其処でそのまま炸裂したことも、したがって御遺体はそのまま八一号室に隔離されたことも、知らなかったことになります」

「けれどミネバさん、仮に宇頭元帥が、同様のことを他の生存者に教えていたとしたら？」

「それは想定できません。第一に、宇頭元帥の電話については今、柏木君が裏書きしてくれました。第二に、宇頭元帥が『第二の炸裂が』『本来の隔離病室以外で発生した』などという、残存生存者を混乱と恐怖に陥れる様なことを、わざわざ御説明なさるはずがない。同室者の脱走には気付き、情勢を推測したであろう池鯉鮒医師にも、です。此処で、国府ベルボーイの侵入と炸裂は、明確に何らかの謀略。さもなくば、直近に池鯉鮒医師がいるにもかかわらず、既に精神錯乱を起こしていた国府ベルボーイがわざわざ八一号室へ侵入する理由がないので」

「実香ちゃん、でも、精神錯乱を起こしていたからこそ、非合理な侵入をしたんじゃないかしら」

「此処であたしは柏木君から聴いています。国府ベルボーイの最期の言葉は『閣下の――救けて下さい――薬を――注射』であったと。つまり精神錯乱を起こしつつ、『薬』『注射』を『閣下』に求めて、国府ベルボーイは八一号室へ侵入した。

しかし。

エボラ出血熱に治療薬は現在、絶対に存在しません。

と、いうことは。

誰かがその存在を、そしてその所有者を――無論虚偽千万ですが――国府ベルボーイに教唆したことになる。さもなくば、繰り返しますが直近の池鯉鮒医師に縋らないはずが無い。ここで、この論点を深甚に検討する愚は避けます。あたしの論告には不必要なので。

此処であたしがいいたいのは。

この様な国府ベルボーイの台詞自身が何者かの謀略をまさに証明するものであり、それは明晰な軍人である宇頭元帥にすぐさま察知され、したがって宇頭元帥は無用の混迷を回避すべく、当該謀略について――国府ベルボーイの怪訝な死の実態について、執拗に質問をした柏木君以外には語らなかった、これもまた事実と認めるべきだ、ということなんです」

「確かに冒頭で仰有ったとおり迂遠ねミネバさん。私が知りたいのは、それら結論から、どの様な実際的命題が導かれるのか——これだけなのだけれど？」

「では直截に申し述べます閣下。

宇頭元帥から教示されてもいないのに、かつ、隔離病室に入る正当な動機原因も無いのに、国府ベルボーイが『八一号室にウイルス爆弾として投擲(とうてき)され、炸裂した事案』について、そして『八一号室の事案はテロ』だということについて、御存知だった方、この方が殺人者Mとなります」

「ちょっとまって実香ちゃん、そんな人が実際にいるの？」

「はい頭取。確実におひとり、おられます」

「それでもよ、それでも、そうした発言が証明できるのは、その人が陰謀者Cであること、それだけじゃないかしら。だって実香ちゃん、その発言からは、自分が国府ベルボーイの陰謀について知っている——ということしか導けないのだから」

「違います。

考えてみてください葉月頭取。

国府ベルボーイの事案は陰謀事件であって殺人事件では必ずしもないんです」

「……どういうこと？」

「拳銃で眉間を射抜(いぬ)くのなら別論、末期のエボラ出血熱罹患者(りかんしゃ)を動かして侵入させる、これだけでは殺人行為になりません。何故ならば、炸裂するかどうかは自然現象。陰謀者Cであっても、果たして国府ベルボーイが炸裂したのかどうか、それともただ大量に放血しただけなのかは絶対に予測できません。生理現象・自然現象ですから。

これは、むしろ検察官にとって不謹慎ながら有難い事情です。

なんとなれば。

もし陰謀者Cが現場八一号室へ侵入していなければ炸裂は認知できないから。換言すると、もし炸裂を認知している者がいるとするならば、それは絶対に八一号室へ自ら侵入した者、それ以外にはありえません。そして八一号室へ自ら侵入した者とは、事案の経緯から、東岡崎警視に汚染血液を噴射した者であり、かつ、東岡崎警視の眉間を銃弾で射抜いた者」

「――それでミネバさん、あなたの結論は？」

「柏木君に対し、『八一号室にウイルス爆弾として投擲され、炸裂した事案』『八一号室の事案はテロ』だと断言された方が、陰謀者Cであり、かつ、殺人者Mとなります」

2　血の讖緯（しんい）（峰葉実香の告発2）

「論告の第二として、あたしが摘示（てきじ）したいのは、血液です」

「血液（ブラッド）……？」

「東岡崎警視殺害事件を採り上げましょう。

東岡崎警視の生命を不可逆的に停止させたのは、無論、殺人者Mの放った銃弾です。しかしこれは最終措置でしかない。社会的な、常識的な、実際的な意味での殺害行為は、八一号室の混乱に乗じて、東岡崎警視の眼球に汚染血液を染（あ）びせたその行為。なんとなれば、これによって東岡崎警視は粘膜に汚染血液を染びたことになり、したがって九九・九九％の蓋然性でエボラ・ウイルスに感染し、その生存可能性は既に絶望的なものとなったからです。此処（ここ）で、わざわざ殺人者M――此処では東岡崎警視に汚染血液を噴射した者、としておきましょう――が警視の眼鏡を払い墜（お）としてから実行行為に及んでいることは、まさに噴射によって殺害しようという決意以外のなにものでもありません。

まず。

ふたつの論点を、検討してみたいと思います。

ひとつは注射器。

「峰葉さん、その注射器っていうのは、八一号室で使用された、汚染血液噴射用の注射器だね」

「まさしく。そしてその出処(でどころ)は解明されている。もちろん池鯉鮒医師の診療鞄(かばん)。このことは、池鯉鮒医師が鎮痛剤を注射できること――宇頭元帥の証言等により、物語上明白な事実――と整合性がある。何処(どこ)から来たのか、について謎はない」

「だったらミネバさん、謎があるとすれば、誰が盗んだのか――これね」

「御指摘のとおりです閣下。

此処(ここ)で生存者四人のみに議論を締(しぼ)りますと、まず池鯉鮒医師が東京鉄道ホテルに臨場した最初の原因は、葉月頭取、頭取の怪我の治療の為。ですから葉月頭取は、当然、診療鞄の存在を知っていた。

そして柏木君とあたしですが、葉月頭取の治療後、八一号室で池鯉鮒医師と歓談した際、当該診療鞄を現認しています。

最後にベルモント国務長官でいらっしゃいますが、閣下についてはやや困惑しました。閣下は合衆国国務長官、合衆国筆頭閣僚でいらっしゃる。当然ながら、セキュリティの為、少なくともメゾネット・エリアの宿泊客については、すべて身許(みもと)を洗い出しているでしょう。

しかしながら。

池鯉鮒医師はまったくの闖入者(ちんにゅうしゃ)です。東京鉄道ホテルに本来、縁もゆかりも無い。外務省に偶然、この華館(かかん)の担当を臨時に依頼され、そして葉月頭取の怪我によってまさに初めて、此処東京鉄道ホテルに臨場することになった。

と、すれば。

ベルモント国務長官、閣下が池鯉鮒医師を『ドクター』だと認識できるなど、自然発生する有意の蓋然性を持たない、あたしはこう判断します」

「愉快になってきたわ。お続けなさい」

「有難うございます閣下。

しかしながらベルモント国務長官、閣下におかれては、初対面のとき。池鯉鮒医師いや池鯉鮒氏を、診療鞄も白衣も帯びていなかった池鯉鮒医師を、あざやかに『ドクター』と御認識なさった。均整美にあふれたギリシア彫刻の様な池鯉鮒医師は、ただのスーツ姿。警察官でも、軍人でも、アスリートでも面妖しくはない。少なくとも、外貌から瞬時に医師と判断することは、常識的には不可能——閣下はその池鯉鮒氏を『ドクター』と呼び、エボラ出血熱について専門的な事項を御下問になった、これも事実。

さすれば。

生存者四人は、いずれも殺人者Mとしての資格を——注射器の入手という要件に関しては——有する、これが結論になりますが、如何でしょうベルモント国務長官？」

「様々に反論をしたい処だけど、頭痛が非道い。のちのち纏めて論駁するわ」

「それでは続けます。

ここで、注射器そのものについて考察しましょう。

注射器は汚染血液を、東岡崎警視の眼球へ噴射する為に使用された、少なくともその様な外観が作出されています。注射器には汚染血液の痕跡がありましたし、乱闘と混乱の結果として、ふたつあったものがいずれも踏み割られていた。

けれど。

あたしには著しく疑問です。何故、注射器なのか？

もし針を注射筒（シリンジ）に装着したままなら、お医者さんが予防注射前に空気を抜く如く、ちろちろとしか液は漏出しないでしょう。もし針を注射筒（シリンジ）から外していたのなら、注射筒（シリンジ）のやや大きな筒口から、直線的に液が放出されるはず。少なくとも注射器で眼球に噴霧、といった態様にはならないし、なるとしたところで、医師でもない素人がそれを前提に凶器として採用することは、実際的・心理的にありえない。

　これを要するに。

　八一号室の殺害現場に遺留された二の注射器はダミー。

　真実の凶器はまったく異なるものと解さざるをえません」

「けど実香ちゃん、まさか最高級ホテルの客室に霧吹きはないだろうし、液体を噴射できる様なガジェットは、ちょっと想定できないけれど」

「成程（なるほど）ね、峰葉さん――それは園芸用品でもなければ清掃用品でもない。名門ホテルに旅客が携行していてまったく不自然でないもの――化粧用品だと」

「そう、化粧用品であって、霧吹きの用に供することができるもの――

　あたしはそれぞれの客室で確認しました。既に物語上明白な事実ですが、まりからも多少、聴いてはいます。あたしたちが直接歓談した宇頭元帥は、香水を用いない。東岡崎警視からも残り香は確認できません。神保糊道氏についても確認できませんでした。今伊勢侯爵また同様。お医者様の池鯉鮒医師が用いるはずはありませんが、客室に赴いた結果、やはり残り香は確認できない。国府ベルボーイにあってはそもそも、香水を携行したままメゾネット・エリアに入ってくるはずもない。そして葉月頭取、頭取も」

「あたし、香水の類は嫌いなの」

「――と、用いておられない。柏木君とあたしがこの旅路で香水など使っていないことは、旅程で一緒だったことから、ふたりともよく知っています。物語上公然の事実でもある。と、すれば」

「ミネバさんの論告だと、香水を用いている者こそ、それを霧吹きにして汚染血液を噴射させた訳ね」

「そのとおりです閣下、そして当該者こそが陰謀者Cであり、殺人者Mです。

　このことには、ささやかな傍証もある。

　そもそも注射器でも香水瓶でもいいですが、そんなものを使用しなければならない殺人者Mとはすなわち、必然的に非感染者です。単純な背理法ですが、もし殺人者Mが既に感染者であったのならば、その様なガジェットを駆使する必要がない。どれだけ汚染血液に直接触れようと、もう恐れるものは無いのですから。とすれば、恐れるものの無い殺人者Mは、例えば神保糊道から汚染血液を回収し、ただのグラスに入れて染(あ)びせ掛けてもいいし、あるいは自分の指先その他を微かに切って血を出し、それを東岡崎警視の眼、鼻、唇等々粘膜露出部分に塗(ぬ)ればよいのですから。殺人者Mが感染者ならば自分の血も凶器、他人の血も禁忌ではない。よってわざわざ盗んだ注射器だの、わざわざ空にした香水瓶だのを用意立てる必要すら無い」

「結論としてミネバさん、殺人者Mは、香水を用いている非感染者——ということね」

「御指摘のとおりです、ベルモント国務長官」

「これでまず血液について、ひとつの論点がミネバさん、あなたによれば解決された訳だけれど——私の考えでは重大な事実誤認があるけれど——あなたが提示するという、いまひとつの論点とは？」

「あせ」

「なんですって？」

「今伊勢侯爵の遺言……ダイイング・メッセイジです」

「確か峰葉さん、『あせが、きつうきつう、じじんで、あらしゃいました、なあ』だったね」

「まさしく。そしてあたしは、頼りない翻訳能力でこう解釈した。『あせがものすごくにじんでいらっしゃってねえ』と。

しかし。

これはある意味、致命的な誤謬だった。この誤謬が無ければ、今伊勢侯爵殺害事件の殺人者Mを即座に指摘できた。古文好き古典好きの身として、深く恥じるわ」

「解釈が、誤ってたのかい？」

「まず考慮しなければならなかったのは、今伊勢侯爵にあっては、京都弁と公家言葉、そのいずれもを駆使される方だということ。それは『アラシャル』という丁寧語――公家言葉――と、『キツウキツウ』『ジジンデ』という京都弁の混在からも自明であったといわなければならない。

だとしたら。

『アセ』というのも、疑って掛からなければならない。

京都弁で『アセ』というのはきっと『汗』に違いない。あたし他の解釈、知らないから。

けれど。

公家言葉ではどうだろうか――

さすがに此処東京鉄道ホテルに公家言葉辞典は無い。此処は諸状態から類推するしか無い。そこで、もし今伊勢侯爵が、たったひとりの殺人者Mを指摘したと仮定するならば、『アセ』＝『汗』と解釈することは愚の骨頂だわ。何故ならば、現場に臨場した誰もが汗の雫を――柏木君にあっては、洗い髪から零れた水滴だけど――浮かべていた。今伊勢侯爵が、総員の公約数をダイイング・メッセイジにするはずがない。したがって、『アセ』は『汗』では絶対に無い。これは京都弁から逸脱しているから、公家言葉に違いない。

だから、裏側から考える。

にじんでいらっしゃってねえ、は疑問の余地が――蓋然的ではあるけど――無いのだから、殺人者Mは今伊勢侯爵から見て、何かを浸ませていたことになる。此処でベルモント国務長官、柏木君、考えてみましょう、物語上明白な事実を。

あたしは染みの無いセーラー服だった。額から雫が落ちていたかも知れない。

柏木君は真っ白なバスローブ姿だった。洗い髪から雫が落ちていたかも知れない。

そして、ベルモント国務長官。

オスカー・デ・ラ・レンタのスーツ姿。

マジョリカブルーのスーツに、赤紫褐色の斑模様をつくっていらっしゃいましたね」

「御遺体の御世話をするときにできたものよ」

「異常の無いセーラー服に透明な雫がこぼれる。真っ白いバスローブに透明な雫がこぼれる。社会通念上、これは『浸んだ』とは評価できないですよね。しかしあざやかな青のスーツが、そうワインの様な赤紫で斑模様となっていたら――

それこそ、『ジジム』でしょう。

したがって『アセ』とは公家言葉で『血』『血液』を意味するもの。こう解釈しないかぎり、今伊勢侯爵がダイイング・メッセイジを残したことに意味が無くなる」

「……もういいだろう峰葉さん、殺人者Mとは」

「あなたです、ベルモント国務長官」

3　サムライの辞世（峰葉実香の告発3）

「要するにミネバさん、こういうこと。

私は八一号室に侵入したが、それを隠蔽している。私は香水瓶を使用する非感染者である。このふたつを論拠に、東岡崎警視殺害事件の殺人者M＝ベルモント、となる。

また私は今伊勢侯爵のダイイング・メッセイジにより指名されている。それを論拠に、今伊勢侯爵殺害事件の殺人者M＝ベルモント、となる。これでいい？」

「御理解いただけて、嬉しいです」

「けれどあなた、大切なことを忘れている」

「是非お聴きしたいですわ」

「今伊勢侯爵が精神錯乱を起こしていたとしたら、その様な心神耗弱状態にある者の証言、いやメッセイジなど無意味よ。そしてそれより重要なこと。

まず、私は宇頭元帥が知っていたとおりの感染者。

そして何より、東岡崎警視は、私の記憶が確かならば銃殺されているのよね？」

「私の記憶でも、そうなっています」

「だとしたら、百歩譲ってあなたの論告を認めても――認めはしないけれど――ベルモント国務長官なる者が実行したのは、単純な汚染血液噴射事件であって殺害事件ではない。傷害罪は成立するでしょうけれど、殺人罪は無理よ。

そしてあなた、忘れている。

東京鉄道ホテル連続殺人事件の被害者には、あと池鯉鮒医師がいる。この殺人事件について、あなたはすっかり論告を忘れている様ね。

　これらを要するに。

　あなたは東京鉄道ホテル連続殺人事件を、なにひとつ解決してはいないということよ、如何(いかが)？」

「そう仰有(おっしゃ)ることは、想定していました」

「なんですって？」

「ベルモント国務長官のアドヴァイスを頂戴したので、此処(ここ)で、最終論告へ入ることにしましょう。

最終論告の鍵は、拳銃ですベルモント国務長官」

「拳銃……」

「東京鉄道ホテル連続殺人事件、すなわち東岡崎警視殺害事件、池鯉鮒医師殺害事件、今伊勢侯爵殺害事件には最大公約数があります。柏木君、それは？」

「誰もが拳銃で殺されている——ということ」

「まさしく。

　しかも物語上自明な事実ではありますが、使用された拳銃は、弾痕の態様等からすべて同一、すなわち宇頭元帥が愛用していたＨ＆Ｋ　ＵＳＰ——八一号室から消失した軍用拳銃——だということが観察されています。

　さすれば。

　この拳銃を盗んだ者こそ、東京鉄道ホテル連続殺人事件における殺人者Ｍ、これはベルモント国務長官、御納得いただけますね？」

「共犯の蓋然性(がいぜんせい)が残ってはいるけれど？」

「ならば共犯の蓋然性はのちのち検討するとして、主犯はまさに三人を殺害した殺人者Ｍ、これはよろしいですね？」

「……言葉の言換えに過ぎないけれど、まあよいでしょう、それで？」

「八一号室、宇頭元帥が割腹（かっぷく）自決なさった八一号室の時系列を想起してみてください。まず国府ベルボーイが率然と侵入する。宇頭元帥と乱闘になる。衝撃で国府ベルボーイが炸裂する。室内が暗転する。東岡崎警視に汚染血液が噴射される。宇頭元帥が八一号室をさらに閉鎖する——そして東岡崎警視を八一号室階上へ隔離したあと、宇頭元帥はひとりで、割腹自決をなさった。これが諸情勢と諸証言から再現できる、八一号室の時系列です。

さらに。

八一号室に遺（のこ）された東岡崎警視のメモ。

これによれば、宇頭元帥の自決を最初に認知し、その御遺体を整えたのは東岡崎警視です。メゾネット階上と階下との防音措置は徹底されていますが、柏木君が今伊勢侯爵殺害事件で銃声を聴きえた様に、東岡崎警視もまた、銃声を微（かす）かに聴いたのでしょう。そして階下に駆けつけ、宇頭元帥の自死を知った」

「銃声」

「ええ銃声ですベルモント国務長官、何か不思議なことでも」

「続けなさい」

「東岡崎警視は悲愴（ひそう）な死者に礼儀を盡（つ）くし、御遺体をできるかぎり清めたほか、その頭部を枕カバーで蔽（おお）いました。当然のことですが、これを実行したのは東岡崎警視その人ですので、この御遺体の処置は、東岡崎警視が殺害される以前の段階——となります。

と、すれば。

東岡崎警視を殺害すべく、再度八一号室へ侵入した殺人者M――当然、凶器として宇頭元帥の拳銃を強奪しようとした窃盗者R――が現認したのは、既に丁寧に清められ、頭部を枕カバーで蔽われた宇頭元帥の御遺体」

「実香ちゃん、殺人者Mだけど、その段階で宇頭元帥がお亡くなりになっていたことは、解らないんじゃないかしら」

「はい葉月頭取、ですが先刻の議論から、殺人者M＝非感染者。他方で宇頭元帥は既に重篤な感染者です。花瓶のひとつでも使って昏倒させることも困難ではないし、まだ意気軒昂だったら、機会を改めればよかった――もっとも、殺人者Mは宇頭元帥の感染を確定させる為、ウイルス爆弾になってしまっていた国府ベルボーイを八一号室に投擲しておいたのですし、『とある事態』が発生すれば――相当程度の蓋然性で――宇頭元帥が自決されることを、充分計算に入れていたのでしょう」

「実香ちゃん、その『とある事態』って？」

「宇頭元帥が帝陛下の為に、命を懸けて擁らなければならない方の感染――でしょう」

「炸裂を人為的に発生させた上」と柏木君。「宇頭元帥の責任感を濫用したってことか」

「そのとおり。

けれど、いずれにせよ現実の時系列は殺人者Mの想定したとおりになった。宇頭元帥は見事に割腹し、その拳銃は窃盗者R＝殺人者Mの自由になった。このH&K　USPこそが、東京鉄道ホテル連続殺人事件の凶器であったことは御説明したとおり。

だけど。

天網恢々、疎にして漏らさず――

宇頭元帥の御立派な最期が、そして東岡崎警視の御篤実な処置が、殺人者Mの奸謀を崩す螻蟻の一穴となった。

　柏木君。

　今伊勢侯爵殺害事件で回収された拳銃。検出された指紋は誰のもの？」

「宇頭元帥のものと、今伊勢侯爵のもの」

「それだけ？」

「宇頭元帥の方は、幾度か握り直した痕跡があったけどね」

「ありがと。

　そして。

　この様な事態は、ありえませんベルモント国務長官」

「何故」

「殺人者Mが宇頭元帥を発見したとき、既に御遺体は、東岡崎警視によって整えられていた。だから拳銃はおそらくホルスターのなかか、御遺体のすぐ傍にあったはず。御遺族にお渡しするのが警視の遺志、メモに依れば拳銃は『安置』した。すなわち最大限丁寧な態様で、御遺体の傍らに置いた。

　この段階で着いているのは、宇頭元帥の末期の指紋のみですベルモント長官」

「……それが末期の指紋かどうかは解らないでしょ？　ウトウ元帥は軍人、日頃から拳銃を触っていて何ら不思議は無い。そして、そのような日頃からの指紋は、血液をもってしても、多少の拭き掃除をもってしても、そうそう消えるものではない」

「残念です、ベルモント国務長官。

　日本帝国においては、警察官ですら滅多に拳銃を使用しないんです。まして警視総監が使用するはずも無い。同様に、百歩譲って下士官兵が拳銃を使用する、あるいは将校の一部が拳銃を使用するにせよ、軍人の最高峰、元帥陸軍大将が自ら拳銃を撃つなどということは、とても想定されません」

「蓋然性の問題よ」

「違いますベルモント長官。その蓋然性の問題すらクリアされます。何故ならば、あたしたちは知っているから。宇頭元帥と土曜日夜、歓談したあたし、柏木君、修野子爵令嬢は知っています。宇頭元帥は御愛用のH&K　USPを、『物騒ですので』『きちんと』『磨いた上ホルスターに入れ』てからあたしたちの客室へ来た。そして、物語の知るかぎり、宇頭元帥がまた拳銃を採り出さなければならなかった様な事態は発生していません――ただの一度を、除いて。

当該ただの一度まで、宇頭元帥の拳銃には、誰の指紋も着いていない。

そして当該ただの一度とは」

「宇頭元帥が」と柏木君。「御自決されたとき」

「まさしく。しかし既に論証した様に、それ以降すら、拳銃に誰の指紋も着かない。東岡崎警視の指紋は理論的には着くかもしれなかったけれど――御遺体を整えたので――現実には附着していない。宇頭元帥末期（まつご）の指紋以外の指紋は、着かない」

「けれど峰葉さん、其処（そこ）にさほどの不思議はないんじゃないかな。現実に宇頭元帥の指紋は着いている。それも、幾度か握り直した態様で」

「それこそが宇頭元帥の真の辞世。

何故、幾度か握り直した態様なのか？

あれだけ見事に、激甚（げきじん）な苦痛をともなう割腹のできた宇頭元帥が、何故拳銃を握り直すの？　それも人差指と親指だけでそれぞれ六も検出されるほどに？

一度二度の握り直しなら、まだ――納得はできないけれど――理解できる。

でも、六度も握り直すことは、到底理解できない。それだけ苦悶していたり動揺していたりしたのなら、御遺体の頭部に、あれほどあざやかな弾痕が、見事な弾道が穿たれるはずがない。これは柏木君が、既に死体所見として指摘していたことよ。

しかし現実は、それだけの数が附着しているといっている。

では、何故そうなったのか。

宇頭元帥の自決態様からして、また事前に拳銃は磨かれていたことからして、これは自然な状態では絶対にない。また、御遺体を整えた東岡崎警視には、拳銃に指紋を附着させる動機原因が微塵も無い。拳銃を御遺族に渡そうと、そのまま安置しただけなのだから。

すると。

他に、御自害のあと八一号室に入ったのは？」

「殺人者Mだね」

「まさしく。

と、すれば。

これは殺人者Mによる偽装工作ということになる」

「でも何を偽装したかったんだろう？」

「宇頭元帥が、殺人者Mかも知れない――という偽装。

殺人者Mの謀略によれば、最終的に拳銃を握っていたのは今伊勢侯爵ということになる。すると、殺人者M＝今伊勢侯爵、ということがまず想定される。しかし、それだけでは弱い。東京鉄道ホテルをさらなる憂慮と混沌に堕とす為には、殺人者候補がいまひとり、あっていい。それが宇頭元帥。だから拳銃に、宇頭元帥の指紋をわざわざ幾つも幾つも着けた――殺人者Mは非感染者だというのが議論の前提だから、ゴム手袋を何重にもして、大変だったでしょうけどね」

「けれど実香ちゃん、その謀略は無意味じゃないかしら」

「葉月頭取、それは何故でしょうか」

「だって八一号室には東岡崎警視のメモがあるもの。だからさっき、実香ちゃんは八一号室の時系列を組み立てられたんでしょ？　最初に宇頭元帥が割腹、それを東岡崎警視が整え、殺人者が拳銃を盗み、東岡崎警視を殺した――

　殺人者がよほど怠慢で愚昧でなければ、最初に死んだ宇頭元帥＝殺人者Mだなんて謀略、仕掛けようとも思わないはずだけど……」

「それは、葉月頭取が日本人だからです」

「え？」

「日本語が読めなければ、、、、、、、、警視のメ、、、、モは、、、、意味不明です、、、、、、。もちろん真の殺人者Mは、死亡の順序を知っています。現認していますし、殺し続けたのは自分ですから。

　しかし。

　すべての殺害対象を殺し終えたとき。

　あたしたちが発見するのは割腹死体一と、銃殺死体三。

　そしてこれも殺人者Mが東岡崎警視を真っ先に殺害した理由ですが、警察官でもなければ――池鯉鮒先生は法医学でなく心臓のお医者様です――死亡推定時刻など出せない。誰がどの順序でお亡くなりになったのかなど、永遠に闇のなか。そして東京鉄道ホテルの現状からして、真っ当な検視など永劫、実行されはしない――

　これこそ殺人者Mの謀略。

時系列が組み立てられない状態で、犯人候補を複数、用意しておく。候補の筆頭は、やはり拳銃を自ら所有している宇頭元帥、となる。だから当該拳銃に、元帥の指紋を執拗なまでに附着させた」

「だけどさ峰葉さん、それもまた無意味だよ」

「あらどうして」

「だって殺人者Mは知っているんだから。宇頭元帥が割腹自決したということを。したがって拳銃を、末期に使用したということを。さらにしたがって、当該拳銃には元帥のフレッシュな指紋が確実に着いていると」

「王手」

「はあ」

「殺人者Mが窃盗者Rとして八一号室に侵入したとき。

殺人者Mはまず、何を発見したの？」

「それは宇頭元帥の御遺体だろうね」

「どの様な態様の？」

「質問の趣旨が必ずしも明白じゃないけど——ある程度整然とした、軍装の、頭部に白布が被せられたといった態様の御遺体だよ」

「そのとおり」

「はあ、ありがとうございます」

「それを要するに、殺人者Mは、宇頭元帥の頭部を現認できる状態ではなかったし、また現認する必要も無かった——こういうことになる。すると？」

「お顔が拝見できなかったろうね」

「すなわち」

「弾痕が確認できなかった——こうだろ？」

「こんなときでも、飄々（ひょうひょう）としたものね柏木君——

いずれにしてもそうよ、殺人者Mは、割腹状態を現認してはいても、弾痕を現認してはいない。ここでもし、殺人者Mが日本人なら。

確認するか、確認せずともすぐ理解する。割腹だけでは即死できない、必ず介錯が要る、介錯がいなければ拳銃を用いるしかないと」

「あっ!!　実香ちゃん!!」

「そうです葉月頭取、裏側からいえば、もし殺人者Mが日本人でないと仮定したとき。

当該者は介錯を、銃弾の必要性を理解していない蓋然性が——相当程度に——認められます。此処（ここ）でさらに、白布すなわち枕カバーを採り除いてなかったとするならば、『宇頭元帥はハラキリの結果、死亡した』と誤解すること、ほぼ確実でしょう。割腹だけでは数時間も苦悶する、などということを理解しているのは、ある程度日本文化と日本史に見識が在る者でしかありえませんから。

まとめると。

殺人者Mは、宇頭元帥が自ら銃弾を放ち、したがってその拳銃には宇頭元帥の指紋が明瞭に残っていることを、理解できなかった。そして殺人者Mにとって不幸なことに、当該拳銃は第三者——東岡崎警視——の手によって、御遺体の傍らに、丁寧に安置されていた。

ますます宇頭元帥の拳銃発射など想定できなくなります。

だから、既に指紋が附着している拳銃に、まったく無意味な、無駄な指紋をベタベタと着けた。これが握り直しなり複数の指紋なりの理由です。屋上屋（おくじょうおく）を架したから、指紋が不自然になったんです。

だから。

この様に指紋を附着させる殺人者Mとは、すなわち日本人ではない」

「ミネバさん、もし私が、日本文化と日本史について極めて造詣（ぞうけい）が深い――といったら」

「故郷シカゴから滅多に離れたことが無く育ち、それまで訪れた外国がナイアガラの滝のカナダ側だけであり、国務長官となってからも米語以外の外国語をまったく知らない――

修野子爵令嬢からは、非礼ですが、その様な御経歴を聴いております閣下」

「マーキス・イマイセは自殺でしょ」

「左懐に懐中時計を収めたまま、其処（そこ）に銃弾を撃ち込んで自殺する者などおりませんが。

したがって、銃弾を撃ち込んだのは懐中時計の存在を知らなかった者となりますが」

「結論は」

「東京鉄道ホテル連続殺人事件。

殺人者Mはあなたであって、かつ、あなたひとりです、ベルモント合衆国国務長官閣下。

御静聴有難うございました（アイグレイトリイアプリシエイトユアカインドアテンション）」

劇場より　其の弐

御鑑賞ちゅうの御客様に御案内申し上げます。

ここでふたたび、古典的本格探偵小説の儀典に遵い、所謂読者への挑戦を実施します。

物語世界がまた凍結されたこの段階において、峰葉実香はマロリー・ロダム・ベルモント合衆国国務長官を殺人者Mと特定しました。そして次節の照明が灯るとき、引き続き、柏木照穂による殺人者Mの指摘が実行されます。

ここで、当方からの出題内容は、次のふたつ。

第一の出題、峰葉実香の証明は真か偽か。

第二の出題、柏木照穂は、誰を、殺人者Mとして指摘するのか。

――御検討いただける方には御検討いただき。

物語を急がれる方には趣旨のみ御理解いただき。

それぞれ御都合のよろしい時に、頁を繰ってください。

なお、御検討いただける方にあっては、次に掲げる事項に御留意下さいますよう。

第一、当然のことながら、峰葉実香は語り手であったため、主観的な虚偽は一切述べていないこと。

第二、この段階においてなお、峰葉実香及び柏木照穂が入手した情報のみでは、依然として解明できない事件があり、それはこの出題内容にはふくまれないこと。

以上、劇場からの御案内でした。

4　威風堂々（いふうどうどう）

緞帳（どんちょう）アップ。照明。音楽。

僕は八二号室メゾネット階上から、螺旋階段を下へ、降りてゆく。

雄壮に響き渡る、その合唱――

Land of hope and glory（ソファソラミレ）
Mother of the free（ドシドレラ）
How shall we extol thee（シドレミラレ）
Who are born of thee ?（ソファミレ）
Wider still and wider（ソファソラミレ）
Shall thy bounds be set（ドシドレラ）
God who made thee mighty（シドレミラレ）
Make thee mightier yet（ドシラシ）
God who made thee mighty（ミファソラレソ）
Make thee mightier yet ――（ソドシラソ）

「誰!?」

「御用心なさった方が、よろしいでしょう」と僕。「国務長官閣下なる方がその衛星電話に没頭しているとき、セキュリティを破ってこっそり客室に侵入したり、こっそりCDプレイヤに細工をしたり、こっそり階上の内線電話を使ったりする輩が、ひょっとしたらいるかも知れませんよ」

「テルホ・カシワギ……ならあなたは、ずっと」

「この電話会議が始まった時から、あなたの真上におりました」

アンティーク電話のスピーカーホン機能越しに、八五号室にいるふたりの驚嘆が感じられる。

「柏木君!!　あなたその躯（からだ）で!!」

「すぐに八二号室を離れなさい!!」と葉月頭取。「あなたはもう、たったひとりの」

「いいえ、違います。

おふたりが非感染者だと偽っていることを別論としても、その御指摘は偽です。

そして峰葉さん――零下（れいか）、柏木照穂は？」

「……弔者（ちょうじゃ）の鐘よ」

「見よ、凶報（きょうほう）は絶えず吼（ほ）えている――というわけ」

「柏木君、あたし、これだけはもうやりたくないわ。

それに音譜、吹奏楽読みだと、混乱する方もいる」

「理解はしたよ――

そして、合衆国にとって大切なあなた。

諸般の事情から、僕はこれからあなたのことをD、と呼びましょう。面倒が無い。

どうでしょう、この旋律。大地の歌にしようか、ベートーベンの第九にしようか、マイスタージンガー前奏曲にしようか悩んだんですが、いずれもドイツ系。やはり英語圏でこの舞台にふさわしいのは、威風堂々第一番と思いまして」

「……卒業式で、聴いて以来ね。

それでテルホ・カシワギ、盗人（ぬすっと）の様な真似をして、此処（ここ）で何を謀（たくら）んでいるの？」

「天帝が十人おんなを製ると（フォーインエヴリテンザットゼイメイク）、五人は悪魔にやられる（ザデヴィルズマーファイヴ）とか」

「あなたの御友達の糾弾(きゅうだん)こそ悪魔的だと思うけれど？」

「僕はといえば(フォーマイオウンパート)、笑う訳にもゆかぬ(アイダーストノットラフ)――迂闊に開けた口から毒でも入れば悲劇ですから(フォーフィアーオブオープニングマイリップスアンドレスイーヴィングザバッドエア)。

でも病気な方で(バットアーノットサム)、健康にして差し上げるべき方もおられます(シックザットウィーマストメイクホウル)」

「……また古風な英語ね。何かの演劇？」

「これで確信しました」

「それは結構……取り敢えず此処(ここ)から退出してくれる？」

「そのまえに、余興(よきょう)を」

僕は左手首を翳(かざ)すと、すぐさま右の手刀ですぱあと斬(き)った。僕は人が満月の様に掲げた陶器の皿を、手刀で半月に斬り裂くことができる。当然ながら、ぱっくり裂かれた左手首からはあざやかに血潮が吹き出してくる――眼前のＤに噴霧されるような態様で。

「狂ったか!?　手首など斬って、何を!?」

「これまで秘密にしていて御免(ごめん)なさい、ですが実は僕、感染者なんです」

「なんですって!!　この莫迦野(ユウ・ビース)……」

ばん、と応接卓を叩いて起ち上がったＤは――

しかし莫迦(ばか)でなく。

すぐその意味を理解した。そして、愕然(がくぜん)と蒼白な顔色のまま硬直する。

「やって、くれたわね」

「そうなんです。

あなたが真に感染者であるのなら、汚染血液を恐れる必要は微塵(みじん)も無い。

あなたがいま舞台で狂踊(きょうとう)をしてくれたからこそ実証された。

あなたは非感染者ですね、Dさん」

「……だとしたら？」

「峰葉さんの論証の補完ができます。

すなわち、あなたは注射器なり香水瓶なりを使用しなければならなかった、非感染者の陰謀者Cであるということが」

「そんなことより柏木君、はやく手当を‼　死んでしまう‼」

「峰葉さん有難う。でも御心配なく。斬ったのは静脈だけ。派手に血は出るけれど、数分あれば自然に止まる。

ですからこの数分では、峰葉さんが詰め残した論点を片付けてしまいましょう。

まずDさん、あなたは非感染者ですから、あなたが御遺体を整える看護婦役に志願した、というのも偽装です。そんな剣呑なことを、生き延びようとするあなたがするはずもない。何故ナイチンゲールの偽装をしたか？　様々な客室へ侵入する必要があるからです。メインドアから侵入する処を目撃されるかも知れないし、所要の御仕事ちゅうに誰かが入って来るかも知れない。隔離状態を維持するというのがルールでしたから、その危険性は微々たるものですが、やはり心配の種は摘んでおく必要がある。

また。

東岡崎警視と国府ベルボーイの御遺体を整えたのは、断じてあなたDではないことが解る（宇頭元帥の御遺体は、東岡崎警視が整えたんでしたね）。これまたあなたがホット・ゾーンに侵入して、他者に献身する理由が無いから。あなたがホット・ゾーンに侵入する時は絶対の必要があるとき、それも最小限の時間だけ――非感染者ですから。では誰が御二方の御遺体を整えたのか？

それは池鯉鮒医師だと思います。

何故ならば、確かに池鯉鮒医師の御遺体についても、人為的に整えられた痕跡が認められるものの、他の御遺体と競べて雑駁な整え方だったから。東岡崎警視と国府ベルボーイの御遺体を整えた者と、池鯉鮒医師の御遺体を片付けた者は明白に別者。だとしたら、池鯉鮒医師が東岡崎警視・国府ベルボーイの御遺体を整え、病状悪化の為、自ら八三号室のベッドで逍遙と死に赴く準備をしていた――こう考えて特段の矛盾はありません。だからDに銃撃されたとき、既に軀は死にゆく体勢だったし、したがってDとしても、あまり御遺体を真摯に整える必要が無かった――これがDのケアレスミスだったことは、後刻述べます」

「臆断と偏見じゃないの、ABの整え方とCの整え方が違う、これは百歩譲って認めてもいいわカシワギ君。しかし、だからといってCがABを整えたという論理的実証は何処にも無いじゃないの。まして私がドクター・チリュウを殺し、遺体を整えたなどと。御愛嬌が過ぎるわよ」

「ベルモント国務長官と池鯉鮒医師には面識がある」

「――――」

「さらにあなたDと池鯉鮒医師は、密談をした経緯がある」

「何時、何処で」

「まだ九人総員が生存していたとき、あなたの、此処八二号室において会議を開催したあとで。これは物語上明白な事実」

「それがどうしたというの。私がこの危機的状態にあって、医師のレクチャーを受けた、それがどうしたというの」

「あなたは今更、エボラ出血熱について、心臓外科医のレクチャーなど受ける必要は無かったでしょう。国務長官なる者として合衆国で充分、知識を獲ているはずだし、そもそもこのエボラ・ウイルスの特徴をメモ書きにしてくれたのは、あなただったはず。

　そして、池鯉鮒医師の穏やかな死に顔。

　僕は峰葉さんから聴きました。そこに苦悶も無ければ絶望も無かった。

　その池鯉鮒医師は。

　医師になる過程で非常な苦労を掛けた御母様の為、そして大学病院医師の誰もが憧れる医学部教授となる為、絶大な金子を必要としておられた。無論、エボラ・ウイルスに罹患した以上、大学教授の夢は破れる——少なくとも破れる蓋然性の方がたかい。それはいいでしょう、所詮博奕で、野心です。しかし、どうあっても御母様のことは、心配で心配で堪らなかったはず。

　その池鯉鮒医師が、欣然と瞑目して死に就いた——

　これらの事情を総合勘案すると、あなたDと池鯉鮒医師のあいだで、何某かの黙契が締結された、こう考えて特段の不具合は無いと思いますが、如何でしょうか？」

「不具合は無いわね、突拍子も無い御伽噺であるということを除けば」

「成程。

　では真っ黒な心証だけ形成しておいて、峰葉さん、峰葉さんの議論の最後のアシストに入るよ。

　国府ベルボーイを八一号室へ送ったのは——ウイルス爆弾を八一号室へ投擲したのは誰か？　これは峰葉さんの論証によって、『国府ベルボーイの御遺体の在処を知っていた』『国府ベルボーイがテロとして炸裂させられた事実を知っていた』ベルモント国務長官、すなわち僕のいうDである、という解答が提示された。僕もそれは正解だと思う。

　だから、補強する。

　既に当時、メゾネット・エリアは隔離状態にあった。各人は絶対に新しく割り当てられた客室を離れてはならないこととされた。だから、国府さんは既にその任務を解かれ、誰の呼出しにでも応じるベルボーイではなくなった。

　しかも。

　僕が宇頭元帥から聴いた処(ところ)では、彼の辞世は『閣下の——救(たす)けて下さい——薬を——注射』のルフランだった。実はこのメゾネット・エリアで注射器を有しているのはふたりしかいなかった——医師である池鯉鮒氏と、糖尿病を悪化させていた宇頭元帥だ。後段にあっては、日本帝国内で有名な事実だと、御本人の証言がありましたが、もちろんベルモント国務長官にあっては、日米物産(CIA)等から、その事実を教示されていたでしょう。

　とすれば。

　国府ベルボーイは、宇頭元帥に注射してもらうことを希望して、八一号室へ自らの脚(あし)で赴(おもむ)いた訳です。インスリンの注射を。しかし常識的に考えて、エボラ出血熱にインスリンが有効であるはずは無いし、もし有効であるのなら、ベルモント国務長官が九人会議の席上、総員に詰(つ)げたはず。とすれば、国府ベルボーイは騙(だま)されていた——と断言できる。インスリンがエボラ出血熱に有効だと騙されていた。どこまでも非常識的なこの命題を、国府ベルボーイに誤信させることができるのは誰か？

　医学的知識を有する者か、エボラ出血熱について知識を有する者でしかありえない。

　すなわち池鯉鮒医師か、ベルモント国務長官かのいずれかです。

　しかし、池鯉鮒医師は、東京鉄道ホテル連続殺人事件の被害者。少なくとも、**あの炸裂テロの目的である宇頭元帥の拳銃になど触れてもいない**」

「何故そんなことが解るの？」

「Dさん、あなたが盗みを働いたんじゃありませんか、池鯉鮒医師のゴム手袋すべてを。

したがって池鯉鮒医師が拳銃に触れたなら、その指紋が検出されるはずじゃないですか。拭いただなんて仰有(おっしゃ)らないでください、ちゃんと宇頭元帥の指紋は残っているんですから」

「惘(あき)れた。手袋でなくとも指紋を残さない方法はある。タオル、シーツ、ビニール」

「それはそうでしょう。しかし正確無比な射撃をすることは、実際上不可能でしょうね。結論として国府ベルボーイをインスリン説で騙したのは、あなたですDさん。エボラ・ウイルスについて知識を（メモにより）披露(ひろう)したあなたの発言なら、国府ベルボーイは信頼する。

ここで。

実はあなたには、国府ベルボーイしか手駒が無かったんです。

理論上、誰かが炸裂しそうになる時期まで状況開始を遅らせることもできた。その方が手駒に恵まれる。でもあなたは勝負を急いだ。不自然な証言が残る危険性を無視してまで、出鱈目(でたらめ)によって国府ベルボーイを繰(あやつ)った。何故か？

あなたは日本語を喋(しゃべ)ることができない。

残余八人で英語を解するのは、**あなたの理解によれば**、国府さんひとり。いまひとりだけ英語をあなたの水準で使える者である僕は、あなたを無視していましたから。これらもまた、物語上明白な事実。

結論として。

あなたが非感染者であること、池鯉鮒医師と何らかの謀略を企画したこと、国府ベルボーイを騙して八一号室に到(とど)けたことを、指摘しておきます。

さて、此処からが本題」

5　訛(なま)りと教派（柏木照穂の告発1）

「よく喋る子供ね」

「よく殺す大人ですねえ」

「……それで？　今度はどんな妄誕奇説(もうたんきせつ)で私を憫笑(びんしょう)させたいわけ？」

此処でDは重く沈んでいたソファから起ち上がり、バーカウンタの冷蔵庫からクリスタルガイザーを採り出した。プラスチックキャップを開栓するD。たちまちのうちに三分の一ほど飲み乾すと、マルボロメンソール・ライトに火を着ける。

「炭酸(ポップ)ですか？」

「炭酸(コウク)よ、飲みたいの？」

「いえ、訊きたいです」

「慇懃無礼(いんぎんぶれい)ね」

「ならば直截に。

ベルモント国務長官は生地(せいち)シカゴをほとんど離れたことがなく、かつ、ホワイトハウスにお勤めになるまで、御訪問された外国はナイアガラの滝のカナダ側のみと側聞していますが――

ならば何故、合衆国東部訛りではなく、南部訛りを遣われるのかなあ、と」

「柏木君、どういうこと？」

「峰葉さん、シカゴをふくむ合衆国東部では、炭酸入り飲料のことをpopと表現する。他方で合衆国南部では、これを、コーラかどうかにかかわらずcokeと表現する。

そしてDさんがどちらの訛りを遣っていたかは、スピーカーで聴いてもらったとおり。Dさん、これはもう自白と同義ですから、自己弁護の仕様が無いと思われますが――」

「自己弁護する必要がありません。結論が無いのだから」

「結論は、御自身で述べられた方が、心証がよいと思いますが――」

　ならば、さらに仕掛けましょう。

　引き続き言葉の問題ですが、これ」

　僕はメモ用紙に筆記したアルファベットをDの閲覧に供した。

「何と読みます？」

「サンノー・ホテル(SANNO HOTEL)。元　帥(Marshal)・ウトウ(UTO)」

「まさしくそのとおり」

「初めて褒(ほ)められたわね」

「けれど僕、修野子爵令嬢から聴いたことがあるんですDさん、ベルモント国務長官は日本語の音引(おんび)きを読まないって。だから、例えばただいまの例でゆくと『サンノ・ホテル』『ウト元帥』になるし、他の例では『ブシド』なんてことになるでしょうね。

　率然と発音法則をチェンジされた理由、あったら御教示いただきたいんですが」

「私、勉強家だから。修野子爵令嬢にでも矯正(きょうせい)してもらった――蓋然性は残るわよね？」

「おまけにDさん、あなたは僕が現認しただけでも三度、十字を切っておられる」

「あなた無宗教？」

「面妖(おか)しいですね」

「なにが」

「ベルモント国務長官はプロテスタントです。これは物語上明白な事実。おそらく昼餐(ちゅうさん)を御一緒した修野まり子爵令嬢ならば、ベルモント国務長官が十字を切るシーンなどただの一度も現認しなかったでしょうし、ベルモント国務長官の『主の祈り』がプロテスタント・ヴァージョン——最後がカトリックと異なる『For the kingdom, the power, and the glory are yours now and for ever. Amen』であるヴァージョン——を、聴いたかも知れません」

「柏木君」と葉月頭取。「あたしこそ無宗教だから、要旨が見えないわ」

「葉月頭取。

一般にプロテスタントは十字を切らないんです。幾許かの例外はありますが。十字を切るのはカトリックとギリシア正教（このふたつでも作法が違いますが、省略します）。そして有名な『主の祈り』という祈禱も、カトリックには先述した『国と力と栄とは限りなく汝のものなればなり、アーメン』が附加されません。カトリックは『我らを試みに引き給わざれ、我らを悪より救い給え、アーメン』で祈禱を終えます。

これを要するに。

ベルモント国務長官であれば、十字をかくも滅多矢鱈に切るだろうか——これが論点です。ちなみにDさん、ベルモント国務長官愛用の御煙草はマルボロメンソールであって、マルボロメンソール・ライトではありません。これ、九人会議のとき、屑籠を確認させてもらいました。

あ、そうだ、忘れてた。

屑籠で思い出したんですが、此処八二号室には、三本のペットボトルが投棄されています。すべてクリスタルガイザーの炭酸水だから、それはいい。

それはいいですが、想起してみましょう。

東京鉄道ホテルのメゾネット・エリアが封鎖されたのは日曜日の午後、通例であれば当然、午前ちゅうに客室の清掃・消耗品の補充等が客室掛（がかり）によって為されるはず。しかし、此処八二号室にあっては、それが為されていない——それは洗顔所、屑籠、冷蔵庫を確認すれば一目瞭然ですし、物語上明白な事実でもあります。

　ここで。

　メゾネット・エリア客室の初期状態において、冷蔵庫に入っているのは各自が希望したミネラルウォータ三本と、ワインボトルその他の酒類（しゅるい）若干のはず。したがって、日曜日に冷蔵庫の中身が補充されていないのならば、最大でもミネラルウォータの本数は三、これは天帝そのひとでも改換（かいかん）しようのない事実。そして僕は先述のとおり確認しました。九人会議の段階において、八二号室の冷蔵庫にはクリスタルガイザーが二本。すぐさまDさんが飲まれましたんで、残余は一本。また九人会議終了直前に一本、開栓されましたんで、詰まる処（ところ）残余は零本——おまけに此処は封鎖区域とされましたから、補充の予定は無期延期です。

　つまり、八二号室において、もうクリスタルガイザーが存在するはずが無い。

　でもDさん、あなたは御親切にも僕の眼前で、此処八二号室の冷蔵庫から、四本目のクリスタルガイザーを採り出した。御覧なさい、水滴までついている——いわゆる汗を掻（か）いている、蔵出しのペットボトルです。

　東京鉄道ホテルのルールにより、三本しか無い冷蔵庫に、四本目が入っている——」

「日曜日の午前ちゅうに、頼んでおいたのよ」

「へえ。まだ二本も余剰があるのに？　封鎖されることなど解らないのに？　メゾネット・エリアの専用デスクは二十四時間対応なのに？　それはまた、奇矯（ききょう）な性癖ですね。まるで誰かが持って入ったか、誰かのために余剰があったみたいだ。それからワインボトル、これ開栓され派手に消費されていますが、それはそのオスカー・デ・ラ・レンタのスーツを血で穢(よご)れたと偽装する為に用いられたのではないですか？」

「……あなた、故意(わざ)と結論を引き延ばしてない？」

「では結論とまでは申しませんが、議論したテーマだけ、纏(まと)めておきましょう。

訛り。音引き。教派。煙草。瓶詰水。

これらはすべて物云う象徴(テルテール・シムボル)として、僕等にある結論を、訴えています」

6　探偵曲第三十二番（柏木照穂の告発2）

「しかも、あなたはミスをした。些細(ささい)なケアレスミスを」

「そうなの、例えば？」

「池鯉鮒医師を殺害したとき、その御遺体があまりに整っていたので、改めて自ら体勢に手を加えることをしなかった。それはきっと、感染者の客室には最低限の時間しかいない、というあなたの自己ルールを適用した結果でもあったでしょうが。

だから、見落とした」

「何を」

「ダイイング・メッセイジ」

「すなわち？」

「池鯉鮒医師の御遺体の背部に隠されていたんです、御本人の血文字。あなたが感染者に触れることをさほど厭(いと)わなければ、たやすく発見できたはず。此処からもあなたが非感染者であることは立証されますが、それはもう解決されている。

此処で議事に加えたいのは、当該ダイイング・メッセイジ——ＥＭＰＴ」

「……ＥＭＰＴ」

「これは、尋常の英語的発想をすれば、empty（空の）の派生語です。他の蓋然性も捨て切れませんが、まさか血文字で描いたのに、その前半部分だけ欠損しているということは、ちょっと想定し難い。したがって、僕は何がemptyなのかまず考えた——

しかし、解答は獲られなかった。

ある事実を思い出すまでは——

すなわち、池鯉鮒医師は熱烈なシャーロキアンであるという事実を思い出すまでは。

実はこれ、僕、吉祥寺カントリー倶楽部で御本人から証言、頂いてるんです。

この観点からすれば、謎のＥＭＰＴは謎でも何でもなくなります。シャーロキアンにとって、コナン・ドイルのホームズ諸作品がナンバリングされ、かつ略号を用いて分類されている、ということは、あまりにも初歩的な事実ですから。

事件番号三十二番、空き家の冒険、略号・ＥＭＰＴ」

「シャーロック、ホームズ……?」

「もちろんこれは寓意です。では池鯉鮒医師の附加した寓意とは何か。

未読の方に非礼なので、直接的には申しませんが——空き家の冒険、ホームズ生還後第一作、非常に特徴的なガジェットを用いています。

すなわち人形、影武者。

と、いうことは。

池鯉鮒医師は殺人者Ｍについて既に知識を有していた、といわざるをえない。さらに、そのことは、殺人者M＝あなたDと、池鯉鮒医師のあいだで何某かの黙契が成立していたことの、何よりの傍証になるでしょう。少なくとも池鯉鮒医師は殺人者Mの属性を、秘密を知っていた。にもかかわらず、死の瞬間まで、正確にいえばダイイング・メッセイジを遺すまで、そのことを関係者の誰にも――軍人である宇頭元帥にも、警察官である東岡崎警視にも――完黙していた。

池鯉鮒医師は、殺人者Mの側についたのです。

そしてそれが無償の愛を理由とするものでないことは、先述の議論から明らか。

やがて自分は死ぬのだから、殺されてもいいと思っていた――かも知れない。

しかし、もし自分を殺すというのなら、何らかの証拠は、遺しておかなければならない。それは懲罰の為でもあるし、他にも証拠はあるぞ、だから契約を遵守しろ、という脅迫の為でもあった。

いずれにせよ。

池鯉鮒医師は白鳥の歌を遺したのです。人形、影武者――と」

7　白紙の能弁（柏木照穂の告発3）

「そういえばDさん、僕が此処八二号室階下からメモを一枚頂戴したこと、憶えておられますか」

「あなたのいう九人会議の際でしょ。あなたは隔離後の新しい客室割当てを記録したいからと、其処、アンティーク電話の袂にある東京鉄道ホテルのメモ用紙を一枚、採っていった。そのことでよかったかしら」

「記憶力に秀でていらっしゃって、救かります」

「もう脚本は読めている。はやく終わらせたいだけよ」

「ところでDさん、あなたは九人会議で僕等に提示したエボラ・ウイルスに関するメモ、あれを此処で

――『いま、其処の電話の近くで』――書かれたんでしたね」

「記憶力に秀でていて、よかったわね」

「そしてあなたは、僕がメモ用紙を所望したとき、『幾らでもあるから、好きにすればいい』と御許可くださり、僕はおなじ箇所にあるメモ用紙を一枚、頂戴した――これもよろしいですか」

「あなたがそういうのなら、そうなんでしょう」

「はいそうなんです。

実は本当に、純然と客室割当てをメモする為に頂戴したんですけれど、まさか殺人者Mの指摘に貢献してくれるとは、思ってもいませんでした。

結論から申し上げると。

僕、そのメモはとうとう書かなかったんです、まあ忘れてしまっていて。制服のポケットに入れたままだったんですが、とある事情でドイツ語を筆写しなければならないことになりまして」

「……ドイツ語？」

「はいドイツ語です。奇矯なことでも？」

「あなたドイツ語はやらないの？」

「ちょっとだけ嚙ったんで、発音規則は知っていますが、文法も単語も知りません」

「それは何処に書かれていたドイツ語だったの？」

「恐縮ですが、きっとメインディッシュのひとつだと思われますので、まずメモの問題を解決させてください。とある事情で白紙だったメモに、ドイツ語を筆写しなければならなくなったので、これさいわいと使わせて頂きました。そのあと、まじまじと当該ドイツ語の文字列を見た――

語られないものが、語るときもある。

どう凝視しても、どう光に翳してみても、僕の筆跡しか確認できなかった。他の方の筆跡なり、それによって出来た凹凸なりは、微塵も発見されなかった。

これは面妖しいんです。

何故ならばDさん、Dさんによれば『いま、其処の電話の近くで』エボラ・ウイルスについてのメモを書いた、あなたは九人会議のときそう仰有った。僕はもちろんずっと出席していましたから、九人会議開始から僕がメモ用紙を一枚頂戴するまで、誰も当該メモに触れてもいなければ接近してもいないことを知っています。

すると、どうなるか。

僕が頂戴した一枚には、Dさん、あなたの筆圧であなたの筆跡が凹凸に転写されていなければならないはず。『いま』書いたのだから。僕の用紙は、そのすぐ下なのだから。にもかかわらず、僕のメモ用紙には実際に、現実にあなたの筆跡の凹凸は残されていない。僕の文字以外、当該メモ用紙はまっさらです――ほら、このとおり。御確認ください」

「……だから?」

「あなたがエボラ・ウイルスに関するメモを、九人会議の直前に書いた、というのは虚偽です。しかも、八二号室階下で書いたというのもまた、虚偽です」

「メゾネット階上で書いたとしたら?」

「何故あの会議で無用な嘘を吐いたんです?

もう、いいでしょう。

先述のクリスタルガイザーと同様の議論です。あれはあなたの書いたメモではない。八二号室階下にあったメモでもない。あなたとは違う誰かがその識見により作成し、あなたに与えたメモです、違いますか?」

「違わない」

「では最終の詰めとゆきましょう、Dさん。

そもそも、僕には疑問だったんです。

合衆国国務長官といえば合衆国筆頭閣僚、すなわち世界の副王。そして合衆国は世界の警察官です。おそらく此処(ここ)東京鉄道ホテルにも無数のシークレット・サーヴィスがいたでしょうし、暗殺の危難に対する最大限の警戒をしておられたはず。ところが、此処八二号室はベルモント国務長官がたったひとりで——少なくともメゾネット階上は誰も使用していないはずなのに——使用していらっしゃる、という。解(げ)せませんね。

修野子爵令嬢なら確認したでしょう。此処にいるのはあなたおひとりかと。

それに対する回答も確信水準の蓋然性で予測できます——私以外は、誰もいない。

そう、此処にはマロリー・ロダム・ベルモントなる者以外には誰もいなかった。それは表現の是非は兎(と)も角(かく)、少なくとも虚偽ではない。此処でベルモント国務長官が指摘した『マロリー・ロダム・ベルモント』が単数であるとは、全然断言していませんものね。

ベルモント国務長官を防衛する、最終の盾。

マロリー・ロダム・ベルモントとまったくおなじ体軀(たいく)、まったくおなじ顔貌(がんぼう)、まったくおなじ服装、まったくおなじ声をした、そう影武者(ダブル)——それもまたある意味においては、『マロリー・ロダム・ベルモント』なのでしょう。だからベルモント国務長官が修野子爵令嬢に回答した内容を正確に表現すれば、こうなる——

此処八二号室には、ふたりの私以外は、誰もいない

（もうひとりの私は、メゾネット階上にいる）

——せまじきものは、宮仕え。

日本の古典演劇にありますが、僕はあなたの人生に、僭越(せんえつ)ながら、同情を禁じえません。あなたはマロリー・ロダム・ベルモント国務長官の影武者として、最終の盾となり、国務長官を擁(まも)って死すべき任務を担(にな)っている。どうしてその様な残酷な手段が採用されたのか、どうしてあなたがそれを承諾されたのか、そしてどうしてかくも非道な整形手術その他の措置が講じられたのか、それはこの物語ではいまだ明確になってはいません。またすべて明確になることは、きっと、無いでしょう。

東京鉄道ホテルにおいて。

シークレット・サーヴィスは他の客室に配置され。

あなたは緊急事態における人身御供(ひとみごくう)として、八二号室階上に配置された。

そしてまさに、緊急事態。エボラ・ウイルスの侵入と跳梁(ちょうりょう)。

合衆国筆頭閣僚ともあろうものが、二十四時間合衆国本国と連絡のとれない態勢でいるはずがない。

これもきっと、修野子爵令嬢なら確認しているでしょう。だからあなたは衛星電話を架けていた。ドクターの存在と人定(じんてい)も、それで教えられたのでしょうね。それはもともと、真のベルモント国務長官が携行していたもの。そして真のベルモント国務長官がエボラ・ウイルスの危難を知り、脱出を決意したとき、あなたは此処に残るよう命令された。きっとあなたに拒否権はなかったろうと思います。そして真のベルモント国務長官はシークレット・サーヴィスに護衛されながら、極めて密かに東京鉄道ホテルを脱出した。もちろんメゾネット・エリアが封鎖される直前のことです。おそらく封鎖作戦を展開している帝国陸軍は——少なくとも実働部隊の指揮官は、この脱出劇を既に読み切っているでしょう。何故ならば、指揮官が東京鉄道ホテルから脱出した——いや消失した人数を確認しないはずはないし、それは解析できるシークレット・サーヴィスの員数＋一人となっていることも、直ちに理解できるはずだから。
だからこそ、実働部隊の指揮官は『マロリー・ロダム・ベルモント』隔離に対する合衆国の非難を懸念することと無く、これだけ大胆な封鎖作戦を展開できるのだから。まただからこそ、合衆国大統領は帝国陸軍の作戦に、何らの横槍を入れてはいないのだから。

もういいでしょう。

ベルモント国務長官の影武者たるあなたの本当の御名前は」

「……無いわ。影武者に名前は必要無い」

「かつてはあったでしょう」

「捨てた」

「そうですか……ならばマダムD、として物語を続けます。

あなたの米語。

シカゴ訛りでないことは既に述べたとおりですが、際立った特徴が幾つかあります。まず過去分詞。have been や has been の have そして has を省略してしまうこと。そして be 動詞。you や they に対してあなたはよく were でなく was を遣われる。また do の活用。三人称に対し don't を遣ったりする。最後に副詞。形容詞の real を副詞の really として用いている——これらはすべて、所謂(いわゆる)スパングリッシュ、すなわちスペイン系アメリカ人たちの特徴的な米語。これらに鑑(かんが)みれば、あなたはそもそも合衆国近隣スペイン語圏からの移民であり、移民して以降合衆国南部で暮らしていた、この様に想定できます」

「……マロリーにはよく怒られたのだけれど。興奮すると、地が出るわ」

「そしてベルモント国務長官が合衆国において頭角(とうかく)を現してくるにつれ、すなわち権力の階段を次々と踏破（とうは）してゆくにつれ、影武者（ダブル）が必要になってきた。暗殺は合衆国史の宿痾（しゅくあ）、当然大統領になる野心があるベルモント国務長官としては、合衆国内を徹底的に捜索したでしょう。そのままでも自身に酷似しており、かつ、各種手術によってまったく自身と識別不能にできる、人形の候補を——それがマダムD、あなただった」

「他人のすべてを買う側も鬼ならば、それを承諾する側もまた狂っているわね。自分が生きてきたこれまでと、そして生きてゆくこれからを私は捨てた。結論だけ、いえばね」

「では何故あなたが東京鉄道ホテルに残らねばならなかったか。何故ベルモント国務長官は、あなたをホット・ゾーンに隔離させたか。

　これは動機論ですから、端的（たんてき）にいって邪推（じゃすい）です。反論も受け付けません。きっとあなたが看護婦役を志願したことと、絶大な関係がある。

　ベルモント国務長官は、合衆国の筆頭閣僚であり、来年の大統領選挙に出馬し、合衆国史上初の女性大統領になる、かも知れない——少なくとも全然、その様な野心を隠そうとはしない——極めて特異な位置にある政治家です。他方で、現在のブッシュ大統領としては、ブッシュ王朝のさらなる栄華の為、御子息を大統領候補とするこれも野心がある。無論、ベルモント国務長官が極めて有能であり、大衆の人気があり、かつ、自己に忠誠を誓っている——この段階では、彼女を排除するより活躍させた方が、自身の政権の為になる。これを要するに、ブッシュ大統領としては公然、ベルモント国務長官を敵とする訳にはゆかないし、ベルモント国務長官としても当然、ブッシュ政権において実績をつくる必要がある——現段階においては。

　しかし、もし。

　大衆の人気、なるものが圧倒差でブッシュ大統領を、そしてその御子息を追い抜いたなら。ブッシュ大統領はともかく、その所属する共和党は、ベルモント国務長官を大統領候補者に指名しない訳にはゆかなくなる。無論、野心家であるベルモント国務長官としては、その様な事態を作出すべく、様々なオペレーションを組んでいるでしょう。

東京鉄道ホテル殺人事件は、その悲しい帰結——といえます。

何故ならば、『合衆国国務長官が、封鎖されたエボラ・ウイルスのホット・ゾーンに自ら残留し、死にゆく大勢の日本人を最期まで激励し、救け、その遺体を清め、とうとう生還を果たした』というのが、ベルモント国務長官の描いた絵、大衆人気獲得オペレーションのひとつとなったから。

だからマダムD、あなたは此処に隔離されざるをえなくなった。

そして感染者であると虚偽を述べてまで、看護婦役を志願せざるをえなくなった。

ひょっとしたら最終的には、ベルモント国務長官に見捨てられ此処で朽ち果てると危惧しながら。真のベルモント長官が無事である以上、どの様な脚本でも描ける。大切なのは『ベルモント国務長官』が此処にいて、活躍をした、それだけであって、その脚本はあなたの生存を必要としてはいないので——

しかし。

幾らあなたがベルモント国務長官の影武者だからといって、そのいのちまで犠牲にする意思は到底無かった。だからあなたはベルモント国務長官の命令は命令として実行しつつ、自身が生き延びる為の手段を、講ずることとした。

ここで。

エボラ・ウイルスは、ヒトからヒトへ感染します。ですから感染の連鎖を断つには、ヒトとヒトとの接触を断てばよい。物理的接触、という意味では、それは宇頭元帥のリーダーシップの下、着実に実行されました。

しかし。

神保糊道氏や国府ベルボーイのことを想起してください。

エボラ・ウイルスに罹患した者は、最終的にはウイルス爆弾として、どろどろに溶けた臓器とともに、汚染血液を最大限のちからで、軀の穴という穴から炸裂させます。これはむしろ当然のこと、ウイルスというのは寄生者です、感染させたヒトがウイルス満載状態となれば、もうその軀は必要ありません。というかじきに死ぬその軀に何時までも執拗っていれば、ウイルス自身が死滅するのですから。ウイルスが生存できるのは、飽くまで生体活動を行っているヒトのなかであって、死亡によって活動を止められてしまっては、もうウイルスは自己を拡大再生産することができない。ウイルスに残された途は、死体とともにゆっくりと死滅してゆくことだけ――だからエボラ・ウイルスはヒトを炸裂させるのです。自身を満載した血液や臓腑を塗りたくらせ、飛び散らせ、他のヒトに乗り移る為に。エボラ・ウイルスが神保糊道氏や国府ベルボーイを炸裂させたのは、こうした理由から、すなわち純粋な生存本能に遵ったから、なんです。

考えてみましょう。

炸裂はふたりで終わっています。何故ですか？

東京鉄道ホテル連続殺人事件が発生し、本来であればやがて炸裂するであろう宇頭元帥――元帥はテロの犠牲者といえますから、殺人事件の被害者に入れてしまいましょう――そして東岡崎警視、池鯉鮒医師、今伊勢侯爵が炸裂前に殺害されたからです。もし連続殺人事件が発生しなかったら？　感染者は次々と炸裂を始め、神保糊道氏の八四号室の様な、超ホット・ゾーンがメゾネット・エリアに幾つも出現してしまう。

しかし。

死亡された方は、その血液等のウイルスが漸減してゆくほか、呼吸も咳も嘔吐も原理的にならないので、ウイルス爆弾状態と競べれば、遥かに安全です。炸裂も予定されない。

だからなんです。

だから感染者は殺された。炸裂し、放血し、もって封鎖区域をこれ以上汚染することが無いように。だから拳銃が必要だった。空気感染するリスクがある以上、感染者との接触は最小限でなければならなかったから。ほぼ抵抗力の無い目標とはいえ、即座に処分する必要があったから――

峰葉さん、葉月頭取。

もしおふたりが正直に、自分は感染者だと告白していれば、おふたりもまた、宇頭元帥の拳銃で殺害されたでしょう。銃弾にはまだ、断然余裕がありますからね」

「柏木君、そのことについては弁解の余地も無い。謝罪するわ」

「まって実香ちゃん。

柏木君、実香ちゃんはね、正直に告白すべきだっていってたのよ。それを俄然妨害したのは私なの。実香ちゃんに罪咎は無いわ。というのも私は――」

「――恐らく西海銀行を山縣公爵家に身売りする談判の為、非感染者を演じなければならなかったのでしょう。僕が葉月頭取だったらそう仕掛けますし、結果からすれば、むしろおふたりの虚偽によってマダムDはこれ以上の殺人を犯さずに済んだのだから、生存者のすべてにとって、さいわいな虚偽であったと考えます、葉月頭取」

「……そこまで、お見透しだったのね」

「だっておふたりの態度はあからさまに怪訝でしたから」

「柏木君」と峰葉さん。「ならこれで、終わりなのね」

「マダムDの、東京鉄道ホテル連続殺人事件については——

マダムD、最終弁論があれば、どうぞ仰有(おっしゃ)ってください」

「カシワギ君、あなた確か言ったわね、マロリーは私を此処で殺すかも知れないと」

「はい、申し上げました」

「私がそれを予想しなかったと思って？」

「当然、想定しておられるとは思いました」

「……あなたが威風堂々と一緒に此処(ここ)へ来たとき。

私はマロリーと衛星電話で会話をしていた。マロリーはなんて喋ったと思う？」

「For the kingdom, the power, and the glory are yours now and forever. Amen」

「……あなた、悪魔ね」

「ベルモント国務長官ほどでは、ありませんが」

「女優にはまだ真の顔がある。真の軀(からだ)も、こころも。なら影武者(ダブル)に遺されるものは何？」

「僕には解答できない問いです。僕は影武者ですら、ないので——

消えろ(アウト)、消えろ(アウト)、つかのまの灯(ブリーフキャンドル)、ヒトは生涯をさまよう影(ライフズバットアウォーキングシャドウ)、哀れな俳優(アプアプレイヤ)。

ちょっと舞台で喚き見得を切る(ザットストラッツアンドフレッツヒズアワアポンザステイジ)、ただ消えて無くなる為に(アンドゼンイズハードノーモア)。

痴人の口舌同然(イットイズアテイル)、がやがやわやわや煩いばかり(トウルドバイアンイデイオット・フルオブサウンドアンドフユアリー)、とどのつまりはこれ無意味(シグニファイイングナッシング)」

「それも古典劇？」

「シェイクスピアです」

「マロリーが教養人ぶって使うわ」

「だからあなたが識別できました」

8　剽窃のゆくえ（峰葉実香と柏木照穂の告発）

「けど峰葉さん、まだちょっと時間がある。だから、マダムDに関係しない犯罪――東京鉄道ホテル器物毀棄事件について、若干、謎解きをしてみたいと思う」

「時間がある、とは？」

「恐らく総攻撃は明け方五時ないし六時だから」

「総攻撃、とは？」

「封鎖区域内の生存者の殺処分その他の除染活動」

「柏木君、まりがいる。まりが必ず、仕掛けるはず」

「それは僕も期待してるんだ。だから手短にゆこう。

東京鉄道ホテルで最初に死んだのは、作家・神保糊道だった。缶詰になっていた八四号室、そのライティングデスクでの炸裂だったから、当然、眼前のワード・プロセッサはもう再使用できない。まだ電源も画面も活きてはいたけれど、封鎖区域外に汚染血液を染びたワープロを搬出するなど、陸軍が認めるはずもない。また仮に認められたとして、徹底的に強力な消毒液や紫外線で滅菌される。精密機械としての運命は、終わりだ。

では。

神保糊道氏の遺稿、というものは回収できるだろうか？」

「ハードディスクにだけ保存していたのであれば、無理でしょうね」

「柏木君」と葉月頭取。「私、コピー用紙に印字された原稿を読んだわ」

「残念ながら、それはライティングデスクの左側で、血塗れになっています」

「そういえば柏木君」と峰葉さん。「確かディスクは奇跡的に血を染びていないはず。しかも三枚あった」

「そうなんだ。

ところが峰葉さん、僕が先刻八四号室を再見分したときは、当該三枚のディスク、すべて血塗れになっていた」

「池鯉鮒先生たちと一緒に、最初に八四号室へ臨場したときは、絶対に違った」

「それも正確。したがって当該ディスク三枚は、何者かによって汚染血液を染びせられたことになる——ちなみにこれはマダムDとは全然関係の無い物語。何故ならば、マダムDにはその様なことをする動機原因が微塵も無いし、仮にあったとして、炸裂のあった八四号室へは、絶対に侵入しなかったはずだから——そうですねマダムD？」

「そうね、殺人劇とはあざやかなほど無関係ね」

「さて峰葉さん、このディスク三枚を血塗れにする目的は？」

「ワープロ、コピー用紙と同様、神保糊道の遺稿を回収不可能にする為」

「それしかないだろうね、了解可能な行為だとすれば。

では、ディスク三枚を汚染した血液は、何処から来たんだろう？」

「それは当然、神保糊道の死体からよ。汚染血液を搬送するだなんて、恐すぎる」

「そこで僕は、神保糊道の死体をもう一度観察した。すると、最初に池鯉鮒医師が観察したときには絶対に無かった右頸動脈の鋭利な創が発見できた。汚染血液は死体の創から流出し、そのままライティングデスクの上を流れて三枚のディスクを無力化していた。

さて。

僕のなかではもう、フーダニットの解答ができている。けれど、動機が解らない。それを峰葉さんが教えてくれたらなと思ってね」

「その態度は傲慢だけれど、とても興味関心をいだいたから敢えて乗るわ。幾つか質問させて頂戴。

第一、あなたはワープロ画面の原稿を見たかどうか。仕事しながら炸裂したなら、画面には原稿が表示されているはずよね？」

「見たよ。読解できる範囲では、どうやら証拠物件である女性の手紙一枚から、精緻なロジックを展開させつつある物語の様だけれど、全貌は解らない」

「柏木君」と葉月頭取。「それは最新作にして絶筆に誤り無い。郵便窓口のトリックを用いたもの。既述のとおり、印字された著者稿を読んだから確実よ」

「第二の質問」と峰葉さん。「その右頸動脈の鋭利な創、というのは、例えば刃物を用いたものであって、断末魔に自ら掻きむしったものが死後に開いたものではない、この真偽は？」

「真。

あの鋭利さはヒトの手だけでは作出できないし、死後に創が閉じることはあっても——筋肉の収縮や硬直で——死後に新しく開くことは、まず無い」

「有難う。あたしにも書けたわ、答案」

「開示してくれると有難いな」

「フーダニット？　ホワイダニット？」

「フーダニットからゆこうか」

「復讐者Aは、今伊勢侯爵よ」

「復讐者とは、また穏やかでないね」

「あなたの答案は？」

「一緒だ。今伊勢侯爵に違いない——けど峰葉さんは既に、ホワイダニットに入りつつある様だけど？」

「より純粋な、フーダニットから展開してみます。

この東京鉄道ホテルのメゾネット・エリアで頸動脈を裂ける刃物といえば、あたしが知るかぎり、宇頭元帥の元帥刀しか無い。確かに、これまで——おそらく意図的に——柏木君は指摘してこなかったけれど、マダムＤが盗んだのは拳銃。元帥刀の行方は、必ずしも定かとはいえない。

　ここで。

　宇頭元帥は見事な御自決をなさった。

　御自決に用いたのは長谷部国信の脇差、元帥刀ではない。したがって、元帥刀は汚染されていない。汚染されていないどころか、既に宇頭元帥の下には存在しなかった——とあたしは考えている」

「何故だい？」

「宇頭元帥は仰有っておられたわ。拳銃は私物だけれど、元帥刀は元帥杖の代わり。帝陛下からお預かりしたものだから、任務に堪えなくなったその時は、帝陛下に返上すべきものだと。だから確信水準の蓋然性で、宇頭元帥は、御自決以前に元帥刀を然るべき方に委ねている」

「当該然るべき方って？」

「当時の生存者の特性に鑑み、当然、今伊勢侯爵よ。

　敬称略でマダムＤ、東岡崎警視、池鯉鮒医師、葉月頭取、柏木照穂、峰葉実香、そして今伊勢侯爵。下賜に係る刀を持って帝陛下に拝謁できるのは今伊勢侯爵と、百歩譲って池鯉鮒医師でしょうね。帝陛下の御手術をなさったお医者様だから。けれど、今伊勢侯爵は清華(せいが)の侯爵。帝陛下の和歌の御師匠(おししょう)として、またドイツ文学の権威として、宮城へ幾度(いくたび)も御進講(ごしんこう)の為参内(さんだい)していることは、著名な事実よね。帝陛下の御寵愛がそれはあついということも。

と、すれば。

帝陛下に返上すべき元帥刀を、帝陛下の寵臣(ちょうしん)に委ねる。これが最も自然であり、かつ合理的な結論となる。池鯉鮒医師に委ねてしまっては、何時(いつ)参内できるかすら解らないのだから」

「すると宇頭元帥は、自ら思い立って、元帥刀を帝陛下に返上できる方を捜(さが)した訳だね？」

「意地悪なひとね。当然違うわよ。

ここまでは純然たるフーダニットだったけど、ここからはホワイダニットが入るわ。

まず、元帥刀を入手した今伊勢侯爵が神保糊道の頸動脈を斬った、これは真。

何故元帥刀なのかしら？

い、い、い、い、い、

距離がとれるからよ。

今伊勢侯爵は感染者といえども、直接、汚染血液を染(あ)びた訳ではない。微少な可能性ではあるけれど、生還できると考えられなくもない。だとすれば、これ以上、わざわざウイルスと直接接触する愚は絶対に避けなければならない。しかし——どうやらワード・プロセッサと印字した著者稿は無力化できたらしいけど——ディスクは無事との情報もある。遺稿が回収される虞(おそれ)は、棄却(ききゃく)できない。しかし、神保糊道の右側直近にあるディスクを無力化するには、尋常(じんじょう)の手段なら、神保糊道に、すなわち汚染血液に接近せざるをえない。またディスクを無力化するというその目的が、まさに汚染血液との接触を強いる。

これを解決してくれるのが、元帥刀。

それはそれは見事な日本刀なのでしょうね、きっと。元帥陸軍大将、帝陛下の最高軍事顧問が佩(は)く太(た)

刀(ち)なのだから。きっとあざやかに斬れるはず。そうだと確信するけど仮にそうでなくとも、ここ東京鉄道ホテルのメゾネット・エリアにおいて、これ以上に遠距離攻撃ができる刃物は存在しない。

だから、今伊勢侯爵はどうしても、元帥刀がほしかった。

ならどうするの？

宇頭元帥の責任感に訴えればいい。

そもそもベルモント国務長官の饗応を帝陛下から委ねられている宇頭元帥。

その宇頭元帥が、自らの故意過失でないとはいえ、賓客(ひんきゃく)をエボラ・ウイルスの脅威に露(さら)してしまった。封鎖作戦を実行している陸軍も説得できない。そして最終的衝撃――自らの発症。賓客を悪疫(あくえき)から最後まで擁(まも)り抜かなければならない自分は、賓客と接触すらできないまま、やがて死ぬ。恐ろしいほどの高確率で。重責を担っており、真摯(しんし)な、誠実な軍人だった宇頭元帥の悲歎(ひたん)と帝陛下への慚愧(ざんき)は、想像するまでもない。

此処でもし、今伊勢侯爵が囁(ささや)いたら。

武人としての、せめてもの責任の執(と)り方を囁いたら――

もはや病魔に蝕(むしば)まれていた宇頭元帥を、一定の結論へ誘導することなど、児戯(じぎ)に等しかったでしょう。いえむしろ宇頭元帥に感謝されたかも知れないわね、よくぞ自分の元帥刀の返上にまで心配(こころくば)ってくれたと――

そして。

宇頭元帥は誘導されたとも意識せず割腹し。

マダムDが拳銃を入手する傍(かたわ)ら、今伊勢侯爵は元帥刀を入手した。あたしが知らない事実でも、物語上これを裏書きする事実は幾らでもあったはずよ」

「じゃあ峰葉さん、其処(そこ)までして今伊勢侯爵が元帥刀を入手したかった理由、すなわち、其処までして神保糊道の絶筆を処分したかった理由とは？」

「だから復讐よ」

「何の、さ？」

「今伊勢理世(りぜ)さんの、復讐」

「すなわち」

「復讐の趣旨は、ふたつある。

　第一に、新人作家である娘さん、すなわち今伊勢理世さんの処女作『被疑者θ(シータ)の偽悪』を執拗(しつよう)に、粘着的に、嫌らしく罵倒(ばとう)したのが誰を隠そう神保糊道だからよ。潰(つぶ)された、と表現してもいい。少なくとも第二作がなかなか出せない程(ほど)に。『今伊勢君などは恐くない、私には今伊勢君が何を目的として何を書いているのかさっぱり解らない……』云々と、それは愚昧(ぐまい)な言葉でね。それが言葉といえるなら。さらにいえば、これはあたし物語において喋っているけど、その批判を載せた雑誌の版元は、今伊勢理世さんが『被疑者θの偽悪』を出版したその版元なのよ。その様な無神経な、侮辱的な真似をする版元も版元だと思うけれど、だからといって神保糊道が薄穢(うすぎたな)い非道者(ひどうしゃ)であることに何らの影響は無い。いちファンのあたしがそう憤慨(ふんがい)するのだから、御本人がどう考えたかは別論、親御さんとしては——真っ当なドイツ文学者でもある今伊勢侯爵としては——義憤に堪(た)えなかったでしょうね。きっと公家風に神保糊道へ科(しな)をつくり、位打(くらいう)ちの媚態(びたい)をしめしながら決意した。この様な莫迦(ばか)は、現実に殺されなければならない、と。

　復讐の趣旨の、第二に。

　神保糊道は既に才能の枯渇(こかつ)した売文屋(ばいぶんや)だった。昔の名前で糊口(ここう)をしのいでいる堕落したすかすかのフアストフード作家だった。そんな薄穢い非道者が何をするか。剽窃よ。聴く処によれば、葉月頭取がお読みになったという神保の絶筆は、郵便窓口を利用したトリックを駆使したものだったという。他方で、まだ出版できてもいない今伊勢理世さんの第二作『茉莉衣、午後の手紙』、これは手紙を使ったトリックがそれはあざやかなものだという事前の評判――既に物語において明白な事実だけれど――がある。これらに鑑みて、また、その様な偶然が生じうるとは想定しがたいという理由から、これらは確信水準の蓋然性で、ほとんど同一のもの。そして新人の側が巨匠の原稿を盗むことなどできないし、当該巨匠は現在進行形で原稿を書いていた――ちょこちょこと書き改めていた――のだから、必然的に、最初に脱稿したのが今伊勢理世さんの『茉莉衣、午後の手紙』であって、それを――おそらくは卑劣な手段で版元等から――入手し、剽窃していたのが神保糊道。神保糊道の最新作については、おそらく葉月頭取から今伊勢侯爵の御耳に入ったでしょう。そして神保糊道が非道者であることに誰よりも憤慨している今伊勢侯爵は、やはり公家特有の飄々とした顔色を維持しつつ、それが娘の原稿を盗んだものであることを確信し、したがって、いよいよこの邪知奸佞の売文屋は死ななければならないことを確認したのよ。

しかし。

天帝の恩寵か、神保糊道は死んだ。

ならば。

さらに今伊勢侯爵としては、神保糊道の作品を殺さなければならない。その絶筆など、まして剽窃した遺稿など、絶対に出版させてはならない。そして今伊勢侯爵もまた、感染者となった。だから決意した。いのちあるうちに。炸裂しないうちに。もっとも、御自分の炸裂が近かったのなら、自らウイルス爆弾として、当該三枚のディスクを汚染し盡くしたでしょうけれど――

これでどうかしら、柏木君?

東京鉄道ホテル連続殺人事件では、あなたに引っ繰り返された。

東京鉄道ホテル器物毀棄（きき）事件、あたしの答案が最終のものでよいと思うけれど？」

「おんなの肌で飾った猛虎のこころ（オウタイガーズハートラップトインアウオマンズハイド）……」

「御立派なシェイクスピアはもういいわ」

「完璧だよ、峰葉さん。

マダムＤ、御自身に無関係な探偵劇に御時間を割いてくださり、有難うございました」

「ひとつ、いい？」

「もちろん」

「マロリーは莫迦よ。テルホ・カシワギとミカ・ミネバがかくも素晴らしい探偵だと、全然調査できていなかったんだから。もしそれを知っていたら」

「東京鉄道ホテル連続殺人事件は無かった――でしょうか」

「カトリックの神に誓（ちか）って、無かったわ」

「峰葉さん、過分なる御言葉だ」

「御静聴有難うございました（サンクユウフォーユアカインドアテンション）」

――僕は愛用のタグ・ホイヤーを見た。

そろそろ夜明けだ。

仕掛けてくる、どちらも。

僕とマダムＤは大丈夫だ、そもそも感染していない。

しかし。

葉月頭取は心配だ。もう軀は軀を支えられず、脳は脳でなくなり始めているはず。

そして、峰葉実香。

ドゥルーズとガタリも吃驚な『器官無き頭脳』、峰葉実香。

だから、刺激し続けた。挑撥し続けた。軀が崩れようと、その頭脳が働くかぎり、彼女は生きるのを諦めない。また諦められても悩る。峰葉実香に死なれたとき——僕が峰葉実香を殺してしまったとき、僕もまた、此岸にはもういないだろうから。無論、僕が峰葉実香を性愛的に愛しているということではない。唯一の親友といえる峰葉実香を殺してしまった僕を、修野まりは絶対に絶対に、絶対に絶対に絶対に許さないということだ。

しかし。

余りが出てしまったのは、恥ずかしい。親友のあいつがいたら、苦笑するだろう。

余りは、僕の主観では、ふたつ。

第一に、あの、ワード・プロセッサに隠匿されていたドイツ語の書類の実体は何で、誰が、何故あの様なかたちで保管しておいたのか。ドイツ語を解する宇頭元帥も今伊勢侯爵も亡き今、僕にこれを解明する術はない。

第二に、何故池鯉鮒医師は嘘を吐いていたのか。これには説明が要る。日曜日。池鯉鮒医師が葉月頭取の治療の為東京鉄道ホテルへ臨場したとき、外は梅雨の雨——いや驟雨だった。そして池鯉鮒医師は東銀座・歌舞伎座近辺から歩いてきたのだ。傘も持たず。にもかかわらず、彼の服装はいささかも濡れそぼってはいなかった。つまり、池鯉鮒医師は地下道をアクロバティックに駆使して東京駅まで来た。だが本人は、帝都のことなどまるで知らぬという。これは明白に虚偽である。では何故、池鯉鮒医師は帝都に詳しいことを隠さなければならなかったのか。

——まあいいや。

それは彼等の物語であって、僕等のではない。僕等の東京鉄道ホテル連続殺人事件は、もう、最終幕の派手にドンパチを残してああ終幕（カーテンフォール）、なのだから。

もっとも。

それこそが真の東京鉄道ホテル殺人事件になるのだけれど。

そろそろ、夜が明ける。

殺戮（さつりく）の時は、近い——

読者への勧誘

御鑑賞ちゅうの御客様に御案内申し上げます。

ここで古典的本格探偵小説の儀典に叛(さから)い、読者への勧誘を実施します。

物語世界が凍結されたこの段階において、神の視点を持つ者は、柏木照穂がいう『彼等の物語』、すなわち東京鉄道ホテル連続殺人事件の裏で展開されていた人間悲喜劇の概要を、想像するにたる事実の入手を終えました。次節の照明が灯るとき、関係当事者による当該物語の概要が説明されます。

当方からの勧誘内容は、次のとおり。

関係当事者のいまだ知られざる物語を、想像によって紡(つむ)いでください。

無論、これは勧誘であって出題ではないので、唯一の正解はありません。御自由に物語を編んでいただくことが、この御案内の趣旨。

御検討いただける方には御検討いただき、

物語を急がれる方には趣旨のみ御理解いただき、

それぞれ御都合のよろしい時に、頁を繰ってください。

なお、御検討いただける方にあっては、次に掲げる事項に御留意下さいますよう。

第一、それは柏木照穂と峰葉実香が解明し損ねたホワイダニットの一部に関係するものであること。

第二、物語世界において提示された真実の断片であって、いまだ真実の解明に貢献していないものを、活用して頂きたいこと。

以上、劇場からの御案内でした。

9　探偵できなかった物語（老華族の手記）

柏木照穂君
八六号室、同室の好誼で、君にこの手記を託したいと思います。時代錯誤の公家言葉では迷惑でしょうから、たどたどしい標準語で書きますが、堪忍してください。

聡明な、聡明な君のこと。

恐らくは八四号室から、カルテのコピーを入手し終えているでしょう。

しかし君はドイツ語をやらない。何時か教えてくれましたね、発音規則程度しか知らないと。そして宇頭元帥は御自決された。他にドイツ語のできる者は、封鎖区域内にはいない。したがって、君があのカルテを解読できた可能性は極めて低い。

だから、説明しておきます。

そしてこの説明は、私自身の為でもある。

この封鎖状態においては、そして病魔に蝕まれている状態にあっては、秘密を知る私自身、何時殺害されるか解らないから。

何処から説明しましょうか……

遠い遠い、昔話から始めましょう。

きっと修野子爵令嬢ならば、憶えておられる。私の発言を。すなわちベルモント国務長官――真のベルモント国務長官――と私は、古い知己であると。そうです、私は有閑華族として、ドイツにしばらく遊んだのち、シカゴに逗留したことがありました。其処で偶然邂逅したのが、現在のベルモント国務長官――マロリーでした。当時は無論ベルモントという結婚後の姓ではなく、ロダムという姓でした。時期も特定したくありません。ふたりともとても、とても若かった――ただ勉学に勤しんでいればよかった、そんな季節のことだと御承知ください。

マロリー・ロダム。

まさか、あのブッシュ家の姻族だとは知らなかった。

先方も、日本帝国侯爵家の令息だとは知らなかった。

詳細は、堪忍して下さい。

ただ、彼女の懸命さ、必死さ、ひたむきさ――成功する為の努力、生き延びる為の努力が耀しかったから、とだけいっておきます。

我々は下手な恋愛小説のごとく恋に堕ち、そしてその結果、彼女は私の子を宿した。

それは、当然ながら、野心的な彼女のキャリアプランには無かったことだった。いや、もし仮に在ったとして、ブッシュ家がその様なスキャンダルを認めるはずも無い。したがって必然的に、妊娠は秘匿されなければならなかったし、赤子は堕胎されなければならなかった。

ところが。

合衆国ならではの、私達日本帝国の者には想定できない問題があったのです。

マロリーも、ブッシュ家も合衆国のエスタブリッシュメントとして、プロテスタント。すなわち当然ですがキリスト教徒、しかも保守的なキリスト教徒。

堕胎は認められません。

その様なことが露見すれば、マロリーのキャリアプランはすべて白紙に帰りますし、ブッシュ家への格好の攻撃材料になることは確実。近隣で、いや合衆国で堕胎手術を受けることは、政治的に極めて、極めて憂慮すべき賭博でした。

したがって。

マロリーは国外で、私達の赤子を堕ろすこととなった。

医療水準がたかく、合衆国の領土があり、一般人には言葉も理解されない国外——欧州を除くとすれば、もう日本帝国しかありません。さいわい日本帝国には合衆国海軍が運営する、合衆国軍関係者等専用の山王ホテルもあれば、航空機が離着陸できる数多（あまた）の米軍基地もあります。ブッシュ家の権勢を用いれば、極秘のうちにマロリーを日本帝国へ搬送することは何ら困難ではありませんでしたし、山王ホテルに逗留（とうりゅう）すれば、現地日本人と交際することは、まずありません。これは現在でもそうでしょう。それでも社交に用いられる観光施設ではある。もし修野子爵令嬢なり柏木君なり峰葉さんなりが、マロリーが自然に割り箸を使い食事ができること、マロリーが銀座、日比谷など帝都の地理に詳しいこと等々を察知していたとしたら、それは彼女の、この極秘訪日の経験によるものなのです。

しかし、マロリーの堕胎を、合衆国人の医師や米軍基地の病院で行うことはできなかった。それもまた、余りに賭博的だからです。顔で識別されてしまうかも知れないし、発言で識別されてしまうかも知れない。偶然にも知己がいるかも知れないし、やがて知己となる者がいるかも知れない。要するに、合衆国人では不測の事態になりかねないと危惧された。

そこで。

帝都にある、何の変哲もない産婦人科に白羽の矢が立った。もちろん其処（そこ）の医師や、医師の評判等々を調べたのは今伊勢侯爵家です。残念なことに、日本帝国においては、堕胎について宗教的禁忌も無ければ違法性の認識も無い。ましてまだ帝国が貧しかった頃、戦争の記憶もまだ遠くない頃のこと。用意するものさえ用意すれば、煩（うるさ）いことをいわず、身許確認もそこそこに、堕胎手術をする医者は幾らでもいました。

実際の執刀医は、既に鬼籍へ入っているはずです。

しかし、天帝の悪戯か、この執刀医はアルバイトで医学部卒の研修生を使っていた——

柏木君も、ひょっとしたら聴いているかも知れません。

このアルバイト研修生、苦学のインターン生こそが、産婦人科のアルバイト歴があり、かつ、外国人の堕胎まで行った経験がある、そう、現在の池鯉鮒医師です。池鯉鮒医師が帝都に詳しい素振りを見せたとするなら、それは、この頃のアルバイト、当直や産婦人科のアルバイトを帝都で行っていたからです。東北帝国大学病院の助教授にまでなった今、このことは——おそらく複雑な心境でいらっしゃったのでしょう——公的には徹底して、隠されておられますが。

いずれにせよ。

この産婦人科は、手術をすればするほど儲かるという経営方針でしたから、執刀医は無論のこと、まさかアルバイトの研修生が、幾歳も幾歳も昔の、たったひとりの女性のことを記憶しているとは、よもや想定されてはいませんでした。池鯉鮒医師の記憶力がよほどのものだった、ということなのか、外国人白人女性というのがよほど印象的だった、ということなのか——これは解りません。いずれにせよ重要なのは、当時はまさか知らなかったにせよ、マロリーが——ベルモント国務長官が、かつて帝都で堕胎手術を行った者である、自分はその目撃者である、このことを池鯉鮒医師が知ってしまった、そのことなのです。おそらくマスメディアの映像で、彼女の特徴的な顔貌で、察知したのでしょう。

マロリーは、既に若き学徒ではありません。合衆国国務長官、合衆国筆頭閣僚——すなわち世界の副王にして、次期合衆国大統領最有力候補のひとりです。これが何を意味するか。池鯉鮒医師の知識は、屑同然だった情報は、無限に金の卵を産み続ける金の鶏となったのです。プロテスタント。堕胎。国務長官。このことの意味を、池鯉鮒医師が即座に解読したことは、あの方の知的能力を踏まえれば、ごくごく自然なこと。

そして。

側聞（そくぶん）するところによれば、池鯉鮒医師は他大学の医学部教授に就任する為の、教授選挙を控えている。これに対する抵抗は激甚（げきじん）で——当該大学の生え抜き（はぬき）からすれば当然でしょう——したがって池鯉鮒医師としては、それに対する艦砲射撃を加える必要がある。またそうでなくとも、池鯉鮒医師の御母様への思慕（しぼ）は有名な話。片親なのに医学部にまでゆかせてもらい、極貧のインターン時代を支えてくれた御母様。池鯉鮒医師としては、どんなことをしてもこの重恩を返したいと思っている。その為に金銭を惜しまないとも聴いている。これらを要するに、池鯉鮒医師としては、金の鶏を欲する強い動機がある——こうなります。

そこで、あのカルテ。

私はあの書類が真実のものであるかについて、若干ならぬ疑いを有しています。医学部を卒業したばかりの池鯉鮒先生が、今日（こんにち）あることを見越して、産婦人科から盗み出していたとは到底思えませんし、執刀医が池鯉鮒医師にそれを委（ゆだ）ねる自然な理由もまた、私には想定できません。

しかし。

当時、カルテはドイツ語でした。平成の御代（みよ）の現在なら、まず日本語、どうしてもというなら英語です。当時のカルテがドイツ語だったのは、戦前の医学界がドイツを規範とし、ドイツ医学を吸収した結果に過ぎません。したがって、戦後、使うなら英語に、という流れになったのは、自然なこと。ですから、あのカルテが英語であったなら、確実に偽造です。

けれど、あれは見事なドイツ語でした。また記載されている内容も、日付も、すべてがマロリーのケースに合致しています。もし偽造だとするならば、あまりに精巧だといわなければなりません。やはり池鯉鮒医師はカルテを持っていたか、その詳細を記憶していたか、あるいは捜し出したか盗み出したか買い獲ったか――結論として、私は、あれが真正のものであったといわれても、それを否定する客観的な材料を、有していません。

そして。

最終的には、そう、最終的には、その真贋など些末な問題に過ぎません。それが真正であろうとなかろうと、マロリーが日本帝国で堕胎手術をした、すなわち若過ぎる妊娠をし、その事実を隠蔽する為にわざわざ極東まで赴き極秘に赤子を殺した、この様な命題だけで、実は充分なのです。何故ならばこれはスキャンダルなのだから。そして物証は仮に疑わしいとして、人証は一〇〇%、真物なのだから。現時点でも非常に効果のある爆弾ではありますが――マロリーはああいう性格で、政敵も少なくないですから――もし、もしこの爆弾が、来年の大統領選にむけた選挙運動のただなかに投擲されたら。マロリーは共和党ですから、当然、民主党が黙ってはいません。そして共和党は御案内のとおり保守派ですから、堕胎に反対する議員なら無数にいます。また大統領選における両陣営のネガティヴ・キャンペーンがどれだけ熾烈かは、既に全世界が知っていること。民主党は――あるいは共和党の他の大統領候補は――こぞってマロリーの卑劣な堕胎を非難し、彼女の人格を攻撃し、その政治生命を終わらせようと大攻勢を掛けるに違いありません。そしてそのときに、カルテなど必要はない。無論、池鯉鮒医師はこのカルテを誰かに、莫大な金額で売り払うでしょう。このカルテはマロリー糾弾に当然、用いられるでしょう。そしてその真贋は、スキャンダルに火が着けば、全然問題にはならない。いざというときは、まさに生き証人である池鯉鮒医師のインタビューが、事実関係を知らなければ当然喋ることのできない内容をふくむインタビューが、合衆国じゅうに流れることとなるでしょう。池鯉鮒医師なら、当然それくらいのことはやってのける。他大学の教授ポストを侵略しようという野心家ですからね。

だから。

池鯉鮒医師が、東京鉄道ホテルに緊急事態が発生したときの為に、外務省の依頼で帝都に詰めていた、というのは、きっと池鯉鮒医師御自身の画策です。帝陛下の冠動脈バイパス手術をなさった池鯉鮒医師ならば、外務省も諸手を挙げて歓迎するでしょうから。もちろん池鯉鮒医師の目的は、あらゆる機会を逃さず、マロリーと接触すること。そして、直截な言葉を用いるならば、マロリーを脅迫することです。だから、あのカルテを携行していた。

ところが。

池鯉鮒医師にとってまったく予想外にも、エボラ・ウイルスの蔓延により、東京鉄道ホテルのメゾネット・エリアは封鎖区域とされてしまった。池鯉鮒医師は、マロリーと一緒に、封鎖区域に隔離されることとなってしまった。恐るべき危難です。自分のいのちすら失われるかもしれないのですから——そしてその危惧は、現実のものとなった。池鯉鮒医師は、汚染血液に触れてしまったから。

この段階において。

教授ポストはほぼ、絶望的になりました。その為だけなら、もう脅迫の意義は無い。池鯉鮒医師は、卑劣な脅迫者にならなくてよかった。しかし、池鯉鮒医師にはいまひとつ、脅迫の強い動機があります——御母様の為に、という動機が。

だから、マロリーと密談した。何時か、メゾネット・エリアが封鎖されたとき、生存者九人で会議を開いたことがありましたね。その直後です。池鯉鮒医師は、ひとり八二号室に残ってマロリーと密談した——そして脅迫をした、つもりだった。

柏木君なら、理解しているでしょう。

この脅迫は成立しないということを。

何故なら相手方はマロリーではなく、マロリーの外貌をした赤の他人なのだから――

当初はおたがい、意思疎通すらままならなかったと思います。当該赤の他人にしてみれば、池鯉鮒医師などたぶん衛星電話で医師だという情報を教えられただけの端役（はやく）、堕胎云々も意味不明。池鯉鮒医師としてみれば、始めのうちこそ白を切っていると思ったかも知れませんが、やがて会話が詳細に及べば、いよいよこれはマロリーではない、ということを理解したはずです。実際理解しました。

脅迫は、失敗しました。

しかし同盟は、成功したのです。どういうことか。

当該赤の他人と、池鯉鮒医師の利害が一致した、ということです。

マロリーは金の鶏。

池鯉鮒医師はそれを必要としている。

しかし、彼の病に鑑（かんが）みれば、もう現実のマロリーを脅迫する術は、無い。

他方で、当該赤の他人は、何時（いつ）でもマロリーと接触でき、何時でもマロリーを脅迫できる。

また、池鯉鮒医師は証拠を有しているが、当該赤の他人は、何らの証拠を持たない。

このふたりは、極限下においては、補完関係となるのです。

当該赤の他人は、脅迫の実行と金銭の受理を。

池鯉鮒医師は、証拠とできるかぎりの情報提供を。

ふたりの密談により、マロリー脅迫計画は立案されました。

しかし、もう理解してもらえる様に、この計画には大きなネックがあります。当該赤の他人が生還できるか、という問題は別論としても、『当該赤の他人が裏切らないか』という大きなネックです。当該赤の他人とすれば、証拠と情報さえ吸い出してしまえば、やがて勝手に死ぬ池鯉鮒医師を顧慮（こりょ）する必要など、微塵もありません。未来永劫、金の卵は自分自身でひとりじめ。池鯉鮒医師が死ぬほど願った御母様への金銭的援助など、幾らでも無視できる。このことは、当然、池鯉鮒医師が最初から考慮し、懸念し、対処しておかなければならないと痛感したネックでしょう。

だから。

池鯉鮒医師は、最大の証拠である——と当該赤の他人が考えている——ドイツ語のカルテを、おいそれとは彼女に渡さなかった。封鎖区域内の、極限状態下です。彼女が野望の為、何を仕掛けてきても面妖しくはない。ならばどうするか。自分は死ぬ。自分の利害の代理人を、確保しておく必要がある——

そうです。

私に白羽の矢が立ったのです。これは、必然でした。

無論、私こそがマロリーの恋人であった、そのことを知っていたとは思えません。若き日の池鯉鮒研修生は、マロリーとだけ接触し、産婦人科には接近すらしなかった私のことについて皆目、情報を獲られなかったのですから。DNA鑑定などない時代ですしね。今伊勢侯爵家から漏れることも、ブッシュ家から漏れることも想定しがたい。だから、彼の思考方法は、おそらく非常に単純なものだった。すべてを開示し助勢を求める、その際に、カルテが読め、重大性が理解できる者にしよう——

御案内のとおり、封鎖区域内においてドイツ語ができるのは宇頭元師と私だけです。そして宇頭元師は既に此岸にはいない。だから、天帝のおそるべき諧謔でしょう、私が、マロリーの脅迫者として指名されたのです。当然のことですが、私は、池鯉鮒医師の開示する内容がすべて真実であることを知っていました。そして、確実な死を眼前にした池鯉鮒医師が、どうしても御母様の為に——自分の死後なら、なおさら——金子を求めていることも理解しました。しかし、八二号室にいるのがかつて愛したマロリーでないばかりか、マロリーの共同脅迫者であると知り、私は池鯉鮒医師を裏切ることを決意したのです――密かに。

そう。

私は池鯉鮒医師の依頼をすべて受けました。すなわち、私が死んだときのバックアップも用意した上、池鯉鮒医師の代行者となって、当該赤の他人とともに、マロリーを脅迫すると。そして池鯉鮒医師の御母様に、必ず金銭的な支援を継続すると。この契約の代償として、私は、ドイツ語のカルテの原本を委ねられました。しかし、池鯉鮒医師のことです、またバックアップとして、おそらく複写をこのメゾネット・エリアの何処(どこ)かに隠してはいるでしょう。私は原本を有しているので、興味関心はありませんが、きっと当該赤の他人には侵入できず、池鯉鮒医師には既に何らの危難が無い箇所――ホット・ゾーンである八一号室か八四号室に、それとない態様で、かつ、最終的には発見される態様で、隠したに違いありません。そしてそれは、私が用意した後任者に渡る手筈(てはず)になっていたでしょう。その方の名は、伏せたいと思います。

もちろん。

私にはマロリーを脅迫することなどできない。赤子(あかご)の父親として、そんな資格が無いのは当然、どうしてあれほど愛したおんなを不幸にする真似ができようか。このことからも、池鯉鮒医師が、私の正体を察知していなかったことが解ります。したがって、私もまた、ドイツ語のカルテ原本を隠匿しました。燃やしてもよかった。燃やしても、よかったのですが……私も既に感染し、生還は期しがたい。此処(ここ)東京鉄道ホテルに因果の悪戯(いたずら)で出現したカルテ。マロリーの、思い出。

私にはそれが燃やせなかった。

そして。

依然として、当該赤の他人は非感染者だと聴きます。

だとすれば。

まず池鯉鮒医師は、自然に炸裂する以前の段階で、彼女に処分される蓋然性がたかい。そして医師の『バックアップ』が私であると解らない以上――このセイフティについては、池鯉鮒医師が必ず、当該赤の他人を牽制する為、存在を知らしめているはずです――彼女は殺せるかぎりの人間を、殺してゆく蓋然性もまた否定できない。炸裂を防止する為の緊急避難だと抗弁されてしまえば、その罪は俄然、軽くなるでしょうから。とすれば、感染者である私もまた、殺害される蓋然性がたかい――

ようやく、終わりに来ました。

私は、殺されるでしょう。どうせ炸裂するのだから、それはかまわない。

柏木君、君に対する、最期の願いだ。

此処八六号室階下、私の隔離室に、CDプレイヤがある。ドイツ語のカルテは、そのCDトレイのなか。このカルテ原本と、そして恐縮千万ですがカルテ複写を回収して、私の柩のなかに入れて下さい。

そして、峰葉実香さんに、こう伝えてくれれば、嬉しい。

これからも娘のファンでいてほしいと――娘を是非、応援し続けてほしいと――

身勝手な、それも昔語りで、退屈させてしまったでしょう。

そのことを詫びつつ、この手記を終えます。

そして、必ず生き延びてほしい。

さようなら、柏木君

日本帝国　侯爵　今伊勢師実

10　状況開始にて

――六月十四日金曜日、午前五時五〇分。

山縣良子中佐は、九一式大型移動指揮車・現地司令部内にいた。

「松尾曹長、中田大隊長と回線つなげ」

「中田大隊長と回線、つなぎます」

東京駅薔薇煉瓦（ばられんが）駅舎を映していた現地司令部の液晶大スクリーンは、率然とブラックアウトし、サウンド・オンリーの朱文字をあざやかに浮かべた。

「山縣連隊長殿、中田であります」

「……おまえは現地司令部に帰れ。命令だ」

「既に宇宙服を着用しました。指揮官先頭は、日本帝国の伝統であります」

「ならば私がゆく」

「なりません」

「抗命罪（こうめいざい）だぞ。軍法会議だ」

「連隊長殿には戒厳区域すべてに対する責任があります。次席の指揮官は、小職であります。したがって、小職が突入部隊の指揮を執（と）ります」

「……強情だな中田。イラクでもそうだった」

「連隊長御存知のとおりであります。そして今般も生還致します、すべての兵とともに」

中田尚久少佐の発言は、正解である。

戒厳部隊指揮官である山縣良子連隊長は、封鎖区域にも責任があるが、それをふくむ戒厳区域すべてについて、実際上、最終的な責任を負っていた。無論、山縣良子は、中田少佐の意見具申が無ければ——必死の抵抗が無ければ——自らが封鎖区域突入部隊の指揮官として、まさに陣頭に立つ決意をしていたし、それを躊躇するほど惰弱ではなかった。彼女は現在の帝国陸軍で実戦経験を——それも輝かしいものを——有する数少ない将校のひとりであったから。そして何よりも、指揮官が陣頭に立つことで、このナノメートルの殺戮者に対する兵の恐怖を拭い去る必要があると思っていたから。そのことによって、たとえ自身のいのちが失われようと、それは山縣良子にとって名誉でありこそすれ、微塵も恐怖すべきものではなかった。

が。

内務省・警察に不穏な動きがあるという情報もある。東京駅駅前に展開している近衛師団騎兵連隊は、圧倒的な火力を有してはいるが、もし機動隊あたりにゲリラ戦術を仕掛けられれば、想定外の混乱が惹起される虞もある。軍務省が、あるいは陸軍の元老である山縣公爵が強烈な圧力を掛けてはいるはずだが、警察の事実上の頂点・末井内務大臣が奸智にたけた謀略家であることは、戒厳部隊指揮官として当然、了知していた。

(まさか宮城の直近で、陛下の軍人と陛下の警察官が相撃つことなど在るまいが……)

しかし山縣良子中佐としては、作戦を平穏裡に、かつ迅速に終了させる義務を有する。確かに封鎖区域内に入ってしまえば、東京駅薔薇煉瓦駅舎外の情勢へ、直ちに対処することができなくなるだろう。直近の兵との意思疎通すら困難な、宇宙服着用となればなおさらだ。

「中田大隊長」

「はっ」

「ならば最終的に確認しておく。突入部隊の最大の目的は死体処理だ、よいな?」

「小職の最善を盡（つ）くします、連隊長殿」

「死ぬことは禁じる――任務の完遂を、期待する」

「了解であります」

……山縣良子はささやかな違和感を憶えた。中田少佐の返答に、何処（どこ）か率直でない響きを感じたからだ。しかし彼女は知っている。中田少佐は、彼女の知るかぎり最良の軍人であると。もし中田少佐が突入部隊指揮官を志願していなければ、他の誰に下命するでもなく、まさに自身が直接、指揮を執っていたであろう。彼女は、部下としてというより、戦友としての中田少佐の行動力・判断力・統率（とうそつ）力を何より信頼していた。だから結論として、当該ささやかな違和感を圧殺した。

「松尾曹長、状況報告」

「はい、現状、スクリーンに投影します」

現地司令部のスクリーンのひとつが、東京鉄道ホテル封鎖区域の平面図と、数多のブルー・マーカーを描き出した。それらは彼女の兵であった。

「突入部隊の現状。

封鎖区域右翼、八三号室及び八四号室直近鉄扉（てっぴ）外エアロックに、堀田（ほりた）中隊長指揮下の一個分隊が宇宙服着用、八九式小銃装備で待機しています。また封鎖区域左翼、八六号室及び八一号室直近鉄扉（てっぴ）外エアロックに、中田大隊長指揮下の一個分隊が同様の装備で待機しています」

「補充部隊は」

「封鎖区域右翼・左翼ともども、エアロック外に一個分隊ずつ、配置完了しています」

「宇宙服はすぐに着装できるな」

「その態勢で待機しています」

「狙撃班は」

「所定箇所に展開終了」

「東京駅外周の現状は」

「特段の動き、ありません。道路交通は遮断され、接近する航空機もありません。なお、鉄路は運行を既に開始しています」

「現地司令部直轄部隊は」

「伊奈大尉指揮下の一個小隊が警戒ちゅう」

「対戦車ヘリ（コブラ）は動けるな？」

「御命令あり次第、離陸できます」

「封鎖区域以外での戦闘もありうる。直轄部隊に警戒を厳（げん）となすよう示達（じたつ）」

「了解しました」

「よし」

現地司令部の巨大なデジタル時計とアナログ時計によれば、既に午前五時五九分。

山縣良子は、もはやあらゆる懸念を捨てていた。所期の任務を達成する。それだけだ。

そして舞台は、整った。

デジタルの時鐘が、響く――

「ト号作戦を発動する。突入部隊、侵攻開始」

――六月十四日金曜日、午前五時五九分五五秒。

修野まりは、最終的にヴァシュロン・コンストンタン一九七二を確認した。

舞台は、整った――

「ミ号作戦を発動します。AH-1S始動。一個小隊、状況開始」

その刹那。

新幹線ホームの何処に隠れていたのか、帝国陸軍の戦闘服姿をした一個小隊がまるで跳躍するかの如く在来線ホームを駆け越し、東京駅丸の内南口ドームの袂に集結した。何という技倆であろう、そのままロープを駆使して東京駅地上三階、すなわち三〇メートル以上のたかさをするすると踏破してゆく。彼等はたちまち封鎖区域とされている東京鉄道ホテル三階、メゾネット・エリアの八五号室前へと参集していった。

謎の兵たちが行動を開始した頃。

霞ヶ関・内務省ビルの屋上――戦時においては高射砲が設置されたほど堅牢である――から、三機のヘリコプターが離陸した。一機は対戦車ヘリ、そう近衛師団が東京駅前に展開しているものと微塵も違わないAH-1S、もう二機は機種でいえばアグスタウェストランドAH101、そして川崎重工BK117である。ライトブルーの塗装からして軍用ヘリではない。

三機のヘリは宮城を避けながら、眼前ともいえる東京駅薔薇煉瓦駅舎へ飛翔してゆく。そして対戦車ヘリAH-1Sは東京駅背面、そう、謎の兵たちが展開している東京駅丸の内南口ドームほぼ直上に到着後ホバリングを開始し、残余のヘリコプター二機は、何と東京駅薔薇煉瓦駅舎正面、近衛騎兵連隊が展開しているまさにその上空を、威嚇的に遊弋し始めた。

そしてAH-1Sの機内では。

「御嬢様!! これ以上の接近は不可能です!!」

「かまいません。此処から下ります」

「しかし、まだ二五メートル以上は!!」

「懸垂降下、用意」

「……懸垂降下、用意します!!」

過酷なレンジャー課程を修了した陸軍軍人でさえ、一七メートルのレンジャー塔からの懸垂降下では脚が竦むという。しかし修野まりは、お気に入りの、純黒と純白が可憐な勁草館高校のセーラー服姿のまま、二五メートル以上を懸垂降下しようというのである。ヒトであれば自殺行為であろう。しかし修野まりは淡々と、セーラー服に固定具を着装し、剛毅なロープに安全環をつなぐと、わざわざ特注したのであろうか、セーラー服とまったく色彩が等しい純黒の革手袋を最終的にしっとりと嵌め、これから部活にでもゆくような声調で、しかし断乎としていった。

「下りる」

「了解!!　御嬢様、御武運を!!」

「有難う」

東京駅丸の内南口ドームには、既に彼女の部隊が展開している。

それをさっと瞳で撫でた修野まりは、恐ろしいたかさに浮くヘリコプターから、あざやかなスピードで懸垂降下を始めた。強烈な摩擦に耐えた革手袋を修野まりがくっ、くっと手繰りロープを黙らせたとき、既に彼女の軀は南口ドーム屋上、八五号室正面にあった。彼女が懸垂降下用装備を外し、セーラー服を整えるまで実に五秒を要したかどうか。十秒を掛けていないことは、誤り無かった。無論、着地点は壮麗なドーム近傍であり、したがってフラットではない。しかしそれをいえば、素人ならばそのまま転落するであろうこの東京駅城塞の屋上傾斜で、彼女の兵はまるで遊歩道をゆくがごとく悠然と部隊活動を行っている。修野まりは、そうした練達の兵たちに命じた。

「隔離用バスケット・ストレッチャー、ヘリから懸垂降下で来る。すべて回収して」

「ストレッチャー、回収します」

「ポイントＡ（アルファ）、Ｂ（ブラボー）、Ｃ（チャーリー）の周辺を確認」

「周辺確認、旅客無し、職員無し」

「爆破と同時に八五号室のエラストマーを露出」

「了解。爆破します」

たちどころに東海道線、山手線外回り、京浜東北線各ホームの先端で爆発が起こった。すさまじい轟音（ごうおん）と黒煙に競（くら）べ、物的被害は屑籠（くずかご）程度だ。それらは無論、修野まりが火曜日、東京駅構内を散策（さんさく）したときに仕掛けた特殊な爆弾である。そして瞬く暇（ま）に撤去されてゆく、八五号室の窓を蔽（おお）っていた建設工事用シート。ダークチェリーレッドの熱可塑性特殊エラストマーで物理的に封鎖されている、八五号室の窓が露（あら）わになる。

（さあ実香、柏木君、時こそ来たれり（ディスイズジアワァ）、よ――）

僕は徹夜しつつ、八五号室で待機していた。

傍（かたわ）らにいるのは、マダムＤ。

峰葉さんと葉月頭取は、もう病態重く、この作戦には動員できない。

「マダムＤ。

どうして僕等を救（たす）けようと？」

「どうしてかしらね……ひょっとしたら、もう疲れてしまったのかも知れない」

僕はその言葉の真実の意味を理解したが、黙っていた。言葉にしてしまえば、失われるものもある。

ヒトとヒトとは言葉でしか解りあえない。けれど、既に解りあえたのならば、それ以上の言葉はむしろ侮辱だ――

爆発音!!

少なくとも、みっつ。

「状況開始ですマダムD、窓から離れて」

「その真珠のイヤリングは？」

「爆弾」

そして、僕等が健在であるサイン。僕は自らも必要な距離を確保すると、ダークチェリーレッドで外側から塗（ぬ）り籠（こ）められた八五号室の窓へ、修野さんのイヤリングを投擲（とうてき）した。

眼が眩（くら）む様な、ひかりとともに――

轟音!!

不思議なことに、予想していたほどの粉塵（ふんじん）は立たない。視界は確保されている。

そして。

あざやかに違う世界へ消えていった、窓と封鎖壁。いや正確には、窓はまだ健在だ。窓の中央に綺麗な円が描かれ、其処が外界に開放されている。それほど大きさは無い。大人二、三人が身を縮めながら同時に侵攻できる、その程度のサイズの爆破孔（こう）。

僕が窓に駆けより、確実にいるであろう修野さんと合流しようとした刹那。

八九式小銃を携行し、グロテスク――は無礼だろう、威圧感のあるガスマスクを着装した陸軍の戦闘服姿が幾人も、幾人も八五号室へ突入してきた。そのままほとんどがメインドアを出、廊下へ消えてゆく。残されたのはわずかの兵と、特殊な担架（たんか）――

「爆破孔は再度、建具等を支柱にエラストマーで封鎖、確実に外界と遮断」

「了解しました、特殊エラストマー、放出します」

この窓は。

八五号室の窓は、いったい何秒、開いていたのだろう。いや秒単位ということは無いが、しかしあまりにも迅速に再閉塞されたそれは退路の遮断で。おそらく一個小隊弱の謎の兵と、そしてもちろん修野まりを導き入れるや、まるでその使命を終えたかの如く、たちまちのうちに窓は原状に――密閉状態に――もどされてしまい。

僕は救出部隊指揮官に語り掛けた。

「遅かったね」

「あなたが演じたであろう探偵劇には、それなりの時間が必要だったでしょう――

実香は」

「そう睨まないで。ベッドに寝ている。まだ生きている――しばらくは」

「重畳」

僕は銃殺されずにすんだ。

「けれど修野さん、何故窓を塞いだの。

確かに空気感染の虞を考慮すれば、塞ぐにしくはない。

けど、僕等もまた、出られなくなってしまった」

「あなたは知っているはず」

「そうだね。

君はどうあっても此処から出てゆく。少なくとも、峰葉さんと一緒に」

ト号作戦が発動され。

中田少佐は封鎖区域左翼から、堀田大尉は封鎖区域右翼から、それぞれ侵攻を開始した。とはいっても、いったん陸軍自身が厳重に溶接した鉄扉に、侵入口を開かなければならない。近衛工兵小隊がエアロックとして、特殊エラストマーの外壁を構築しているから、鉄扉を斬り開けることに問題は無い。問題があるとすれば、絶対に宇宙服を破損・溶解させてはならないことだが、これについては、ながい封鎖作戦の暇に執拗な訓練を重ねてきた。

開口まで、あと数十秒――

『大隊長殿!! 封鎖区域内から爆発音らしき音響!!』

『確認した。こちらで対処する。開口作業急げ』

完全密閉され、自給式呼吸器とその電源すら装備されている宇宙服相互の意思疎通は、無線によるしか無い。したがってその爆発音というのも、確かに破裂する様な音が聴こえた様ではあるが、爆竹程度のものなのか、九〇式戦車の咆哮の如きものなのか、突入部隊には判断の仕様が無かった。しかも、鉄扉越しである。

『突入部隊指揮官から現地司令部』

『現地司令部ですどうぞ』

『詳細不明なるも、封鎖区域において爆発音が聴取された模様。現地司令部において確認可能か、どうぞ』

数秒の、中田少佐にとっては無意味な、奇矯な暇があった。

『現在、戒厳部隊指揮官が対処ちゅう。突入部隊にあっては、所期の作業を続行されたい。以上現地司令部』

山縣連隊長殿が、対処している――？

だとすれば、東京駅薔薇煉瓦駅舎外で、面倒な異変が発生したということだ。

自分が補佐できたなら。

しかし中田少佐は既に宇宙服を着、華館内で任務遂行ちゅうである。そして指揮官は、作戦ちゅうに複数の目的を持ってはならない。そもそも現地司令部――山縣中佐――との無線連絡を密にすれば、ただでさえ無慈悲な悪疫に恐怖をいだいている兵の、無用無意味な動揺を惹起するだけである。中田少佐は即時、現地司令部も東京駅外周も意識の埒外に置き、突入部隊指揮官として、巌の如く下命した。

『侵入口開口急げ。開口と同時に突入。総員小銃戦闘用意』


ト号作戦発動直後。

九一式大型移動指揮車、現地司令部内。

「連隊長殿!!」と管制官の松尾曹長。「所属不明航空機、戒厳区域内に侵入!!」

「状況報告」

「霞ヶ関方面から所属不明の航空機三が離陸、最短航路を東京駅丸の内駅舎に急速接近ちゅう。離陸地点は内務省ビル至近。これら以外の航空機は現時点、確認されず」

「スクリーンに位置を投射。侵攻状況確認。識別急げ」

作戦区域に侵入をしようというのだから、ヘリだろう。まさかボーイング七四七ではあるまい。そして不埒なヘリは、警察用航空機である蓋然性が極めてたかい。他に航空機を運用する消防組織は、物理的な戦闘力を有してはいないからだ。

やがて、メインモニタにレッド・マーカーが三、標示される。うち一機は東京駅薔薇煉瓦駅舎背面へ迂回飛行する模様だ。他の二機は――

まさに此処、現地司令部の直上に!!

「識別まだか!?」

「識別信号確認――

東京駅後背の航空機は、我が陸軍の対戦車ヘリです!!」

「莫迦な――何処の部隊か」

「第一師団の第一飛行隊であります。同機から入電、ト号作戦支援ス――以上です」

戒厳司令官の宇部英機中将が、独断で？

ありえないことだ。軍務次官であり続けたいかぎり、山縣公爵の――すなわち山縣良子の内諾も獲ず、勝手な真似をするはずがない。あの老人に、その様な度量は無い。

と、すれば。

欺瞞工作――

「直上二機の識別は」

「帝国陸軍のものではありません。現在コンピュータにて機種等解析ちゅう――

解析出ました、警視庁航空隊の『おおぞら一号』及び埼玉県警察部航空隊の『むさし』であります」

「直轄部隊の対戦車ヘリ出せ。蛆虫を蹴散らすのだ」

「警察用航空機二機は、対戦車ヘリの直上を遊弋しています。離陸は不可能」

山縣良子は微塵も動揺してはいなかった。彼女は死地を経験している。しかし、後悔はした。ト号作戦に火力は必要無い。だからあくまで威圧用としての九〇式戦車しか手駒が無い。そして九〇式戦車の主砲仰角は一〇度、直上のヘリに対応すべくもない。彼女が編制した戒厳部隊そのものも、野戦砲や対空砲など擁してはいない。

だから山縣中佐は直ちに決断をした。

「直轄部隊の伊奈中隊長を出せ」

「音声、開きます」

「連隊長殿、伊奈であります」

「小煩い蠅どもは、確認しているな?」

「はっ」

「携帯式地対空誘導弾を以て、無力化しろ」

「連隊長殿、当該航空機は、警察の……近隣ビル等への、被害も」

「確実に無力化しろ」

「航空機二を無力化します、連隊長殿」

其処へ松尾曹長のハイトーンが響いた。

「戒厳区域内に所属不明の歩兵、一個小隊規模が侵攻ちゅう!! 監視カメラで確認!!」

「監視カメラ映像出せ」

「第四サブスクリーンに出します」

山縣良子は当該一個小隊を確認した。軍装は、確かに帝国陸軍の戦闘服である。自動小銃も八九式で誤り無い。しかしどれだけ若輩とはいえ山縣中佐は湾岸戦争の英雄、戦地のにおいが解るおんなだった。

(帝国陸軍ではない……この動き、帝国軍人ですらない)

侵入しているのは第一師団隷下を自称するAH-1S、一機のみ。改装をしていなければ乗員二名である。一個小隊を輸送するなら、それこそあの巨大なCH-47J（チヌーク）でも動員しなければならないはずだ。あのAH-1Sからこれだけの兵員がヘリボーン——絶対にありえない。すると既に、東京駅構内に侵入をしていたことになる。

東京鉄道ホテルに、眼を奪われ過ぎたか。

しかも所属不明の一個小隊は東京駅背面から、封鎖区域である丸の内南口ドームへ陸続と登坂しつつある。その目的が封鎖区域に対する侵入であることは、確信水準の蓋然性（がいぜんせい）で誤り無い。

（こちらの航空力が、使えんとは）

「伊奈中隊長に下命。

警察用航空機を撃墜した後、直轄部隊一個小隊すべてを率いて外周より東京駅駅舎に接近、丸の内南口ドームにおいて行動しつつある所属不明者をすべて排除せよ。以上だ」

「了解しました、伊奈中隊長に御命令を伝達します」

その刹那。

第一師団隷下を自称するAH-1Sから、レンジャー課程修了者すら驚嘆する態様で、あざやかな懸垂降下（リペリング）により東京駅へ降下したおんなが——

「該（がい）ヘリの映像を拡大しろ!!」

「望遠で出ます!!」

山縣良子は絶句した。

そして、呵々大笑（かかたいしょう）した。現地司令部内の誰もが驚愕（きょうがく）する無邪気なそれは嚶笑（ようしょう）で。

「そうか修野まり、おまえだったか。主演女優は最終幕で、というわけだ——

松尾曹長」

「は、はいっ」

「伊奈中隊長に再度命令。東京駅駅舎に存在する所属不明者はすべて殺せ」

「りょ、了解しました」


――東京鉄道ホテル、封鎖区域内。

鉄扉（てつび）を開口して突入した中田少佐と堀田大尉の各分隊は、其処（そこ）が既に城塞であることを理解した。左翼方面（中田分隊）に対しては、八六号室・八一号室への回廊それぞれに、ベッド、箪笥（たんす）、ドア、ダイニングテーブル、そしてグランドピアノ――グランドピアノ？――等々を用いて野戦陣地が構築されているのである。右翼方面（堀田分隊）にあっても同様の困難に直面していた。八四号室・八三号室への回廊それぞれが、完全に閉塞（へいそく）されている。

山縣良子以上の戦歴を有する中田少佐は、たちまちのうちに事態を認識した。

これは、玄人（くろうと）の仕事だ。

そして、宇宙服のバイザー越しにも確認できる。

おそらく二個分隊弱はいるであろう敵勢力が、八九式小銃を、野戦陣地から可能なかぎり狙撃できる数の目標――自分達である――に対して、確実にロック・オンしているのだ。この様な状態にある以上、謎の兵らは敵である。したがって、中田少佐としては（堀田大尉も同様であったが）、任務完遂の為、彼等をすべて排除しなければならない。

――しかし。

有能な軍人である中田少佐には、結末がすぐに想定でき、かつ、それは確定した。

突入部隊は、全滅するだろう。

兵たちは宇宙服を抛棄する訳にはゆかない。それこそ死だ。しかし、それどころか、兵たちは宇宙服に擦り傷ひとつ、着けられてはならない。それも死だ。その様なハンデを背負いながら、おそらく平均的な陸軍軍人以上の戦闘力を有すると断定できる――中田少佐の戦闘服に縫いつけられたレンジャー略章は伊達ではない――敵の野戦陣地を奪取し、抵抗する者あらば排除・無力化することは、客観的判断として不可能である。戦前の陸軍なら、兵たちに宇宙服を抛棄させるだろう。だが現代の陸軍は違う。そして中田少佐は、その様な愚劣な蛮勇の為、兵たちのいのちを犠牲にする様な、ファナティックな軍人ではなかった。

最善でも、膠着。

しかし、増援部隊がどれだけ加わっても……

このエボラ・ウイルスの海のなかでは、拳銃の銃弾一発ほどの意味も無いだろう。

――だが。

不思議なことに、敵は、一発も撃ってこない。正確には、突入部隊が侵攻したその瞬間、あからさまに明後日の方面へ威嚇射撃を加えたのち、まったく手を出してはこない。無論、当該威嚇射撃は、何時でも宇宙服を破る、という警告であろう。しかしそれ以上の害意が無いということは、我々を生かしておきたいということ、さらには我々と何らかの交渉をする用意があるということだ。我々を全滅させようと思えば、いまこの瞬間にもできるのだから。

中田少佐は、決意した。

即座に宇宙服のロックを解放し、脱ぎ捨てる。

『大隊長殿?』

『大隊長殿!!』

「騒ぐな!!」

中田少佐は宇宙服の兵をできるだけ退がらせた。八九式小銃の照準も外させる。そしてその威風堂々たる戦闘服の腕だけで彼の分隊を鎮めると、自らの小銃を兵に委ね、ゆっくりと、八六号室直近の野戦陣地へ、脚を搬んでいった。深い理由は無かったが、敢えていえば、其処だけにあるグランドピアノの防壁が、何処か暗示的だったから、である。

「日本帝国陸軍少佐、近衛師団近衛騎兵連隊大隊長、中田尚久だ。諸君等の代表者と面談し、この事態を打開したいと考える」

——その刹那。

新しい天地を創造する様な、壮麗にして典雅な合唱曲がたからかに響き渡った。この汚染血液と死者とに彩られた、絶望しかない地獄の海に。中田少佐にはさほど音楽の素養は無い。無いが、それがどこまでも歓喜であること、そして圧倒的な祝祭であることは理解できた。彼は所謂歓喜の歌を、そしてハレルヤを連想したが、その類であることは確かだろう。ああ、きっとこれは聖歌だ。そして、確実に誰かの降臨を、願っている——

Stimmt an die Saiten, ergreift die Leier　（弦の音をあわせよ、竪琴をとれ）
Laßt euren Lobgesang erschallen!!　（天使たち、その賛歌を響かせよ）
Frohlocket dem Herrn, dem mächtigen Gott　（主に、全能者に歓呼せよ）
Denn er hat Himmel und Erde　（全能者はこの天と地を
Bekleidet in herrlicher Pracht!!　（比類無き美で彩られるのだから）

——天使たちの歓呼が最後のフォルテシモを歌い上げる、そのとき。

まるで、砂糖菓子が溶ける様に。

野戦陣地のバリケードはするすると左右へ退がった。

そして、其処に現れた、ひとりの少女。モノトーンが美しい、セーラー服の少女――

「修野まり、子爵令嬢」

「おまちしておりました中田少佐。

その御胆力、こころから感動致します」


――九一式大型移動指揮車・現地司令部。

修野まりの爆弾が在来線ホームで爆発した頃。

「連隊長殿!!」と松尾曹長。「東海道線・山手線外回り・京浜東北線の各ホームにおいて爆発を確認。第三サブスクリーンに監視カメラ映像、出します」

「状況報告」

「爆発箇所は三箇所。人的被害、ありません。物的被害、極めて軽微。列車運行への支障無し。ト号作戦への直接の影響無し。ただし異常な水準の黒煙を伴う」

「なら陽動か信号だ。それこそ警察のおまわりさんどもに始末をさせろ」

しかし。

山縣良子は考えた。サブスクリーンの映像では、確かに猛烈な黒煙が噴き上がっている。警察に規制線をはらせ、処理させる前に、黒煙だけでも始末しなければ、東京駅に衆目が集まる。それは避けたい。嫌らしい陽動だ。山縣中佐は微かに舌拍ちをした。

「工兵小隊は動かせるか」

「開扉作業終了まで三六〇秒」

「伊奈中隊長の直轄部隊に下命。直轄部隊から直ちに三個組を抽出再編、東京駅構内の黒煙を止めよ」

「了解、伊奈中隊長に伝達します」

「工兵小隊一個組も開扉作業終了後転進、同任務に当たらせろ」

「了解」

　そして、陽動だけでなく。

　信号だとしたら、意味は何だ。爆発——爆発音——轟音——

　封鎖区域か。封鎖区域は特殊エラストマーで物理的に遮断されている。封鎖区域内に特定の意味を伝達しようと思えば、視覚でも味覚でも触覚でも嗅覚でもなく、聴覚を、音声を利用するだろう。

　そして、修野まり。

　やはり狙いは、封鎖区域内の殺処分（さつしょぶん）対象者の奪還（だっかん）——

　ならばドーム外壁の修野の手勢は、窓を破砕（はさい）し侵入するしかあるまい。だが、東京駅の監視カメラでは、薔薇煉瓦駅舎後背が確認できない。映像が要る。

「警察の蝿はどうなっている」

「それぞれ霞ヶ関方面へ撤退しました!!」

「……主力部隊の支援のみということか、まあいい。なら既に対戦車ヘリ（コブラ）は離陸したな?」

「東京駅丸の内南口ドーム後背へ急行ちゅう、ヘリテレ映像送達まで一二〇秒」

「伊奈中隊長の直轄部隊は」

「ドーム外壁の所属不明者と交戦ちゅう」

「ヘリに支援させろ。所属不明のAH-1Sは排除。所属不明者を絶対にドーム内へ入れるな」

　航空戦力があれば。

修野まりの手勢など、蹴散らしてみたものを。

警察の莫迦げた邪魔立てで対戦車ヘリの離陸が遅れた——この遅延は致命的になるかも知れん。ということは、警察と修野で黙契が締結されていたということだ。末井内務大臣、あの狐が。

しかし。

警察のヘリは退去した。ならば——

「AH-1Sはどうなっている」

「既に戒厳区域から離脱しています」

航空戦力も、撤退手段も抛棄する？　確かにAH-1Sが健在なら、伊奈大尉の直轄部隊は苦戦を強いられる。撤退してくれたのならこちらのヘリが修野の手勢を殺戮するだけだ。しかし、まさか東京駅を枕に華々しく討死することが目的ではあるまい。修野まりはそんなファナティックな——ルナティックではあるが——ものではない。

だとしたら。

この山縣良子が全権を握る戒厳区域から、どうやって退避するつもりなのか——

「ドーム八五号室附近で爆発音!!」

「状況報告」

「コンピュータ解析。爆発はドーム八五号室内からのもの。壁面等、駅舎構造物に影響無し。ただし、特殊エラストマーは無力化された蓋然性、大」

「映像急げ」

「出ます!!」

ヘリテレ映像が第一サブスクリーンに投射される。

封鎖区域内、八五号室の八重洲側へ直面する窓に、あざやかな円の爆破孔が穿たれており。其処から陸続と修野まりの手勢が東京鉄道ホテル内へ突入してゆく。空気感染するウイルスの、物理的封じ込めが破られたのだ。

修野まり。

友情だか愛情だか義憤だか嫌がらせだか知らんが、日本帝国を——世界を汚染血液で染めようというのか!!

「連隊長殿」と松尾曹長。「鉄扉開扉。突入部隊、入ります。宇宙服のＣＣＤカメラ映像、第二サブスクリーンに出ます」

「中田大隊長との直通回線開け」

「回線開きます」

「中田、山縣だ。

八五号室の窓が爆破された。所属不明者の侵入も確認されている。

直ちに工兵小隊を以て再閉塞しろ。最優先だ」

『了解しました、連隊長殿』

山縣中佐もいわなかった。中田少佐も訊かなかった。だが。

い、い、い、い、い、い、い、
あらゆる犠牲を払っても、だ——

その刹那。

中田少佐の宇宙服越しに、八九式小銃の狙撃音が、聴こえた。

——東京鉄道ホテル、封鎖区域内。

　修野まりは、女学生然としたセーラー服姿のまま、エボラ・ウイルスの黝い海を泳いで中田少佐に近づいた。中田少佐の側に、もう彼女を恐れる理由は無い。宇宙服を抛棄したその刹那、将校は既に自らの死刑執行書に署名をしたのだから。またこの様な事態を強制した修野まりが、宇宙服とともにそのCCDカメラも無線機も抛棄させているのだ、ということも当然、理解していた。兵は退がらせている。山縣中佐がこの舞台を視認することは、できない。

　会談の口火を切ったのは、中田少佐で。

「ヘンデルですか？」

「ハイドンですわ」

「……これで小職も、そちら側になりました。祝祭だとしたら、皮肉に過ぎます」

「あなたは死なない。そして、生存者も。楽園は汝の為に開かれたり（*Sedrach*, 12）――」

　修野まりは、病院が点滴に使用する様な医療用ソフトバッグを微かに翳した。クリムソンレーキの液体が封入されている。

「これは、治療薬」

「……エボラ・ウイルスの、ですか？」

「正確には、エボラ・レストン一一〇五の、だけれど」

「小職の知るかぎり、その様なものは存在しません」

「世界は少佐の知らない不思議にみちている」

「では、それを何処から入手なさったのです」

「少佐を信頼して教えましょう。このバイオテロを実行した陰謀組織から」

「ますますもって不可解ですな。あなたは日本帝国子爵令嬢でありながら、その様な火遊びもなさるのですか」

「少なくとも、私は帝国陸軍の作戦行動を妨害できるだけのちからを有しています。少佐がまさに現在、その身を以て理解されているとおりに」

それは事実だった。

女子高生ひとりが、子爵令嬢ひとりが一個小隊の戦力を、航空戦力まで動員して、此処(ここ)東京鉄道ホテルに展開している。そして正直な処(ところ)、中田少佐には既にカードが無い。むしろ彼女が望むとおりの行動を、知らず強制されている。

——最終的に修野まりは、破廉恥(はれんち)な嘘まで述べた。

「私がこの封鎖区域において宇宙服を着用していないことこそ、この治療薬が真物(しんもの)である何よりの証左。そしてもちろん、その様な治療薬無くして少佐に宇宙服を抛棄させるほど、私は野蛮でもなければ傲慢(ごうまん)でもない。礼には礼を盡(つ)くす」

「……小職は帝国陸軍軍人であります。上官の命令無く、作戦行動を中止することはできません。それでは軍隊秩序が崩壊します」

「兵が全滅しても？」

「作戦が成功するならば」

「成功すると思って？」

「……あっは、無理でしょうな。

しかし子爵令嬢、帝国陸軍一四万八、〇〇〇名ならば、我々の屍(しかばね)を踏み越えて、何時(いつ)かは目的を達成するでしょう。あなたがどれだけの戦力を擁(よう)しているのかは知りませんが、最終的には、国家の軍事組織に敵することなどできはしない」

「嘘」

「嘘、とは」

「中田少佐、あなたは兵のただひとりも無駄に殺したくは無いはず。それはあなたが優秀な軍人であるから。優秀な軍人は、兵を最も合理的に殺すもの。この事態において、少佐が指揮する四個分隊を全滅させるなど、まさに愚劣愚昧(ぐれつぐまい)そのもの」

「子爵令嬢が兵を退(ひ)いてくださるのなら、その様に残酷な事態にはなりますまい？」

「少佐。

端的にいう。

もしこの停戦交渉が決裂するならば、私は、この治療薬のことを地球規模で暴露する」

「さすれば？」

「山縣中佐、宇部軍務次官、山縣宮内大臣そして松岡総理大臣の責任問題に発展する。確実な治療薬があるにもかかわらず、病魔に苦しむ無辜(むこ)の民を殺戮(さつりく)したと――

帝陛下(みかどへいか)はさぞ悲しまれるでしょう。

帝国陸軍の威信は地に堕(お)ちるでしょう。

中田少佐。

もちろんそれは私の本意では無い。

ただ、オックスフォードの同窓生として。

山縣中佐が――あなたがそのいのちを懸けて仕えたい山縣中佐が――軍法会議に訴追され、その名誉を毀損(きそん)され、陸軍刑務所入りになるとするならば。

そうね、そこはかとなく悲しくは、あるわね」

「随分な脅迫ですなあ」

「あら、私はあなたの深甚な理解者よ。ともに山縣中佐を非道の虐殺者としないことを願う、誠実な同盟者――でありたいと願う」

「……もし山縣中佐が治療薬のことを知ったら」

「作戦計画を修正なさる、かも知れないわね。けれど、しないかも知れない。

ならば。

仮に現段階では、独断専行の虞があろうとも。

仮に現段階では、命令の機械的な執行者でなくなるとしても。

良子の為に最善の措置を執るのが、此処の指揮官であるあなたの義務――ではなくて？」

「……どうやって、此処から脱出されるおつもりです。

あなたならば、恐らく八五号室の窓は再閉塞されたはず」

「生存者四人にあっては、既にそれぞれ、隔離用ストレッチャーを懸垂降下させてある。あなたたちが用意した死体用隔離容器に似せたものを。生存者はこれに収容して、死体用隔離容器と同様に、封鎖区域から搬出してください。さすれば私の兵が自然な態様で受領し、そのまま某所へ搬送します」

「子爵令嬢御自身と、子爵令嬢の兵は？」

「それは御心配無用――エアロックさえ通過させて頂けるならば。

脱出ルートは複数、確保しています」

「あなたがたが罹患していても、日本帝国に深甚な影響を与えることは無いのですね？」

「所要の防護はしておりますし、その様な事態になっても、治療薬があります。

もちろん御心配されている隔離も、私の責任で確実に実行しましょう」

——中田少佐は。

かつて抛棄した宇宙服へ脚を搬ぶと、装着されている無線機を手に採った。

最終的に修野まりと瞳を交錯させたのち、回線を開く。

『突入部隊指揮官から現地司令部』

『現地司令部ですどうぞ』

『連隊長殿に突入部隊から報告あり、どうぞ』

『……山縣だ』

『連隊長殿、八五号室の爆破孔を再閉塞するとともに、侵入した所属不明者をすべて、無力化致しました』

『すべて、か』

『すべて、であります。

生存者にあっても確認終了。作戦計画どおり処理しました』

『確かだな？』

『確かであります』

『映像が途絶している。CCDカメラと無線機に、異常があった様だが？』

『電波状態によるものと思料されます。

ト号作戦要領に遵い、突入部隊を糾合し再編、直ちに除染活動を開始——』

『修野まりは、どうしたのだ』

『銃撃戦ののち、撤退なさいました——

直ちに除染活動を開始、同時に死体容器を搬出します』

『……中田よ』

『はっ』

『修野まりは、窓が再閉塞されたのち、いったい何処(どこ)から撤退したのだろうな』

『恐らくは』中田少佐は、らしからぬ詩的表現をした。『我々が踏破(とうは)していたかも知れぬ、血塗(ちぬ)られた途(みち)から——でしょう。

　以上突入部隊指揮官』

終章

彼と彼女

「柏木君、マダムＤは、どうして自殺したのかしら。頑なに隔離用ストレッチャーを、拒(こば)んで」

「彼女が宇頭元帥の元帥刀を持っていた——ということは、それを元帥から預かっていた今伊勢侯爵が、彼女に渡したんだ。ひょっとしたら、彼女自身が八六号室階下から盗んだのかも知れないけれど、僕はその蓋然性(がいぜんせい)は低いと思っている」

「何故？」

「今伊勢侯爵は、手記によれば、まだベルモント国務長官を愛していた。マダムＤが、たとえカルテの確保に失敗したとしても、ベルモント国務長官を脅迫する余地は幾らでもある。他方で、今伊勢侯爵は僕等が」

「あなたが、でしょ——」

「——僕等がマダムＤの正体を解明することを読んでいた。彼女が東京鉄道ホテル連続殺人事件の殺人者であるということも。それらが露見したとき、マダムＤがどう出るか——華館(かかん)にリーチがある凶器となる様なものは無い。彼女は口封じの為、元帥刀を抜くだろう。そうなれば乱闘だ。そして今伊勢侯爵の読みとしては、非感染者三人の誰かが生き残って」

「確実に想定されていたのは柏木君、あなたでしょうけどね」

「誰かが生き残って反撃をする。天帝の恩寵があれば、マダムDは返り討ちに遭う。脅迫者は、死ぬ。いずれにせよ事態を座視していれば、マダムDの身辺で乱闘が生じる蓋然性は著しく低い。ならば賭博的にせよ、元帥刀というガジェットを導入して、彼女が殺される余地を製っておいた――のかも知れない。僕等に元帥刀を渡しても、まさか人殺しはしないだろうからね」

「御免、柏木君、あたしが訊いたのはマダムDの自殺について、なんだけど」

「それは今伊勢侯爵の脚本には無かったろうね。直接会談して、その意思は嫌というほど確認していただろうから。

しかし。

今伊勢侯爵をして、読み切れないものがあった。

影武者の苦悶と懊悩だ。

マダムDはその過去も未来も顔貌も容姿も否定され、ながく、ベルモント国務長官の影武者を務めてきた。そしてそれはベルモント国務長官の政治生命があるかぎり、マダムDの心臓が鼓動しているかぎり、永劫続くことだ。いや、たとえベルモント国務長官の政治生命が終わったとしても、もう、彼女に自身の人生は無い。無理な整形手術等々でどれだけ過去の自分が恢復できたとしても――実際上それは物理的に実現不可能だと思うけれど――国家による監視は継続されるだろうし、もう年齢が年齢だ、いまさら平凡なしあわせを手にすることは絶望的。

ずっと、ずっと強いられてきた他人の人生。

そして何処にも自分の軌跡は無い。

きっと、疲れていたんだと思う。疲れて、疲れて……」

「真のベルモント国務長官は、依然として溌剌と御活躍のようよ」

「いずれにせよ、東京駅テロの真実は当面、封印された。たとえ何処かでまた、この東京駅テロに関するまったく別異な物語が生まれていたとしても——

彼女に偽りの名声を与える為にのみウイルスの海に遺棄されたマダムDの献身は、結論として、無意味だった訳だ」

「脅迫者として生き延びる、という動機は消えていたのかしら」

「そういう動機が存在していたことは誤り無い。この無慈悲に強制された極限状態のなかで、むしろ生き延びる縁といってもよかったんじゃないかな。

けれど。

他方で、そんなカネを手に獲れて何になる、という疑問も、持っていたんだと思う。

きっと遺すべき相手も、派手に蕩尽する機会も無かっただろうから。

だからもし、真に脅迫を実行しようとしていたのなら、それは純粋な嫌がらせだ。表現が穢いのなら、ベルモント国務長官にも苦悶し懊悩してもらいたかったんだと思う」

「でも、おやめになった」

「最期だけは、自分の人生を、自分で決断したかったのかも知れないね。

いずれにせよ動機論。納得のゆく解答は製れるけど、正解は誰にも解らないさ。

そして、忘れてはいけない。

殺人者は所詮、殺人者だ。被害者が瀕死であろうとなかろうと、その罪は贖わなければならない」

「真のベルモント国務長官、また然りでしょうけれど……

他方で、葉月頭取」

「さすがは不沈戦艦・葉月鳴海。五日後には職場復帰だってさ」

「東京鉄道ホテル連続殺人。東京駅バイオテロ。

伝説として語ることができないのは、きっと、残念でしょうね」

「そりゃ悔しくて仕方ないだろうけど、彼女はずっと戦闘ちゅうだから。これまでも、そしてこれからも。まだまだ幾らでも伝説は製られるさ。いや製るのか。今伊勢侯爵の遺言も使えるしね」

「――そういえば、まりは？」

「いわくちょっとした架電と、東京駅長さんに御挨拶、らしいよ」

閣僚と令嬢

「もしもし、末井（すえい）です」

「末井内務大臣閣下、修野でございます」

「わざわざの御架電、恐縮です子爵令嬢」

「警察用航空機の運用、どうも有難うございました」

「御約束でしたから」

「無論、憶（おぼ）えておりますわ。

修野子爵家としては、すなわちホウルダーネス公爵家としては、最大限、三栄（みつえ）銀行の生き残りに貢献してまいりたい、こう考えております」

「葉月鳴海・西海銀行頭取は、また違うお考えをお持ちとか」

「閣下、尾張徳川侯爵家にせよ、奥平伯爵家にせよ、修野子爵家にせよ、どのような銀行であろうと、東海圏の為になる銀行を求めているのです。三栄銀行がそれを憶えていてくださるのなら、どちらがどちらを喰おうと、どちらがどちらに呑（の）まれようと、さしたる問題はございません」

「ならば、西海・五和銀行については斬り獲り放題」

「葉月頭取も、死物狂いの闘争を仕掛けることでしょうが——合衆国との御縁もできそうとか」

「それを少なくとも、修野子爵家は支援しないと仰有る」

「はい」

「三栄銀行としては、悲願である吸収合併の為、様々な御助力を必要としております」

「情勢がどう変遷するか、誰にも予測はできませんが——

一般論として、西海・五和銀行には、何を犠牲にしても知られたくない実情が数多、存在するでしょうね」

「そして子爵令嬢は、それを知りうる位置におられる」

「警察用航空機二機相当の対価は、確実にお支払い致します」

「それ以上となりますと?」

「同盟者として、内務大臣閣下が、どれだけ強勒になられるか——それによりますわ」

「修野子爵令嬢、あなたは恐ろしい方だ」

「私は、可憐な女子高生に過ぎません——それではまた」

中佐と少佐

「東北・上越新幹線は、発車したな?」

「は、連隊長殿。

祝典ののち、東京駅二十番線ホームから『やまびこ一号』が無事、発車しました」

「情報統制についてはどうか」

「ト号作戦については完全秘匿（かんぜんひとく）に成功しております。東京駅テロにつきましては、情勢が平穏化した時機を狙い、参謀本部が穏当な態様で発表する、とのことであります」

「そして、おまえも感染しなかった」

「莫迦（バカ）はウイルスに罹患（りかん）しないそうであります」

「そうか。

　状況終了だな」

「状況終了、であります」

「……もう、聴いているか」

「はっ、連隊長殿にあってはテロ生存者救出救護により一階級特進され、近衛師団参謀長に御栄転とのこと。おめでとうございます、山縣大佐殿」

「辞令はまだだ。

　しかし奇矯（ききょう）なことだ。私は救出救護など、微塵（みじん）も下命してはいないのだがな」

「連隊長殿、いえ参謀長殿。

　もはや状況終了――であります」

「ひとつ、訊いてよいか」

「はっ、承ります」

「私の判断は、誤っていたか？」

「的確であったと、確信しております」

「ならば何故、独断専行した」

「参謀長殿がおられたら断行したことを、断行したのみであります」

「何故そう考えた」

「参謀長殿のことを、小職以上に知る者は何処(どこ)にもおりません。
参謀長殿は、兵を無下(むげ)に殺しはしない。だから兵は山縣のオフクロ、山縣のアネゴと参謀長殿を慕(した)うのです」

「せめて」山縣良子は真実、辟易(へきえき)した。「山縣のネエチャン、にならんものか」

「そしてイラクの砂塵(さじん)も、あの瞬間、小職に囁(ささや)いた」

「イラクの砂塵、か……おまえはあの時もそうだった。私は爆散(ばくさん)しているはずだった」

「参謀長殿の御仁徳あらばこそ、戦車小隊すべてが吶喊(とっかん)したのです。
御自身の正確な評価ができない軍人は、よき軍人ではありません参謀長殿」

「よき軍人、か……
殺戮(さつりく)をするのもよき軍人、救難をするのもよき軍人。所詮(しょせん)は、結果論か」

「恐縮ですが、違います」

「うん？」

「最善の結果を出すのが、よき軍人です。殺戮や救難は手段に過ぎません。そして、手段に執拗(こだわ)っては最善の結果を逸(いっ)します。結果の為に決断するのが、指揮官であります。
僭越(せんえつ)なことを申しました」

「……指揮官というのは、酷(むご)い仕事だな」

「そうでもなければ将校など、旨味(うまみ)ばかりが在り過ぎましょう」

「あっは、そのとおりだ――
中田尚久大隊長。

おまえの大隊長としての任を解く。これまで真実、御苦労だった」

「有難うございます参謀長殿。願わくば、満州の最前線へ投入して頂きたく」

「莫迦をいうな!!

貴様にだけ楽な途をゆかせると思ってか。それでは独断専行の懲罰にもならん。

……若輩参謀長にはまだまだ、おまえのちからが必要だ。

まだ内示前だが教えておく。一階級特進の上、近衛師団参謀に栄転だ。これからも近衛師団と……私の為に盡くしてほしい。受けてくれるな?」

「……参謀長殿は、穢い。

自分を泣かそう泣かそうとされる」

「最善の結果を、これからも求めねばならんらしいのでな」

「謹んでお受け致します、山縣参謀長殿。

ならば、あの禁煙曹長も」

「ああ、つれてゆく」

駅長と子爵令嬢

「これはこれは、修野子爵令嬢」

「こんにちは、豊橋善一・JR東海東京駅長」

「御陰様で、JR東日本も無事、東北・上越新幹線のセレモニーを終えました」

「諸事好調?」

「東京駅の騒動が終息して、本当に救かりました」

「嘘ね」

「え？」

「騒動があっけなく終息して、それは残念だったでしょうといっている」

「すなわち」

「その白いダブルの盛夏服（せいかふく）、駅長の真似、そろそろ止めて頂戴」

「あら解ってたのね」

「あなたが八一号室を訪ねた、そのときからね」

——しばし暗転。


「はふう。

やっぱりあたしにはこの、勁草館のセーラー服が似あうわね。ね、まり？」

「確かにそうね、私ほどではないけれど」

「暇（ひま）つぶしまで訊いておくわ。何故解ったの？

まさか身長が低過ぎるなんて嘆息（ためいき）ものの理由じゃないわよね？」

「随分な御冗談（アイワズントボーンイエスタデイ）ね。あなたはあの講義で、東京駅薔薇煉瓦（ばられんが）駅舎のことを『綺麗な左右対称』と発言した。JR東海の駅長だということを勘案しても、あれだけ諸元（しょげん）を記憶している者がするはずの無いそれは誤認よ。

東京駅薔薇煉瓦駅舎は正面から観たとき、明らかにアシンメトリーなのだから。これはどんな写真でもたちまち確認できる基本ちゅうの基本よ」

「くだらないこと、よく憶えてるものね」

「合衆国へ渡航したり、東京駅長をやったり、意外に努力家なのね。それで、どうなったの」

「どうなったの、とは」

「祭具よ」

「どうしたもこうしたも、真のベルモントはとうとう感染しなかったし、ジョーカーである影武者は自殺した。あたしがブッシュ大統領を強請るネタはもう無い。したがってスペースシャトルが飛ぶはずも無い。これぞ絵に描いた様な、骨折損の草臥儲けよ」

「わざわざ宮城前、銀座、東京駅にバイオテロを仕掛けてね」

「エボラ・レストン一一〇五の実戦試験ができたこと、これだけがささやかな慰めよ。ただもっと、空気感染能を強化しなければならないけどね。そのときはあの治療薬、まったくの無駄になるから悪しからず」

「けれどこれで、黄昏のギャラルホルンのサルヴェージは、おそらく最終幕になることが確定した」

「衛星軌道だものね。誰か軌道エレベータでも建ててくれないかしら」

「現在のところ、あなたが梨ひとつ」

「あなたも人形ひとつ――そしてこれからが」

「真剣勝負」

「それにしてもまり、あの柏木照穂、やるわね」

「そのことについては同意する。ヒトにしておくには惜しいほどにね」

「ああいうおとことといのちの懸けあい、してみたい」

「あなたがそう望むなら、舞台は整えてあげてもいいわ」

「まりがそれはそれは御執心の、満州で？」

「あなたがとてもとても御執心の、孤島でもよいけれど？

いずれにせよ。

それは来るべき物語において、語られることとなるでしょう」

「まり、仮に標題をつけるとすれば」

「そうね、天帝のつかわせる御矢（みや）、かもね」

――終幕（カーテンフォール）

〈著者紹介〉
古野まほろ（ふるの・まほろ）　東京大学法学部卒。リヨン第三大学法学部第三段階「Droit et Politique de la Sécurité」専攻修士課程修了。フランス内務省より免状「Diplôme de Commissaire」受領。2007年、故・宇山日出臣氏が発掘した最後の新人として、有栖川有栖氏の絶賛を受けた『天帝のはしたなき果実』でデビュー。著書に『セーラー服と黙示録』（角川書店）、『復活：ポロネーズ 第五十六番』（新潮社）、『天帝のあまかける墓姫』（小社）、『天帝のはしたなき果実』『天帝のつかわせる御矢』（幻冬舎文庫）など。

この作品は書き下ろしです。
原稿枚数714枚（400字詰め）。

天帝のやどりなれ華館
2013年3月20日　第1刷発行

著　者　古野まほろ
発行者　見城 徹

GENTOSHA

発行所　株式会社 幻冬舎
〒151-0051 東京都渋谷区千駄ヶ谷4-9-7

電話：03(5411)6211（編集）
03(5411)6222（営業）
振替：00120-8-767643
印刷・製本所：株式会社 光邦

検印廃止

ISBN978-4-344-02356-7 C0093
幻冬舎ホームページアドレス　http://www.gentosha.co.jp/

この本に関するご意見・ご感想をメールでお寄せいただく場合は、
comment@gentosha.co.jpまで。